长篇小说卷

城市白皮书

李佩甫文集

SELECTED WORKS OF LI PEIFU

河南文艺出版社
郑州

图书在版编目（CIP）数据

城市白皮书/李佩甫著. —郑州:河南文艺出版社，
2020.8

（李佩甫文集.长篇小说卷）

ISBN 978-7-5559-0906-4

Ⅰ.①城…　Ⅱ.①李…　Ⅲ.①长篇小说–中国–当代
Ⅳ.①I247.5

中国版本图书馆 CIP 数据核字（2020）第 100413 号

总 策 划　陈 杰　李 勇
选题策划　陈 静
责任编辑　俞 芸
责任校对　赵红宙
装帧设计　Ⅲ 书籍/设计/工坊
　　　　　　刘运来工作室
内文设计　吴 月
责任印制　陈少强

出版发行　河南文艺出版社
本社地址　郑州市郑东新区祥盛街 27 号 C 座 5 楼
邮政编码　450018
承印单位　河南瑞之光印刷股份有限公司
经销单位　新华书店
纸张规格　700 毫米×1000 毫米　1/16
本册字数　287 000
总 字 数　4914 000
总 印 张　369.5
版　　次　2020 年 8 月第 1 版
印　　次　2020 年 8 月第 1 次印刷
定　　价　1580.00 元（全 15 册）

李佩甫,生于 1953 年 10 月,河南许昌人。现为中国作家协会全委会委员,河南省作家协会名誉主席。

主要作品有长篇小说《河洛图》《平原客》《生命册》《等等灵魂》《羊的门》《城的灯》《李氏家族》等,中短篇小说《学习微笑》《无边无际的早晨》等,散文集《写给北中原的情书》,电视剧《颍河故事》等,以及《李佩甫文集》15 卷。

作品曾获茅盾文学奖、庄重文文学奖、人民文学优秀长篇小说奖、全国"五个一工程"奖、"中国好书"等多种文学奖项。部分作品被翻译到美国、英国、法国、俄罗斯、日本、韩国等国家。

我无处可去；

我无处不在……

　　　　　　——摘自《未来书》

目　录

○　●

○ ●

春 ·······································

三月二十五日

树病了。

春天来了，树却病了。

树生的是一种白毛毛病。每到春天的时候，立在大街两旁的梧桐树就生一种白毛毛病，树身、树叶上全长了白茸茸的黏毛。这时，树就显得很丑。春天里，城里的树很丑。好好的树，刚刚绿起来的树，怎么就病了？树病了。树是不会哭的，树不哭，树就在那儿站着，树的"病"却在满天飞扬。一絮絮、一片片、一捻捻、一缕缕在空中飞舞，天空里到处都是"病"。"病"很自由。"病"想飞到哪儿，就飞到哪儿；想落到哪儿，就落在哪儿。"病"比树自由。"病"随随便便地往人身上落，落下来就不走了，"病"化了，"病"一下就化在人身上了。马路上，行人带着"病"来来回回走，公共汽车也带着有"病"的广告牌来来回回跑。到了晚上，行人就把"病"带回家去。人人带着"病"回家。

树不说话，树不会说话……

我也不会说话。从十二岁生日那天，高烧烧到44℃，烧坏了一支体温表之后，我就不会说话了。我只能自己对自己说。我很愿意对自己说。病了，却一下看到了许多东西，看到了别人看不到的东西。

旧妈妈说我是一只警犬。

新妈妈说我是一台 X 光透视机，彩色的。

害过一场病后，我就成了警犬，成了 X 光透视机……

三月二十七日

我有两个妈妈。

一个是旧妈妈，一个是新妈妈。

旧妈妈住在西城区，新妈妈住在东城区，我是她们中间的一颗豆子，一颗被抛来抛去、没人愿要又不得不要的豆子。豆子坐 5 路车，转 102，再转 9 路坐两站，绕一个大圆盘，一入市场街，就看见一栋旧楼，那是旧妈妈住的地方。回来坐 7 路，火车站转车，倒 103，拐百货楼，再坐 9 路，就到了新妈妈家。

新妈妈的声音是红色的。她一说话我就看见颜色了，红红的颜色。那颜色就装在她的脖子里，她的脖子像透明的细颈玻璃瓶，一说话就冒颜色。颜色分三种。没有外人的时候，那是一种赤红，那红像烙铁一样，落在人身上刺刺冒白烟，很烫很烫，这时候我就无处可藏了……有客人时，那红就浅了，粉粉的，妖妖的，一珠一珠，一瓣一瓣，小樱桃一样："明明，看叔叔啊……"

爸爸在家的时候，那是一种猩红。那红就像细瓷蓝边小花碗中装的煨出来的药，带着一点葱、一点盐、一点芥末，还有五香粉："这孩子呀……"

旧妈妈的声音是蓝色的。旧妈妈说话时身边总站着一个人，那人才是警犬呢，科长警犬（旧妈妈嫁给了一个科长，人们都叫他科长）。他的目光很像是一个带弹簧的刀片，细细的能割人的小刀片。那刀片"刺溜"一下射出来，而后又一点点、一点点地收回去，再"刺溜"……这时旧妈妈脖子里就会冒出淡淡的蓝，水一样的蓝，那蓝像是被什么锁着，显现出来的是空空荡荡；当警犬不在的时候，那蓝像云、又像雾，漫漫地，漫漫地，在我身边绕啊绕，绕啊绕，绕出一片茫茫的雾气……倏尔，那雾气又不见了，凝结为一块薄薄的冰。在冰里，爸爸的脸出现了，裹在冰里的爸爸成了一头猪……有叔叔在时，那蓝像穿了衣服一样，一层一层地深下去，柔柔的、怜怜的、幽幽的、怨怨的："明明，明明呀……"

我必须一星期住在旧妈妈家，一星期住在新妈妈家。旧妈妈住在三层楼上，新妈妈住在五层楼上；一个是五十四级楼梯，一个是一百零一级楼梯。在三层楼上能看到树，在五层楼上就看见鸽子了。鸽子哨在天上，肚子里藏着一个装小米的囊，囊里的小米是绿颜色的，黄黄的绿，我能看见装在鸽子肚里的小米。

夜里，新妈妈会发出一种奇怪的叫声。我能看见那种叫声，那是一种有红有绿的叫声，那叫声很像卖酱菜的铺子，很像酱菜铺子里那种腌制了很久的、上面又撒了红红的辣椒粉的、又切成一丝一丝的榨菜。那叫声还很肉，像是一团滚动着的粉红肉肉，间有绷紧的一线一线从肉里扯出来，倏尔拉得很长，弹得很高，倏尔又短又细，像一把弓在弹棉花。声音大的时候，就像酱菜铺子打翻了一般，满屋都抛撒着腌制了很久的红红绿绿；声音小的时候，屋里就像飞进又飞出了一只红蚊子，渐小渐远，渐小渐远……

住在隔墙的房间里，我夜夜都是在这样的叫声中入睡的。我断定爸爸喜欢这种叫声。我断定爸爸是因为叫声才跟新妈妈结婚的。旧妈妈不会叫，过去的旧妈妈从来没有叫过。现在，旧妈妈也在学习叫声。住在西城区与科长睡在一起的旧妈妈夜里也开始叫了。旧妈妈的叫声仍然是蓝颜色的，墨水蓝。那叫声很像是仿制出来的"蓝梦"床垫，一层一层的，却没有弹簧。旧妈妈的叫声还没有装上弹簧。没有弹簧的叫声很薄，皱巴巴的，只有一漪一漪的波纹，水一样的波纹。这波纹是包装过的，有素素的一个匣，一个蓝颜色的匣，文了花的匣，里面装的却是劣质产品。爸爸一定是不喜欢劣质产品，不然，他为什么执意要和旧妈妈离婚呢？

　　报上说，这是一种社会叫声（我是从报栏里看到的），是新时期的叫声。现在全城的人都在学习这种叫声。夜里，在一堵堵楼墙的后边，我看见全城的人都在床上努力地学习叫声。在一张张床铺上，人们起劲地叫着，叫出各种各样的颜色……我想，要是把一格一格的、一层一层的楼房都拆去，把一张张床都合并在一起，那又会是什么样呢？

三月二十八日

　　爸爸不在家的时候，新妈妈就变成了一根针，一根"桃花针"。

　　每当新妈妈从我身边走过时，我就有了针的感觉。这根"桃花针"艳艳地在我眼前晃着，晃得我头晕。我得躲着这根针，不定什么时候，稍不留意，它就扎到身上了。新妈妈说："倒垃圾。"我就赶快倒垃圾。新妈妈说："拖地。"我就赶快拖地。新妈妈说："洗衣服。"我就赶忙洗衣服。新妈妈说："你看我干什么？你看我干什么？"我就赶忙低下头去。新妈妈说，"跪下。"我就赶快拉出一块砖（这块砖是新妈妈特意为我准备的）跪下。

　　每到这时，我就看见新妈妈肚子里有很多很多颜色，这些颜色上沾着各种各样的气味：有香烟的气味，有桌子的气味，有油饼摊的气味，有菜摊、牛肉摊的气味，更多的是男人和女人的气味……这些气味是许许多多日子积攒下来的，在她肚里已泡了很久很久，有的已经发霉，有的正在变黑，黑成了一股股杂和成各种颜色的气。新妈妈把这些气聚到一根针上，针就扎在我身上了。新妈妈把针扎到我身上的时候还笑眯眯的。新妈妈笑眯眯地说："疼不疼？疼不疼？你疼不疼？"我抬起头，用眼睛看着她，看着她肚里的杂和着各种颜色的气，那气正快速地流向她的胳膊……脸上却仍然是笑。这种笑很假，是假笑。街上到处都是这种广告一样的假笑。不过，街上的假笑不疼，街上的假笑看着很好玩，像看节目一样好玩。新妈妈的笑却很疼，疼得钻心。针扎在我身上，像绣花似的，扎出一个个小小的血点，扎出一朵朵梅花，很艳很艳的梅花。有一次，新妈妈在我身上一下扎出了七十二朵梅花……

　　从此，每当看到新妈妈的时候，我就抬起头来，一遍一遍地用眼睛对她说：我听话。我听话。我一定听话……

　　可新妈妈还是喜欢用针，新妈妈只用针……

　　新妈妈是不是针变的？不然，她怎么那么喜欢用针呢？

　　上小学时，书上有铁棒磨成针的故事，新妈妈的针也是铁棒磨成的吗？

　　看见针时，我就对自己说：别抖，不用抖。你听话了。

三月二十八日夜

　　又有敲门声了。

对面的楼房里，正对着我窗口的这个单元，又有敲门声了。

窗帘是掩着的，那是一幅墨竹。墨竹把窗口遮得很严很严，不过，我还是能看见"竹林"里的事……

那里住的是一位三十来岁的阿姨。阿姨长得很漂亮，阿姨屋里布置得也非常华丽。阿姨一个人在屋里，身穿一袭白色的羊毛裙，光脚站在一块厚厚的羊毛地毯上，蹑着脚走路。阿姨先是尖着脚尖走，绕着羊毛地毯转了一个圈。又从这间屋走到那间屋，仍然是尖着脚尖走，像走在水上。而后她又踮着脚走，袅袅婷婷地退着走，从那间屋退回到这间屋里……尖着脚尖走时，她身上升腾着一股杀气，很寒很寒的杀气，杀气凛凛地冲在她的喉管上，我觉得她要喊了，她要喊出什么来了。然而，当她踮着脚退回来时，那凛人的杀气又慢慢、慢慢地收回去了。再次升上来的是一股幽幽的愁愁的飘忽不定的气……

倏尔，阿姨把所有的灯都开了。屋里原来只亮着一盏橘黄色的小灯，光是很柔和的，像是在童话世界里一样。现在一盏盏灯都开了，屋里一片赤裸裸的光明。接着，她又开了录音机、电视机，屋里一下子跑出了很多声音……阿姨却在声音里坐下来了。

她坐在一张奶黄色的沙发上，还点上了一支烟。烟雾在她的脸前袅袅地漫散，接着有泪，一颗一颗的泪珠先是一短，而后一长，像炸了的豆子一样，"噗"地落下来。泪里还有烟圈，一个个圆圆的烟圈从阿姨嘴里吐出来，最后吐出的是一根烟柱，那烟柱忽地就窜进烟圈里去了……

那人仍在敲门。敲门的是一个矮矮、胖胖的秃顶老头。一个头梳理得油光水滑的秃顶老头。秃顶老头站在楼道里，紧夹着身子，一下一下很有耐心地敲门。他的手很白，我看见他敲门的手很白、很软，像发面馍一样。他一边敲一边还小声地叫着："陈冬，陈冬……"

阿姨不说话，屋里的阿姨一直不说话。

已有很长时间了，秃顶老头还在楼道里站着，仿佛也有过一丝游移，最终还是没有走……

忽然，阿姨把门开了。开了门的阿姨在门口站着，冷冷地站着，一句话没说，扭身走回去了。秃顶老头笑着，讪讪地笑着，随手把门关上，也跟着往里走。两人都在屋里的沙发上坐下来，无话，还是无话。

片刻，秃顶老头说："你没去上班，我来看看你。不舒服了？"

阿姨冷冷地说："不舒服，哪儿都不舒服。"

秃顶老头笑着说："还是那样，还是那样。"

阿姨问："啥样？"

秃顶老头用手轻轻地抿着不多却梳理得很整齐的几缕头发，摇摇头说："你呀，你呀……"

这时，又有人敲门了。敲门声很特别，电报声，两下一停，两下一停……一共敲了六下。

屋里没有回音。阿姨在那儿坐着，秃顶老头也在那儿坐着，一个个像木瓜似的坐着。秃顶老头的脸皮一下子绷得很紧，紧出一股紫气，肚里那颗糊了很多油腻的心像跳兔一样蹦着去门口探视……阿姨肚里升上来的是一股湿漉漉的热气，粉红色的热气，那热气奔跑着冲向门口……却谁也没有动，两人都没有动。

站在门口的是一个中年人，四十来岁的穿黑皮夹克的中年人。他高高瘦瘦的，显得很英武。他一共敲了三组，敲了三个六下，却没有喊，一声也没有喊。他停下来看了看表，表在时间上走着一个小小的红针，小鼓一样的红针，红针里跳跃着他的诧异，一种很熟悉的诧异。接着，他又重复敲了三组，仍然没有喊。终于，他转过身，默默地下楼去了。

他的脚步声在楼道里一踏一踏响着，屋里那两颗心也跟着那一踏一踏起伏……糊了很多油腻的心是在慢慢地下落，一荡一荡地下落，终于又平安地落在了肚里；另一颗粉色的心是在追赶，一个台阶一个台阶地追，一直追到了街头的路灯下。

这时，坐在屋里的秃顶老头说："我该走了……"话说了，人却没有起身，只乜斜着眼望着这位阿姨。

阿姨没有说话，阿姨抬头望了望挂在墙上的电子钟。

秃顶老头讪讪地说："天又阴了。"

阿姨说："也有晴的时候。"

秃顶老头说："阳春三月，不该阴哪。"

阿姨说："也有晴的时候。"

"说阴就阴。"

"也有晴的时候。"

"也好。"

"……"

秃顶老头又说："我该走了……"

这时，敲门声却又响了。乱敲，敲得很急，像打鼓一样。楼道里又出现了一个人。这人三十来岁，中等个子，身穿西装，脸上戴着一副眼镜。他站在门前，高声叫道："陈冬，是我呀，是我。"

屋里像化了一样，没有人回答，也没有人说话，只是一片熬人的静……

那"眼镜"反反复复地喊："陈冬，陈冬，是我呀，是我呀，是我……"

在屋里坐着的阿姨看了秃顶老头一眼，秃顶老头也看了她一眼。此时，阿姨突然笑了，无声地笑了，脸上笑出了一个浅浅的妩媚诱人的红涡。阿姨笑着站起身来，秃顶老头的目光一直紧追着阿姨，我看见他肚里的被油腻糊住了的心已缩成了一个小小的药丸，在肚里颤颤乎乎跳动不止的黑药丸。在他目光的追随下，阿姨却大方飘逸地来到门口，她先是回头看了秃顶老头一眼，接着弯下腰去，轻轻地把门锁上的铜链子挂上，而后把门拉开了一条小缝……

　　站在门外的"眼镜"赶忙趴在门缝上说："陈冬，是我呀。我还以为你不在家呢。"

　　阿姨说："王森林，我感冒了，我已经睡下了，对不起。"

　　戴眼镜的"一棵森林"说："陈冬，我有急事，我有急事想让你帮帮忙。几句话，就几句话……"

　　"冬天"说："对不起，我感冒了，改天再说，改天再说吧。"说着，阿姨把门关上了，阿姨毫不犹豫地就把门关上了。

　　关上门的阿姨满面羞愧地靠在了门上……

　　门外的"一棵森林"嘴里嘟哝着，十分失望地咂了咂嘴，扭身下楼去了。他的脚步声在楼道里空空地响着，却没有人去追，谁也不去追。

　　王森林跌跌撞撞地从楼道里推出了一辆破自行车，身子一扭跨了上去。他骑在车上，没有再往楼上看，嘴里却像念经一样说出了一段话，下楼时他就开始念叨了。那是一段很奇怪的话，他在路上一直重复这段话。我眼盯着他追了很久很久，路边的梧桐树下游动着一团黑乎乎的影儿，那就是他的影子。他的影子独独地映在柏油马路上，影子里含着一段很奇怪的话，不明不白的话。一直跟到一个十字路口的时候，我才听清了他嘴里念叨的话。他说的是："……中央人民广播电台、中央电视台、男浴池女浴池、男女浴池……"一路上，他反反复复念叨的就是这样的话。他一直在念叨这段话，念的速度越来越快，越来越快，他就这么不停地念叨："中央人民广播电台、中央电视台、男浴池女浴池男女浴池……"

　　"我"回来了，我的目光又重新回到了对面楼房的"竹林"里。屋里黑漆漆的，所有的灯光都熄了，没有灯光，也没有声音，只是一片黑暗。在黑暗里，我看见了一张大床，大床上有两个叠在一起的光的肉体……

　　我不能看了，我不能再这样看了，这样看是很累的，我的头已经开始疼了。我闭上眼睛，闭上眼就好些了。可我的耳朵还是歇不下来，我的耳朵周围总是聒噪着很多声音。那是一种叫作"生意"的声音，城市里有很多叫作"生意"的声音。一个叫魏征的叔叔在说……

三月二十九日

魏征叔叔的话：

小子，你了解这座城市吗？你知道水有多深多浅吗？你一天到晚瞎跑，是跑不出名堂的。别说一年，十年你也跑不出名堂。

让我来告诉你吧。把你的耳朵竖起来，好好听着。

在这座城市里，人是什么？人是垃圾，到处流动的垃圾。被一座座楼房吞进去又吐出来的垃圾。人到一定的时候就成了垃圾。最后是送到大西郊去，冒一股烟，完了，结束了，就这么简单。垃圾也是分类的，你到过垃圾处理站吗？在垃圾处理站，垃圾被分成七类，你想想你算是第几类？我不是踩乎你。说这话，我一点也不是为了踩乎你。我踩乎你干什么，有这个必要吗？

好吧，我告诉你一个词儿，制约。你知道什么是制约？在这里，你以为是市长说了算吗？你以为市长是主宰吗？你以为只要市长签了字什么事都能办成吗？非也。如果没有过五关斩六将的本事，你就不要在这儿混了，你别在这儿混了。上层和下层是一种制约关系，是齿轮与齿轮的关系，整个机器高速运转的时候，就不是谁领导谁的问题了。一切都在环节之中，环节才是最重要的。环节是磨合出来的。我再告诉你一个词儿，磨合。你知道什么是磨合吗？好吧，好吧，说得更浅显一些。就说高层吧，你知道

"铁塔""双塔"吗？不知道？你连这都不知道，还出来跑什么?! 我告诉你，这是两所大学的名字，是本地干部的发源地。本地处级以上的干部大多出自这两所大学。你知道这两所大学自五十年代以来（老的不算了，老的不算，老的赶的年头不好，不在位上），一共毕业了多少学生吗？不知道？不知道我也就不说……暂时保密。再给你说一个词儿：环境。你知道这两所大学的地理位置吗？它所处的地理位置，造成的环境，培养出来的是一种什么样的人吗？你还是不知道。不谈那么深吧。我告诉你，在这座城市里，高一层的干部基本上（当然不是全部）由"铁塔"和"双塔"所垄断。他们像韭菜一样一茬茬、一批批、一届届毕业出来，分配在这个城市的各个要害部门，形成一个巨大的看不见、摸不着而又无处不在的网。你知道这座城市里换了多少任市长吗？换了二十八任市长。市长一个个都不在了，他们还在……

看起来你得交学费了，你得交学费呀。刚才说到哪儿了？

对，上层。那么，现在再来说说中层。你知道什么叫"中间环节"吗？这个词儿好理解呀。"中间环节"也是非常重要的，有些事就坏在"中间环节"上。好，好，知道就行。我再问你，你知道这座城市里有多少转业军人吗？我指的是在部队上曾担任过一定职务的转业干部。你知道有多少吗？也是一批批、一茬茬、一个系列一个系列的。这里边有个词儿，有个很重要的词儿：战友。明白了？我一说你就明白了。你知道如今的战友们都在干什么吗？你看你看，又白脖了不是，说着说着就白脖了，晕到茄子地里去了。告诉你，大体分两部分。一部分在公安、工商、税务部门；另一部分呢，另一部分到哪里去了？这个，这个你清楚吗？圆的，咔嚓一下盖下去的，红霞霞的……就是管这个的。在各个部门管人事的，拿章的，就是这些战友。千万不可小看这些人，既豪爽又仗义，既阴险又毒辣，既六亲不认又字儿漫儿不分的（没啥原则），就是这些人。他们这些人就是这座城市的"中间环节",是关键部位。这是一个情绪型的部位,有时候一句话说不好就把事办砸了。办砸了你还不知道砸在什么地方。再给你说个词儿吧:地方上。你知道这是什么意思吗?这是战友们的日常用语,口头禅。开口一说地方上怎样怎样,那就是转业军人,绝对的。"地方上"这三个字是一种怀旧情绪的体现,是曾经共患难式的,是战友们最怕触动的软肋,同时又是对城市的恐惧和蔑视。这三个字所包含的情绪简直可以写一本书。见了他们,你只要说出地方上如何如何,先就近了三分……还有一个词儿,还有一个词儿是可以备用的:家属。说到妻子、说到爱人的时候,不能说妻子,也不能说爱人,要说家属。"家属"两个字代表着一段备受熬煎的恋情,代表着久别胜新婚的甜蜜。说到家属怎样怎样的时候,这就又近了三分了……话扯远了,点到为止吧。

学问?学问深着呢!小子,这才刚沾了一点边,你连皮毛还没摸着呢。再说就说到"黑道"了。你了解"黑道"上的情况吗?还是不知道。你看,你什么都不知道。好吧,我告诉你。所谓的"黑道"跟西方的黑社会有所不同,这是一个办事机构。

看看,你笑了,你又笑了。这很可笑吗?……噢,这就对了。有时候,当你万般无奈、走投无路的时候,那你只有求助于"黑道"了,这也是个手眼通天的地方。他们能干什么?我告诉你,不是杀人放火,绝对的不是杀人放火。我说了,这是一个办事机构。办什么事,你且听我说……往大处说吧,比如,有人熬了多少年爬不上去,想当官,就可以找他们,安排一个副专员、副县长之类,绝对没问题。邪乎?一点也不邪乎。你想能是白安排的?都是有价码的,以质论价。安排一个副县过去是五万吧,现在涨了,早就涨了,成倍往上翻。给了钱,你?等着吧,一准给你弄上去。人家也是很讲信誉的。往下说?好,就往下说。比如,打通一个很重要的关节,事办不下去了,卡住了(不管什么事),也可以找他们。但他们要价高，他们要价是很高的。

再比如，你遇上了一个恶人，你对付不了了，你一点办法都没有，你还可以找他们……总之，这是一个不合法的办事机构。

他们是无所不能的。小到"砌长城""打鸟儿"，甚至是弄一张火车票，他们都干。哪怕是临上车前的最后五分钟，你有急事了，务必坐这趟车走，你找他们，他们也能搞到票。你知道他们是怎么搞的票吗？临开车前，售票处肯定不卖票了。怎么弄？实话告诉你，他们是派小偷去偷的。小偷，不光有小偷，他们那儿可以说是三教九流什么样的人都有，连伪造档案都干，全套把式。临开车前，票买不来了，买不来派人去给你偷一张。这就是他们的信誉。不过，这些人是轻易不能打交道的，不到万不得已的时候，不能找他们。沾上他们，说不定哪一天就栽进去了。是不是真有这些人？你还是不相信哪！好好，我给你一个 BP 机号，记住，不到万不得已不要跟他们联系。96187，这就是呼他们的号码，你记住就是了。你知道东亚大酒店吗？他们常在东亚大酒店活动。

好了，今天就说到这儿。改天吧，改天再说。你小子呀……

三月三十一日

午饭后是新妈妈睡觉的时间。

新妈妈正在房间里睡觉。夜里发出奇怪叫声的新妈妈，白天睡得十分安稳。她的睡姿很像一条小花蛇，一条透明的蜷成一团的小花蛇。我断定她是蛇变的。我已观察很久了。新妈妈不是这座城市里的人，她来自很远很远的地方，来自一个有水的地方。

在她的肚子里，最下边的小肚子里，时常泛动着一股腥腥的水草的气味。我能看见那个地方，那个生长着茂密水草的地方，周围有山，一架一架的大山……别的就看不清了，别的我一时还看不清楚。但我知道她是一条蛇，她是蛇变的，她身上有蛇的气味。

我听说蛇的呼吸跟人不一样，蛇很灵性，用一根小棍放在它一尺远的地方，轻轻地一晃，蛇就吐出芯子来了。我很想试一试，非常想试一试，一试就把她试出来了，到那时我就可以告诉爸爸了。可我不敢……我只敢偷偷地趴在门缝上看，她睡着的时候我才敢看她。

后来我又望着窗外，窗外有一根电线杆，我就看那电线杆。我盯住电线杆看了一会儿，就又看到了一个秘密。那电线杆也不是城里的东西，也是从很远的地方运来的。那电线杆上有一股泥土的气味，还有人的汗味……土是黄色的，灰灰的黄，有黏性的黄；渐渐我就能看见人了，一个很野的人，他光着脊梁，正在一锹一锹地往一台搅拌机里铲水泥和沙子。他把水泥和沙子拌在一起，而后往里倒水，倒完水他把裤带解开了，解裤子时他还恶狠狠地骂了一句，他说："我操你妈！"说着，天空里出现了一道白白的亮线，他竟对着搅拌机尿了一泡！……机器轰隆隆响起来了。这是一根掺有人尿的电线杆，那个男人制造了一根掺有人尿的电线杆。后来电线杆被运到了这里。这根立在楼前的电线杆有一股刺鼻的人尿味……

回过头来，我就看到了新妈妈的过去。

我看出来了，新妈妈是从山里走出来的，我断定她是从山里走出来的。新妈妈走过许多地方，她走的是一条蜿蜒曲折的路，一条泥泞的路。下雨的时候她打着一把伞，一把红伞，她就那么独独地走着，一个人走。我听见她说，她什么也不怕，她谁也不怕……她身上有三个男人的气味，我闻出来了，她身上竟有三个男人的气味，爸爸是她的第三个男人，仅仅是第三个男人。前两个男人都被她嚼巴嚼巴吃掉了。她胃里有一汪绿水，能噬肉蚀骨的绿水，那绿水一刻不停地蠕动着，像蛇窝一样，很怕人。我看见那个县城了，那个只通公共汽车的小县城，新妈妈的第一个男人就在那座小县城里。那时的新妈妈才十六岁，十六岁的新妈妈已经是个水灵灵的大姑娘了。十六岁的新妈妈打着一把旧红伞，到县城里去看一位曾经在乡下讲过课的老师。那是一位戴近视镜的、瘦弱白皙的男人。他是作为县教育局的巡视员到山里去的，他到山乡的中学里讲过一堂课。课后新妈妈大胆地走到他的跟前来，新妈妈手里举着一个作业本，一个自己用烟盒纸订做的作业本。新妈妈举着作业本说："老师，你给我签个名吧。"新妈妈有一双很大很大的眼睛，那时候，她只有这双眼睛。她就用这双很大很大的眼睛望着那男人，她一望就把那个男人望"倒"了。那个瘦弱白皙的男人低下头去，接过了她手里的作业本，唰唰唰在上面写下了自己的名字：庞秋贵。那个男人叫庞秋贵。这个叫庞秋贵的男人写字的时候手有点抖，他抖着手在烟盒纸订做的作业本上写下了自己的名字。而后他抬起头来，望了新妈妈一眼，新妈妈一眼就把他吃掉了……在这个雨天里新妈妈打着一把破雨伞来到了县城，她在县城里举目无亲，她要找的就是这个叫庞秋贵的男人。她在县教育局的院子里找到了庞秋贵。找到庞秋贵的时候天已黑下来了，在黑暗中她的一双大眼睛像灯一样亮着，她就凭着这一双大眼睛来到了庞秋贵的宿舍。这天夜里，她就住在了庞秋贵的单人宿舍里……于是她主动地当上了庞秋贵的妻子。她做妻子做了四年零七天，两年是非正式的，两年零七天是正式的。在她正式非正式地做庞秋贵的妻子的时候，她曾先后勇敢地消灭了两个小肉团儿，两个弱小的生命。而后她拿着自己的县城户口鲜活亮丽、信心十足地朝另一个城市走去。她走得十分艰难，我看见她走得十分艰难。那个已经被她吃得只剩下一张皮的庞秋贵死死地跪下求她，不让她走。可她还是要走。她说她是一定要走的，谁也拦不住她，谁也别想拦住她。为了离开县城，当那个男人拉住她的手，跪在地上不起来时，她竟用另一只手割开了自己的静脉血管。她身上的血是绿色的，绿色的血液像泡沫一样喷溅着，溅了庞秋贵一头一脸，把庞秋贵吓成了一个呆子。她连看都不看他一眼，她只重复地说着一句话，她说：你放不放手？你到底放不放手？……她就这样离开了那个县城。走时她仍然是一个人，她一个人挎着一只黑皮包，举着红艳艳的脸庞，大步朝另一个城市走去。她把草木灰一样的庞秋贵扔在了那个小县城里。庞秋贵最终得到的是一把旧雨伞，褪了颜色的旧雨伞，庞秋贵整天抱着这把褪了色的旧雨伞在县城里走来走去。我看见庞秋贵肚子里已经没有任何东西了，他成了一个没有瓤的壳了，空空的壳。

他身上能吃的东西都被新妈妈吃掉了。新妈妈仅仅是背走了庞秋贵的黑挎包，装有户口本的黑挎包。新妈妈在另一座城市里开始寻找一个名叫孙耀志的男人。

我看见那张大嘴了，一个长着一张精彩的大嘴的男人，新妈妈的第二个男人。新妈妈是在县城里与那个男人相遇的。一次偶然的机会，那个男人来到了县城。他是坐小轿车来的，坐的是一辆上海牌小轿车。新妈妈看见他的时候，他正潇洒地从车里走出来，披着一件上海牌风衣。这个身披上海牌风衣的男人被安排在县委招待所里。那时，新妈妈刚好去县委招待所里提热水（住在隔壁县教育局单人宿舍里的新妈妈经常去招待所里偷热水用），手里提着两个旧热水瓶的新妈妈看见了这个从车上走下来的男人，两人互相看了一眼，也仅仅是一眼，而后擦身而过。新妈妈一定是留了很多眼风，不然那个男人不会扭过头来再次看她……

第二天，当新妈妈又来打水的时候，就打到他的房间里去了。由于时间的关系，已看不清他们都说过些什么话了，只看清那个男人在滔滔不绝地说，他一直在说，新妈妈仅是在听他说，新妈妈一直高举着那双很大的眼睛听他说。他那张嘴一定是给新妈妈留下了极为深刻的印象。其实新妈妈什么也没有听，她只听到他是市科委的干部，一个叫孙耀志的有一张大嘴的男人。孙耀志走后，新妈妈曾和他通过三封信，这三封是秘密通信，而后新妈妈就开始了新的跋涉。新妈妈在这个稍稍大一些的城市里仍然遇到了很多困难。当她找到孙耀志的时候，已是日西的时候了，新妈妈已走得精疲力竭。找到孙耀志之后，孙耀志说的第一句话是他已经有女人了，他家里不但有女人，还有一个孩子。新妈妈也说了一句话，她说我要结婚。新妈妈说得非常坚定，坚定得令孙耀志吃惊。非常非常能说的孙耀志第一次口吃了，他说：我、我、我、我已经有女人了。新妈妈说：我要结婚。没有余地了，没有任何余地。新妈妈高举着她那双大眼睛，那眼睛就是她的战无不胜的旗帜。以后的战斗十分艰苦。孙耀志先是被他过去的女人剥去了一层皮，又被新妈妈剥去了一层皮。当没有皮的孙耀志已是体无完肤、臭不可闻的时候，新妈妈再一次提出离婚。那是七个月之后，新妈妈与孙耀志的婚姻仅仅维持了七个月零七天，在七个月零七天里新妈妈又做掉了一个小生命。她先把自己身上的肉割掉，而后与孙耀志离婚。那时孙耀志就剩下一张嘴了，除了嘴他一无所有。这是一张假嘴，没有任何价值的嘴。孙耀志曾坐过的上海牌小轿车是为了充门面借来的，他并不是市科委的正式人员，他是通过前妻的关系借调到市科委的，一场婚变把他的调动变丢了。一个丢失了体面的工作单位的嘴，就成了一张假嘴。而手里拿着县城户口的新妈妈却顺利地调到了这个城市。新妈妈的眼睛永远是面向城市的。新妈妈拿到这个城市的户口之后，又开始向新的城市进军。这仍然是一次血淋淋的出击，新妈妈与这个仅剩下一张嘴的孙耀志连续辩论了七天七夜。在这七天七夜里，新妈妈与这个口吐莲花的孙耀志吵得昏天黑地日月无光。当新妈妈砸碎了所有的家具，仍然不能说服孙耀志的时候，她又拿出了最后一张王牌：她一下子割开了双手的静脉血管，两条带泡沫的血箭在雪白的墙壁上喷溅出一幅幅绿色图案。血花的喷溅第二次镇住了她的男人，孙耀志又一次软成了一堆泥……当新妈妈从医院抢救室的病床上醒来时，她说的第一句话仍然是：我要离婚。

新妈妈的第三个男人就是我的爸爸了，我的爸爸。

四月一日

没有"羊"了。

一个星期前，大街上还到处是"羊"。"羊"一只只高挂在临街的商店里。那时候我看见羊滚滚而来，羊从大草原上、从农户的家里一只只、一群群被赶出来。雪白雪白的羊，咩咩叫着的羊，被人们挂在一个个装潢华丽的"精品屋""梦巴黎时装店""三度空间时装店""大富豪""小香港""俄罗斯皮草行""新新皮店"……里。羊无语，羊不会说话。我看见羊睁大着眼睛，水汪汪的眼睛……羊的毛被人做成了毛线，羊的肉被人烤成了串串，羊的皮被人染上颜色，挂在街上、穿在身上，羊啊！羊连自己的颜色都没有了。冬天的时候，大街上到处都是披着羊皮的人，人很高傲地成了男羊皮和女羊皮，五颜六色花花绿绿的羊皮，流动着的羊皮。倏尔，"羊"就不见了，春风一暖，"羊"就不见了。过了时令，人们就不要"羊"了。羊没有了雪白就什么也没有了。

公共汽车也很有思想，公共汽车是人脸登记处。

公共汽车上有很多很多的人脸，公共汽车上很多很多的人脸都是一模一样的，一样的黄，一样的焦躁。你看，它一段一段地把人吞进去，又一段一段地把人吐出来，吞进去的是人，吐出来的是人的渣。人一坐进公共汽车就变得非常渺小。不用人说，你就觉得你很小，像尘埃一样小。车窗外的马路上跑着一辆一辆的小汽车，全是很高级很漂亮的小汽车，你还没来得及看清里边坐的人脸，它就"日儿"地过去了。还有"的士"，也是一辆一辆的，头上顶着一个小白块，看见路旁有人招手，就"吱"一下停在你跟前了。那都是一些很高贵的人。公共汽车在一站一站地走，我坐在车上，看它一站一站地走，一站一站地停，上来的是一些绿脸，下去的也是一些绿脸，在一些绿脸里，有很多古老的粮食在发酵。我看见粮食了，坐公共汽车的人胃里正发酵的都是粮食。我知道最后，最后公共汽车只剩下背在身上的广告了，左边是"东西南北中，好酒在张弓"，右边是"喝了娃哈哈，吃饭就是香"。是广告把人吃了，广告吃人不吐骨头。从百货大楼到商业大厦，再从商业大厦到绿叶广场，我看见街面上滚滚而来的醋流。人群里有很多醋，到处是醋。醋在人脸上、人心里流淌，流得五光十色，淌得满街都是。我不明白大街上为什么有这么多的醋。我还看见了很多很多的"诱子"，在个体市场上，一个个"诱子"正在失急慌忙、财大气粗地抢购货物，而后再把体体面面"买"来的货物不体面地给卖主送回去。那笑真假呀，人做笑的时候，脸上有很多纹儿，人工纹。我能看见"诱子"心里在说什么，他在骂人呢，他说：狗日的，日哄一天才给五块钱！我看见他一边在心里骂，一边继续"日哄"。因为他胃里还存留着十五年前的红薯干，十五年还没消化完的红薯干。胃还没来得及换呢，胃很陈旧。报上说，在新的时期里，人们的胃还很陈旧。

　　我又看见那个老人了，在树下坐着的老人。每次到旧妈妈家来，我都能看见这位老人。他总是在离第八个站牌不远的马路边的树下坐着，手里捧着一本书……但他不是在看书，我知道他不是在看书，他已经没有时间看书了。但他每天都捧着一本书在那儿坐着，像化石一样坐着。这是一个十分破旧的老头，穿戴破旧，脸也破旧，灰尘把他脸上的皱纹填平了，他很像是一堆灰尘，一堆古老的灰尘。他身边总是放着一个揉得很皱的塑料兜，兜里装着香烟、火柴，断了一条腿的眼镜……但他的确在读着什么，他在读，断断续续地，在喃喃自语。原来我并没有注意他，在我每次来旧妈妈家的时候，我总能接到一个信号，一个来自遥远世界里的信号，于是我就看到了这样一位老人。我看见他的心很小很小，很嫩很嫩，鲜红鲜红。一个化石一般、浑身陈旧的老人却有着一颗鲜红如豆的心，我很好奇。我总是看他的心，我看见他这颗鲜红如豆的心在喃喃自语。他说的话十分奇妙，也十分突兀，一豆一豆的，像是在时光里筛出来的沙子。

他说："……茄瓜……"

他说："……鲤鱼穿沙……"

他说："……皂针……"

他说："……麻秆儿细腰……"

看这些一豆一豆的话是很费神的，得一直盯住他的心看。一直盯着看的时候，才能看出一些东西来。先得让时光走开，让时光一点一点地退去，而后就看到他所说的"茄瓜"了……那是一碗饭，一碗有茄瓜当菜的饭。在一个很窄很小的房间里，老人（不，这是一个年轻人）正在狼吞虎咽地扒着一碗稀饭，稀饭上放着一小撮菜，那菜是茄瓜，这就是他的"茄瓜"。他蹲在一个很窄很小的房间里，满头大汗地扒一碗有茄瓜当菜的稀饭。扒到最后，他像猫一样用舌头舔那碗。他的舌头伸得很长很长，先是绕着碗边转，一圈一圈转，而后他把舌头卷起来，卷成一个树叶样的圆筒，又像刷子一样竖着舔，最后他把碗扣在脸上，舌头伸向粗瓷碗底，这时就能听到响声了，舌头与粗瓷碗底摩擦出来的"沙沙"声。他把碗舔得很净，舔得能映出他的影儿来，一个佝偻在地上的年轻人的影像，这个影像上还有一个黑黑的小点，一个蚂蚁样的小点，我盯了很久很久才发现，那竟然是一个号码，天哪！那是一个号码，很有麻将意味的号码：1……4……7，是147。黑色的147反印在他用舌头舔净的粗瓷大碗上……

再接着看，我就看见"鲤鱼穿沙"了。那竟然还是一碗饭。那是一碗稠饭。而后我看到了一棵榆树，一棵老榆树，一个女人爬在树上一把一把地捋榆叶……还是一个年轻人，一个年轻人背着铺盖卷少气无力地在路上走着……女人在烧火，女人在烧开了的锅里下了一大把玉米面，接着又把一篮子洗好的榆叶放进去。年轻人来到了这个村庄里，他就在这棵老榆树下蹲着，那个女人给他端来了一碗饭，一碗榆叶和玉米面熬出来的黏糊糊的稠饭。那女人说：吃吧，鲤鱼穿沙，可香。他竟然哭了，一把鼻涕一把泪地哭了……他一边哭一边说：我是个罪人，我是个罪人，我是个罪人。他的泪掉进碗里，把那碗"鲤鱼穿沙"砸出了许许多多的小麻点。这碗"鲤鱼穿沙"他仅喝了一口，而后又出现了一个人，一个穿制服的人，穿制服的人把他手里捧的碗踢掉了……他一直用舌头咂摸着这口饭，细细地咂摸，变着花样咂摸，有一片榆叶塞在他的牙缝里，他用舌头挑出来，咂摸一下又放进去，再挑出来，再放进去……

往下看，又是一间一间的小房了，有铁栏的小房。一个年轻人在一间有铁栏的小房间里坐着，他的头深深地勾下去，一双眼睛却骨碌碌乱转，他的眼睛像探针一样一寸一寸地搜索着地面，很快，他用目光缠住了一个烟头，一个扔在地上的烟头，死死地缠着这个烟头，他的目光在吸这个烟头……这时，一个女人进来了，一个脸色黄黄的女人。女人很愁，女人脸上网着很多愁。女人哑声说：好好改造，好好改造吧。他低着头，先是一声不吭，眼光却在一点一点地磨，一点一点地转，把眼风洒在女人身后的一双眼睛上，当那眼睛稍稍疏忽的时候，他用低低的只有一个人能听见的声音说：针……针……针……那女人显然是听见了，女人悄悄地摆手，女人一次又一次地摆手，女人也小声说：不让，人家不让……他仍然用低微的声音说：针……针……针……女人掉泪了，女人大声说：你还要啥？他也想大声说话，可他已经不会大声说话了。他说：肥皂，肥皂，我要肥皂……而后用目光仍然念"针"的读音……他中声地说肥皂，小声地用目光说"针"，他重复决绝地说"针"……女人明白了，女人终于明白了。女人说：好，我给你送"肥皂"，我下次就给你送"肥皂"……女人也用嘴说"肥皂"，用眼睛来说"针"。而后我看到了一块肥皂，肥皂经过一双双手的检查之后，拿进了一个有铁窗的小房里。那是一块"矛盾"牌肥皂。我在这块"矛盾"牌肥皂上闻到了铁的气味。秘密也就在这块肥皂里，这个年轻人把肥皂拿在手里端详了很长时间，他的心怦怦跳着，目光又偷偷地像撒网一样朝四下转了一圈，接着他把肥皂掰开了。他在肥皂里看见了针，他要的针，一共七根，全插在肥皂里……接着看到的是馍，他用针跟人换馍，一根针换一个馍……他用六根针换了六个馍。最后一根针，还在他的手里，他用针来缝被褥。天啊，他还用针来写字，他竟用针来写字，他用针在胳膊上、腿上写字，他浑身上下密密麻麻全是字……可惜的是，我已经看不清这些字了，我没有能力看清这些字。

"麻秆儿细腰"罩在时间的迷雾里，这是一个线团似的迷雾。开始我看到的仅是一些混乱不清的影像，一些扭扭的S形的曲线在我眼前晃动，晃着晃着就晃出肉色来了，我看到了肉色的曲线，一些摆动着的肉色的曲线。还有一道光，一道柔软的白光。

跟着这道柔软的白光我来到一间贴满大红"囍"字的新房，在贴满"囍"字的新房里，我看见一双手正在丈量一个发光的肉体，这双手掐在S形的肉色弧线上，两个大拇指和两个中指贴肉环绕，紧成细细的一掐，而后有了吃吃的笑声，我听到了吃吃的笑声，白瓷一样的笑声。这笑声像蛇一样在新房里四处扭动，凉凉滑滑地扭动，扭出一闪一闪的乳白。接着就听到了"麻秆儿细腰"，我听见一个声音在说："你掐，你掐……"另一个声音在说："麻秆儿细腰……"伴着吃吃的笑，他说："麻秆儿细腰，麻秆儿细腰，麻秆儿细腰……"笑声渐渐远了，那吃吃的笑在时光中远去。在远去的时光里，我看见那新房里的"囍"字在慢慢地褪色，慢慢地褪色，变成了一块块没有颜色的灰的废纸；新房已成了落满灰尘的旧房，旧房里堆满了废弃的杂物；在废弃杂物下有一个已经搬迁了的老鼠洞，老鼠走了，连老鼠也走了，只剩下一个空空的老鼠洞。在空空的老鼠洞里藏着一只粉色的塑料发卡，沾有两粒老鼠屎的塑料发卡……我还看见那发光的肉体在渐渐地变粗，在一个又一个城市流动着的"麻秆儿细腰"，在时光中渐渐变粗变老，变出许许多多的皱，变成了一个个邋遢污浊的一嘟噜一嘟噜的肉袋，没有曲线没有光泽的肉袋。"肉袋"如今躺在另一张床上，与另一个男人躺在另一座城市的另一张床上。

老人仍在树下坐着，喃喃自语的老人坐着一个谜。我知道他是从马路对面的建筑设计院里走出来的，我就知道这些了，到目前为止，就这些……我很想跟老人说说话，叫他一声爷爷，我想叫他一声爷爷，可我叫不出来了。

我还会来看他的，我还会来看他。

四月一日夜

旧妈妈又开始打麻将了，旧妈妈打了一夜麻将。

旧妈妈说她命不好。旧妈妈跟爸爸离婚之后打过很长一段时间麻将。那时候她天天夜里打麻将，她说她心里烦，心里烦只有打麻将，她就是在麻将桌上认识科长的。那时候旧妈妈打麻将上了瘾。旧妈妈会打"一、四、七；二、五、八；三、六、九；出风听"，旧妈妈很会打"出风听"。开始的时候她赢了很多钱，她说她手气好，她手气好的时候就赢钱。后来她也有了手气不好的时候，手气不好的时候总是输钱。我想她是把她输给了科长，我想是这样的。旧妈妈是在输了很多钱的情况下决定不要我的。开始的时候，法院把我判给了旧妈妈，我就一直跟着旧妈妈。后来旧妈妈在输了好多好多钱、很烦很烦的时候决定不要我了。是麻将改变了旧妈妈。夜里，满城都是麻将声，我听见哗哗啦啦的麻将声在城市的上空盘旋，每个麻将桌上都亮着四双手，每双手上都跳着一颗绿宝石样的心，这时候人们的心都摊在手上，手是人们的心窝。那哗啦哗啦的麻将声就成了一盆水，一盆金灿灿的有声有色的水。人们的手捧着人们的心，把心送进水里，一遍一遍用水洗心，心在水里泡着，泡出了许许多多的声音，也泡出了许许多多的颜色。报上说，这是个洗心的时代。

我知道人的心是很容易变硬的。在麻将桌上，人的心很容易变硬。那哗啦哗啦的声音晶莹剔透，一珠一珠的，很诱人。旧妈妈在麻将桌上把心泡硬了。旧妈妈原来的心很软。旧妈妈跟爸爸离婚的时候曾经说过，她只要我，什么都不要。后来旧妈妈什么都要，却不要我了。旧妈妈跟爸爸又打了一场官司，打官司的时候爸爸已经有了新人，在新的时期里爸爸有了新人，于是爸爸也不打算要我，因为我是一个有病的孩子，他们都说我是一个有病的孩子。法院说，双方都要管。双方都要管的时候，一个有病的孩子就成了一个流动的孩子。一个星期一个星期地流动。我流动到旧妈妈家的时候看科长的眼色，流动到新妈妈家的时候有一根针……

旧妈妈和爸爸离婚是因为一只蚊子，一只很小很小的红蚊子。在去年夏天里，屋子里飞进了一只红蚊子，那只蚊子嗡嗡叫着在屋里转了一圈，爸爸就跟旧妈妈离婚了。蚊子在这座城市里一连串了三百四十七家，因此去年夏天有三百四十七家去法院打离婚。我看见凡是这只红蚊子去过的人家，男男女女都在纷纷打离婚。这是一只喜好热闹的蚊子，它从这家飞到那家，从这个窗口飞进，从那个窗口飞出，一趟一趟地看人们的热闹。是我把这只蚊子打死的。这只蚊子飞了一个夏天，又飞了一个冬天，从东城区飞到了西城区，经过漫长旅行之后，现在它老实了，它趴在旧妈妈家的窗口上，等待着夏天的来临。我恨它，我一巴掌就把它拍死了。我手上有血，蚊子的血，蚊子的血只有一滴，浓浓的一滴，蚊子的血五彩缤纷，像精心制作的花圈一样。当我摊开手掌认真看它的时候，它已经融进空气里去了。想不到空气里已经布满了蚊子的血，空气里到处都是蚊子的血，蚊子的血在笑我，蚊子的血说：你挡不住的，你挡不住……

　　我还发现科长是狼变的，科长是一只狼。狼来了，旧妈妈开始吸烟了。那时候旧妈妈是不吸烟的，那时候旧妈妈坐在一把椅子上，把我搂得很紧……而后，狼来了，旧妈妈开始吸烟了。狼就在旧妈妈对面坐着。狼一趟一趟来，来了就在旧妈妈对面坐着，一支接一支吸烟。狼只吸烟不说话，旧妈妈也不说话。后来旧妈妈说：给我一支。狼就递给旧妈妈一支。旧妈妈吸烟时脸很难看，旧妈妈一口一口地吸，吸着吸着脸就青了。那时，旧妈妈眼里还有许多与爸爸一起生活的日子，旧妈妈眼里一遍一遍地演着与爸爸一起生活的日子……接着狼兜了麻将来，狼在夜里兜了麻将来，屋子里就有了哗啦哗啦的声响。渐渐，旧妈妈就把过去的日子洗掉了，是麻将把过去的日子洗掉了。打麻将的时候，我看见桌下有一只脚，那是狼的脚，狼的脚在桌下慢慢地往前伸，一点一点地往前伸，伸到了旧妈妈的脚边上，轻轻地碰一下，再碰一下，有时连着碰两下，旧妈妈就赢了。再后来，狼就住到家里来了，狼跟旧妈妈睡在一张床上……

　　我不喜欢狼。

　　我也不喜欢麻将。

　　公平地说，旧妈妈很无奈。我看出旧妈妈很无奈。我觉得有一根绳子在牵着旧妈妈，一根看不见的绳子在牵着她。或许是那只红蚊子，或许吧。我曾看见科长在解旧妈妈的扣子，一次，打完麻将之后，科长解旧妈妈的扣子。旧妈妈坐在床边上，身子一点一点地往后挪，旧妈妈的身子像木棍一样坐在那儿，说：别，你别，别，你别……旧妈妈重复地说着这些话。可科长还是把旧妈妈的衣服扣子解开了。科长叫着："李淑云，李淑云，李淑云……"就把旧妈妈的衣服扣子解开了。一次一次的，旧妈妈的身子总是往后挪，她不知该怎么办。再后来，旧妈妈就把自己往前送了……

狼啊！

四月二日

春光是有味道的。

我闻到了春光的味道。

春天的光是嫩豆腐做的，很软，很鲜，上面洒了许多小芝麻，闻起来很香，是一种涩涩的、鲜鲜的香，有几分羞的嫩香。

早晨，一睁开眼，我就闻到了光的香气，这是一种还没有长熟的香气，它麻麻沙沙地洒在眼皮上，微微的有些触感，就像有一片羽毛在眼皮上搔。

过一会儿就不行了。等人都活动起来的时候，光就变味了，光里掺进了人肉的气味。光里掺进人肉气味的时候，光就变腻了，也变浊了，变出了许多小小的浮游着的尘埃。尘埃在光里飞动，把鲜嫩的光弄成了一块臭豆腐。

起床后，我去街口给旧妈妈买胡辣汤。旧妈妈好喝胡辣汤。

钱在桌上放着，头天晚上，旧妈妈临睡前就把钱放好了。旧妈妈打完麻将把人们扔下的找头放在桌上，这就是让我去买胡辣汤的钱。钱上印着人们的指纹，有汗味的指纹。从指纹上我能看出旧妈妈的输赢。要能赢的话旧妈妈的脸色会好些，我希望旧妈妈的脸色好些。好的是旧妈妈不打人也不用针扎人。旧妈妈的心还不够硬，旧妈妈是在学习变硬，学习变硬跟本来就硬是不一样的。

新妈妈的心是本来就硬，所以新妈妈胜了旧妈妈。昨天晚上旧妈妈又输了，我从指纹上看出旧妈妈又输了。旧妈妈输的时候把钱捏得很紧，上面有她指甲的掐痕。她输急了的时候，常常会在钱上掐出许多痕迹来。旧妈妈输的东西太多了……

街口上卖胡辣汤的挂有"西华逍遥镇"的牌子，挂了"西华逍遥镇"就有很多人买，常常得排队，排队买三碗胡辣汤、三根油条。我站在这儿买汤时总是有很多人看我，斜眼看我。后来熟了，也就不那么斜着眼看了。人们大概从汤上看出什么了，总是叽叽咕咕的。我当然知道人们叽咕的是什么，说我是个有病的孩子，说我有两个妈妈，说我旧妈妈跟科长睡在一起……人们的目光很锋利，人们都想从我身上刮下一层什么东西来。大约人们是很想骄傲地活在世上，人人都得有一点值得骄傲的东西，只有我没有，我什么也没有。在人们的眼里，我是什么都没有。

我知道有一个人不会这样看我，那个坐在树下的老人不会这样看我，因为他什么也不看。

我把胡辣汤端回家来的时候，旧妈妈已经醒了。醒了的旧妈妈默默地在床上坐着，像木头人一样坐着，神情有些恍惚。我知道旧妈妈眼前飘动着过去的日子，在她眼里有爸爸的影子，这影子已化成了很深很深的仇恨。那仇恨像盐一样腌着她的心，每当她醒来的时候，她就会呆坐很长很长时间。旧妈妈曾反反复复地说，是她把爸爸带出来的，是她把这猪带出来的，是她把这头瘟猪带出来的……旧妈妈说到"带"时总是咬着牙，这个"带"把旧妈妈的牙都咬出血来了。说这个"带"时旧妈妈咬的不是爸爸，她咬的是自己，旧妈妈是在咬自己。我发现女人咬自己的时候咬得又狠又重。

爸爸也有自己的话。爸爸说，你以为你是城里人？查查，查不了三代，都他妈是乡里人。北京人傲不傲？北京人傲得脸扬到了天上，可自古以来没有一个北京人当皇帝的。从来都是外省人打到北京，占领北京，领导北京……每每说到这里，旧妈妈就把牙咬起来了，旧妈妈只有咬牙的份儿。有许多事是旧妈妈不知道的，如果知道的话，旧妈妈会把牙咬碎。我总觉得是楼房把旧妈妈捆住了，城市的楼房把旧妈妈捆得很结实。

和旧妈妈比起来，新妈妈一无所有，可新妈妈有年轻和鲜活。在另一座小一些的城市里，新妈妈一直等着爸爸的到来。我知道新妈妈不是在等爸爸，她是在等待城市，大城市。新妈妈为冲向大城市一往无前，在旧妈妈不知不觉的情况下，新妈妈已经冲过来了，新妈妈拿着用血换来的东西，等着爸爸的到来……

后来旧妈妈有了科长，有了麻将。有了科长和麻将，再看见我时，旧妈妈的眼光生了一些变化。我成了爸爸的一个壳，一个可以仇恨的壳。在旧妈妈的目光里，我发现情感是一种需要，仇恨也是一种需要，这是可以随时变化的。旧妈妈的脸也生了变化，旧妈妈的脸上抹了许多珍珠霜，珍珠霜遮住了旧妈妈脸上那些细细的纹路，却遮不住她心里的熬煎。有仇恨的时候，脸就稍稍有点歪了，旧妈妈的脸有点歪了。她哭过，她过去常常夜里一个人哭。后来她笑，一个人笑。再后来她不哭也不笑，她变成了一副麻将。在七个月的时间里，旧妈妈由一个女人变成了一副麻将。

旧妈妈坐在那里，常常陷在过去的岁月里，陷在一个巨大的背景之中。我看见旧妈妈的日子里隐藏着一个拖泥带水的、无边无际的岁月。那是一段"知青"生活（中学毕业后到乡下的劳动生活）。在这段"知青"生活里站着一个男人的影子，那就是爸爸的影子。爸爸的影子出现在无边的黑夜里，那是一个城里"知青"与乡下小伙的黑夜。在黑夜里还晃动着许许多多的其他人的影子，我看出那些影子对旧妈妈有一种侵害意图。而后爸爸的影子大起来了，爸爸的影子遮住了其他人的影子。那时候爸爸变成了一把伞，那时候爸爸是旧妈妈的伞。那段日子隐在一片绿色的庄稼地里，影像十分模糊。而后又连着一段城里的日子。在城里的日子里旧妈妈与爸爸只有一个场面是较为清晰的，那是一盆水，我看见了一盆水，爸爸的脚伸在水里，每天晚上上床前爸爸的脚都要伸进水里……我看出旧妈妈是想用这种办法洗去一段岁月。可旧妈妈洗不去这段岁月，她不但没有洗去这段岁月，反而洗出了耻辱，在爸爸身上洗出了潜藏着的耻辱。于是，在一天晚上，屋里飞进了一只红蚊子……

我还从旧妈妈眼里看到了两个女人，一个是旧妈妈自己，一个是新妈妈。旧妈妈在自己的眼睛里无数次地与新妈妈进行比较，比较后是一段机械的断想。旧妈妈是工人，柴油机厂的工人，这断想是机械化的，这断想散在一片机器的轰鸣声里。在机器的轰鸣声里，我看见旧妈妈把新妈妈的影像卡在 C620 车床的卡盘上，用每秒高达三千转的速度，再安装上钛合金车刀头车她！我看见被卡在车床卡盘上的新妈妈在飞速地旋转，新妈妈的头被拧在了车床的卡盘上，新妈妈身上的衣服被车刀一层层地车去，最后新妈妈被车成了一个光光的直径只有二十五厘米的棍棍。

旧妈妈的机械化思想又常常被打断，这里边不时地跑出一个人来，在一台台机床的影子后总是出现一个穿工作服的男人的影像，那就是科长的影像。科长的影像在机床前晃来晃去，在影像里我看见旧妈妈在喊他："师傅……"在一系列重叠的影像里，旧妈妈的机械化思想泾渭分明，她总是不由得给自己挂上好女人的牌牌，就像她的厂徽一样；给新妈妈挂上坏女人的牌牌，就像卖肉的一样。而后她又去望躺在身边的科长，这时候，她眼里就有了很多的迷茫。她不知道到底应该怎么办，当她跟科长躺在一起的时候，她还不知道应该怎样。她心里说：我是在学习叛变。

她说，人人都在叛变，我是在学习叛变。

四月四日

上午，旧妈妈领我到厂里去。

在厂大门口，旧妈妈牵着我的手，逢人就说：你看看，他们就这样对我。我在厂里干了十五年，我的女儿有病，我的女儿这样了，他们就这样对我……人们听了，说一些咸咸淡淡的话。我看见人们肚子里残留着许多旧日的咸咸淡淡的粮食，于是人们都说些咸咸淡淡的话。看大门的老头笑笑，看大门的老头肚里残留着更多的旧日的粮食。他不怀好意地笑笑说：你找头儿啊，找头儿说去。

旧妈妈又牵着我的手往车间里走。车间里空空荡荡的，机床一排开着，一排停着，只有极少的人在上班。旧妈妈把我领到正在干活的人跟前，又说：他们就这样对我。你看看，我在厂里干了十五年，他们就这样对我。我的女儿有病。我的女儿这样了，他们就这样对我……开车床的人把目光从她的脸上移到我的脸上，一圈一圈地转，转了，还是那样的一句话：找头儿，这事得找头儿。

旧妈妈却牵着我，从这个车床跟前移到那个车床跟前，重复地一遍又一遍地说着这些话。而旧妈妈得到的还是那样的话。旧妈妈为说这些话而来，看来旧妈妈是为说这些话来的。旧妈妈说话的时候从来没有看过我，旧妈妈没有看过我一眼。

接着，旧妈妈牵着我上了厂里的办公楼。办公楼里有许多办公室，旧妈妈牵着我一个办公室一个办公室地进，进去说的还是那样一番话。我看见一张张人脸都像墙壁一样，人们的脸都变成了墙壁，漠然的没有声音的墙壁。旧妈妈的话碰到墙壁上又弹了回来。旧妈妈依然坚忍不拔地走着、说着……最后，旧妈妈站在了挂有"厂长办公室"牌子的门前。当旧妈妈站在厂长办公室门前的时候，才有一个人慌慌地从隔壁房间里跑出来，他对旧妈妈说："厂长不在，厂长到市里开会去了……"

旧妈妈说："老黄，黄主任，厂长不在我等他，我在这儿等他。"

黄主任惶惶地说："厂长不在，厂长真的不在，厂长到市里开会去了……"

旧妈妈说："黄主任，你说，我是书记的人吗？我啥时候成了书记的人了？我一个工人怎么会是书记的人哪……"

黄主任的心跳到了喉咙眼上，我看见黄主任的心像兔子一样一下子跳到了喉咙眼上。黄主任嘴含着心，呜呜噜噜地说："厂长不在，厂长开会去了……"

旧妈妈说："我等他，我就在这儿等他。"

黄主任眼里有了一些游移。他很尴尬地站在那儿，仿佛走也不是，不走也不是，人就像在半空里悬着，目光却像小偷一样在厂长办公室的门前探。这时厂长的办公室在他眼里成了一团火，他的目光探上去时总像被烧着了一样，"刺溜"就缩回来了……

透过办公室的门，我看见厂长在屋里呢，厂长就在屋里坐着。厂长的办公室很宽敞，是里外两间，厂长就在里间的办公室里。厂长的身子斜靠在沙发上，手里拿着一部电话，一声声"嗯"着。厂长的脸是椭圆形的，长着一个宽大的额头，头梳得油光光的。厂长穿西装系领带光鲜体面地在屋里坐着，坐着却一声不吭。我看见厂长脑门里有无数条紫色的细血管，血管里的血正在急剧地运动，每条血管都是很累很累的样子，都在拼命地奔跑。从紫色血液游走的路线上，我看出这样激烈的运动跟旧妈妈是没有关系的，跟旧妈妈一点关系都没有。在影像上，紫色血液的快速流动是朝着另一个方向的，那是一座更高的大楼，厂长的紫色血液在一座更高的大楼里游走，也是一个房间一个房间地走……在旧妈妈的厂里，我发现人们脑门里血的流速都加快了，但方向是不同的，我能看出方向不同。

我扭过头来望着旧妈妈，旧妈妈就在那儿站着，旧妈妈站着不动。我看见旧妈妈在暗暗地鼓励自己，旧妈妈在心里对自己说：过去你怕丢脸，现在你不怕丢脸了，你正学习不怕丢脸，现在的人都在学习不怕丢脸，只要你不怕丢脸……

我看见厂长在悄悄地拨电话。厂长拨过电话之后，不一会儿就从办公室里出来了一群人，他们不由分说，劝着、拉着把旧妈妈从办公楼上拉了下来。拉旧妈妈的人怀着各样的心思，话语乱纷纷的，声音有高有低、有长有短，在"走吧，走吧；算啦，算啦；再研究研究……"里边潜藏着一个巨大的帷幕，那帷幕里晃动着各式各样人的影子。

后来旧妈妈牵着我坐在了门口的传达室里。旧妈妈说，她要在这儿等厂长回来。厂长如果不回来，她就到厂长家里去……我看出旧妈妈心里想的和嘴里说的是两回事。旧妈妈心里有两种颜色：一种是红颜色，一种是绿颜色。两种颜色时常交织在一起，混合演化为一种非红非绿的像苹果一样的东西。这时候旧妈妈就望着挂在墙上的钟，望钟的时候她已经忘了自己了……

看大门的老头说："有钱人可真多呀，真多……"

"你没看见吗，厂长坐卧车出去了，刚出去，又活动去了……"

"厂长是法定代表人哪，现今厂长成法定代表人了，厂长说了算……"

中午，旧妈妈又牵着我朝厂长家走去。

旧妈妈是把我当"幌子"用的，我知道旧妈妈是把我当"幌子"用。走在路上，旧妈妈很沉默，旧妈妈一句话也不说。旧妈妈走得很硬，旧妈妈是在学习着走路，学习着朝厂长家走。旧妈妈从来没到厂长家去过，现在旧妈妈学习着往厂长家走。旧妈妈走得没有信心，旧妈妈一点信心也没有。我看出旧妈妈这么迫不及待地到厂长家去，其实是为了一句话，旧妈妈希望厂长说一句话。要是厂长说：你是我的人，你不是书记的人。旧妈妈就会高高兴兴地回家。我看出旧妈妈心里存着一个强烈的渴望，渴望把她变成谁的人。

来到厂长家楼前的时候，旧妈妈又站住了，旧妈妈在楼前站了很长时间。这时，我看见旧妈妈的心在她的胸腔里起伏，像豆子一样一蹦一蹦地颤动，而后我发现旧妈妈的心"刺溜"一下跳出来，像猴子一样顺着窗口一层一层爬上三楼，贴着厂长家的门缝朝里探望。我看见旧妈妈的心上上下下在厂长家的楼梯上爬了三个来回，人却还在楼下站着。

终于，旧妈妈牵着我朝楼上走去。上楼时，旧妈妈把我当成了拐棍，一台一拄，一台一拄，磨到三楼，站在了厂长家的门前，旧妈妈又站住了。

透过一道铁门一道木门，我看见厂长家的人正在吃午饭，厂长家的午饭十分丰盛。厂长一边吃饭一边兴高采烈地解说着什么，厂长的妻子、厂长的儿子一边吃一边听厂长解说。厂长家的墙上贴着有花纹的壁纸，厂长家的地面上铺着厚厚的地毯。厂长脚上穿着一双皮拖鞋，厂长穿皮拖鞋的脚在地上一悠一悠地晃着……

我的手被旧妈妈攥紧了，我感觉到手被旧妈妈越攥越紧。旧妈妈身子缩缩地往后退了一步，而后身子猛地往前一冲，这时旧妈妈的心反反复复地翻了三个筋斗。翻第一个筋斗时，她的心慌慌张张地跑下去了，她的心失急慌忙地跑进了一家商店；翻第二个筋斗时，她冲上去用脚踢门，旧妈妈用力朝门上踢了两脚，踢得很解气；翻第三个筋斗时，旧妈妈才开始敲门，旧妈妈用手敲门……

开门的是厂长的女人，厂长女人问："谁呀？"

旧妈妈忙问："厂长在家吗？"

厂长的女人看了旧妈妈一眼，说："他不在，没回来呢。有事到厂里去找他吧。"说着，又咚一下把门关上了。

这时，我看见旧妈妈的心宽宽地落在了肚里……

下楼后，我看见旧妈妈肚里升腾起一股红红的颜色，这股红颜色一直升到她的喉咙眼上，而后她又一点一点地把这股红颜色吞下去了，我看见她吞下去了。吞下去后，那红颜色又主动地冒上来。旧妈妈一次一次地吞咽，它一次一次地往上冒，我看见旧妈妈哭了，旧妈妈在心里哭了……

我听见旧妈妈在心里哭着说：我到底算是谁的人呢？

傍晚，旧妈妈又牵着我找厂长来了。

这次，旧妈妈把厂长堵在了办公室里。厂长拉开门的时候，我和旧妈妈正在门前站着。厂长笑了，厂长笑着说："进来吧。我听说了，我听说你找我。"

旧妈妈说："厂长，为啥说我是书记的人，我是书记的人吗？我女儿有病，我女儿都这样了，为啥还这样对我？"

厂长很大度地说："我说过你是书记的人吗？我什么时候说过这样的话，我会这样说吗？这样分本来就是不对的，怎么能这样分哪？厂里暂时出现了一些困难，工资发不下来，我认为这是人为造成的。现在厂里正在整顿嘛……咱打开窗户说亮话，我跟老耿在工作上有些分歧，分歧归分歧，我能对号入座吗？我决不会对号入座。"

厂长这样说着，我却看见了厂长脑子里的花名册，我看见厂长脑子里出现了两个花名册，一个黑的，一个红的，旧妈妈的名字在一个黑花名册上，我在那个黑色的花名册上看见了旧妈妈的名字：李淑云。旧妈妈的名字连着另一个名字，那是科长的名字，科长的名字上打着一个大叉！旧妈妈的名字上是一个横杠……

旧妈妈仍然说："我怎么是书记的人哪？我跟书记一点关系都没有，我一直在车间里，我在车间里干了十五年，我怎么会是书记的人哪？"

我看见旧妈妈一边说，一边解"扣子"，旧妈妈是用心在解自己的"扣子"。旧妈妈说着说着心里就长出了两只手，我看见旧妈妈心里长出的手把自己的心捧出来，一颗热乎乎的心，旧妈妈把一颗热乎乎的心捧给了厂长。临捧给厂长前，旧妈妈还不失时机地在心上涂了一些颜色，旧妈妈像卖酱肉一样在自己的心上涂上了红红的颜色，而后托给厂长……

厂长笑了笑，厂长的笑里掺了许多"万金油"。厂长用抹了"万金油"的笑对旧妈妈说："我了解，情况我都了解。不是有人告我吗？有些人撺掇纠集一些人告我，不是没把我怎么样嘛。抓工业，外行行吗？哼，我看不行……至于你上班的问题，这是车间里定的，优化组合嘛。"

厂长一边说着，一边翻动着脑子里的花名册，我看见他在翻动花名册，厂长从容悠闲地一页一页浏览花名册，厂长在花名册上留下了各种各样的记号。在厂长脑子里的花名册上，我看见了许多人影在舞动，人影都像疯了一样，乱纷纷地争夺一把椅子……

旧妈妈执着地问："我只要厂长说句话，我是不是书记的人？我算是书记的人吗？……"

厂长火了，我看见厂长眼里蹿出了两股火苗，厂长的眼绿莹莹的。接着，厂长把心上的"幕布"拉开了，厂长心上蒙着一层一层的幕布，涂了各种颜色的幕布，一层红、一层绿、一层黄、一层黑……一共七层，我看见厂长心上裹了七层有颜色的幕布。

拉到最后一层的时候，厂长不拉了，厂长还保留了一层，那一层是细铜丝编的，我看见那一层是细铜丝编的。厂长说："李淑云，你不要在这儿胡缠了，你缠也没有用。我知道你女儿有病，你女儿精神上有病，不会说话，我都知道，我也很同情。但这是两码事。说起来我也有病，有很多病。大家都有病，我知道大家都有病。我也是有病没处看，我找谁看，没人看……咱就把话说得白一点，说实话吧，厂里领导层的事跟你没关系，我知道跟你没关系。但老耿组织人整我的材料，组织人到市里告我，拉帮结派，你知道吧？厂里闹成那样，连工资都发不出来你清楚吧？老耿这个人不学无术，生产上的事屁都不懂，还到处告我吃喝拉拢行贿受贿，这不，市里也派人查了，结果怎么样？这不很清楚嘛。既然摊开了，我就再说一条，我主动提供一条。说我请客送礼，告我行贿受贿。实话告诉你：请客不请客？请客；行贿不行贿？行贿。不行贿怎么办，不行贿银行给贷款吗？不行贿原材料哪里来？你不给人家回扣行吗？不行贿工商、税务、交通、城建、卫生方面的大爷们会天天找你的麻烦……这些事国营、私营都一样。就这个行贿还得绞尽脑汁呢，贿行得不得当人家还不要呢，不要就是不办事，不办事厂子怎么办，一千多人喝西北风去？王炳章这个人怎么样且不说他，一个半吊子宣传科长，不宣传厂里产品，整天跟着老耿跑，整我的材料，我能再要他吗？我敢再要他吗？在一段时间里，他们不是胜了吗，眼看就要胜了，市里也来了调查组，哼，我就不信……"

厂长说着，我看见旧妈妈脑子里出现了王炳章的影像。王炳章就是科长，夜里睡在旧妈妈身边的科长……

旧妈妈怔怔地坐在那里，有好一会儿她脑海里出现了空白，一片白。而后她还是说："你说我是谁的人，你说吧！"

厂长又笑了，厂长笑着把一层层"幕布"重新拉上。厂长还在脸上蒙上了一层橡皮薄膜，把脸绷得很紧的薄膜，厂长说："这个话我不会说，也不能说。我刚才说什么了？我什么也没有说……"

我看出来了，厂长是有病，厂长的确有病。厂长脑门里的血管像电线一样密密麻麻的有很多弯路，厂长脑血管里的弯路太多，我看见厂长脑血管里有一个针尖一样的小黑点，那小黑点在厂长的脑血管里随着血液流动，每逢流到弯路的地方就像失桨的小船一样在弯道上打转，这时流速就加快了，流速很快，直到那黑点被冲出弯道……

　　旧妈妈慢慢地走下楼去，旧妈妈捧着自己的抹了红颜色的心慢慢地往楼下走。旧妈妈亮出来的心没人要，旧妈妈只好重新扣上"扣子"，旧妈妈给自己的心扣上了"扣子"，旧妈妈一边走一边扣"扣子"，旧妈妈下楼时甚至忘了牵我。

四月五日

　　上午，旧妈妈又要牵着我去找书记。

　　科长一边系腰上的皮带，一边说："别去，你别去。这时候找他还有啥用？"可旧妈妈坚持要去。

　　旧妈妈是在福寿街口上找到书记的。福寿街是工厂区附近的一条小市场街，有许多卖小吃的摊，一个挨一个的小摊，有卖豆沫糖饼的，有卖烧饼油条的，有卖八宝粥肉合子的，有卖豆腐脑胡辣汤的……书记就在油乎乎的小摊中间站着。书记站在福寿街的路口上，手里拿着一个扁扁的长把木勺，正在给人们一碗一碗地盛胡辣汤；书记的女人束着一个又宽又长又脏的围裙在勾着头洗碗。书记的女人洗碗洗得很麻利，在盛水的桶里旋旋拿出一只，旋旋又拿出一只……

　　旧妈妈站在路口上怅然地望着书记，望着书记一碗一碗地给人们盛胡辣汤。书记谁也不看，书记勾着头给人盛汤，书记盛汤盛得很有水平，两勺一碗，两勺一碗。书记盛汤时脸一直阴着，盛得十分悲壮。一直到书记给一群人盛完的时候，旧妈妈才上前叫了一声："耿书记……"

　　书记的头抬起来了，书记抬头时脸上稍稍有了一些羞色，继而他笑了，书记的笑容里有很多糨糊，显得十分复杂。书记飞快地把勺子递给刷碗的女人，又飞快地在一块抹布上擦了擦手，走过来说："噢，噢，淑云……我来给家属帮帮手，有事吗？来来，盛碗汤吧？"

旧妈妈很尴尬地望着书记。旧妈妈说："书记，都说我是你的人，我是你的人吗？你看，把我划到你这边来了，一划把我划到你这边来了……"旧妈妈又要解"扣子"，一边说一边解"扣子"，我看出，她还是想把心献出来，这是一颗没有染颜色的心，她顾不上涂颜色也不想再涂颜色了。我看出，她来，仅是希望书记能说一句：你是我的人，你跟我受亏了。她要的就是这么一句话，她希望书记能亲口说出这句话。

在街头的阳光下，书记显得十分憔悴，书记脸上亮着一片紫黑，一时书记变得像断了绳子的柴火捆，书记的精神纷纷落地，四下奔逃。书记像空壳一样立在那里，目光迟滞地越过城市的上空，像一个找不着家门的孩子……在书记的脑门里出现了一个背景，一个巨大的宽阔无边的背景：那是戈壁滩上的一片营房，一个年轻的穿军装的人正在猪圈前站着，他在喂猪，他提着一桶泔水在喂猪。而后书记脑门里出现了班长、排长、连长、副营长、营长的标记，那一串标记包裹着一个桃红色的念头，一个乡下小媳妇的影像……下面是一本一本的日历，一共十七本，我看见有十七本日历，日历上有笔画过的痕迹，一个个不太圆的小圈……在日历的痕迹上，一个有了胡楂子的军人坐在了团部的办公室里，那是很多很多个"藏"的日子，我看见那时候军人脸上戴着一副副防护面罩，那时候看不见军人的脸，军人没有自己的脸。一直到一个挎包袱的小媳妇抱着一个孩子出现在他面前的时候，我才看清了他的脸，这是一张有很多坚定又有很多念头的脸。他说：转业，我听见他说，转业……接着又是一段没有脸的日子，在没有脸的日子里，军人带着女人一个城市一个城市地奔走，最后终于坐在了挂有"书记办公室"牌牌的楼房里。脸重新出现了，这时候，脸又重新出现了，一张很平和的脸，胃里装着很多旧日的粮食。再往下是空空荡荡，是一片水一样的东西，白亮亮的一片把一切都冲垮了……

书记说话了，书记说话时有点心不在焉，书记的话像是仍在水里泡着，有很多的苍凉："淑云，别再叫我书记了，我不是书记了，我也是待分配人员，等待组织上重新分配……那些人很坏，那些人非常坏，我斗不过他们，我不跟他们斗了。我来帮家属卖卖胡辣汤，卖胡辣汤也很好。"

旧妈妈很失望，旧妈妈一时不知说什么才好，旧妈妈的心半敞着，"扣子"解了一半留着一半。旧妈妈说："不知咋的就把我划过来了，说我是书记的人。你看，我女儿有病，我女儿都这样了……"

书记的怒气一下子烧起来了，书记眼里有了紫颜色的火苗，书记的脸一时黑成了一张油纸，书记的肝胆都烧成了一坨一坨的焦黑。书记说："说你是我的人，我是谁的人？我还不知道我是谁的人哪！还有原则吗？还有群众吗？要是还有原则，要是还有群众，结果能是这样吗?！说你是我的人，淑云，我找过你吗？我一次也没找过你吧？但厂里情况你是清楚的，大家都清楚，就是没人说话，到了关键时候就没人说话了。群众在哪里呀？他没问题吗？他真的没有问题？现在到他家去搜，搜不出个三十万五十万才怪哪！他有职称有文凭，他有一张纸，咱没有这张纸……他会送礼，财务大权他掌握着，他能送也敢送，早就买通了，连调查组都买通了。我早就给他们说，账面上查不出来，他们有小账，小账早就转移了，有个八万，有个七万，还有个十二万，这都是我知道的。可他们就是不听……说两件小事，你听听就知道了。一张报销单据一万六，副市长的情妇出去旅游，花一万六，拿到厂里报销，操！给组织部送礼，你猜他送什么？送小保姆，他给组织部里一个科长送保姆，操，他成了啥？他成了卖肉的了！小保姆的工资厂里出，算厂里的临时工，开到临时工的名下……要是有群众，都到市里去告他，结果能是这样吗？操，他成了法定代表人了！结果是厂长书记一肩挑，他成了法定代表人了！法定代表人是啥？法定代表人就是把一个厂子交给一个人随意支配、随意挥霍！这个问题我不想说了，我不想再说了……这个人太坏，这个人太坏了！"

书记说话的时候，我看见书记脑子里跑出一个小小的影像，那个影像蹬着一辆自行车在马路上奔跑，在一座座大楼里敲门，一个挨一个地敲门，那个影像一边敲门一边说："我是你的人哪，我真是你的人……"

旧妈妈很局促地站着，旧妈妈的心哭了，我看见旧妈妈的心在哭。旧妈妈两手捧着心，很想找一个放的地方。她四处张望着，想把心搁在一个台阶上，可她没有找到能放心的台阶。旧妈妈茫然地望着旁边一个卖煎包的油锅，油锅里的油"吱吱"响着，旧妈妈心里说：煎一煎能卖出去吗，要是煎一煎……可旧妈妈嘴上却说："那就算了。既然耿书记这样说，那就算了……"

书记蹲下来了，书记站不住了，书记身上的气力已经使尽了。书记蹲下来时脑门里跑出来一个小鬼，那小鬼说：我是让王炳章写过材料，我的确让王炳章写过材料。我说过将来让他当办公室主任，这话我也说过，可事没有成，败了，败了还有啥说。

晚了，太晚了，要早知道送礼行，咱也送，操！我把老婆卖胡辣汤挣的八万块钱都捧上！教训哪，这是个教训。人家下手早，人家的经验就一条：礼要厚，坚持。这就是人家成功的经验……这话不是书记说的，书记一声不吭。书记蹲了一会儿才说："我看你得找他，你还得找他，你天天去找他……"

旧妈妈失望地说："我不想再找了，我谁也不找了……"

四月五日夜

旧妈妈跟科长吵了一架。旧妈妈哭着说，她是出了狗窝又掉进了狼窝……

旧妈妈原是个很好的车工，她能开好多种车床，可她却被"优化组合"掉了……旧妈妈十分怀恋车间里机床的轰鸣声，旧妈妈眼里一再出现她站在 C618 车床前工作的情景。旧妈妈看见自己站在车床前，头塞在工作帽里，手里拿着游标卡尺，正在给刚加工出来的零件量外径。旧妈妈看见自己融进了机器的轰鸣声里，在机器的轰鸣声里旧妈妈非常平静。在机器的轰鸣声里，旧妈妈看见自己的身份有了明确的标志，她看见自己属于车工班，属于二车间，属于柴油机厂。在归属中，我看见旧妈妈的思绪跑得很远，旧妈妈的思绪是一站一站的，每一站都有归属……倏尔，旧妈妈没有了归属，她什么也没有了，她只剩下自己了。

旧妈妈很害怕"自己"……

旧妈妈捧着她那染了颜色的心四处奔走，却没人要……

旧妈妈失业了。旧妈妈跟科长一块儿失业了。

四月六日

魏征叔叔的话：

在城市里活，你知道没有根基的人是什么？

我告诉你：是蛆。是一条没尾巴蛆。蛆要什么，蛆要一条缝儿，一条小缝儿。有了这条小缝儿，你就能活下去。我刚来的时候就是一条蛆。你别看我现在手里拿着"大哥大"，有车，有房，有公司，人五人六的。我刚来的时候兜里只有十四块六毛钱，十四块六毛钱也就是买一盒烟的钱。揣着这十四块六毛钱我在这儿转了三天，三天里我没有吃一口饭。这么大个城市我是一步一步量出来的，我空着肚子量这个城市，一量量了三天，三天后我找到了一个小缝儿。你猜我干什么？你猜？我一说你就笑了，你一准笑。我给人修自行车，我在一条背街上给人修自行车。这么大的城市，到处都是自行车，有几百万辆自行车，你说它能不坏吗？修自行车是最简单的活儿，下等人干的不扎本儿的活儿，人到了万般无奈的时候干的活儿，只要一把钳子一只扳子一个螺丝刀就行了。修自行车也有门道，你不能在西城区修，西城区是工人区，工人日子紧巴，老跟你讨价还价；也不能在老城区修，老城区是市民窝子，人油，混混多，修修不给钱，还老找你的麻烦；你也不能在金水路这样的灯红酒绿热闹繁华的大街上修，在这样的大街上别说警察了，光戴红袖箍的人就能活吃了你。你只能在偏一点、背一点的街上修，在行政区的背街上修。刚来的时候，我就在纬三路的拐口处修过一个月的自行车。这叫"空手套白狼"，你懂吗，这就是"空手套白狼"。当你走投无路的时候，你记住这招。你猜猜我这一个月挣了多少钱，你猜猜？你想都想不到，我挣了两千五百八十二块。

头几天还不算，头几天老有人收拾我，有个骑自行车的小伙，说他是工商局的，过来过去地罚我。第一天，他碰上了，问我要营业执照，我没有。他说罚我三十，我兜里只有五块，五块他也要；第二次，又叫他碰上了，他罚我五十，我说没有，他把我的一套家伙拿走了……人就这样赖，你看，年轻轻的就这样赖。第三次，他又趔过来了，他是吃顺了，老往我这儿趸。你想，他五块钱都要，能是交公的吗？他根本不会交给公家。这是吃白食的。这次来，我看见他就笑了，我笑着说："兄弟，今儿个有个人该死了。"他脸一横，问："谁该死了？"我说："我，我该死了。今儿个我这一罐血就摔这儿了……"他傻了，愣愣地看着我。我说："我是个鸟劳改释放犯，死都死过一回了，我也不怕再死一回。你说你是叫干不叫干吧，你要不叫干我就不干了。实话说，我没打算长干，也就是弄碗饭钱，弄碗饭钱我就走了，你留都留不住……"他又吓唬我呢，他说："走吧，上所里，有话上所里说。"我说："上局里也行啊。上哪儿都行。你走哪儿我跟你哪儿。我就是死了也拉个垫背的，你信不信？"这一说，他翻眼看看我，再看看我，你猜咋样，他骑上车走了。硬是把他吓走了。我说我是劳改释放犯他信了，他还真信。他骑出去好远还回头看我呢。看看再看看……往下就顺了，干了一个月，再没人找过我的事。干了一个月，挣了两千多块钱，我就把家伙撂了。关键是找一个缝儿。缝儿有了，立住脚，往下的事就好办了。你知道开始的时候我住在哪儿？住在一个机关的锅炉房里，在人家的锅炉房里轱辘了三夜。那家伙好下棋，我跟那家伙下棋，下一盘他输一盘，下一盘他输一盘，就这样轱辘了三晚上。

后来我搬到了路寨，在路寨租了间民房，还是那家伙给牵的线……现在路寨人能了，现在路寨家家户户盖小楼，净是一栋一栋的小楼，这地方说是郊区却又在市里边，地皮是他们的，就恶盖，盖了就租出去，都是为出外打天下的人预备的。那时，咱算是头一份儿。

就这两千多块钱。实话给你说，开首的时候，就这两千多块钱。你知道两千多块钱能干什么，你说说能干什么？谝，你说我谝？一点也不谝。好吧，我告诉你，我现在给你讲讲"颜色"，两千多块钱可以买一种"颜色"。那时候，我还不知道自己能干什么，我只有重新丈量这座城市，我又开始量这个城市了。我拿着地图坐上公共汽车一站一站地量，我需要找一个更大更安全的缝儿，一条蛆要变成苍蝇需要更大的缝儿。第一步自然是包装，现在商品讲究包装，货卖一张皮是不是？那时候我是自己对自己进行包装，我得先把自己包装起来，把自己包装起来，才能推销出去。你学吧，你好好学吧。我在百货大楼花四百块钱买了一套西装，七十块钱买了一副眼镜，三十五块钱买了一双皮鞋。你知道，那时候四百块钱能顶现在的两千用，四百块钱能买一套好西装，我要最好的；眼镜那时候五块钱都能买，我也是要最好的；皮鞋是中档的，皮鞋随便，只要是牛皮的，城里人看头不看脚，看着亮就行。人是衣裳马是鞍，包装之后就是不一样，你自己就觉得不一样了，你不由得腰就挺直了，心里也不那么怯了。而后是学习走路，在城里混，你得学会走路。实话对你说，你不要小看走路，要想走出一种坦然，走出一种逍遥，走出自信，关键是走出自信，那是很不容易的。小子，不怕你笑话，我是练过的，我专门练过。我给你说，走得坦然才能活得坦然，走得逍遥才能活得逍遥；走得自信才能活得自信。你要是连走路都不会，你还会什么？我琢磨过，这里边有个精气神的问题。你要是走路东看西看的，掂住一双眼珠子四下抡，那是小偷心理，你没偷人家就跟偷人家了差不多，你怯，你心里怯；要是走得太快也不行，走得太快，说明你急着要干什么，你心里慌，你不从容，你是个下死力的，一看就知道你是个下死力的；走得太慢也不行，走得太慢显得你迟疑，显得你信心不足，一看就知道是没出过门的，走着走着有人上去就拉住你了，人家就专门欺负这种人，赖人眼尖着呢；你得不紧不慢地走，走路的时候头要抬起来，两眼平视，似看什么似不看什么，走出一种漠然。走的时候，胯不能左右摇摆，腰不能硬，要大方、随意、自然，胯一摆腰一硬，妥，你是个拉脚的，一看就知道你是拉脚的。走路得像大干部微服私访一样，眼硬硬的，心宽宽的，还加上一个大咧咧的，在你眼里，周围的人全是蚂蚁，一群一群的蚂蚁，你根本不在乎这些蚂蚁。现在的人讲意识，走路的时候，你得有"蚂蚁意识"，你只当眼前的人都是蚂蚁。这样，走在路上没人欺负你，走到哪儿都有人尊敬你，谁看见你都会有三分敬畏，这就行了，就要这种效果。走路也是一门学问，在城市里，走路也是一门学问哪。

往下说？好，就往下说。在重新丈量这座城市的时候，我先后逛过猫市、狗市、古董市、书市、鸟市、邮票市、菜市、水果市……商场就不用说了，大商场我一个一个转悠。这时候我发现一个人可以干很多事，如果你有能力，就可以干很多事。但我又发现有很多事是干不成的，最终也干不成。这里边有很多因素，你无法排除这些因素，结果是什么也干不成。我说的并不是钱的问题，钱的问题还不是最大的问题。最大的问题是颜色和知识，你必须拥有一种颜色，你还必须拥有多方面的知识。我所说的颜色是一种"保护色"，在城市里干事，你必须有一种以上的"保护色"，不然，你无法生存。投机可以，你要是捞一把就跑，那没问题。你要是扎下来，长期生存，必须有"保护色"。

你别看投机，投机也有很多的巧妙，闹不好就砸了。你逛过狗市吗？你知道一只鬃毛狮子狗卖多少钱？十八万，最高卖十八万；你知道一只小柴狗卖多少钱？五块，你看看相差多少倍。畜生是卖种的，主要是种好。你知道这些狗是从哪儿进的吗？都是有渠道的，有从越南进的，有从缅甸走的，还有从俄罗斯来的，全走地下渠道。你以为容易，你以为投机就很容易？你逛过邮票市场吗？你知道一张"全国山河一片红"炒多少？说出来吓死你，可闹不好它就成了一张废纸，一张没有任何用处的废纸。你知道"皮包公司"吧？那时候有很多"皮包公司"，遍地都是"皮包公司"。"皮包公司"是干什么的？"皮包公司"就是卖嘴的。搞"皮包公司"先得刻章，都是红霞霞的大章，一个比一个的章大，一个比一个的口气大，其实兜里一分钱也没有，全部家当都在皮包里装着，打一枪换个地方，标准是打一枪换一个地方，骗住就骗住了，骗不住再换个地方骗。这种人也真有发财的，发财的也不在少数。你知道"皮包公司"的生意是怎么做的？在城市里，最容易做的就是搞"皮包公司"（这是下下策，当然是下下策）。

刻一个大章，到处跟人订合同，订那种利很薄没有赚头的合同。

当然是货到付款，干"皮包公司"靠的都是这一手，红霞霞的大章一盖，红口白牙说是货到付款，货到了，也就是得手了。三下五除二把货一卖，等到该付款的时候人找不见了，溜了，人早就溜了，货一卖人就溜了，章是假的地址是假的，你找谁去？对方可就倒了血霉了。这是一种。还有一种，也玩的是货到付款的把戏，但是，玩法不一样，那又是一种玩法。货到了，立马给你转移，转到另一个地方，而后该付款的时候，就赖。说是亏了、赔了，把一些不值钱的没人要的东西堆给人家顶债……那时候有很多人干这种营生。我说了，也有发大财的，搞几十万的上百万的都有。那时候整个商品流通靠的就是这些人。你问我为什么没有干这一行？你说我最适合干这一行，那你是小看我了，你小看我了。这里边有个心理问题，关键是心理。人是不可能不欺诈的，我说了，人不可能不欺诈。可干"皮包公司"诈得太厉害，超过限度了。一超过限度人就变形了，心理变形，事事处处都去诈，事事处处心存侥幸，走进去就出不来了。人是不能有侥幸心理的，任何时候都不能有侥幸心理，有侥幸心理的人是干不成大事的。那样的话，诈来诈去总有一天会翻船。现在看，干"皮包公司"的就不多了，有挣了大钱的，也是人不人鬼不鬼的。我不想翻船。我想挣钱，我不想翻船。有本事的人体体面面挣钱，我挣的是体面钱。实话说，我也曾经犹豫过，我犹豫过很长时间，动过干"皮包公司"的念头，最终还是没有干。看来没有干对了，这一步走对了。

说实话，那时候我是看中书市了，我在书市上逛的时间最长。对，就是大同路那个图书市场。我一天一天地在大同路那个图书市场上转，我迷在那个图书市场上了。这个图书市场是我最关键的一步，我就是在这个图书市场上由蛆变成苍蝇的。在这个图书市场上我做了一笔生意，我仅做成了一笔生意。你猜猜我赚了多少？你猜吧，放开猜。你不行，不行，你看看我，再看看……连这点想象力都没有？告诉你吧，我一笔挣了五十四万！

不信吧？我谅你也不会相信。就我，你看好了，就我，在大同路那个屁大的图书市场上，一笔挣了五十四万……

好了，改天说，改天再说。

四月七日

我又看见醋了。

大街上，到处是滚动着的醋。荡荡的醋流把电车堵在了离亚东亚大商场不远的十字路口。人成了蚂蚁，在荡荡的醋流里，人壳（人囊里装满了醋）像蚂蚁一样四处流动，醋也很滑，醋是涩的，流起来也很滑。连树都成了大肚汉了，在这条热闹繁华的四川路上，路边的每棵树都成了大肚汉。树长瘤子了，圆鼓鼓的瘤子。树不说话，树总是不说话。树身上裹着一个黄颜色的壳，每棵树上都有一个屎黄屎黄的壳，壳上有字，我认识壳上的字，壳上写的是"睢州粮液"，一棵一棵的"睢州粮液"……树怎么就不哭呢？

醋是从亚东亚大商场里流出来的，我看见是从那里流出来的。亚东亚大商场门前五彩缤纷、鼓乐喧天，一队穿米黄色旗袍、身披金红色绶带的姑娘正在鼓乐的号令下翩翩起舞。一条上边写有"巨奖!! 百万大酬宾!!!"字样的巨幅高高地悬在她们头上；她们身后是一辆同样缠了金红色绶带的豪华小轿车，轿车很舒适很傲慢地在一个圆盘上卧着，女孩们却不停地扭动屁股，一时扭过去亮出"百万大酬宾"，一时又扭过来亮出"亚东亚大商场"，一时又把那豪华轿车的绶带高举在头顶上……我看见了，我看见滚动的醋流正在分吃女孩们的屁股，女孩身上爬满了小白虫，从醋里流出来的一条条小白虫正在蚕食女孩们的屁股。女孩们穿得很薄，女孩们穿得太薄了，女孩们被一重一重的醋流包围着，女孩们无处可逃，女孩们不得不让小白虫蚕食她们的屁股。

这时候，高音喇叭里传出来一个巨大的声音，那声音像网一样从天空中撒下来："买吧！买吧！……"

车开的时候，女孩们还在扭，女孩们扭动着一副副骨头架子，她们只剩下骨头架子了。路上到处都是小白虫，一天一地的小白虫……

当车行到纬三路口的时候，我看见了我曾经待过的学校。原来校园很大，校园里有花圃和运动场，一个很大很大的运动场，运动场里有过我的笑声。我看见了我过去的笑声，我的笑声镶嵌在一个砖缝里，我的笑声被水泥固定在一个砖缝里，不久的将来（这里正在建一个新的商场，等商场建成的时候），我的笑声会被一个人踩在脚下，那是一个胃里没有粮食的人。现在人们的胃里还存有旧日的粮食，还是粮食人。学校已经很小很小了，宽大的校园如今成了窄窄的一片，学校被醋流冲垮了，醋流把校园四角切成了一份一份的，一份给了银行，一份给了商场，一份给了鱼市，一份给了宾馆。学校周围尘土飞扬，到处都是锯和夯的声音，学校四周响彻着电锯、木锯、电夯、木夯的声音，刺耳的锯声夯声覆盖了整个校园……在锯和夯的声音里，我看见了我过去的老师，我的老师站在课堂上，尖脸变成了圆脸，老师脸上有肉了，老师脸上多出了不少肉褶儿。手里拿着粉笔的老师像大师傅一样，上半身子白下半身子绿。老师的肠胃已经开始绿了，老师的肠胃已经变成了绿色的肠胃。老师哑着嗓子喊："谁家有'创可贴''草珊瑚'？"我听见我的过去的老师在锯声里声嘶力竭地喊："谁家有

'创可贴'的举手！"我看见学生们很踊跃地举手，学生们一个个把手举起来，而后准备回家让家长去购买"创可贴"。老师一边布置"创可贴"，一边推销《语文学习报》，一边又介绍预防治疗近视眼的"明目器"……老师诚恳地说："同学们，学校已经没有阳光了，学校里的阳光被周围的建筑吃掉了。为了你们的眼睛不受损伤，请购买太阳牌明目器。太阳牌明目器不贵，一副才四十八块七毛六分钱，回去都给家长讲一讲，从速购买八折优惠。学校没有赚你们的钱，学校没有赚你们一分钱……"老师的心上插着一根钉子，老师说话时，我看见老师心上钉着一根钉子。老师的心上上了很多的麻药，老师不怕疼，老师一点也不疼，老师笑着，老师很喜欢在自己的心上钉钉子。老师一边在心上钉钉子，一边在心上喂麻药，老师已经学会喂麻药了。这枚钉子有麻药喂着，用麻药喂出来的钉子刚刚生锈，钉子周围有绿色的锈斑，还有瘀血，紫颜色的瘀血，瘀血和锈斑已经有机地连在一起了。老师讲过的，这叫"珠联璧合"，这是不是该叫"珠联璧合"？

报上说，在新的时期里，人们要学会使用麻药。

四月七日夜

我知道新妈妈要害我了。

我已经知道新妈妈要害我。

中午的时候，我刚刚回来，新妈妈就要我喝八宝粥。新妈妈说，这是"亲亲"八宝粥，还有一罐，给你留了一罐，你喝了吧。新妈妈脸上突然有了喜悦，桃红色的喜悦，这喜悦来得太"陡"了，这喜悦太真又太假，这喜悦包藏着一个阴谋，我断定这是一个阴谋。这证明她要下手了，她要害我。她一定是在八宝粥里下了毒药，她敢下毒药，我知道她敢下毒药。我看出她的笑里藏有刀片，外边裹着一层绢花的刀片，桃色的绢花里裹着锋利的刀片，笑也能杀人哪，我知道笑能杀人。谁的笑会是一丝一丝的？只有新妈妈的笑是一丝一丝的，是红萝卜做出来的一丝一丝，红红艳艳的一丝一丝，甜是甜，就是里面包藏着毒药。她怎么会对我笑呢？她怎么可能笑呢？她肚子里有那么多的黑气，她肚子里淤积着一团一团的黑气，黑气在她的胃里横冲直撞，她能笑出来吗？她的笑是一种武器。我都看出来了，她是瞒不了我的。这罐八宝粥我是不会喝的，我决不喝。

傍晚吃饭时，当着爸爸的面，新妈妈又逼我喝八宝粥。新妈妈说，你把这罐八宝粥喝了，这是特意给你留的。我就是不喝，我坚决不喝。为什么非要我喝这罐已经打开了的八宝粥？我早就看出来了，八宝粥是打开过的，我闻到气味了，我闻到了毒药的气味。毒药的气味就是这种腥腥甜甜的气味，我曾经听一位医生说过。我怀疑爸爸也参与了这个阴谋，爸爸很有可能参与了这个阴谋，现在到处都是阴谋，在城市里，人活成了阴谋。爸爸为什么也假惺惺地劝我？爸爸说：喝吧，喝吧，叫你喝你还不喝……他们都讨厌我，我知道他们都讨厌我。

我把那罐八宝粥偷出来了。我装着要喝的样子，趁他们不注意的时候把那罐八宝粥偷出来了。我把这罐八宝粥喂了邻居家的小花猫，那是陈冬阿姨家的猫。陈冬阿姨家的猫常常从对面楼里偷跑出来，我在楼后悄悄地扑住它，让它喝了这罐八宝粥。小花猫好吃甜的，可它没喝几口就死了。它仅是嗷嗷地叫了两声，打个滚儿就死了。可怜的小花猫，它是替我死的，我的怀疑在它身上得到了证明。它死的时候还睁着两只眼睛，它的眼睛很湿润，它那很湿润的眼睛里泡着一个小小的人儿，一个露水珠一样的小人儿。我知道那小人儿是我，那小人儿就是我。我看见小花猫的魂灵了，我看见了小花猫的魂灵，小花猫的魂儿是一张纸，一张薄薄的纸，它的魂灵在空中飘着，它的魂灵一边飘一边说，它得找一个地方，它得重新找一个地方。我能听见，我都听见了。我还听见它那死了的身子在说话，它说，它看不见天空了，它说它想再看看天空……

小花猫死了，小花猫为我而死。小花猫一死，我就变成猫了，我看见我变成了一只猫。

夜里，我瞪大眼睛，想捕一只老鼠。我很想捕一只老鼠。我不吃它，我不会吃它，我只想跟它说说话。老鼠也可以和猫说说话。猫同志，老鼠同志，坐在一起说说话。猫同志说，咱们开个会吧？老鼠同志说，好哇。猫同志说，你先讲吧？老鼠同志说，你先讲，你先讲。猫同志说，大家都是同志了，谁先讲都一样。

好吧，我先说。我说一点吧，老鼠同志，你住的地方太简陋了吧？住那么小一个地方，又不见阳光，是不是搬到上边来一起住啊？我看还是搬到上面来住吧。老鼠同志说，我住的地方嘛，小是小了一点，不过，很暖和。大家都是同志了，搬上来也可以。不过，猫同志，你是不是该换换口味了？猫同志说，这个问题嘛，好说。我早就换口味了，我现在改喝牛奶了，我天天喝牛奶……

正谈得好好的，倏尔"刺溜、刺溜"都不见了。猫同志、老鼠同志都不见了。它们听到了人的声音，是人的声音把它们吓跑了。

我知道是谁的声音，我知道它们害怕谁的声音。我听出来了，那是新妈妈在说话。新妈妈又在给爸爸上课哪。新妈妈是爸爸的教授，她一来就成了爸爸的教授。在这件事上我必须承认，旧妈妈跟她是无法相比的。新妈妈的话是有颜色的，有很多颜色，新妈妈的话五光十色，新妈妈的声音里有一种能勾人的光线，带七种颜色的一棱一棱的光线；新妈妈的声音里还有一种甜点心味，那是一种玫瑰色的加馅小点心，那种连末末都想吃下去的小点心，藏有迷药的小点心；那话里边竟还藏着虫，白白肉肉的小虫，小虫身上是透明的，里边有一个樱桃样的红点，鲜艳欲滴的小红点……每当她给爸爸上课的时候，我看见爸爸身上的毛孔就张开了，我看见爸爸变成了一个刺猬，一个毛刺猬，刺猬多开全身的毛孔听她说话。刺猬是用身子去吮的，刺猬用身上所有的毛孔去吮吸她的话，这时候刺猬又成了一个木偶，只有毛孔是活的，毛孔在与那勾人的光线对接，毛孔贪婪地依附在那白白肉肉的小虫上，一点一点地吮吸……

　　爸爸和新妈妈是在舞厅里认识的。我知道他们是在另一座城市的舞厅里相遇的。在那座城市的舞厅里，他们并没有跳舞，是他们的心在跳舞，他们的心相隔八张茶几、六张沙发，跳着跳着就跳到一块儿去了。那时候爸爸和旧妈妈还没有离婚，可爸爸的心已经开始跳舞了。在有红蚊子的季节里，人人都想跳舞。那时候，市面上刚刚流行"红蚊子音乐"，"红蚊子音乐"在城市里的大街小巷到处游荡，"红蚊子音乐"虚无缥缈却又无孔不入，使人们不由产生一种赤身裸体的欲望。听了"红蚊子音乐"的人不由得想脱衣服，人们一件一件往下脱衣服，脱到不能再脱的时候就去跳舞，人们是不得不跳舞。报上说，裸露是这个时代的主题。时代到了该裸露的时候，人们也需要裸露。爸爸就是在这个时候接到了新妈妈的信号，新妈妈相隔八张茶几、六张沙发向他发出的信号。新妈妈的信号一往无前，具有很强的穿透力，新妈妈的信号在"红蚊子音乐"的伴奏下，蛇动着舞蹈曲线一扭一扭地向爸爸走来。爸爸没有抵抗能力，爸爸一点抵抗能力也没有，爸爸也身子一扭一扭地迎了上去，爸爸欢乐无比地向"红蚊子音乐"投诚。那个夜晚是个遍撒迷药的夜晚，在那个夜晚里爸爸成了一个婴儿，爸爸成了新妈妈手中的婴儿。爸爸本是去开会的，爸爸到那个城市里参加一个与税务有关的会议，与税务有关的会议是很豪华很奢侈的会议。在这个会议组织的舞会上，爸爸和新妈妈相识并成了她手中的婴儿。新妈妈把爸爸装进一个透明玻璃管里进行了很多次化验，化验之后新妈妈才确定了她下一步的行动。

我看见了被装在玻璃管里的爸爸，爸爸在玻璃管里化成了一小撮土，含碱性的土，那一小撮土在玻璃试管里呈阳性反应。在阳性的反应里，这撮土有了极为宽阔的背景。这背景连缀着一块黝黑的土地，连缀着一种涩中带腥、腥中有甜、甜中有苦的气味。新妈妈一定是化验出了这种气味，这种气味与新妈妈身上的气味极为吻合，新妈妈一边追逐城市一边追逐气味，新妈妈要的就是这种气味。新妈妈说：这是一种"涩格捞秧儿"味，她要的就是这种"涩格捞秧儿"。我不知道什么是"涩格捞秧儿"，也不知道哪里有"涩格捞秧儿"，我仅是看见新妈妈这样说。

我说过，新妈妈是一条蛇，新妈妈是一条小花蛇。她说话的时候，我看见她心中昂着一个蛇头，一个直直昂着的三角形的蛇头。爸爸心上也有蛇头了，爸爸心上的蛇头是伏着的，他心上有一个伏着的蛇。新妈妈正在教他，教他把蛇头昂起来。新妈妈说，先微笑，必须先微笑，把微笑罩在脸上，而后全身运气，使肚里的黑气运作起来，形成力量，一股仇恨的力量，把仇恨运作得像铁一样坚硬，顶在微笑的后边，然后去钩那蛇的头，那蛇头就会昂起来了……

我很害怕，我确实很害怕。

四月九日

我发现了一个秘密。

新妈妈时常说她舌头疼，她说她的舌头有点疼。我知道是为什么，我知道是为什么了。

每当爸爸上班之后，新妈妈就开始化妆了。新妈妈坐在镜子前，用很长时间化妆。新妈妈总是给自己戴上一个面具，一个小女孩样的面具。新妈妈戴上小女孩的面具在镜子前扭来扭去，从各个角度偷看自己的化妆效果。她在镜子前面做出很多微笑，我偷偷地数过，她能变出九种微笑的姿态，有玫瑰红的，有翡翠绿的，有蔷薇紫的，有昙花白的，有牡丹黑的，有葡萄黄的，有杏仁红的……她一种一种地在镜子前面进行试验，在各种微笑里选出一种来，再把其他的装进衣兜。她的衣兜里装着各种各样的微笑和各种各样的面具，我知道她的衣兜能装很多东西。而后新妈妈把身上穿的衣服一件件脱下来，赤条条地站在镜子前面，白亮地扭动一番，在身上涂一种有蛇味的雪花膏，我知道那是迷药。

涂了之后她再换上鲜艳的内衣，新妈妈在出门之前总要换上一件鲜艳的绣花内衣。接着，她再用"桃花针"扎我一下，扎了她就出门去了。我知道，她是要把我钉在屋里，每次出门她都先把我钉在屋里。

新妈妈每次出门走的都是同一条路线，我能看见新妈妈走的路线。新妈妈走的路线留下了印痕，那是一条湿润的白色印痕。

那条印痕通向一个个台阶、一道道门廊，最终走向一个有很大很大房间的 A 楼。新妈妈走的所有的路线无论转多少弯最后的终点都是 A 楼。在那栋 A 楼里，新妈妈按响了门铃。门铃响过之后，迎接新妈妈的是一位身材高大面色红润的老人，是一个五十来岁很强壮很体面的老人。那老人身上有老虎的气味，我在那老人身上闻到了老虎的气味。"老虎"笑着把新妈妈迎进去，"老虎"很温和地对新妈妈笑着，笑着把新妈妈迎进了一个十分豪华的房间。在那个豪华的房间里，新妈妈先是坐下来。戴着面具的新妈妈坐下来歇息片刻，喝一杯紫红色的热水，而后新妈妈就站起来了，我看见新妈妈站起来，把舌头喂进了"老虎"的嘴里……

在那栋 A 楼里，我看见新妈妈一次又一次地把自己的舌头喂进"老虎"

嘴里。新妈妈勇敢地把舌头伸出来，让"老虎"去咬，我看见"老虎"的牙齿在新妈妈的舌头上发出"刺啦、刺啦"的锯一样的声响。锯声里夹着喘气声，"老虎"的喘气声像鼓风机一样响着。我还看见了新妈妈的笑声，新妈妈的笑声像浪花一样在房间四壁冲荡，新妈妈的笑声有一股葡萄味，新妈妈笑出了一珠一珠的葡萄味，那房间的地毯上到处都是滚动着的葡萄。这时候新妈妈的脸很红，新妈妈的脸像烧红的烙铁一样，我看出来了，新妈妈很疼，新妈妈一定很疼。可新妈妈依然在笑，新妈妈笑着、笑着、笑着……这时，我已经看不到新妈妈了，新妈妈把自己化成了一个小舌头，一个灵巧的桃红色的舌头，舌头在"老虎"嘴里四处滚动、上下翻飞，舌头在一个个牙缝里跳动，时伸时缩，时进时退，就像一个舞蹈着的小精灵。小精灵在一个长满牙齿的舞台上做着各种形态的表演，我看见小精灵一边表演一边说："我要得到的，我一定能够得到！"

我知道，新妈妈把她的舌头卖出去了，新妈妈每天都出去卖舌头。

这些都是爸爸不知道的，爸爸什么也不知道。新妈妈回来后，总是先洗漱一番，她是要把"老虎"的气味洗掉，我知道她要把"老虎"的气味全都洗掉。她还匆匆忙忙地换下走时精心换上的内衣，再把平时穿的内衣重新穿在身上。在脱和穿的过程中，新妈妈肚里的黑气也在跌宕起伏，这时新妈妈的肚子就像火山一样，翻卷着一股股黑烟的火山……新妈妈还一口一口地吐唾沫，她几乎都要把肠子吐出来了。等新妈妈把所有的痕迹都打扫干净的时候（她总是一点痕迹也不留），她才把脸上戴的面具摘下来。她摘下面具脸上就没有内容了，新妈妈一摘下面具就成了一个很疲惫的女人，她的疲惫是从骨头缝里冒出来的。这时她的心很凉，她的心一定很凉，她的骨头缝里冒出的是一丝一丝的凉气。她横躺在沙发上，人就像僵了一般。这时就可以看清她是蛇变的了，一条僵硬的盘曲着的花蛇。也就是片刻吧，片刻，新妈妈就又重新活过来了，她脸上重新有了内容，有很多很多的内容。一股红色的气体在她的五脏六腑里游走，在她的脸上游出了光鲜和亮丽，游出了火爆爆的春色。我看见她的心也硬起来了，注入红色之后她的心像铁一样硬。我听见她的心在说："没有谁能阻挡我，谁也不能阻挡我。"而后，她又重新戴上面具，这是一副装饰性很强的面具，一会儿能变一个样的面具。她戴上面具等着爸爸下班回来……

新妈妈为什么要背着爸爸出去卖舌头呢？

四月十日夜

晚上，下雨了。

春雨很软，春雨是泥做的。泥做的春雨在风里斜斜地湿下来，在玻璃窗上写出一些星星点点。雨落下来的时候先是一短，而后又是一长，珠样的一短，又珠样的一长，面面地粘在了窗上，仿佛本来就有的样子，印花一样，一润一润地椭圆着。春雨有一股面的气味，一股甜酒样的气味，那气味是用细筛筛出来的，细筛筛出来的气味一淋一淋的，时有时无，时断时续，且还有缕缕霉了的斑斑点点陷在里边；细了听，就听见了小虫蚁儿的呢喃，春雨下来的时候，就听见很多的小虫蚁儿在窃窃私语，天上落下了很多的小虫蚁儿，很有趣的小虫蚁儿，一个亲着一个，一个叠着一个，喁喁地说着话，它们是嘴对嘴在说话，它们的话真多呀！……

我真想和它们说话，我真想和它们说说话。我知道它们在说什么，它们说：城市太脏了，城市很脏。城市里有很多病。它们来的时候很干净，走的时候很脏，一落下来就脏了……我知道，它们不愿意跟我说话，它们嫌我脏。

把脸贴在凉凉的玻璃窗上，我就又看见那个人了，那个秃顶的老头。那人在楼下的雨中来来回回地漫步，那人披一件黑色的风衣，紧夹着身子在雨中的树下漫步。其实他是很焦躁的，我看出来了，他很焦躁。他走动的时候心却没有走动，他的心一直在那个窗口钉着，那是陈冬阿姨的窗口，我知道他的心钉在了陈冬阿姨的窗口。他把心钉在陈冬阿姨的窗口上，人却在雨地里漫步。

他的心是紫黄色的，他的心上撒了很多胡椒粉，他的心是胡椒粉加盐腌出来的，他的心很辣，他的心有一股很冲的胡辣味。他的心是化过妆的，心老了，他又化了化妆，那股胡辣味是特意加工出来的。我看出来了，他的心在别的地方也挂过，他的心上有一个铁鼻儿，那铁鼻儿是专门加工的，那铁鼻儿已经锈了。那铁鼻儿挂的地方太多，所以铁鼻儿生锈了。他的心挂在那里，却一点也不怕雨淋，因为上面包了一层很厚的油纸。他是一个很有经验的人，事先就在心上包了油纸。我看出来了，这是一个经常挂心的人，他走到哪里，就把心挂到哪里……

陈冬阿姨的窗口没有灯光，她的窗口一片黑暗。但我还是看见她了，我看见她在窗口站着，默默地站着，半浏览半轻蔑地看着秃顶老头挂在窗前的心。她是早已认识这颗心了，她对这颗心很熟悉。我看出，她是很想把这颗心从楼上的窗口处扔下去，她一定是很想把心扔下去。可她不敢，她有点怕。人怕人是从心里怕的，她心里怕。她轻声说：“走吧，你走吧。该给你的，我都给你了，你还要怎样呢？”

那颗用油纸包着的心说：“你还要什么？你说吧，你还要啥？”

她说：“我不要，我什么都不要。你能不能让我安静一会儿？”

心说：“你为什么不要？你应该要嘛。那时候你要，现在你又不要了。你不能想要就要，想不要就不要……”

她说：“四年了，你还不够吗？四年还不够长吗？有比四年更长的吗？

什么东西能比四年更长……”

心说:"你是不是嫌我老了?你说,你是不是嫌我老了?我的心年轻啊,你看我的心有多年轻。你尝尝辣不辣?不年轻有这么辣吗?"

她说:"你要再逼我,我就不客气了。"

心说:"我逼过你吗?我什么时候逼过你?那时候,我顶的压力小吗?为接收你,我顶了多大的压力呀!这些你不是不知道,你都知道的。中文系毕业的学生很多,中文系毕业的学生……"

她说:"你还要说什么,你还想说什么,都说出来,都说出来吧!不就是那些话吗,你说了多少次了,你说了无数次了……"

心说:"我说什么了?我什么也没有说呀。我说过要把你退回去吗?我说过这样的话吗?我也不是为了让你感激我,我从来也没有让你感激过我。调你也不是为了别的什么,是看你气质好,我是看中你的气质了。一个处级单位,多少人想进,那时候各个部门都给我推荐人,上头也往下压人,我都没有要嘛……"

她说:"是啊,你对我不错,我知道你对我不错。你……"

心说:"你是不是和王森林那小子混在一起了?我看你是让王森林那小子给迷住了。王森林算个什么东西?那时候,王森林一天到晚像狗一样点头哈腰,见了就喊老师,我理都不理他……"

她说:"我是跟王森林混在一起了,我早就跟王森林混在一起了,王森林天天在我这里,王森林一会儿就来……"

心说:"如果不是王森林,也是那个叫什么、什么的,我知道,我都知道……你别以为我不知道。早有人给我说了。就是那个、那个瘦高个……"

她说:"是呀,我这儿有很多人,我这儿天天都有人,这跟你有什么关系吗?这跟你一点关系也没有!地上跑的、天上飞的都与你没有关系。你凭什么干涉我?你是我的什么人?你凭什么跟踪我?!……"

心说："谁说我跟踪你了？我会做这样的事吗？我是关心你，我是关心你呀。好好好……"

往下就没有声音了，往下只有对视……

夜已深了，那个包着油纸的心还在陈冬阿姨的窗前挂着，那里挂着的是一枚"公章"，很像是一枚"公章"。在这座城市里，很多地方都挂着"公章"……

雨小了，雨渐渐化进墨里，变成了一片灰尘，很湿润的灰尘。那个秃顶老头仍在楼下的雨地里漫步。他一边漫步一边看表，他不时地看表……

我知道用不了多久，他就会上楼的，他一定会上楼去。门开不开哪？

四月十一日

新妈妈又要出门去了。

新妈妈说，要去看看她的表舅。走的时候，新妈妈就是这样对爸爸说的。可我知道她要到哪里去，我是知道的。

她肯定要去那座 A 楼，她又要到那座 A 楼里去了，她要去卖她的舌头。

我一直盯着看，盯着看的时候，才能看见她和那座 A 楼。

新妈妈走的是一条曲线，我发现她从来不走直线，她没有走过直线。她在路上总要绕一圈，上 3 路车，又转 5 路，接着她又进了亚东亚大商场。新妈妈很喜欢逛商场，她先后在商场的电梯上下了两个来回，她一上电梯我就看不到她了，那里充满了人肉的气味，她一混进人肉的气味里，我就看不到她了。后来她又回到了大厅，站在一个大穿衣镜前。商场里到处都是镜子，她喜欢镜子，她在镜子前面照了很长时间，她在镜子前面换试微笑的面具。我看见她换上的是一副橄榄色的面具，她是戴着这副橄榄色的面具走向 A 楼的。我发现新妈妈是个非常勇敢的女人，她很勇敢。

新妈妈在 A 楼的长廊里走着，不停地与人们打招呼，她在这里已经认识了很多人。新妈妈与人打招呼的方式非常独特，她像玩魔术一样见一个人换一副面具。她很灵巧地用左手拿下一个，右手换上一个，我几乎看不出她是怎样拿下又是怎样换上的。我看出，新妈妈打招呼的人，都是些有椅子的人。坐在 A 楼里的人每人都有一把椅子，他们带着大大小小的椅子走路，他们也都像椅子一样被涂上了紫红的颜色，一个个走得很沉稳也很僵硬。椅子在屁股上绑着，他们只有端着架势走路。最后，当新妈妈快要走到那个门前的时候，她又把面具换掉了，她仍然换上那副橄榄色的面具，今天，她坚持使用橄榄色面具。

新妈妈又走进了那个有老虎气味的房间，新妈妈在那个房间里戴着橄榄色的面具，显得非常地娴静。她端坐在沙发上，看着"老虎"给她端茶倒水，"老虎"给她端的仍然是冒着腾腾热气的紫红颜色的水。新妈妈没有喝，新妈妈说："老项，你不用忙，老项。那事怎样了？我来问问那事怎样了。"

"老虎"笑着说："哪件事？事很多，我不知道你说的是哪件事。"

新妈妈说："当然是那件事，就是那件事，我说的那件事……"

"老虎"坐过来了。"老虎"往沙发上一坐，紧挨着新妈妈，又问："你再说说，你再给我说说。"

新妈妈的身子往后移了移，说："你贵人多忘事，你不知道算了，我也不说了……"

"老虎"拍了拍脑袋，"老虎"说："噢，是那事，我知道，我知道了。我已经给他们交代了，让他们马上就办。这好办，你说的事，我能不办吗……"

"老虎"说话的时候，我看见他的脑海里十分忙碌。他脑海里有一张四通八达的线路图，在每一条线路图上都跑着火车，红颜色的火车，火车上装载着许多红颜色的小人，小人们坐着火车朝四面八方奔去。当火车与火车在乱麻麻的线路上交会的时候，我发现随时都有撞车的可能：车太多了，车开得也太快了……

新妈妈一直戴着那副橄榄色的面具，当"老虎"慢慢移到她跟前的时候，新妈妈仍然没有换面具，新妈妈也没有卖舌头，这一次新妈妈没有出卖舌头。新妈妈把她的胳膊拿出来了，新妈妈仅是把她的胳膊交给了"老虎"，"老虎"拿到的是一条白嫩的胳膊。"老虎"一拿到胳膊，他脑海中的线路图上的火车就停下来了，所有的火车都停了，线路堵塞了，接着出现了一片红色的大水，洪水把什么都淹了，整个线路成了一片乱糟糟的糨糊，红色的四处冒泡的糨糊……

新妈妈一边往前送着胳膊，一边往后移着身子。新妈妈一边勇敢地把胳膊卸下来交给"老虎"，一边做出胆小如鼠的样子。

新妈妈小声说："老项，这样好吗？这合适吗？老项，老项啊……"

"老虎"的肠胃里也残存着粮食，"老虎"的肠胃里下半部有粮食和粉笔末的气味，上半部的气味却非常的复杂，那是各种肉类加牛奶杂出来的气味。"老虎"肠胃里的气味是台阶似的，每一个台阶都有一条路线，每一条路线都连带着一大堆白色的粉笔末，我看出"老虎"的路线是从粉笔末开始的……而后粉笔末的气味少了，越来越少，越来越少。"老虎"肠胃里的气味从简单走向复杂，而后又从复杂走向简单……"老虎"曾经对新妈妈说过一句很精辟的话，我听见"老虎"对新妈妈说："我现在吃不下东西，我现在吃东西很少。酒嘛，我现在只喝'五粮液'，烟嘛，只抽'红塔山'，别的不喜欢，别的都不喜欢。"

新妈妈轻轻地把胳膊抽出来，新妈妈把胳膊抽出之后说：

"哼，你也有想吃的。有些东西你很想吃，就是没有人给你……"

"老虎"笑了，"老虎"很温和地笑了，"老虎"笑着摇摇头……在"老虎"的笑容里塞着另一个女人，"老虎"脑海里出现了一个被粉笔末裹着的女人，那个女人浑身上下沾满了粉笔末，那个女人连缀着一段十分屈辱的岁月，在那样的岁月里，"老虎"像粉笔一样不断地磨损，那时候"老虎"成了在黑板上纷纷落下的粉笔末。而后是男粉笔与女粉笔的相互磨损……谁都没想到会有一张纸飘过来，有那么一天，会有一张纸飘过来……于是，"老虎"喃喃自语说："不堪回首，不堪回首啊……"

"老虎"一边"不堪回首"，一边吞噬新妈妈的胳膊，"老虎"在新妈妈的胳膊上咬出了很多牙印，"老虎"嘴里有一颗假牙，因此，新妈妈的胳膊上也有了很多的假牙印。这颗假牙是一九六八年制作的，假牙套上有好名声的牙科医生刻上去的极微小的"一九六八"的字样。在一九六八年，"老虎"从课桌上掉下来，跌掉了一颗牙齿。那颗牙齿被一个打扫卫生的人扫进了垃圾堆，而后从一个垃圾堆又转向另一个垃圾堆，如今躺在了郊外的地下（那颗牙齿的一部分躺在郊外的地下，一部分变成了一只白萝卜）……"老虎"在吞噬新妈妈胳膊的同时，把心分成了四份：一份警惕地谛听着门外的动静；一份喜悦地品尝着鲜嫩的滋味；一份偷觑着女粉笔的丑陋；一份进入了回忆之中。在回忆里，他看见新妈妈在一个下属的家里坐着，那人就是新妈妈的远房表舅，"老虎"是在新妈妈的远房表舅家里见到新妈妈的。在那里，新妈妈看到他就举起了那双大眼睛，那双亮丽的大眼睛给他留下了极为深刻的印象。而后新妈妈就勇敢地找他来了，新妈妈来请他帮忙办一件事……倏尔，他的思路又跑进了一个四星级宾馆，他温和地说："开个房间吧，咱们去开一个房间……"

新妈妈却只有一个念头，她只有办事的念头，新妈妈举着那个念头就像举着一把锋利的刀，新妈妈用刀把胳膊切下来交给"老虎"……现在，她突然又把胳膊抽出来了。新妈妈一边往外抽胳膊一边说："我该走了，我真的该走了……"新妈妈抽出胳膊后，很决绝地站了起来。

"老虎"慌忙说："再坐一会儿，再坐一会儿嘛。那件事我一定办，我尽快办……"

新妈妈还是走了。新妈妈临走之前才取下了橄榄色的面具。

新妈妈临走之前换上了桃红色的面具，扭头给了"老虎"一个桃红色的微笑……这个微笑使"老虎"目瞪口呆，"老虎"脑海里奔驰着一片红色，红色又像大水一样漫过来……这时"老虎"变成了一只猫，变成了一只傻呆呆的猫。"老虎"也有变猫的时候。

新妈妈的高跟鞋在走廊里有节奏地响着，那"嘚儿、嘚儿、嘚儿……"的响声在楼道里敲出了桃红色的气味，楼道里弥漫着桃红色的气味和肉色金属的轰鸣，整个楼道里到处都是游动着的桃红色的气味和肉色金属的轰鸣声，那气味和声响鱼儿一样游进了"老虎"的房间。"老虎"很想站起来，"老虎"非常想站起来，"老虎"拼命想追逐那桃红色的气味，可"老虎"站不起来了。"老虎"很想站起来，可他站不起来了。

"老虎"只会反反复复地喃喃自语说："开个房间吧，开个房间吧……"

新妈妈笑了，走在路上的时候，我看见新妈妈偷偷在笑。

四月十二日

今天，新妈妈罚我跪了一个上午。

新妈妈在我身上扎上针，又罚我跪了一个上午。

她说我的眼睛有"问题"，她说我看她的时候，眼睛有"问题"。

新妈妈是一个很灵敏的人,新妈妈非常灵敏。我看见新妈妈肚子里藏着很多的疑问,新妈妈对我的眼睛产生了怀疑。她一次又一次地问我:"你看见什么了?你说,你到底看见什么了?"

我不能告诉她,我知道我不能告诉她。我如果说我看见了什么,她会害我的,我知道她一直想办法要害我。

她知道我会写字,就把一支笔一张纸递到我手里,她说:"你写,你看见了什么,你给我写下来……"

我不能写,我不写。我看着她,我跪在地上看着她。不知怎的,她很害怕我看她,我一看她,她就说我很"贼",我的眼睛很"贼"。她扎我的时候总是先让我闭上眼睛,我一闭上眼睛就发现那根针离我很近,那根针离我非常近。针上蕴积着新妈妈肚子里的黑气,新妈妈把黑气注在针尖尖上,而后往我身上扎……

倏尔,没有针了,新妈妈把针拔掉了。新妈妈的声音变成了一片轻柔的羽毛,一片桃红色的羽毛,一片桃红色的羽毛轻柔地抚在我的脸上:"孩子,你告诉我,你看见什么了?你究竟看见什么了?你是不是能看见什么……"

我没有睁眼,那轻柔使我不愿睁眼,我觉得像是在梦里,梦中有一只小船,羽毛做成的小船,我躺在小船里,轻轻地摇啊,摇啊,摇啊摇……这时候,我忍不住了,我忍不住想看一看,可我看见蛇头了,我一下就看见了新妈妈肚子里的蛇头,新妈妈肚子里昂着一个三角形的蛇头,那蛇头在吐黑气,那蛇头能吐出一团一团的黑气……

我摇了摇头,我只能摇摇头。

四月十二日下午

那个叫王森林的又来了，他来找陈冬阿姨。

他仍然是骑着一辆破自行车。他把车子往楼门口一放，就匆匆地上楼去了。

陈冬阿姨住在五楼，他站在五楼的楼道里，先是迟疑了一会儿，而后上前敲门。他站在门口敲了很长时间……

陈冬阿姨不在家，我知道陈冬阿姨不在家。可他还是敲。他敲了一会儿，就对着门说："陈冬，你这不是害我吗！我来找你帮忙，你帮不帮都不要紧，你也不能害我呀？我跟你好过吗？我啥时候跟你好过？你怎么能给头儿这样说哪？你说我跟你好，你说得有鼻子有眼儿的，让头儿一天到晚给我小鞋穿，你这不是害我吗？我知道什么？我什么也不知道……"

我看出，他是有意对门说的，他不是对陈冬阿姨说的，如果陈冬阿姨在家，他一定不这样说，他只敢对门说。他还朝门上踢了一脚，他很气魄地朝门上踢了一脚，他在门上踢出了一片狗屎味。接着，他突然地弯下腰去了，我以为他要干什么了，他很像是要干出什么的样子，结果是很有意思的，他蹲下来又去擦门上的狗屎味，他竟然用自己的袖子去擦那难闻的狗屎味，踢完之后，他又蹲下来一点一点地把痕迹擦掉了。一会儿工夫，他站起来，拍拍袖子，扶扶眼镜，气宇轩昂地下楼去了。他在楼梯上走出了一片"咚咚"的脚步声，很大气的脚步声，可那脚步声里托着的心却很小，像蚊子一样小。一个小小的心在很大气的脚步声里走出了一股生姜的气味，这是一股人造生姜的气味。报上说，现在人造的东西很多……

这是一个很奇怪的人，这个人非常奇怪。他一下楼就开始念念有词地说着什么，他一边推车子，一边嘴里嘟嘟哝哝地说着什么……我仔细看，我盯着他看，才看清他嘴里嘟哝的话。他说的仍然是这样的一串话："中央人民广播电台，中央电视台，男浴池，女浴池，男女浴池……"他不停地说着这样的话。他骑上车后，嘴里仍然背诵着这样一段话："中央人民广播电台，中央电视台，男浴池，女浴池，男女浴池……"当他背诵这些话的时候，他心中却奏着一段"红蚊子音乐"，是现在社会上最流行的"红蚊子音乐"。我不明白这些话与"红蚊子音乐"有什么关系，我一点也看不明白。

我的头有点疼了，我的头又有点疼了。我不看了……

四月十三日

魏征叔叔的话：

人一有了钱，钱就很扯淡了，钱其实很扯淡。钱是一种声音，钱是用来买声音的。说来说去，人要的也就是一种声音。人要是活出响儿来，也就算是大活了。我知道你不信，你别不信。

是呀，有时候，一定的时候，用钱也买不来声音，到了那种时候，无论用多少钱都买不来声音，这我知道，但是，我告诉你，响过没响过是不一样的。大响过的人毕竟大响过，这时候还有一种东西是可以保持的，可以终生保持。什么都没有了，你还可以靠它活着。这就是回忆。我告诉你，大响过的人到了一定的时候，可以拥有回忆。回忆就是声音。即使是一个人，只要拥有回忆，就可以制造出满屋子声音。要是你根本就没响过，你靠什么回忆？连回忆都没有声音，这不太可怜了吗？说说蛆变苍蝇？好吧，就再给你说说蛆变苍蝇。

　　我上次说过，在大同路那个图书市场上，我一笔挣了五十四万，这是实打实的。我在那个图书市场上整整转了半个月。我白天转悠，晚上看书，那一段，我看了多少书啊！你知道我这个人，不干是不干，要干就真干。你也知道我的文化水平，不吹牛地说，在这一点上，咱不吹牛，起码比那些人高出两个档次。这不是笑话吧？这不应该是笑话。在那里我发现两个人的书卖得最快，一是金庸，一是古龙。听说过这两个人吧？在那个时候，这两个人的书卖得最快。人疯的时候，是心先疯的，活得憋屈的人都喜欢品味那些打打杀杀的东西，这就是让心先疯一疯。真赚钱哪！一发就是几十万、上百万，一套一套的，一套就是十几元，进钱流水一样。但这个图书市场上的书贩赚钱并不多，在这里干的全是二道贩子、三道贩子，甚至四道五道……大钱都让外边的人挣了。啊，关键是首发！你知道首发的含义吗？你知道全国最大的图书市场在哪里吗？告诉你吧，我告诉你，四个地方：一个是武汉，一个是湖南的长沙，一个是广州，一个是哈尔滨。这四个地方就是全国最大的图书集散地，挣大钱的都在这里呢。他们在这里把整个中国像切西瓜一样切割了，一人一牙子，就那么吃了。在这些地方谈图书生意你知道是怎么谈的？告诉你，狗日的是摊着地图谈的，那才叫气魄哪！地图往桌上一摊，东、西、南、北，你的，我的，他的……狗日的就这么瓜分了。你知道什么是"垄断"？这就是垄断发行。这就是首发。各种各样的书就是从这些地方批发出来，而后流向全国各地的。你说那些二道贩子、三道贩子冤不冤？冤死！

　　我告诉你，就这么一个小小的图书市场，屁大的一条街，要想插进去，哪怕放一只脚，也是很不容易的，很不容易。先得有五证：一是图书市场管理办公室的"准许证"，二是得有工商局的"营业执照"，三是税务局的

"税务证"，四是公安局"扫黄办公室"的"准许证"，五是卫生部门的"清洁证"。有了这些证还不行，有了这些证还不能搞图书批发业务，这些只能证明你是个体书贩。个体书贩只能摆摊零售。你看，哪儿都分级，搞图书发行也是分级的。一级，是全民企业，可以批发；二级，说是集体企业，也可以搞批发；三级，就不行了，三级就是个体书贩，只能搞零售。可是，在这个图书市场上干的全是个体，说白了，那些所谓的"全民""集体"都是"喂"出来的，你明白我的意思吧？所以，要想搞图书批发必须得挂靠一个单位。"挂靠"你懂吗？又谝，我不是谝，我只是告诉你，苍蝇变蛆也是不容易的，得有环境。没有环境，你变一只试试？你别说，我就在这条街上，转着转着转着，转出了一个机会。我碰到了一个人，这个人是从湖北来的，他来推销一本书。我给你说，这是一个极其精明的人，可以说非常精明。当时，他推销的算是一本新书，还没人知道的书。我告诉你吧，就是那本《丑陋的中国人》。当然，现在谁都知道了。就是这本书，我一笔挣了五十四万。

　　这是一本揭疮疤的书。单个人是不愿意揭疮疤的，谁也不愿意揭自己的疮疤，"护秃子"就是这个意思，秃子最怕人家看他的头。但整体的人又愿意揭疮疤，这是一种非常复杂的心理，因为谁都愿意揭别人的疮疤……所以这本书应该是好销的。可是，开初的时候，这个从湖北来的家伙却没有把书推销出去。他颠着一双穷腿跑遍全国都没有推销出去。你知道这是为什么，你知道不知道他为什么推销不出去？我告诉你吧，这家伙精明是精明，可他档次太低，眼光不行，他仅是懵懵懂懂地觉得这本书能发，他闻出点味，可他说不出道理来。再一个是他选的时机不好，他早了半个月，那时候书市上正吃金庸、古龙呢，猛然把这本书拿出来，没人敢发。要是再晚半个月，就轮不到我了，你知道，机会只有一次。我是在烩面馆里碰上他的，不瞒你说，在进那个烩面馆之前，我跟了他三天，我看着他在一家一家的书摊前推销这本书，他越让人要越没人要。他很急，也很沮丧，一脸的晦气。

　　等他进那家烩面馆的时候，人已失落到了极点。他正骂呢，骂人们不识货。我就是这时进去的，我也要了一碗烩面，跟他一个桌吃烩面。待一碗烩面吃完我已经跟他熟识了……吃完饭，我对他说："老弟，你跟我来，你跟我来吧。"他问："啥事？你说啥事吧！"我说："你跟我来吧。我想帮帮你，我就想帮帮你。"他不信，他当然不信。他说他要走，他等着赶火车呢。我说："就几句话，不耽误你，你只要觉得不像是帮你，你站起就走，我决不拦你。"就这样，我把他拉到隔壁一家稍干净一些的酒馆里，要了四个菜一瓶酒，而后我把兜里装的全国地图掏了出来，装模作样地摊在了桌上（你说我诈，的确是有点诈）。明眼人，我一掏地图他就明白了。他马上问："你也是发书的？"我笑着说："不错，我也是吃这碗饭的。"他马上就掏出那本书，说："你看看这一本……"我哈哈一笑说："你也不用叫我看了，我不看了，不就是这本《丑陋的中国人》吗？不就是台湾柏杨写的吗？我给你怎么样？"说着，我用手在地图上给他比画了一下，我说："中南五省，我包了。可有一条，必须是……"我这一比画就把他镇住了，一句就把他镇住了。他愣了好一会儿，才说："你，你真呀？你真愿意？！……"这时候，我拿了他一手，我说："我已经把话说出来了，你要走就走吧。"他赶快给我掏烟，一边掏烟一边说："老哥，老哥，我一看你就是个痛快人，终于碰上一个识货的，是个大弄家，有气魄！只要你老哥愿发，我就一竿子插到底了，人家都是三七开，我给你五五开，怎么样？"你知道，我什么都没有，这时候，我还什么都没有呢。我装着沉思了一会儿，说："这有点冒险，是有点冒险。我再考虑考虑，你容我再考虑考虑……"他急了，说："绝不会赔，你相信我，绝不会赔。"说着，他把所有的手续都拿出来，摊在我的面前："你看看，你看看……"我说，我是文教局的。那时我就说我是文教局的。我屁局也不是，可我得这么说。我说局里刚办一个图书发行公司，让我抻头搞，我不能搞砸了，我得给领导上说一声……他很急，他当然很急。他说："得多长时间，你说多长时间？"我说："你知道机关里办事，研究来研究去的，你给我三天时间，你等我三天，怎么样？"他想了很长时间，终于说："好吧，我等你三天，我只等你三天……"我知道得稳住他，我得先稳住他。临分手的时候，我从兜里掏出三百块钱（钱是不能多拿的，这时候钱不能多拿，多拿就假了），我说："这本书我的确想发。为了表明诚意，这三百块钱作为这三天的差旅费，一点心意，你可以到一些地方转转看看，费用我们报销。"他很高兴，客气了几句就把钱收下了，他一收钱，我就放心了……

三天时间，他只给我了三天时间。你说三天时间能干什么？

书要五个证，我一个证也没有；我给他说，中南五省，我要一百万册，可我只有两千块钱，连个小零头的小零头都不够。我知道三天时间不够，根本不够，可我就这么应承下来了……

想起来真冒险哪！那时候，是有点冒险。

四月十五日

上午，当我又回到旧妈妈家的时候，门却是锁着的。

门锁着，屋里没有人，我只好坐在楼梯上等。我坐在楼梯的台阶上等了很久，仍然不见旧妈妈回来。快到中午的时候，我饿了，我觉得有点饿。我一下子闻到了很多香气，诱人的香气从一家家的窗户里流出来……我不能看那些东西，我知道我不能看。

我一步一步走下楼梯，重又回到大街上。这会儿，大街就算是我的家了。大街上有很多声音，在声音里走，我就不显得那么饿了……

今天是砍树的日子，砍树的日子到了。

走在路上，我看见马路两边有很多人在砍树。人们把树的身子砍下一半留下一半，树全都成了半边。一半身子落在地上，一半身子站在路边。只有半边的树仍然在路边上站着，流着白颜色的血。我看见树的血是白色的，白里有点泛青。天空中有很多刀子落在树身上，天上落刀子了，一片一片的刀子。也有锯的，锯"刺啦、刺啦……"在树身上响着，那是一种很钝的声音，一种苦巴巴的声音，声音里有一股一股的香气飘出来，带刀儿的香气，很涩很苦的香气，香气里亮着红颜色的光，拉出的却是一些黄颜色的末，树的周围有黄颜色的末纷纷落下，像下雨一样。天上下着树的肉雨，一摊一摊的肉雨，树却忍着，树很能忍。

大街上仍然有醋，大街上依旧流淌着很多的醋。醋已经变质了，到处都是变了质的醋，变了质的醋在街面上一波一波地浪着，发出春猫样的叫声。那叫声五颜六色、七腔八调，引逗着人们在醋里蹚来蹚去地走。人们的眼已经变成了醋眼，人们的醋眼里发出一种暗红色的醋光，光里亮着一只只绿颜色的小虫，绿颜色的小虫正从一个个人脸上飞出去，在空中进行厮杀。我看见有成千上万的小绿虫在空中相互残杀，嚓嚓嘤嘤的杀声在街面上随着醋浪起伏跌宕，一批落下来，又一批飞出去……人们乱纷纷地抢吃从空中落下的小绿虫，人们一边放小绿虫，一边抢吃小绿虫。

报上说，蘸了醋的小绿虫很有营养。

饭店真多呀，到处都是饭店，每个饭店门口都站着两个姑娘。姑娘是纸做的，我看出来了，姑娘是一张张薄纸做成的。这些都是无心的姑娘，她们没有心，她们该放心的地方扎着一只蝎子，一只在油里炸过的蝎子。她们脸上都贴着有颜色的微笑，那微笑是纸糊上去的，是一种粘了很多糯糊的微笑。在她们的微笑里，老板一定是拧了很多螺丝钉，那是些一螺丝一螺丝的微笑。

微笑是冲着轿车去的，轿车也是冲着微笑来的，一辆辆轿车都停在微笑里，停得很"微笑"。在一个"俄罗斯餐厅"门前，我看见门前站着的是两个洋女人，这两个洋女人是被加工过的，是从俄罗斯运来又被重新加工制作过的，我看出来了，那是两个羊皮做出来的女人，从俄罗斯运来的羊皮加工后做出来的洋女人。洋女人身上有绵羊的膻味，她们把俄罗斯的绵羊赶到这里来了。羊皮做出来的女人比纸做出来的姑娘有吸引力，洋羊皮做的女人很会微笑，"洋羊皮"比"国产纸"笑得膻，笑得厚，笑得更有油质。"洋羊皮"的微笑油乎乎的，"洋羊皮"的微笑含有西伯利亚的白毛风味。因此，"洋羊皮"这里停的轿车最多，我看见一辆一辆的轿车排队一样停在了"俄罗斯餐厅"门前，车门还没开，人的"胃门"就开了，一个个"胃门"大开，开着"胃门"的人不得不挺着身子走路，很慢很硬地走路，他们是怕颠坏他们的"胃门"，他们的"胃门"非常宝贵。他们的"胃门"是很多种高级原料喂出来的。上了台阶，当"洋羊皮"微笑着拉开玻璃门的时候，他们总要来一个小小的定格，不失时机地观赏一下"洋羊皮"的质量。他们都是些很识货的人，观赏得非常细致。他们的胃里有放大镜，我看见他们的胃里都藏着一个放大镜，他们用放大镜偷偷观察"洋羊皮"，于是，他们共同得出一个真理，"洋羊皮"的毛孔粗，"洋羊皮"表面光滑精致，其实毛孔很粗。但"洋羊皮"毕竟是"洋羊皮"，他们一个个感叹地在胃里说：这是"洋羊皮"呀！说着，他们的胃里就有手伸出来了，我看见他们的胃里一下子伸出了很多手，他们要再一次地用手来检验"洋羊皮"的质量。当他们胃里伸出的手触摸"洋羊皮"的时候，"洋羊皮"笑了，"洋羊皮"卖得货真价实，"洋羊皮"不怕触摸。我听见他们又一次感叹说：到底是"洋羊皮"呀！……

走着，走着，我又看见那位老人了，老人仍在那棵树下坐着，老人骨头上包着一层瘦皮，很陈旧地坐着。我看见了一条线，有一条很细的光线牵着我，把我牵到老人跟前来。我知道我是专门来看老人的，我也说过要来看他。老人依旧捧着一本书，老人那很脏的手里捧着一本书，老人捧书却没有看书，老人只是空空地坐着，老人的周围环绕着一圈旧日的空气，老人其实是被罩在旧日的空气里。他看不见人来车往的大街，他也听不见马路上那些嘈杂的声音，他只是在谛听自己肚子里的声音。他肚里装的全是旧日的粮食，他肚子里有很多旧日的粮食在发酵，发酵的声音从他的肚子里咕咕嘟嘟地流出来，变成了一豆儿一豆儿的喃喃自语……

只有我能听清他肚子里的声音，我知道他在说什么，我看见他在说：

"……第一名……"

"……茶缸……"

"……冰棍儿……"

"……第一名……"

"一"是个单数，我看见他的肚子里不断地出现这样一个单数，每个单数都是有颜色的，反复出现的单数被染成了各种不同的颜色。"第一名"是金黄色的，那是裹在红墙绿瓦中的金黄色，是一片绿荫下的金黄色，金黄色里含着很多的笑声，一串铃铛似的笑声。这是三十六年前的笑声，这笑声很遥远，这笑声是响在三十六年前的一个地方，我看见那个地方了，那是一个十分幽静的地方，那地方栽着许多垂柳，垂柳一丝一丝地映在水面上，水面上还映着一个年轻人的影子，年轻人胸前戴着"铁塔大学"的校徽，傲然地注视着水面。这时候水面在他眼前倒过来了，水面很驯服地倒在他的眼前，水面在他面前自动地变成了一张桌子，水面成了一张铺着玻璃板的桌子，他的眼睛在"桌子"上书写楼房，"桌子"上出现了一栋一栋的建筑物，造型奇特的建筑物……他很随意地用眼睛更改建筑物，他眼里抛出一些不对称的线加在他的建筑物上，建筑物上就出现了各种不同的形式。他背后一次次地响起雷鸣般的掌声。建筑物每变化一次，就有一次掌声，掌声是他幻化出来的。他刚刚从掌声里走出来，我看见他刚从掌声里走出来。他手里拿着一张纸，一张金黄色的纸，纸上写有"第一名"的字样，他在毕业设计中得了第一名。在"第一名"里含有一双眼睛，一双很圆很圆的眼睛。这双眼睛有一个绰号，叫"太阳豆"。一个长辫子姑娘向他跑来的时候，他叫她"太阳豆"。他在叫她的眼睛，他说她的眼睛像"太阳豆"，他就叫她"太阳豆"。她很乐意他这样叫她。她站在湖边上说："你不怕被烤化吗？我把你烤化了怎么办？你说，你说呀……"他说："我要设计一座第一流的冻房（洞房），我要把你关在冻房（洞房）里……"而后"太阳豆"消失了，"太阳豆"幻化成了一个个黑色的小蝌蚪，小蝌蚪跳进水里去了。水成了幕布，水成了一道很大很大的幕布，小蝌蚪一个个跳进幕布里不见了……

"茶缸"是白色的，是一道白颜色的幻影。我看见一道白颜色的幻影自天而降，罩在了一个年轻人的头上。那仍然是三十六年前的一道幻影，幻影已变得非常模糊了，幻影已变成了一张薄纸，我看见幻影后来变成了一张薄纸。但我能从幻影里看出"茶缸"来。我看见一个年轻人端着茶缸在走，一个年轻人端着茶缸向一个办公室走去。他很高傲地走着，他走得很高傲也很轻松，他这么一走就走进时间的幻影里去了。那是一栋白楼，一栋很有特点的白楼。在这栋很有特点的白楼里，那个年轻人端着茶缸向一个关着门的办公室走去。办公室里坐着六个人的影像，那是六个模糊不清的影像，六个影像上有各色各样的纹路，十分恐怖的纹路，纹路里排列着一系列的影像……他们把一个个影像拿出来进行比较，而后把其中一个的名字填写在一张纸上，他们正在做一项填写名字的工作。纸上已经填写了一些名字了，我看见纸上已经填写上了九个名字，他们说还差一个……那个端茶缸的年轻人就是在这个时候走进来的。他推开门的时候，头是昂着的，他昂着头走进门来。我看见他笑了一下，他笑着走到一张办公桌前，办公桌上放着两个热水瓶，他是冲着热水瓶来的。他拿起热水瓶倒了一茶缸开水，就走出去了。他带走了一个很闷的响声，那是门的响声，门的响声里夹着大蒜的气味。他走后门响了一下，门很重地响了一下，这是楼道风的作用，楼道风把门重重地关上了。门关上之后，六个影像里同时出现了鸡血红，一片鸡血红。

接着出现了麻包片一样的声音，一个声音说："就这吧，我看就这个吧……"一个说："唉，就这吧……"一个说："下去锻炼锻炼也好……"一个说："充个数也行……"一个说："怎么能这样呢？……"一个说："是不是……"于是，他的名字被写在了一张纸上，字的颜色很淡，字的颜色在时间里变得很淡。我看见纸上写着魏明哲三个字，他的名字就这样被写在了一张纸上。接着，就有一个朱色的大章盖上去了，朱色的大章像帽子一样正好盖在他的头上。而后纸卷起来了，我看见他戴着"帽子"躺在纸筒里……

"冰棍儿"里有火车的声音，我在"冰棍儿"里听到了火车的声音。我看见一列火车由南向北开去，这是一列闷罐子货车，闷罐货车上刷了许多标语，标语上的字迹已看不清楚了，我只看到了一些斑斑点点的墨迹，在时光里墨迹已和火车的铁皮锈在了一起，融在一片锈痕里。闷罐子货车里坐了许多背行李包裹的人，他们一个个背着行李包裹，戴着看不见的"帽子"排队坐在车上，每个车厢里都坐着戴"帽子"的人。在一片"哐当，哐当"的声音里，一个个大铁门合上了。在火车开动之前，一双眼睛出现了，这是一双很年轻很湿润的眼睛，这双眼睛紧贴在闷罐子货车的小窗口上，眼睛里射出了两颗钉子，钉子像出膛的炮弹一样紧紧地钉在了站台上，我看见他是想把钉子钉在站台上。然而，火车开了，火车很快地开了，火车呜呜叫着，越开越快，越开越快，带动起巨大的旋风，旋风一下子就把钉子拔出来了，带线的钉子在火车的强力拽动下，从月台上拉出了一溜火星……就在这时，就在钉子将要离开月台的瞬间，车站上传来了一声悠长沙哑的叫卖，一声铁味的叫卖："冰棍儿——冰棍儿——"那叫卖声有很强的穿透力，那叫卖声撕锦裂帛，绵绵无尽；那叫卖里含有门鼻儿的响声、床铺的响声、锅碗瓢盆的响声；那叫卖里抛出了一颗掺和了十八种作料、二十六种味道的胡辣豆；那叫卖里跳动着苍苍的白和五颜六色的女性的温馨；那叫卖里伸出了一只凉凉的有很多褶皱和污垢的手，伸出了一种带涩涩肉刺儿的光滑；那叫卖里放出一群一群带哨的鸽子，鸽子在天空中哨出一片"冰棍儿，冰棍儿……"的袅袅余音。"冰棍儿"像抛物线一样飞出来，"冰棍儿"穿过一道道铁轨，飞上月台接住了将要被拽离月台的钉子，"冰棍儿"母亲一样把钉子搂在了怀抱里……钉子融化了，钉子躺在"冰棍儿"的奶水里慢慢融化，钉子化成了一滴滴红色的浆果一样的泪滴……

又是一个单数，这是一个很干燥的单数，这个单数含有白菜帮子的气味。我看见阳光了，阳光非常强烈，阳光火霞霞地从天上爆下来，照出一片没有油质的黑脊梁。一个个黑脊梁全都弯弯地勾着，两手飞快地动着，响出一片"咔咔"的带血光的声音，那声音带有浓烈的汗味……慢慢地，一切都显现出来了，动着的是人的指甲，指甲上有点点滴滴的猩红，一珠一珠的红，那红是人血喂出来的。这时有人说："试试？"有人接着说："试试就试试。"有人说："一个窝头？"有人说："一个就一个……"我看出来了，这是一场捉虱的比赛，一群光着黑脊梁的人在比赛捉虱。

他们的手在摊在胸前的黑棉袄上飞速移动，一个个肉嘟嘟的小虱从棉袄的缝隙里被捏出来……当阳光移动到一个树枝画的横杠前的时候，一个几乎看不出年龄的人提溜出一串虱子来，那是一串绑在一根细棉线上的虱子，一只只虱子在阳光下发出暗色的红光，一种在微动中挣扎着的红光。

提着虱子的人笑了，我看见他笑了，他披上黑棉袄，提溜着一串虱子向人们展示。一串绑在细棉线上的虱子滴溜溜转着，阳光下转出了一串紫红色的圆润肥硕……我在他披着的棉袄上看见了他的编号，我看见这个满脸胡楂说不清年龄的人身上标有"147"的编号……这是一个很容易记的编号："147"。"147"笑了，"147"得了"第一名"，他笑了。我看见两个"第一名"在遥遥相望，两个"第一名"在时光中连接着一条爬满虱子的细棉线，棉线上绑着带馊味的微笑，棉线上的微笑已经分崩离析，棉线快要断了……

四月十六日夜

昨天，旧妈妈很晚才回来。旧妈妈回来时扛着一箱玻璃丝袜子，原来她是卖袜子去了。旧妈妈在街头站了一天，袜子没有卖掉，却把脸贴出去了。旧妈妈回来时脸上已没有了颜色，旧妈妈脸上的颜色被路人一块一块用眼睛刮掉了，她的脸成了一块掉了很多搪瓷的破茶缸。

夜里，旧妈妈大哭了一场。旧妈妈的哭声里跳出了许多用玻璃丝袜裹着的有归属的遐想：旧妈妈先是成了一颗"牛痘"，一颗长在巨大躯体上的"牛痘"。"牛痘"先是淡紫色，渐渐又成了蓝褐色，"牛痘"上长了一层绒绒的淡褐色的毫毛。"牛痘"是由里外两层椭圆组成的，椭圆形的"牛痘"还会唱歌，里边的一层唱的是"戴花要戴大红花，骑马要骑千里马……"，外边一层唱的是"啦啦啦，啦啦啦，我是卖报的小行家……"接着旧妈妈又成了一颗螺丝钉，一颗经常变换部位的肉色螺丝钉，一时是圆帽螺丝钉，一时是方帽螺丝钉，一时是有槽的螺丝钉，一时是无槽的螺丝钉，在千百万螺丝钉组成的庞大的机器上，这颗螺丝钉显得极有磁性，这是一颗永远不会松动的螺丝钉。螺丝钉已经生锈了，螺丝钉锈在了机器上，螺丝钉与机器已锈在了一起，成了机器的无法分割的一部分。再接着，旧妈妈成了一只肚脐眼，成了一只茶色的肚脐眼，肚脐眼长在一棵参天大树上。肚脐眼里显现出"八一造反团"的字样，"八一造反团"的字样里有呼呼的风声……旧妈妈的哭声里，除了遐想还有许许多多的怨恨，那是些一时还找不到归属的怨恨，那怨恨左冲右突像线团一样缠绕在她的肠胃里。这是蓝颜色的线团，蓝线团里终于伸出东西来了，蓝颜色的线团找到了一个怨恨的方向，可蓝色线团里伸出来的却是一根很长很硬的铁丝，烧红了的铁丝，铁丝横穿着爸爸的肠胃，旧妈妈是多么恨爸爸呀……

那箱玻璃丝袜子就在屋角扔着，旧妈妈从小贩那里批来的玻璃丝袜子有两双是有汗味的，那是放在最上面的两双。这两双在旧妈妈的手里捏了整整一天，捏出了一股市场的气味。在市场的气味里有各种各样的叫卖声，唯独没有旧妈妈的叫卖。旧妈妈还不会叫卖。旧妈妈站了一天，没有吆喝出一声。我看出，旧妈妈虽然在市场上站了一天，却并没有站在市场上，她是站在了回忆里，站在一个个有归属的回忆里。旧妈妈曾经有过许许多多的归属，在每一种归属里都有过花手绢一样的喜悦……现在旧妈妈想变成一双玻璃丝袜子，旧妈妈很想把自己变成一双能出售的玻璃丝袜子。旧妈妈想变却又无法变，旧妈妈在自己身上抽不出玻璃丝，所以也变不成玻璃丝袜子。

半夜的时候，旧妈妈又跟"科长"吵了一架。旧妈妈像疯了一样扑到刚刚打麻将回来的"科长"跟前，高声叫道："你说，我是谁的人，我到底算谁的人?!"

"科长"也气冲冲地说："你该是谁的人是谁的人，你想是谁的人是谁的人……"

旧妈妈说："不是跟了你吗，要不是跟了你，我会有今天吗？我会走到这一步吗？……"

"科长"说："你怪我，你还怪我？你要怪我，我怪谁去？你还带着个……你想你还带着个……哼！"

旧妈妈说："怎么了？我带着个……怎么了？你说吧。"

"科长"说："算了，算了。是袜子没卖出去？谁让你去了。我不让你去，你非要去……"

旧妈妈说："你给我说清楚，我带着个……怎么了？你想怎么你说吧……你以为我多想去？你以为我愿意去丢这人……"

"科长"说："那事你别急，咱跑跑，咱再跑跑……"

两人的声音慢慢低下来了，两人的声音变成了嗡嗡叫的蚊子，一只红色的蚊子……可我知道他们在说什么，我知道。

四月十七日

今天，旧妈妈不再去卖玻璃丝袜子了。那箱玻璃丝袜子扔在屋角，旧妈妈看都不看。旧妈妈又牵着我去找旧大姨。

在旧妈妈的亲眷中，旧大姨是最体面的女人，因为她嫁了一个很体面的丈夫。旧大姨住在市政府后边的淮海路，住的是三室一厅的房子，有煤气有暖气还有热水器洗浴器及各种电器。房子里有很多电钮，到处都是可以按的电钮，电钮里有很多亮嘟嘟的小蝌蚪，流动着的小蝌蚪。我能看见那些小蝌蚪。旧妈妈说，人一体面房子也就体面了。旧大姨的丈夫是市委干部，旧大姨是棉纺厂管人事的干部，因此旧大姨也是旧妈妈亲眷中最有权势的。

平时旧妈妈很少找她，旧妈妈不愿来找她，旧妈妈不愿看她的傲气。这会儿，旧妈妈一定是到了万不得已的时候，不然，旧妈妈不会来找她。

我跟旧妈妈是在旧大姨家里见到她的。旧大姨脸上有很多东西是双的，眼帘是双的，下巴是双的，耳垂也是双的。旧大姨很胖，旧大姨的思想也很胖，在电钮里坐，人的思想很胖。旧大姨坐在沙发上，坐出了一个很软却又很严肃的肉蒲团。旧大姨的声音是紫赭色的，是那种紫藤一样的颜色，是一种在攀缘中"刺溜、刺溜"响的颜色。旧大姨说话的时候，身上流动着绛紫色的气体。她说："你早干什么去了，这会儿才来找我？你知道不知道，老牛离休了，老牛已经离休了……"

旧妈妈说："姐，争一差二的，我也不想给你找麻烦。我是没有办法才来找你的……"

旧大姨沉默了很长时间，旧大姨的身子在沉默中一点一点地回缩，我看见旧大姨的身子在回缩，她不自觉地把自己缩成了一个小小的琉璃蛋，一个亮着绛紫色脉线的琉璃蛋。旧大姨喃喃地说："找我没用，找我也没用。都玄玄乎乎的，活活络络的，啥都是活活络络的……你没听见动吗？四面八方都在动，房子也在动，到处都是摇摇晃晃的……我有什么办法，我一点办法也没有。"

旧妈妈说："姐，你能不能去给我说说，你熟人多，再怎么说你也比我强呀，你给我说说吧……"

旧大姨也病了，旧大姨像是得了很严重的气喘病，旧大姨气喘吁吁地说："……一个小丫头就把我治了，一个年轻轻的小丫头就把我给治了。年轻点、脸嫩点、白点，不就是年轻点、脸嫩点、白点吗？说挪我就挪我。让我交给她，让我给她交手续。我为什么要交给她，她才干几天？我年轻的时候，我年轻的时候……"旧大姨说话时身上的肉成了弹簧，一跳一跳地蹦着，她浑身上下的肉都在蹦。她脑海里跑出了许多紫黑色的小点，我看见她的脑海里流动着一些桃花样的黑点。她像是把旧妈妈忘记了，她根本就没有看旧妈妈，她的眼睛直直望出去，嘴里絮絮叨叨地重复说："不要脸了，人都不要脸了，脸都成了屁股了。不就是白点、嫩点、红点，不就是白点、嫩点、红点、妖点……"

旧妈妈脸上的"奶油"化了，旧妈妈来时呈给旧大姨一脸"奶油"，这会儿呈送的"奶油"已经化了，露出来的是"霜"，一层白凌凌的"霜"。慢慢地，"霜"上又长出了冰凌，很寒很寒的冰凌……

旧妈妈说："你要不能说算了，你不说算了……"说着，站起来就要走。

旧大姨马上说："坐一会儿，你再坐一会儿，我还有事给你说呢。我这边吧，小的不在家，老的退下来了，一身病。一说我就来气，老牛他连马路都不会过，你说说，一退下来连马路都不会过了，有好几次，出了门走不回来了，还得去找他。他才比我大八岁，一退就成了这个样子了……这是对你说，对外边就没法说。说起来是个有级别的干部，一退下来连医药费都报不了，成沓子成沓子地放着。我吧，也是一身的病。厂里吧，管了多少年人事，这会儿搞啥全员合同，谁都得合同，把人弄得上不上下不下的……那边家里，还是你多操心吧！……"旧大姨说的时候，屋子里的空间突然大了，在极大的空间里，我看见一个白发苍苍老态龙钟的女人，老女人在撒满时光灰尘的沙发上坐着，絮絮叨叨地念叨着过去的事。她脸上的皮肉已经开始脱落了，她脸上的皮肉正在一点一点地脱落，她的眼睛成了两只黑洞，深得令人恐惧的黑洞……

旧大姨说话时一直没有看我，旧大姨没有看过我一眼。旧大姨是往上看的，她的目光一直望着上边。我看出来了，旧大姨不是在看上边，她是在看过去，她的魂灵仍停留在过去的时空里，停留在一个用红围巾和红绒线包裹着的时间里，在那个时间里，旧大姨穿着仿制的女式列宁装欣喜无比地走出了曾经有过一棵老槐树的居民大杂院，上了一辆停在胡同口的挂有红绸的小汽车，我听见那时的旧大姨说："我不用挑水了，我再也不用挑水了……"我看出概念是在时间中产生的，时间可以产生概念。关于挑水的概念已是很久远了，在很久远的时间里，旧大姨担着一副水桶到胡同口的水管那儿挑水，扁担"吱吱呀呀"响着，水桶一仄一仄的，路上洒着明晃晃的水滴，水滴洒在时光的尘土里……而后水桶换在了旧二姨的肩上。旧妈妈从没有挑过水，旧妈妈长在不挑水的年代。

旧妈妈终于站起来了，旧妈妈非常失望地站起来说："我走了……"

旧大姨仍是絮絮叨叨地说："那个事，我有时间给你问问，我给你问问。你自己也得跑跑。醋泡鸡蛋很好啊，醋泡鸡蛋降血脂，你吃不吃醋泡鸡蛋？我每天吃两个醋泡鸡蛋。你练气功了吗？我看你也得练练气功。这会儿都做香功，我天天早上去做香功。"

旧妈妈不吭声，旧妈妈一句话也不说了。旧妈妈心里包着一兜泪，泪里网着一个昔日的家，家里的三个小姊妹睡在一张床上，夜里盖着一床薄被；网着一兜的童年小姊妹的贴心话语；网着一截一截扎辫子的红绒绳；网着一只拾来的香脂盒子；网着一根弹弹跳跳的橡皮筋，破了的橡皮筋里还跳荡着"你说一，我说一"的唱诵……旧妈妈走着扔着，旧妈妈把网里的东西全都扔掉了。旧妈妈走下楼去的时候，她捧着的泪里已经没有了咸味，泪很寡，泪成了一掬没有了味的污水，她就这么捧着走下楼去。

出了旧大姨家，旧妈妈又牵着我绕到旧二姨家。旧二姨仍住在魏家胡同一个杂乱的居民院里。旧二姨的院子里淌漾着热乎乎的鸡屎的气味，到处都是鸡毛和鸡的小肠，鸡的小肠在阳光下蚯蚓一般一束一束亮着，播散着猩红的、有绿色小米味的血点。旧二姨在地上蹲着，她面前放着一个盛满热水的大铝盆，铝盆里放着几十只鸡子，满身污垢的旧二姨两手伸在热水里，正飞快地拔着鸡毛。旧二姨家是卖烧鸡的，旧二姨家开着一个卖烧鸡的小店，因此，旧二姨家很腥，旧二姨家到处都是亮光光的鸡血，床上、地上、桌上、椅上，全是鸡血，旧二姨家是鸡血喂出来的。旧二姨的动作很像一只老母鸡，旧二姨已经把自己变成老母鸡了。旧二姨挓挲着两只泡得白森森的"鸡爪"，抖擞着"翅膀"，说："你看看这院里脏哩。坐吧，坐吧。反正房子快扒了，地方量过了，钱也交过了，交了七万多呀，加上咱这两间地方的折价，都算上说是给三室一厅，也不知道啥时候能住上……"

旧妈妈说："我去大姐家了，想让她给帮帮忙。说起来是亲姊妹，可她一点忙都不帮……"

旧二姨哑着鸡血嗓子说："你找她干啥？你多余出那口气。她给谁帮过忙？她谁的忙都不帮。她不帮也没见谁饿死！成天端着个架子，托她办个营业执照她都不给办，哼，不用她办执照不是也办了？花俩钱啥事不能办？……"

旧妈妈说："我找谁呢？你说说我还能找谁。我都找了，我谁都找了，我腿都跑断了……"

旧二姨的哑嗓子是糖色染出来的，她的哑嗓子里抹了很多糖色，还有明油，糖色加明油，显得声音涩中有滑，就像钝刀子割肥肉一样："那时候，你姐夫是个卖肉的……那时候，俩孩子……那时候，我连个工作都没有，成天在街上给人家看车……我找谁？我谁也没找过。靠谁？谁也靠不住。自己不哭，眼里没泪。"旧二姨说话的时候，她的胃里跑出了许多写有数码字的纸牌，剪子剪出来的纸牌，我看见纸牌挂在摆放在电影院门口的一辆辆自行车上，纸牌上的数字全是半个的，我看见半个的"2"、半个的"5"、半个的"8"……在晚风中摇曳。那时的旧二姨满身都是灰尘和病菌，旧二姨手上拿的是一分、二分和五分的闪闪发光的"病菌"，旧二姨一边收"病菌"，一边看那些双双对对迈步走入电影院的年轻人，旧二姨很想叼人，那时候旧二姨就很想叼人……

旧二姨又说："我看你也别再央求人了，谁也别求。你干脆出来算了，出来自己干，咋也比让人管着强……"

旧妈妈说："我能干什么？弄了一箱袜子，在街口站了整整一天，也没卖出去一双。还一会儿这个收税哩，那个要管理费……"

旧二姨一眼就"叼"在我的脑门上了，旧二姨用眼"叼"着我，脖子一梗一梗地说："叫明明去，叫闺女跟你去卖，一准行。"

旧妈妈说："她，她这样，她都这样了，能干啥哪？"

旧二姨依旧"叼"住我不放，旧二姨说："这你就不懂了。她不是有病吗，不是有残疾吗？残疾人免税，残疾人连税都不交。你给她办个证，证上填她的名儿，你干了，就跟那'诱子'一样，叫她给你当个'诱子'……"

旧妈妈不吭了，旧妈妈一句话也不说，只默默地看着我，我知道她心里在说什么，我知道……

旧二姨突然说："你要是借钱的话，这会儿不行，这会儿钱都凑凑买房了，不够，还借了点。缓缓还行，你要用，缓些日子再来……"旧妈妈也马上说："我不是来借钱的，我不借钱……"

往下就没有话了，往下两人都很尴尬，往下两人的肚子里有很多话，外边却连一个字都不想说了。只有鸡子与刀的声音，鸡子与刀发出的很钝的红色的声音，这声音里有一缕一缕的血腥气，"咕咕"叫着的血腥气。血腥气从旧二姨的手上传到旧妈妈的脸上，旧妈妈的脸上也沾染了很多的血腥气，旧妈妈走的时候，带走了很多的血腥气。

四月十八日夜

旧妈妈已决定了，要我当她的"诱子"。我听见旧妈妈对科长说，等营业执照跑好，就让我去给她当"诱子"。

不过，旧妈妈还是不知道她应该属于谁，旧妈妈仍然想属于什么。她的心里挖了一个很大的坑，坑里没有东西，我看见坑里没有任何东西，因此，旧妈妈得的是没有东西的病。旧妈妈坐在屋里的时候，常常突然站起来，失急忙慌地向一个地方走去，而后又突然停下来，怔怔地站着。有时候，她会时不时地看表，她不停地看表。她很像是在表针上站着，她在表针上走路。她在表针上走的时候常常把灶上的水烧干，烧干后她把红的锅端下来，重又添上水再烧……我知道，她是在谛听一种声音，一种旋转着的声音，在旋转着的声音里她会变成一颗螺丝钉，她十分渴望能重新变成一颗螺丝钉。可她听不到声音，她心里一点声音也没有。她心里很空，她一直想在心里种上声音。

科长还在"跑"，许多天来，科长一直在跑他的调动。科长是想把他卖出去，挂着"科长"的标牌卖出去。他必须挂"科长"的标牌才肯卖，他对这个破了的标牌看得十分重。他跑了很多地方，每天都出去出售微笑，可他从没卖出去过，他卖得很艰难，回来时脸上总带着许多剩余的微笑的渣儿，一把一把的渣子。所以他在进门的时候，也总是先把剩余的渣儿扔在门外，然后才迈步走进来。他是怕旧妈妈看见他那很不值钱的微笑。他一走进来脸就阴了，看上去乌云密布，很坚强的乌云密布。其实他是很乏累的，我知道他的心很累，他的心一直被那"科长"的标牌压着，压得他喘不过气来。他不是没有声音，他是心里声音太多、太杂、太乱。他心里的声音全是辅助性的，他心里的声音是用很多种肉喂出来的猫，二八月的猫。这种猫能变幻出很多颜色，也能叫出很多颜色。科长的肠子里蕴藏着一层一层的小抽屉，我能看见那些一格一格的檀红色小抽屉。第一格小抽屉里装的是发了霉的面条，发了霉的猪油和发了霉的蒸馍。第二格小抽屉里装的是生锈了的铁环和沾了许多沙土的玻璃弹球。第三格里装的是"老三篇"和"造反有理"。第四格里装的是白萝卜丝、蒸红薯和一把臭烘烘的粪叉。第五格里装的是一张盖有十七颗图章的表格和一条有霉味的"梅花"牌香烟。第六格里装的是带有馊味的女式内裤和一个小圆镜子。第七格里装的是"离婚证书"和"结婚证书"。这些装在小抽屉里的东西有很多已经腐烂串味了，串了味的东西不时会发出鸡不鸡鸭不鸭的叫声，一种有黑色霉点的泛绿色的叫声。

我还发现，旧妈妈与科长之间已经有缝隙了。当他们两人站在一起的时候，那缝隙就显现出来了。这缝隙是新近出现的，一条裂开了的缝隙。这缝隙之间垫着一件工作服，正是这件工作服使缝隙没有扩大。工作服里包裹着些昔日车间里的桃色的目光，一些温存的目光，目光里有两条不时对接的亮线，很肉的亮线，一条线灼灼放光，一条线柔柔羞羞，两条线就伸出两个小指，小指悄悄悄悄就勾起来了。两人虽然经常吵架，但有那件工作服垫着，又都在暗暗地粘这条缝隙。粘是要技术的。旧妈妈是用"万能胶"粘的，科长是用锡焊的，科长的锡和旧妈妈的万能胶无法熔解在一起，因此两人都各自藏着一点什么。科长藏的东西更多一些，科长很会藏。科长心上跑老鼠，我看见科长心上有很多老鼠洞。报上说过，这是一个人人有所保留的时期。

科长在屋里的时候，我就觉得身上有一根刺，一根游动着的刺，刺在空气里。空气里游动着一根根玻璃丝样的刺。我躲不开空气，我躲不开这些刺。他是想用这些刺悄悄地暗害我，我知道他一直想暗害我。

四月二十日

魏征叔叔的话：

"脉跳"这个词儿你懂吗？不，不对，这是浅一层的，还有更深一层的意思。

城市是由一道一道门组成的，城市里等级森严，城市里有很多法规，这个"法规"就是门。对于大多数人来说，门是关着的，门关得很严，锁得很死，有些门看上去是永远无法打开的。

但是，你只要摸准城市的"脉跳"，你真正摸准了，就会像那个"阿里巴巴"一样，喊一声：芝麻，开门吧，门就自动开了。无论多少门，都是一样的，必开。

有一个前提，你必须先变成一条蛆，这是蛆的哲学。这怎么能是谝呢？哲学你不知道吗？我告诉你，哲学就是明白学，我给你讲的是城市明白学。你好好听吧。

是啊，三天，我说过三天。在城市里办这样一件大事，你觉得三天够吗？三天当然不够。你猜猜我用了多长时间？实话告诉你，我用了七天，这在西方怕也是火箭速度吧。我说三天是"诱"他呢，我不说三天行吗？开始的时候难度很大，可以说非常大。先是我必须得有一个挂靠单位，挂靠单位是至关重要的。在城市找挂靠单位，必须找有架势的，架势必须大。这实际是找一把伞，伞不大，能挡雨吗？我分析过，有两种单位是可以挂靠的，一种是行政机关，一种是事业部门。挂靠行政机关要困难一些，不是因为别的，主要原因是，凡是掌握一些权力的部门，能人太多，钩心斗角就特别厉害，一、二、三、四、五、六、七把手，一研究就是半月，叫你磕不完的头。一把手说行，二把手准说不行，还有三、四、五、六、七，要对付的人太多。

没有利益的时候倒还好说，一有利益一拥而上，叫你吃不了兜着走。事业部门相对来说好一些，事业部门单纯，特别是那些穷单位，没有实权的单位，做学问的多，好对付。我先到文教局去了一趟，我确实是去了。在门口我先给看门的递了一支好烟，就跟他闲聊。聊着聊着，我心里说，罢了，罢了。这里总共没有多少人，却有六七个局长，一个正局长，六个副局长，你说能行吗？

这样的单位什么事也干不成，好事坏事都干不成。回过头来，我就看见文联了，文联夹在城市的街缝儿里，一个很破的很不起眼的院子。心说，就攻它了……

我这个人别看如今在生意场里混，过去也是投过稿的，年轻时给杂志投过稿。那杂志就是文联办的，所以我对文联还是比较熟悉的。我先是在文联找到了一位编辑，这个编辑仅是早些年见过一两面，影影绰绰地记得他姓鲁。（我给你说编辑是不认人的，大凡当编辑的都不认人。一是见的人多，记不住；二是他们常年坐在屋子里看字，认字不认人。）所以我还特意准备了个小稿，是我头天晚上赶出来的，这个小稿就是我的"介绍信"。你记住，去这些地方，拿一篇小稿就是"介绍信"。他们是在二楼办公的。

我走进办公室的时候屋子里坐着三个人，时隔多年，我已经把姓鲁的面目忘了，我不知道哪个是姓鲁的。这时候不能迟疑，一迟疑就露怯。我就装作很随意地喊了一声，我说："鲁编辑，忙呢。"话一落音，三个人全都扭过脸来了，我还是没把姓鲁的认出来。他们看上去年岁都差不多，两个男的一个女的，女的自然不是，可两个男的看上去都很暮气，看字的人暮气。我就又说："鲁编辑，我来送个小稿。"这一说，有两个人把头扭回去了，只一个戴眼镜的看着我。这不用说了，他就是姓鲁的。他看看我，一时认不准，他也弄不清是不是熟人，连声说："你、你、你……"说着，又赶忙拉过一把椅子，"坐，坐……"我要的就是这种效果。我就坐下来，给这人递上一支烟。我告诉你，这不是敬烟，是递，敬和递是有差别的。这是个气度的问题，是大气和小气的问题。别看让烟，让烟也是有学问的。而后我又从兜里掏出三包"红塔山"，一个桌上扔了一包。这一扔三个人都慌了，一下子热起来。我给你说，在城市里，最牛气的是报社的编辑，最穷气的是杂志的编辑，我只用三盒"红塔山"就把他们给打发了。鲁编辑马上说："稿子呢，稿子带来了吗？"我从兜里掏出那篇连夜赶出来的小稿递给他。他翻了翻有些为难地说："我们这儿不发短稿，你是不是……"我说："我不是为了发表，我是送来让你们给看看，提提意见。"老鲁马上松了一口气，说："好，好，放这儿吧，抽时间我给你看看……"接着我又说："不知老师们中午有空没有？"坐在对面的王编辑很热情地问："有啥事你说吧。"我说："也没啥事，想请老师们吃顿饭……"那眼，你看那眼，一个一个地慢慢就亮了。推辞是自然的，但那是假推辞，这我还能看不出来吗？

这一顿饭，才花了一百多块钱，我就办成了一件大事。在饭桌上聊事氛围好，会聊的，十有八九能成。酒喝到半瓶的时候，鲁编辑红着脸说："看样子你是发财了吧？"我笑笑说："也没啥财，有俩小钱，不多……"王编辑接着说："口气不一样嘛，我看你是发了。"我又笑笑："不多，不多，吃饭还够，也就是个四五十万吧……"这一说，一个个勾下头去，没人说话，谁也不说话，那情形看上去是特别痛苦，就像他们的女人一个个都被人污辱了一样。鲁编辑捧着头说："杂志穷啊，杂志太穷了……"

王编辑马上说："你，你能不能给我们搞点赞助？你要是能搞点赞助，我们把稿子给你、给你改改发了……"这时候，我就开始下"饵"了。我说："我不急着发稿，水平不行，一篇两篇也没用。要说钱，还有，也很想给老师们弄点，老师们太辛苦了。不过，得有个名堂哇，想个啥名堂哩？也叫我有个交代……"这样一说，鲁编辑说："对对对……"王编辑说："不要多，五、五、五千就行。"我说："给就是给的，五千太少了，只要有个名堂……"这时候我才知道，鲁编辑是副主编，鲁编辑已经熬上副主编了。鲁编辑说："你说吧，你说啥名堂。啥名堂都行。"我慢声说（这时候不能急，"饵"得下稳）："这事，得看是长效短效。要是一次，名堂不名堂都不要紧。要是每年都给，怕是得有个正当的理由……"鲁编辑说："要啥名堂，你瞎说了。"这时王编辑插了一言——我就是等这句话呢，我等了很久了，要的就是这句话——他说："你干脆挂靠我们这儿算了……"当时我没有吭声，我停了一会儿，等到他们都眼巴巴望着我的时候，我才说："这法儿，要说也行。我正打算在这儿办个图书发行公司，要说也算是对口吧？这样一年给你们弄个一万两万，也名正言顺。"王编辑说："好哇，一言为定，对口，很对口……"鲁编辑到底是当头的，他说："那你要啥条件？"我说："啥也不要你们的，只要你们盖一个章，盖一个章就行了，这很简单。"其实并不简单，这里边还有很多事，但你得这么说。鲁编辑说："怕是得立个合同吧？"我说："那是，赔赚不要你们承担任何损失，这都写上……"接下去事就好办了，一共用了两小时四十七分钟，我把挂靠的事办了。你知道这是为什么吗？你知道不知道这是为什么？不知道吧，我想你也不会知道。你还没有活到这个档次。我告诉你，有一种东西已经渗进人的细胞里去了，渗进了每一个人的细胞，挡是挡不住的，谁也挡不住。不明白吧？说了你也不明白。

这件事是办妥了，接下去是跑银行贷款。跑银行我费了大劲了，那几天我都快要跑疯了！你知道我最后是怎么攻下来的？现在，别说现在，现在贷一千万都有人给。那时候可不是现在。开始时，我找过信贷员，也找过信贷科的科长，后来我发现不行，一个信贷科要喂的人太多，我对付不了这么多人。我马上把方向转了，集中对付一个姓吴的，姓吴的是这个支行的副行长，分工专门管信贷。我就把目标对准他了。我是在他下班后跟了他两次才摸到他的家门的。第一次你猜我跟到哪里了，我跟到他姘头住的地方去了，要不是我悄悄地问了问，险些出大错。那是他私下在新建的静园小区偷偷买的一套公寓，四室一厅，有一个年轻的女人住在那里。我还算是很灵醒的，没有贸然上去，我仅是认住了那个门。第二次，我又跟着他，却发现他走的路线变了，他走进了银行的家属院，也是四室一厅，不过是一栋旧楼。这下我才明白，他私下里还有一个女人。可这个人上班一直是骑着一辆破自行车，你根本看不出来他是有钱人，其实他非常有钱，你简直无法想象他究竟有多少钱。（在这座城市里搞贷款有个半公开的秘密，不管贷多少都要出百分之十的回扣。）我第一次上他家送礼的时候，我觉得送的礼已经够重了，我买了两瓶"茅台"、两条"红塔山"，还有两箱"健力宝"。可我把礼送去后，他连看都没看一眼。你知道，看不看是不一样的，这里边有个心理因素问题。只有什么都见识过的人才会有这样的状态。我开口就说我是市文联的。等我说明来意之后，他噢噢了两声，就再也没有说话，他一直不说话，他的脸上也没有话，你在他的脸上什么也读不出来。我真是太佩服他了，这人才四十来岁，铁板脸，什么样的环境能把人炼成这个样子？他最后只说了一句话，他说这个事他一个人做不了主，这事得研究研究。这时候我就知道送礼不行了，送多重的礼都没用。但我认定了要把他攻下来，我必须把他攻下来。于是我又换了一个方式。我从侧面做了些了解，了解他的爱好。我请一个信贷员吃了一顿饭，从他那里知道这个行长特别喜欢字画，他喜欢好字画。你看，人一有权有钱就喜欢字画了。这我没有办法，这事我一点办法也没有，我只好动用鲁编辑了。

在文联，别的不好办，字画还是好弄的。我把一瓶"茅台"、一条"红塔山"送到鲁编辑家里，一下子就弄来了三幅字画，都是省里有名的画家、书法家的字画。待我第二次去副行长家的时候，他就客气多了。他拿着三幅裱糊好的字画津津有味地看了很久，连声说："不错，不错。"往下还是很长时间无话。这个人真是滴水不漏啊！不过，字画是收下了。临走时，又是只说了一句，他说，那个事，他给他们说说。你注意到了吧，他说"他们"，他说的是"他们"。听话听音儿，就这两个字，我就知道这一次还办不成事。我很气馁，我觉得这一回我是碰上对手了。可我还是有点不服气。我说我再试一次，试最后一次。我又去找了鲁编辑，我说："鲁编辑，又有一个好消息。银行打算给杂志两万块钱的赞助……"他说："好哇，好哇，太好了！"我说："不过，人家也有个条件，这是一个副行长答应的，要求给他写一篇报告文学……"鲁编辑马上一口答应："这好办，这好办。你写，你写我们给你发。"我说："我不行，我这两下子你还不知道？能不能找个有知名度的作家去写？给高稿酬，钱我出。"他说："这事好办，都是急辣辣的，我打个电话，马上给你叫来……"再次登行长家的门我是领着作家去的。（这个作家路上对我说，要千字一百元，我满口答应。我说，给你千字一百五！）进门一介绍，行长十分高兴，可以说是高兴坏了，又是端茶又是递烟……到我再去他家的时候，他的态度完全变了。你猜他怎么说，你猜猜他是怎么说的？当只有我们两个人的时候（他把老婆、孩子都打发出去了），他说："经过这一段的接触，我看你是个干事的人，也是个靠得住的人。贷款的事，我给你办了。我听你的介绍，也相信你的眼力。这样吧，银行贷款，必须得有可靠的担保单位……"

　　我赶忙说："担保单位没有问题……"其实很有问题。他摆摆手说："你听我说完，就是有可靠的担保单位，恐怕也得拖一段时间……"说到这里他停住了，他停了很长时间，一直看着我的脸。这一刻是一系千钧哪！

我知道我不能流露出一点让他不信任的表情，要是让他有一丝一毫的不信任，这事就算完了。我连眉毛都不敢动一下……过了很长一段时间，他才又接着说："我知道你等不及，你急着用。我看人是看得很准的，我相信你，我这里有八十多万，算我的投资怎么样？"老天爷呀，这样一个人，上班骑个破自行车，出手就是八十万……那一会儿我脑子里"轰"地一下，立马涌出来两个念头：一是，人心黑呀，人心太黑了，这家伙的心简直是墨汁泼出来的；再一个就是高兴，心里那个高兴啊，你不知道我那会儿心里有多高兴……

怎么样？整个就是空手套白狼。

四月二十一日

今天，路过绿叶广场的时候，我看见有许多人在放风筝。

风筝飘在天上，飘出了一朵一朵的颜色，颜色里裹着的是一片一片的心，我知道颜色里裹着的是人们的心。人们把自己的心裹在颜色里，绑在绳上，而后借风力飘到天上去……

我知道这都是些不喜欢"红蚊子音乐"的人，是想逃跑的人。他们是想逃离这座城市，这是他们想出来的、唯一能逃离这座城市的方法。他们假装着放风筝，实际上是在放"心"，他们是想把"心"从"红蚊子音乐"的包围中放出去。可他们放不出去，我知道他们放不出去。他们的"心"上拴着一根绳子呢，他们能不知道"心"上还拴着一根绳子吗？

"红蚊子音乐"实在是太聒噪了。"红蚊子音乐"穿着各式各样的裤子，先是在舞厅里扭，而后又在大街上扭，一扭就扭到人们家里去了。"红蚊子音乐"敲开一户一户的家门，而后大唱特唱。这种无孔不入的"红蚊子音乐"是很有磁力的，它的磁场遍布城市的每一个角落，它放出的磁力线像钢丝一样从人身上穿过，每一个被穿过的人都会被染上"红蚊子病菌"，染上这种病菌的人心上都会出现一个黑颜色的斑点。这个斑点能使人在不知不觉中发生莫名其妙的变化。喊叫是这种病最明显的特征。现在每颗病心都在喊叫，整个城市都在喊叫。报上说，城市没有抗体，病菌正在四处蔓延……

我知道如今绿叶广场是城市里唯一有阳光的地方，这里的阳光是完整的，这里的阳光还没有烂，其余的地方都已经烂了，其余的地方仅剩下一些阳光的碎片，一些旧了的沾满细菌的阳光的棉絮，散发着臭味的线和片片。所以人们都跑到这里来放风筝，把"心"放到有阳光的地方去。

放风筝的人们仍在绿叶广场上跑着，一个个人壳都在随着线跑。风筝在天上飘着，人们的心里在风筝里，伪装成蜻蜓或者小鸟的模样，自以为已经很自由很自由地飞出去了，在天上很畅快地随着风和阳光漫游……可是，我真的不想告诉他们，总还有收线的时候，线一收，不就又重新掉下来了吗？

旧妈妈新妈妈都说我有病，说我有精神病。我有病吗？我不知道到底谁有病，我想问一问谁有病……

四月二十三日

新妈妈病了。

新妈妈已经在床上躺了三天了。她说她的头疼，她的头上捆着一根绳子，她一直说她的头上像是勒着一根绳子……

　　往常，新妈妈住的房间是不让我进的，她的房间里铺有地毯，她是怕我踩脏了她的地毯。现在却又让我进了，当她的头疼得厉害的时候，就不住声地叫我，叫我一趟一趟地去给她送茶水。

　　一进她的房间我就发现情况了，她的确是有"情况"。新妈妈在床上躺着，头上紧勒着一条纱巾，脸色显得十分的苍白，她的一双大眼，她那战无不胜的大眼里却露出了恐怖的神色。她说，她从来没怕过，她谁也不怕，可这一次她怕了，她的眼睛告诉我，她怕了。她怕什么呢？

　　蓦地，我就看见了那个影子，那个立在她的床头的影子。我认得这个影子，那是"老虎"的影子，她把"老虎"的影子带回来了……新妈妈是害怕这个影子，她一定是害怕这个影子，可她为什么要带他回来呢？

　　影子一直在新妈妈的床头站着，影子站出了一片很压抑的沉默。我看见影子里汪着一团血污，血污里弥漫着一股腥甜的"人参蜂王浆"的气味，还有那栋 A 楼里所独有的椅子的气味。当我盯着那影子看的时候，它很快就消失了，当我扭过脸去，它又会重新出现……

　　于是，我就悄悄地窥视那个影子，我在不让它发现的情况下偷偷看它，一会儿工夫我就看出名堂来了，没用多长时间我就发现了他和新妈妈之间的事……

　　我先看见的是一张大床，一张柔软的"席梦思"大床。接着看到的是拉着天鹅绒窗帘的房间，门上标有"0511"字样的房间。在这个十分高级的房间里，只有新妈妈和"老虎"两个人。

　　两人先是坐在沙发上说话，两人说话的声音里有一股很浓的珍珠霜的气味。这一次新妈妈仍然是戴着面具的，我看见新妈妈戴的是很艳很艳的桃红色面具。新妈妈是来取一件东西的，我看见新妈妈反反复复地提到那件东西。每当新妈妈提到那件东西的时候，"老虎"总是笑微微地说："我带来了，我已经带来了……"而后我看见"老虎"用鼻音哼出了一个字，一个含糊不清的字，那个字是用酒精泡出来的，那个字带有浓烈的酒腥和蛇胆的气味。

在"老虎"说过那个含糊不清的字之后，新妈妈就开始脱衣服了，新妈妈勇敢地把一件件衣服从身上脱下来，直脱到一丝不挂……"老虎"脱得更快，"老虎"脱衣服脱出了一身大汗，"老虎"的脊梁上挂满了油光光的汗珠……接着从那张"席梦思"大床上传出了一声撕锦裂帛的叫声，那是新妈妈的叫声。在新妈妈的叫声里，我看见了一条紫红色的血线，我看见"老虎"脑海中那密密麻麻的彩色线路上飞出了一条紫红的血线。就在这一刹那的时间里，"老虎"突然瘫软了，"老虎"一下子变得目瞪口呆嘴歪眼斜，"老虎"像是被人抽去了骨头一样，突然之间软在了新妈妈的身上……这时的"老虎"很想说一点什么，"老虎"的胃里含着一个用酒精泡出来的字，"老虎"试图用胃里的旧日的粮食去拼命地顶这个字，可他吐不出来了，那是一个"快"字，我知道他是想说："快，快……"

在这一瞬间，新妈妈显示出了超人的果敢。新妈妈盯着"老虎"那不停地抽搐着的、白瞪着眼的脸看了很长时间，在令人恐怖的目光对接中，新妈妈没有一点害怕的意思，新妈妈一点也不害怕。后来新妈妈就把瘫软了的"老虎"从她身上掀下来了。新妈妈从床上跳下来，一件一件地往身上穿衣服，这时候她已扔掉了所有的面具，她什么面具也不要了。她一边穿衣，还一边回头看"老虎"，她一定是看见"老虎"噙在胃里的那个字了，我听见她快速地说："这样不行，这样不行……"她说着"不行"的时候，却又重新走到"老虎"的身前，去给"老虎"穿衣。她不是给"老虎"穿衣，她是在掏"老虎"的衣兜。她一个兜一个兜地搜，她把"老虎"所有的兜都搜遍了，却没有找到她要找的东西……这时候新妈妈眼里出现了一个尖锐的亮点，新妈妈回身用亮点灼烧瘫在床上的"老虎"，新妈妈眼里的亮点烧在"老虎"那已失去知觉的皮肉上，发出"嗞嗞"的响声！……新妈妈在沙发上坐下来，喝了一杯泡好的咖啡。在这种时候，新妈妈仍然能够坐下来，喝一杯咖啡。片刻，新妈妈又重新勇敢地走到"老虎"跟前，把衣服一件一件给他穿在身上。在新妈妈给"老虎"穿衣的时候，我看见"老虎"的胃里涌出了很多的粉笔末，全都是二十年前的粉笔末，粉笔末一刹那间变成了金子，粉笔末在"老虎"的胃囊里一时金光闪闪，而后化成泪水从"老虎"的眼里流出来，"老虎"流泪了……新妈妈是在给他穿上衣服之后离开那个房间的。新妈妈把"老虎"撇在那个舒适豪华的大床上，从容坚定地走了出来。新妈妈的高跟鞋在过道里发出空洞的回音，声音里已经没有颜色了，在声音里我没有看到往常那样的颜色……

可是，新妈妈没有想到，她把"老虎"的影子带回来了。这是新妈妈唯一的一次失败，她没有拿到她要的东西，却在不知不觉中带回了"老虎"的影子……

当我悄悄地观察"老虎"的影子的时候，却又发现了"老虎"的肉体，"老虎"的肉体如今正躺在医院的病床上，"老虎"已经变成了一个没有任何知觉的植物人。只有他胃里的粉笔末是活的，他的肉体里只活着一些昔日的粉笔末……我又看见 A 楼里一片忙碌，现在的 A 楼里，"老虎"的秘书正被一群记者包围着，秘书正悲痛地告诉记者："老虎"同志鞠躬尽瘁，夜以继日地劳作，最后病倒在工作岗位上。他的精神仍然在工作着，他是不会倒下的，他的精神不倒……

夜里，新妈妈的呻吟声不时从隔壁的房间里传过来。新妈妈的呻吟声很像是"红蚊子音乐"，她的呻吟里有一种城市里所流行的"红蚊子音乐"加"涩格捞秧儿"的味道。爸爸又去给她拿药了，爸爸在医院里给她开了各种各样的止疼片，可她仍然不停地呻吟……

我知道是那个影子在作怪，那个影子一直在新妈妈的床跟前站着……

我不知道该不该说，也不知道怎么说。

四月二十五日

新妈妈仍然头疼不止。

不过，新妈妈对爸爸说，有的时候好一些。她说不准是什么时候。她说有的时候突然就轻松了，那一会儿头一点也不疼了。

但过一会儿，头就又疼起来了。爸爸给她解释说，报上说了，这是一种"社会性阵痛"，这种疼痛是有间歇的，所以又叫"间歇性阵痛"。

下午的时候，新妈妈把我叫到了她的房间里。她很奇怪地看了我一眼，说："你坐在这儿别动，你就在这儿坐着。"

我只好规规矩矩地坐在她的面前。她说："抬起头，看着我。"

我就乖乖地抬起头，望着她。我一下子就看见那个影子了，那个影子已化成了许多影子，有的影子已经钻进了新妈妈的脑海里，影子像蚂蚁一样一窝一窝地在她的脑海里爬……

大约有一刻钟的时间，她突然从床上坐起来，晃了晃头说："哎，我这会儿头不疼了，一点也不疼了。"

此后，新妈妈就再不让我出去了，她让我一直在她的面前坐着。她说，只要我坐在这里，她的头就不疼了。我不想这样坐着，可我没有办法。坐在新妈妈面前的时候，我就会看到那些我不想看的东西，特别是新妈妈胃里的那个蛇头，我一下子就看见那个蛇头了，那个蛇头是绿颜色的，那蛇头的周围还蠕动着紫黑色的气泡，一团一团的气泡，气泡里裹着一些咖啡色的一豆一豆的东西。那个蛇头就盘绕在这些东西的上边……当然，还有很多东西也是我不想看的，我在新妈妈的肉体里看见了许多垃圾一样的东西，许多正在发酵的有霉味的东西。我不能再看这些东西了，我一看这些东西就想吐。

我不能再这样坐下去了，我必须想个办法。

四月二十五日夜

新妈妈已经睡着了。新妈妈说，只有我在她的床前坐着，她才能睡着……

月光爬进来了，我看见月光伸出一只小手，慢慢从窗口爬进来。月光很凉，月光肉乎乎的，有一股水凉粉的味儿。月光一点也不白，月光是灰颜色的，月光里像是掺了许多灰兔毛，灰兔毛里爬满了细微的小虫子，月光里爬着一片一片的小虫子……月光已经被小虫侵蚀了，月光被小虫"蚕"成了一捻儿一捻儿的，月光里有很多被虫蚀过的黑点点。

从窗口望出去，我看见对面楼房的五楼楼顶上站着一个人，一个穿月白裙衫的人。我知道那是陈冬阿姨，我看见陈冬阿姨独自一人在楼顶上站着。她大约已经在楼顶上徘徊了很久了，我听见她喃喃自语说："跳下去就好了，跳下去就一了百了了……"

听见她这样说我吓了一跳，我吓坏了，我真害怕她会跳下去，她要跳下去怎么办呢？

我瞪着两眼直勾勾地望着她，我一直不停地念叨：你别跳，你别跳，你别跳……念着念着，我突然发现我有了一种能量，我能阻止她。我看见她果然在楼顶的边缘处站住了，她轻轻地叹了口气，我听见了她那极轻微的叹息声。我看见她心里有很多话要说，而又无处可说。我看见她的心上、肝上、肺上都有细菌蚀过的斑点，那是一些很微小的带细菌牙痕的紫黑色的小洞……这些缺陷是别的人看不见的，这些缺陷只有她自己知道。她终于又往回走了。我松了一口气，一看见她往回走，我就知道她不会再往下跳了。我听见她一边走一边自言自语地说："想见的不能见，不想见的天天见……"

我知道下边的楼道里还站着一个人，他在楼道的黑影里站着，我早就看见他了。还是那个秃顶老头，仍然是那个用油纸包着心的秃顶老头。这是一个很可怜又很贪婪的老头。他仍然在敲门，他隔一会儿一敲门，他坚持不断地敲门……他是一个"敲门人"。

对于这样的事我就没有办法了，我不知道该怎么办……

就在我看着窗外的时候，那个影子又出来了，我感觉到那个影子又悄悄地溜了出来。我听见新妈妈"哦"了一声，就赶忙扭过脸来，我看见那个影子果然在床跟前的墙壁上贴着。我小心翼翼地扑上去，趁它往新妈妈脑子里钻的时候，一下子就捉住它了，我把影子捉住了……

"老虎"的影子看上去很大，很吓人，其实一点也不大。我用手捏住它时，它看上去跟虫子一样。我捏着它在新妈妈的房间里走来走去，开始的时候不知道怎么办才好，我不知道该怎么处理它。后来我才想出了一个办法，我把它装进一个空了的火柴盒里，它一进火柴盒就老实了。我把它关进火柴盒之后，它只会发出轻微的像蛾子扑扇翅膀一样的响声……

我把火柴盒带出了新妈妈的房间，我想这样她的头就不会再疼了……

四月二十六日

新妈妈已经完全好了。

我听见新妈妈欣喜地在跟爸爸偷偷地嘀咕什么，我听见新妈妈反反复复地在说："她能治病，她有特异功能，特异功能……"

过了不一会儿，爸爸就把我叫过去了。我看见他们两人都十分地严肃，他们的脸很红，他们的脸都像烧着的火炭一样，眼里放着绿色的萤火虫一样的光。爸爸在新妈妈目光的唆使下，把一支笔和一张纸放到我的面前，而后拿出一个早已准备好的包了好几层的纸包，他举着那个纸包对我说："小明，你看好，你好好看看，这里面装的是什么？告诉我，这里面装的是什么？"

我抬起头，望了望那个纸包，我看见这个纸包一共包了五层，最里边是一个装药用的小瓶子，瓶子里装的是一根针……我知道那是一根针，那是一根扎过我很多次的针。我就在纸上写了一个"针"字。

当我一写出这个"针"字，两人就很快地交换了一下眼色，两人心里马上就起火了，两人心里燃起了熊熊的大火！这时，新妈妈肚子里的蛇头"咝"的一声就昂起来了，我又看见了新妈妈肚子里高昂着的很吓人的蛇头……

紧接着，爸爸快步走出去了。爸爸走出去之后，新妈妈脸上露出桃红色的微笑。她笑着把我揽在怀里，做出十分亲切的样子。她从来没有这样对待过我。但我还是怕她，我怕她心里那个昂着的蛇头。

一会儿，爸爸就匆匆走回来了，爸爸回来时紧攥着一个拳头，他攥着拳头对我说："小明,你看我手里拿的是什么?你写一写,我拿的是什么……"

我看了看,他手里紧攥着的是一小片树叶。我就在纸上写上了"树叶"两字……我写这两个字的时候,两人的头全都凑上来了,他们紧盯着这两个字看了很久很久。突然,爸爸松开手,把这片树叶递到我的面前,说:"小明,你吃下去,你给我把树叶嚼一嚼……"

我拿起那片树叶放在嘴里,连着嚼了几下。

新妈妈突然说:"吐出来,快,吐出来我看看……"

我只好把嚼烂了的树叶吐到舌头尖上,两人几乎趴到我的嘴上看。看了片刻,新妈妈又说:"你能把树叶还原吗?你试试能不能还把这片树叶还原……"

开始的时候,我不明白,我不知道怎么才能把嚼烂的树叶还原,我愣愣地望着他们,我脑子里只有"还原"两个字……但是,一会儿工夫,我感觉到这片嚼过的树叶在我的舌头上慢慢地伸展、慢慢地伸展,我清楚地感觉到了那细微中的绿色在伸展,当我吐出来时,竟是一片完好无损的树叶……

这时,新妈妈一把抓住爸爸的手连声说:"天哪!明天别让小明去西郊了,咱们养她,咱们养着她!……"

一听这话,我就知道新妈妈又有阴谋了。新妈妈病一好,就又要阴谋想陷害我了。我真想把那影子重新放出来……

可是,当我悄悄打开那个装影子的火柴盒时,却发现影子已经消失了,影子化成了一小撮粉笔末,影子已经无法还原了……

四月二十八日

今天，报社的、电视台的记者全都来了，记者们蜂拥而来，挤满了整个屋子。这些记者全都是爸爸在新妈妈的一手策划下请来的……

记者们装了一肚子的酒肉，记者们肚子里的酒肉发出一连串奇怪的叫声，那叫声里有一股很膻的老绵羊的气味。记者们在房间里架了很多耀眼的灯，记者把所有的灯光对准我一个人……

在灯光里，我看见我变成了一只小老鼠，一只很小很小的无处可藏的老鼠。四面全是墙，很刺眼的墙，我无处可逃，我知道我无处可逃。再往下，他们就要"烤"我了……

这是新妈妈的阴谋，这一切都是她设计的。她在我的背上扎了一根针……

四月三十日

魏征叔叔的话：

生意是什么？在这座城市里，你知不知道生意是什么？我告诉你吧，生意就是贿赂。词儿是不好听，中华古国，对生意上的用词儿大部分都是贬的，不好听的。其实贿赂是交换的意思，是以货易货，是一种艺术化、感情化的投资，可以说是一种极富人情味的投资。其实很多人一生都在贿赂，他自己不承认罢了。贿赂也有档次，贿赂也是分档次的。贿赂有"短线"和"长线"之分。"短线投资"是一次性的，办了就了的那种，叫作"一锤子买卖"。这又是专对生意人说的，你看，一遇到生意人的时候就贬（其实我倒喜欢"一锤子买卖"，干脆利落，没有那么多的勾勾扯扯）。"长线投资"就不同了，"长线投资"在古语中有"放长线钓大鱼"之说，是很讲战略战术、很讲韬略的。说起来也气魄呀，你听听："放长线钓大鱼！"这是对大生意的态度，在语言上，也不那么贬了吧？你没看每逢过年、过节的时候，各县、市的官员们都坐着轿车"日儿、日儿"地往这儿跑吗？一辆辆车的后备厢里塞得满满的，干什么来了？"投资"来了。这种投资就是"长线投资"，是一种大交换。说好听点叫感情投资。

　　感情投资是什么，是大贿赂，是高档次的贿赂。在这座城市里，贿赂是一门学问，可以说是一门很高深的学问……

　　这是啥说法？这就是蛆的说法。我就是蛆，我承认我是蛆，我是人中之蛆。你别看不起蛆，蛆是最有独立意识的，也是生存能力最强的。蛆无腿无手，照样繁衍，给一个缝就可以繁衍，这就是蛆的精神。胡说？你就当我胡说吧。

　　我给你说过，要想打进大同路那个图书市场需要五个"证"，这五个"证"都是很难办的，据说有人跑了整整一年，花了许多冤枉钱，到了也没办成。可这五个"证"又缺一不可，只要少办一个"证"，就有人找你的麻烦。我呢，一个"证"也没有。实话告诉你，开业的时候我还一个"证"都没办呢。不是不想办，我敢不办吗？是没有时间办，来不及了。要是等五个"证"都办齐了再开张，黄花菜都凉了！你又说我吹。我不是吹，我一点也不吹。你知道办这五个"证"得多少部门批吗？你不知道吧。告诉你，光章要盖三十七个！你想想，盖这三十七个章，要跑多少路，见多少脸，说多少好话？一趟跑成也罢了，一趟能跑成吗？进哪个部门都跟审贼一样，盘问来盘问去……到了就是不给你办。当然了，我也有我的办法。不错，我没有办，我一个"证"没办就照常开业了。用的啥办法？告诉你，我用的是"顾问法"。啥叫"顾问法"？"顾问法"就是"贿赂大法"里的一法，这是老法新用，也算是九十年代的创新。这法用起来并不复杂，主要是一个"活"字，过去不是讲"活学活用"吗。首先，我买了一些聘书，聘书买的是最好最贵最高档的那种，羊皮缎面的，还带一个盒子，盒子里配的有金笔、金表。而后呢，在聘书里填上一些人的名字，这些人自然都是用得着的……再往下，再往下就是送了，关键在送，看你怎么送。我一共搞了十二张聘书，我觉得送出去一半就不错了，我想送出去一半就行，没想到全送出去了。这十二张聘书一送出去，我的心就放在肚里了。十二张聘书，我送了六个单位：公安、工商、税务、文化、卫生……当然不会是往单位送，我会干那傻事吗？我是往家里送的，一家一家送。送之前我就把要说的话想好了。我准备了五套话，这五套话因人而异，各有讲究，可实际上我只用了一套半，我用了一套半就把他们全打发了。这些事不能找大头，找大头没用。这是小事，小事只能找那些很具体的人。公安方面，我给两个人送了聘书，一个是管这一片的派出所的所长，一个是在这条街上管治安、户籍的片警。到了所长家，我说："郭所长，我是市文联的。我们单位搞了一个图书公司，目的是以文养文，繁荣文化事业。我们想聘请你做我们公司的顾问……"说着，我就把聘书打开（盒里有金笔、金表）送上去。所长接过聘书看了一眼，立刻很警惕地看着我："顾问？啥顾问？……"我知道搞公安的都警惕，这是一种职业习惯。我笑着说："是这样的，搞图书发行，先是要遵纪守法，不卖黄书坏书。你知道，文化人，法律方面都很淡漠，希望公安机关对我们实行监督……"话一说到这儿，他的脸稍松了，随口"哦、哦"了两声，又低头看那聘书，我想他是看到那表了，他的目光留在表上有一两秒钟的时间……我趁热说："郭所长，我们是有规定的，不知道这规定你同意不同意。"

他立时变得又警惕起来，我就是要的这个效果。我说："是这样的，按国家规定（我胡诌的），顾问也是一种劳动形式，按说得付一定的报酬。可我们公司刚创办，经济上还不是十分宽余……可一点不付，也不好。我们呢，想每月多多少少地表示一点意思：一个月两百元吧，不多。你看……"他抬起头来，似看似不看地望着我，嘴里说："哦哦，是这样。哦哦，是这样……"他还是有一点游移，我看出了他的游移，他是想要，又怕烫手。我接着说："顾问我们请得不多，这笔钱数目不大，又是正当的，我们准备用零售的收入来支付，这笔钱是不入账的，你也知道，各单位都有一些不入账的小收入……"当我把话说到这儿，他才松了口，说："钱不钱的，无所谓。既然你来了，就、就这吧……有啥事找我。"那个片警就好办了，那片警是个二十来岁的毛头小伙，我一月只给他一百……往下就不用多说了吧？往下我不说了。

在这座城市里做生意，最要紧的是理顺关系。关系只要理顺，生意就好做了。你别看我仅仅是发出去了十二张聘书，其实我是建立了一个十分重要的关系网络。你知道这十二张聘书所产生的能量有多大吗？你当然不明白，给你说你也不明白。这已经不是办五个"证"的问题了，有了这十二张聘书，五个"证"就不算什么了。从他们接下聘书那天起，我和他们之间的关系就发生了一种变化，这变化是潜在的，是看不见的。关键在看不见，这是一种既看不见又存在着的关系变化，我和他们之间的关系由于这十二张聘书变成了一种"雇佣关系"。"顾问"是我聘的，实际上我成了他们的雇主。奥妙就在于他们根本觉察不到他们是受雇于我。三天后他们的态度就不一样了，当我揣上装好的十二个信封，分别登门给他们送"顾问费"的时候（这钱当然是分别送的，都是我一个人送的，不要他们签字、打条，也不要第三个人在场，免得他们害怕），他们对我的态度发生了极为明显的变化。

虽然各人的说法不一样，但意思是一样的，都很积极地说，有啥事没有？有事找我。我说，没事，没事，有事再麻烦你……我就是不让他们给我办事，我一直让他们欠着。你知道那五个"证"最后是谁给我办的吗？你想都想不到，就是那个小片警给我办的。难办不是？他一天就办妥了，办妥还给我送来……通过这件事我得出了一个教训，不能小看人，你不能小看任何人。一个小片警没啥，可你悟不透他的社会关系。后来我才知道，他姐姐就是图书市场管理办公室的；他舅舅在工商局，还是个副局长；他小姨子在卫生局……你说，他还是个最便宜的"顾问"，我一月只给他一百元……我原想用用这个最不顶事的，谁知这么顺。现在你明白这十二张聘书的作用了吧？说得刻薄一点，这是"卖身契"。人是很脆弱的，我说了，人很脆弱。这十二张纸使我轻而易举地获得了一个网络。我实话给你说，钱并不是好拿的，对于大多数人来说，钱是一种压力。他们拿了钱之后，见面就问我：

有事没有？……你看，这时候他们就很想给我办事，很想"顾问"一下了……他们开始在方方面面照顾我，我不找他们，他们就主动为我办事了。

你问那五十四万是怎么挣的？这很简单，这对我来说仅仅是操作上的问题。关系只要理顺，剩下的就是操作了。现在不是讲广告意识吗？不客气地说，我那时候就有广告意识。我搞了一个"人肉广告"。没听说过吧？你听我慢慢说。开业之后，我又到文联去了一趟，找到了那班编辑。我对鲁编辑说："鲁主编，我又遇到难处了，你可得帮帮我呀。"鲁编辑慌了，忙问："啥事？啥事？"我就问："咱这儿有几个人呢？"老鲁四下瞅瞅，更慌："八，八个……"这时候，我才把兜里的钱掏出来，我说："一人先发五百吧……"一说钱，人的眼就跟灯一样，一盏一盏都亮了。老鲁忙按住我的手说："你先别发钱，你说啥事吧，要是事办不了……"我说："事是不大，不过，老师们都是文人，我有点张不开口……"众人都围过来说："你说，你说……"我说："是这样，我想请老师们下班后，或是上街的时候（无论啥时间都行），看见路上的书店、书摊，绕上几步，耽误个三五分钟，给我捎句话……"众人又问："怎么说，你说怎么说……"我说："实际上就一句话，进去问问有没有《丑陋的中国人》这本书……"众人愣了，说："五百块钱就这事？"我说："就这个事，麻烦老师们帮帮忙。也不是让老师们天天去上街问，用一星期的时间就行了……"鲁编辑说："《丑陋的中国人》我听说过，好像是台湾一个作家写的，听说是不错。你说的事就这么简单？……"我说："简单是简单，老师们都是有身份的人……"

有人马上说："这年头，啥身份不身份哪……"一个个都高高兴兴地把钱收了。文人心重，这五百块钱就压得他们睡不着觉了。没过一星期，不光满城的书摊都在打听这本书，连他们文学圈子里的人也在打听这本书……在这同时，我又雇了三个人，派他们到全国各个城市去，这是一种半旅游性质的，让他们到各个书摊上去打听有没有这本书……半个月下来，等到书印出来的时候，订单就像雪片一样！

实话告诉你，这本书我印了六十万。成本是很低的，一本的成本才一块钱。可你知道定价多少？定价是四块八。我这人不狠，我给你说，我这人太善了，我搞批发，一本才净赚九毛钱。这利薄不薄？这利够薄了吧。很多钱都让小书贩赚了，要不我会赚得更多。我一本赚九毛。净的，六九五十四，《丑陋的中国人》我赚了五十四万。钱就是这样赚的……

夏

五月六日

夏天来了。

夏天没有通知我，夏天来得很陡。悄悄地，就摄氏三十二度了。夏天是紫颜色的，是那种用灰点、红点、黄点、绿点拌出来的紫颜色，颜色里有一种很呛人的气味，就是记者举着的灯光里冒出的气味，像是空气烧熟之后又浇上姜汁醋，撒上孜然，抹上猪油，接着再烤的那种气味。夏天的树也没有出现茂密的绿色，夏天的树挂满了日子的灰尘，人的声音、人的汗气、人的颜色全都在树上挂着，树也脏了，夏天里，城市的树很脏。

在夏天来到的时候，我变成了一只猴子。记者们蜂拥而来，我看见我跟公园里的猴子一模一样，新妈妈不时把我牵出来，让人们看我。每当有灯光照着我时，我就很害怕。我不知道为什么害怕，可就是害怕。我怕人，我知道我是怕人。报纸把我的照片登出去了，报纸一把我的照片登出去，我就成了一只猴子。报上说，这是一只有"特异功能"的女猴子。

我足足有两个星期没有到旧妈妈家去了。是新妈妈不让去。

新妈妈说是要养着我，其实是要展览我。在那些天里，常有小报记者拥到家里来，家里到处都是酒气，是记者带来的酒气，满嘴是油的记者带着酒气走进来，连窗户都醉了。我看见记者的脸上罩着报纸，脑门里挂着一串铅字，一个个看上去很严肃的样子。

可他们的胃门却是开着的，他们都有一个很好的胃，他们的胃先是草编的（下半部是草编的），后来又改成鱼钩编的（上半部是鱼钩编的），他们胃里的下半部泛动着红薯干的气味，上半部是"宋河粮液"的气味，间或还有"茅台"。他们都有胃溃疡的病，他们的胃是绿褐色的，所以，他们都在胃襞上涂了一层紫红色的"三九胃泰"，他们用"三九胃泰"同胃里的"螃蟹""蝎子""青蛙"做斗争，我看见"三九胃泰"哭了。他们说话时常有一串一串的酒气吐出来，酒气里爬有蝎子和螃蟹的影子，于是，家里的窗户上爬的到处都是醉了的蝎子和螃蟹的影子。新妈妈是很喜欢这种气氛的，新妈妈在充满酒气的氛围里又变得鲜活亮丽，酒气是很能养蛇头的，我发现新妈妈肚子里的蛇头又"嗞嗞"地昂起来了。

我还发现，上门最勤的是两个记者，一个是冯记者，一个是杨记者。冯记者块头很大，身上的骨骼却很小，我看见他身上的骨骼很小。他身上的肉全是当上记者后新添置的，他身上有一多半是新肉有一少半是旧肉，在新肉和旧肉之间有一层白色的油性隔离带，因此可以清楚地看见他身上肉的差别。他身上的旧肉是青黄色的，旧肉里有一股青涩的嫩玉米加黑豆的气味；他身上的新肉是酱红色的，新肉里有很多的蝎子加各种的肉类、各种的奶制品又用酱油和酒泡制出来的气味。他身上的气味很杂，他打出来的"嗝"也很杂，他的"嗝"里有很多企业的名称，一个"嗝"就是一个企业的名称，他说他是吃"企业饭"的。所以他走起来身上的肉有晃的和不晃的，晃的是新肉（他说是"企业肉"），不晃的是连着骨骼的旧肉。杨记者是个紫红色的筋巴人，杨记者身上没有肉。杨记者身上全是筋。他身上每一处都是紧紧凑凑的，在一层一层的筋巴里裹着一套很好的排泄器官。他的排泄器官里没有"三九胃泰"，他不用"三九胃泰"。杨记者用的是酒，杨记者身上的筋巴肉是酒泡出来的，杨记者的胃襞上有很多天然的驼色气泡，所以杨记者是个连石头都能消化的人。杨记者脸上带着永不消褪的红色，是那种在酒里泡出来的红，一丝一丝的红，黑紫的脸皮上渗出来的蚯蚓红。杨记者说他是吃"商业饭"的，顿顿有酒。两个记者都是来帮新妈妈"炒"我的，他们说，必须得"炒"，不"炒"不行。冯记者说："得炒啊，得炒！奇迹是创造出来的，这是个创造奇迹的年代……"杨记者说："真亦假来假亦真，假的都能炒成真的，何况确有其事哪……"冯记者说："这事光在省里炒还不行，得炒到全国去，炒出影响来！《人民日报》《光明日报》，各大报我都有熟人，我包了！到时候，啊……"杨记者说："这事，还不能太急。这就跟炖猪蹄一样，开始得用文火，慢慢炖，炖到一定的时候，再用大火攻。电视台方面，我包了……"冯记者说："高见，高见。咱好好设计设计，搞出个名堂！"一说到这里，新妈妈脸上就出现一片樱桃红，一片笑笑的樱桃红，挨个给两位记者点烟。两个记者的目光就争先恐后地爬到那一片樱桃红上。冯记者趁机说："晚上跳舞去吧？'大世界'，一流舞厅，有票。到时候咱再好好策划策划……"杨记者赶忙说："去老莫吧，'莫斯科舞厅'怎么样？我给那老板写文章吹过……"这时候，新妈妈就又笑了，新妈妈笑得很"蛇"。

　　我不知道什么是"炒"，他们为什么要"炒"。但我明白，新妈妈是要害我。她一直想害我。

五月六日夜

人走了，人们终于走了。

他们又折腾我一天，他们一次一次地逼我猜字，逼我猜东西，逼我吞嚼树叶……而后一次一次地拍照。他们说要制造奇迹就得给我拍照。现在他们走了，新妈妈也陪着他们走了，家里就剩下我一个人了。一个人很好，一个人可以自己和自己说话。

我愿意和自己说话。

可是，"红蚊子音乐"又响起来了，夜里的"红蚊子音乐"是很有穿透力的。夏夜里，"红蚊子音乐"成了四处乱爬的刚性蚂蚁，一圈一圈旋转着的刚性蚂蚁。天很闷，天上没有星星，星星是不是也跳舞去了？星星也怕"红蚊子音乐"？我实在是不想再看什么了，我什么也不想看。可我还是看见了新妈妈，"红蚊子音乐"一响，我就看见新妈妈了。我看见新妈妈正在"大世界"舞厅里跟冯记者搂在一起跳舞。原来我是看不见的，原来人的气味一杂，我就分辨不出来了，可现在我能看见了，我看见冯记者把新妈妈搂得很紧。冯记者一边跟新妈妈跳舞一边贴在新妈妈耳边说悄悄话。冯记者说："这事你放心，有我出面，一定能弄成。老杨不行，你也别指望他，老杨那人办不成事。我们是省级报，老杨那儿是个小报，市一级的小报，不一个档次……"新妈妈笑笑，新妈妈用眼睛说话，新妈妈眼睛里有很多话，新妈妈眼睛里伸出了一个金光闪闪的小钩子，冯记者眼睛里就赶忙跳出一只小老鼠，小老鼠刺溜刺溜地往上爬，小老鼠爬着爬着又停下了，小老鼠也很警惕，小老鼠四下探探，重又往上爬……这时冯记者的声音像是刚出炉的面包，热烘烘的："我就是胖了点，仅仅是胖了点，会多，就胖了……"

跳第二轮舞的时候，杨记者上场了。杨记者一上场就说："你跳得不错，的确不错。老冯不行，老冯一身肉……"新妈妈仍是笑笑。杨记者大约是好喝啤酒，新妈妈笑里掺了一股鲜啤酒味，一种橙黄色的冒着气泡的啤酒味。杨记者一下子就有点醉了。杨记者说："那事包在我身上，影响只要造出来，钱都是小事了。我给你说，钱是小事。你也别太指靠那'肉'，我私下给你说，你知道就行了，老冯那家伙在新闻界口碑不太好，他们那儿矛盾大，好多人对他有意见，有些事，他一出面反而不好……"这时候，新妈妈在旋转时用耳轮轻轻地蹭了他一下，杨记者脑海里闪电一样亮出了一片杏色的粉红，身上随即出现了"延生护宝液"的气味……

跳第三轮舞的时候，又是冯记者搂着新妈妈跳。冯记者心上生出缝隙来了，一条很宽的缝隙。冯记者悄悄地对新妈妈说："这种事，怎么说呢？是可真可假呀。你说句实话，那哑姑娘真能治病吗？她是不是真能给人治病？"新妈妈说："这还用我说？你们不是都看见了？一次次试验你不都在场吗。我的头疼还是她给治好的……"冯记者说："这就好，能治病更好。明天让她给我治治。我这个病要能治好，那就说明她真能治病。"新妈妈的声音在旋转中成了一片雪花，黑颜色的雪花，新妈妈说："你有啥病？"冯记者说："我就这一个病，肉多。这病不好治，我知道这病不好治……"新妈妈笑着说："这能算是病吗？……"

冯记者说："你不懂，这是大病，这是最难治的一种病……"新妈妈说："这，这我就说不准了，我不知道她能不能治这种病……"冯记者说："不能治也不要紧，就是不能治病，有猜字、猜东西、树叶还原这仨绝活就行了，这已经够神了！只要把影响造大，这就是一个女活佛、女菩萨呀……好家伙，到时候办一个特异功能诊所，我给你说，这一下子就起来了！你别不信，前一段有个搞药的，说是家传秘方，治癌症的，开一个小诊所，到处拉人给他吹，到处做广告，说他的药多神多神。我是见过那药的，开始我真信了。不瞒你说，我也给他写文章吹过。后来我才知道，那药一点用都没有，我的一个亲戚吃过，屁事都不顶！可报纸这么一宣传，你猜他一年收入多少？就他那药，一年收入几十万！一服一百多，就这么卖的，还真有人要……"新妈妈马上说："到时候能少了你的好处吗？冯记者……"这时，冯记者心上的缝隙里不失时机地生出了一只小手，一只扭捏的女人样的小手。那小手慢慢从喉咙里伸出来，带出一股铜绿色的气味："十分之一吧，我也不多要，十分之一……"新妈妈心里的蛇头又刺溜、刺溜昂起来了。可新妈妈却笑着，新妈妈笑出了一片金黄色："这还不好说吗……"

　　跳第四轮舞的时候，杨记者说："你别以为我醉了，我一点也没醉，我从来没有醉过，要醉也是这个世界醉了，我不醉。我没踩你的脚吧？你看我没踩你的脚。你很白呀，你的皮肤很白……宣传是可以出效益的，只要宣传得好，效益就出来了。如今报社也开始抓效益了，每个人分的都有任务，我分了五万，一季度五万。这个数在平时也不算啥，问题是最近商业上效益不太好……这个'特异功能'是个项目，我看是个项目。咱好好合计合计，到时候……"新妈妈的声音倏尔就变成了带花点的蓝颜色，新妈妈的声音就像是一只蓝色的小纽扣，光光溜溜的蓝色小纽扣。新妈妈说："宣传宣传也是为了给孩子治病，咱也不图别的。要是有点啥，你们都帮忙了，也不会亏你们……"往下，新妈妈又举起了她那双大眼睛，举出了一股水汪汪的桃红。新妈妈一边奉送桃红一边拿出一块口香糖（杨记者送的），一半含在口里，另一半趁旋转的时候送到了杨记者的嘴边上，一擦而过，那半块口香糖就进了杨记者口里……立时，杨记者身上忽一下就又冒出了"延生护宝液"的气味，杨记者的身子变得硬硬的，杨记者成了一瓶"延生护宝液"，杨记者喘喘地说："我回去就写文章，连夜写文章……"

往下就看不清了，汗气重了，汗气一重我就看不清了。

五月七日

陈冬阿姨家又有敲门声了。

陈冬阿姨家的敲门声是电报式的，两下一停，两下一停。门前站着一个瘦瘦的高个子，我看见这个高个子了。这个高个子在春天的时候，曾经来过，而后再没有见到过他。现在他带着电报声来了。他的电报声是茶色的，他的电报声里有一种陈旧的茶色，茶色里裹着一把钥匙。这是一把旧了的钥匙，这把钥匙有一种很独特的气味，这是一股酿制了很久的陈年面酱的气味，气味里有酒，是日子里浸出来的酒。

陈冬阿姨开门的速度很快，陈冬阿姨是用"心"开门的，陈冬阿姨心里伸出了一只小手，那只小手在时间里变得非常年轻，那小手上写有"广阔天地"的字样。我不知道什么是"广阔天地"，也不知道"广阔天地"在哪里，可那小手上就是这么写的。

门开了，两人在门口站着，我看见时间在两个人身上来来回回地跳跃，时间在这一刻变成了一个顽皮的孩子，他倏尔跳回过去，倏尔又跃到现在……片刻，陈冬阿姨笑了，陈冬阿姨的笑是灰颜色的，她的笑很灰也很敌视。她用很寡很淡的语气轻声说："怎么就来了？……"说完，不等对方回答，就扭身走回去了，走得很慵懒。

那人仍然在门口站着，脸上笑笑的，那笑很节制，那笑里包着一块砖头，当然是"广阔天地"的砖头，那是一块有字的砖头，砖头上刻有"广阔天地"的字样。砖头像是被尘封很久了，砖头上蒙着时间的灰尘……他说："不能来吗？"

有一句话从沙发上扔过来了，这句话像是一个出锅后又快速冷冻的"麻汤圆"，外壳冷冰冰的，内里却烫："坐吧……"

那瘦高个抬起头，很矜持地朝屋里看了一眼，笑着说："还不错嘛……"说完，他开始"读"沙发。屋里有三张沙发，一张双人的（就是陈冬阿姨坐的那张），两张单人的，他把三张沙发挨个"读"了一遍，而后挑一张单人的坐下来了。他坐下来之后我才发现，他屁股上绑着一把"椅子"，他是一个有"椅子"的人。

这时，陈冬阿姨的声音变成了一罐"蓝带啤酒"，陈冬阿姨的声音里有一股"蓝带啤酒"的气味，她懒懒地说："喝点什么？有咖啡……"

那瘦高个的声音里带出一股"椅子"的油漆味，"椅子"是很节制的，"椅子"说："喝'毛尖'吧。我……还是喜欢喝'毛尖'。"

陈冬阿姨慢慢站起来了，她"心"是要快的，脚偏偏要慢，就慵懒地走过去，泡上一杯茶端放在那人面前的茶几上。而后把裙边向腿上那么一绕，又坐下来了。她坐下来后才用带糖的声音说："带车了吗？"

那人说："……住在中山宾馆，没几步路。"

没有话了，有很长时间两人都不说话。但各自的眼里都有"光"伸出来，那"光"很渴，那"光"像是刚刚从沙漠里走出来，"光"伸得很长……慢慢，两只"光"就勾在一起了，我看见他们勾在一起了。

片刻，我又看见了一枚朱红色的酸枣，那酸枣是从陈冬阿姨的声音里跑出来的。陈冬阿姨说："你那一位好吗？"

那人说："马马虎虎，马马虎虎吧。"他说这话的时候，我看见他脑海里跑出了一个女人的影像，女人的影像一闪而过，留下的是一股咸萝卜的气味……

陈冬阿姨"哦"了一声，那声音里马上就有了一股臭变蛋的味。她又说："县长好当吗？"

那人说："唉，马马虎虎……"

陈冬阿姨突然笑了，她笑着说："上个月，我差点给你那位打电话，电话已经挂通了……"

那人心里突然就塌下了一个窟窿，一个很大的黑不见底的坑。急问："有事？有啥事？！……"

陈冬阿姨说："也没啥事，就想给她打个电话。顺便告诉她一声，你有东西忘在这儿了，让她来拿……"

那人"嗯"了一声，笑笑的，那笑里却藏着一只虱子，说："我有东西忘在这儿吗？啥东西……"

陈冬阿姨说："裤子，你的裤子……"

那人还是笑着，不过那笑已变成了一张薄纸，晃晃的在脸上罩着，像是要掉下来，却没有掉下来……

往下就听不到说话的声音了，谁也不说了，只有水一样的东西在流动。我看见水了，我看见水里漂着一些东西，是一些湿漉漉的东西。凝神很久之后我才看明白，那是信，一束一束的信，十封一束，十封一束，每一束都有一根褪色的缎带捆着，我看见了十二种颜色的缎带……缎带在时间中已是很陈旧了，缎带上只隐隐约约有一些颜色的痕迹，那鲜艳早已被灰尘吃掉了。我还看见时间像蚂蚁一样在信纸上爬来爬去，爬出了一些风干的眼泪……

那人很吃力地说："我是欠你……我知道我欠你。十四年了，我欠你很多……"

陈冬阿姨说："你欠我吗？你欠我什么？我不知道你欠我什么……"

那人的声音很涩，那人的声音生锈了，那人的声音里有许多紫黑色的斑点："那时候，原因你是知道的……如果，就不会……"

陈冬阿姨说："我知道什么？我什么也不知道。我知道你已经结了婚了。结了婚就该好好过你的日子，当你的官，就不该来这儿了……可你还来。你为什么要来？你想来就来，不想来就不来，你把这儿看成什么地方了？……"

那人说："这个鸟官，当不当无所谓……那个电话，如果打了，倒干脆了。那边很复杂，那边正等着'炮弹'呢……"

陈冬阿姨冷笑着说："你不在乎吗？你真的不在乎？你要是不在乎的话，我就打一个，我打一个试试……"

那人说："你打吧，你打好了。那边正换届哪……你打过去肯定起作用。你也算是伤害我一回，咱们就算扯平了。"

陈冬阿姨说："你怕，我知道你怕……"

那人说："……你要是不打，我就还得跟他们斗下去。那是个穷县，不斗不行，累呀……"

陈冬阿姨说："徐安冬，你是不是有病？当个小县官，整天跟人斗什么，斗来斗去有什么意思？"

那人说："你以为只我一个人有病？人人有病，都他妈的有病。中国人不斗干什么？如果光吃吃、喝喝、玩玩，那还叫中国人吗？中国人是活精神的，中国人的精神实质就是一个'斗'字。中国人不跟中国人斗，又能跟谁斗？……"

陈冬阿姨说："算了，算了。你别给我说这些，我不想听这些，整天阴谋阳谋的……你过来，你坐过来吧。"

那人迟疑了一下，笑着摇摇头说："你吓我哪，我一来你就吓我，你把我吓出病来了……"他说着，很听话地坐到陈冬阿姨身边去了。

陈冬阿姨突然就依偎在那人的肩膀上，喃喃地说："你不知道我有多想你，我想你都快想疯了……"

"咚"的一声，我看见有一块大石头扔出去了，那人从心上扔出了一块大石头。那人喘口气说："唉，官身不由己呀……"

接着，我看见了"猫"的声音，那是一个十分温顺的"小花猫"："你想吃点什么？你说，你想吃点什么，我去给你做……"

那人的声音里出现了"延生护宝液"的气味："算了，到床上躺一会儿吧，我想躺一会儿……"

我看见烘柿了，一个瘫软了的烘柿。"烘柿"说："你，就想那事。我知道，不想那事你不会来……抱我。"

这时，敲门声又响起来了。是那个秃顶老头，我知道是那个秃顶老头，他上楼一点声音也没有，悄无声息地就站在门前了。

他的敲门声很怪。白天里，他敲出了一股猫头鹰的气味……

顿时，屋里没有声音了，一点声音也听不到了。只有一片血红和两颗花生米一样的心跳……

秃顶老头站在门前，连着叫了几声："陈冬，陈冬……"看看没有回应，就扭身下楼去了。临下楼前，他又把"心"挂在了楼道边的窗口上，那是他经常挂"心"的老地方……

很久很久，屋里才重新有了动静，那人说："又是那老东西吧？我猜又是那老东西。你为什么不告他，你告他嘛……"

我看见火苗点起来了，紫颜色的火苗，陈冬阿姨心上烧起了紫色的火苗，那火苗上浇的是酱油，酱油瓶碎了……

五月八日

今天，旧妈妈打上门来了。

旧妈妈站在门口的时候，眼里射出了一把锋利的车刀。当车工的旧妈妈把车刀带来了，这是一把刚从 C630 车床上卸下来的大号车刀，是一把镶有钛合金刀头的车刀，这把削铁如泥的车刀带着三千转的高速飞驰而来……我看见旧妈妈的心也改装过了，旧妈妈是柴油机厂的工人，她把心改装成了最新式的高压油泵。

装有进口"射点"的高压油泵，因此旧妈妈的心上有了一点点美国气味，我看见旧妈妈心上装了"美国射点"；旧妈妈的服装也进行了相应的改革，旧妈妈穿的是一件最新款式的低领无袖旗袍，那旗袍是蓝天鹅绒的，看上去很厚实。可旧妈妈不怕热，为了"武装"，旧妈妈一点也不怕热。不过，我却从那旗袍上闻到了另一个女人的气味，那是跟旧大姨十分接近的一种气味，我看见旧大姨的女儿了，这件旗袍是从旧大姨的女儿那里借来的。脖子也改装了，旧妈妈也对脖子进行了改装，旧妈妈脖子上挂了一条金光闪闪的项链，这是一条挂有桃形小坠儿的金项链，可惜的是，项链上有一股鸡屎的气味，我闻到鸡屎的气味了。我看出来了，我能看出来，这条项链是从旧二姨家借来的，旧二姨家开着一家卖烧鸡的小店，旧二姨的媳妇在小店里卖烧鸡呢……旧妈妈脸上抹的是一种新式的"珍珠粉底霜"，旧眉自然是不要了，从来没有描过眉的旧妈妈在来的时候给自己画了一条新眉，"弯钩月牙眉"，报上说，目前市场上最流行"弯钩月牙式"。我看见旧妈妈把自己变成了一台改装后又刷上新漆的旧车床，只有零件是旧的，我看见她身上的零件还是旧的。她的胃里仍残存着旧日的粮食，粮食里的旧日记忆纷乱无序；她的肾里仍保留着一些紫黑色的炎症，炎症里跳动着一些活蹦乱跳的陈年细菌；她的肝里有许多气瘀而成的蓝色气泡，气泡里集结着一批一批的刚性仇恨……

旧妈妈突然就站在了门前。旧妈妈没有说话，旧妈妈的话是从眼睛里喷射出来的，她的眼睛里射出了高速旋转的钛合金刀头，也射出了冰雹一样的话……

她的眼睛"说"：那狐狸精在哪儿？我要见见那狐狸精，我要看看那狐狸精是不是有三头六臂？！就是有三头六臂我也不怕，我用车床车她，铣床铣她，刨床刨她，钻床钻她，磨床磨她……那猪呢，那脏猪呢？那骗子、那两面派、那见了新鞋扔旧鞋的货呢？为啥不让我女儿回去？凭啥不让女儿回去？哪一款哪一条写着不让我女儿回去……？！

新妈妈就是这时候走出来的。新妈妈在旧妈妈眼里走出了一个红色的幻影，我看见旧妈妈眼里出现了一个火红色的"狐狸"，那"狐狸"身上有一股春韭菜的气味，旧妈妈一定是闻到了春韭菜的气味。两人的目光在空气里对接了，也就是一两秒钟的时间，在这一两秒钟的时间里，我看见了蓝色光线与红色光线的碰撞声，看见了"刺刺啦啦"的电线短路一般的声响。继而那蓝光萎缩了，蓝光一点一点地短了回来，蓝光变成了染了蓝墨水的薄纸……在这一刻，我看见旧妈妈的武装被解除了，旧妈妈东拼西凑组织来的"武装"不堪一击，她在陡然之间变得一无所有，她像是被剥光了一样，赤裸裸地站在那里，无可奈何地亮出那些经过时光磨损的旧肉。这时旧妈妈看到了她最为恐惧的东西。她对自己说，她不怕这个女人，她一点也不害怕这个女人。但她害怕时间，我看出来了，她恐惧的是时间。在新妈妈的天然鲜活面前，她看到了时间。这时候时间成了她最大的敌人。她说她也有过光鲜的时候，可惜都被时光磨损了，时光里放着一大块站在机床边的日子，这些日子退不回来了。时光变成了旧妈妈非常熟悉的磨床，磨床可以磨出七级光洁度，可时光磨不出光洁度，时光把她磨成了旧肉。看见了站在机床边的日子，旧妈妈脑海里即刻出现了乱纷纷的羽毛，杂和着各种味道的羽毛，纷纷落地的羽毛里裹着一句十分苍凉的话：旧是旧了，总算旧到了一个地方。可我到底是谁的人呢？……

新妈妈并没有看出旧妈妈的来意，她没有见过旧妈妈，这是她第一次与旧妈妈见面。第一眼的时候，她甚至误把旧妈妈当成了记者，对记者她是很会热情的，她很喜欢记者上门。可那微微笑着的光线忽一下在空气里打了个滚儿，新妈妈是个很灵醒的女人，她闻出味来了，她一定是闻出味来了，她一下子就有了敌人的感觉。当她还不知道这女人是谁的时候，她就知道她是敌人。

面对敌人，新妈妈心上的蛇头"唑"一下就昂起来了，接着眼光也凉下来了，她的眼光里有了凉飕飕的寒意，她的眼光里开始有"刃"了，"刃"在她的眼睛里不断地淬火、不断地投入刚性，而后就长出牙来了，我看见她的眼睛里长出了一排带"刃"的牙齿……

在这一两秒钟的时间里，先败下阵的仍然是旧妈妈。旧妈妈是有"备"而来，有"备"而来的旧妈妈却被时间打败了，一"眼"就败了。旧妈妈败得十分惨重，这是不战自败。我看见旧妈妈的眼光迅速回收，缓缓地松回去，在回收的同时心里涌出了更多的仇恨，那仇恨一下子就充满了浑身上下的每一个细胞，仇恨顷刻间变成了一只斜向拉力器，旧妈妈脸上的各个部位都成了斜的，连精心装饰的"珍珠粉底霜"都在这斜向撕裂下纷纷逃窜……一时，旧妈妈的脸成了旧日的墙壁，斑驳陆离地、不停地往下掉白灰末的墙壁，透出来的是斑斑点点的被仇恨点燃了的灰黄。旧妈妈自动地退了这一步之后，就再也不退了，她在内心里对自己重新进行了"武装"，她不要"包装"了，她扔掉了所有的"包装"，她把自己弄成了一只装满火药的破罐子，她准备把罐子摔出去，如果必要的话，她就把自己摔出去！她的目光回收后，身子却向前接连跨了两步，一把抓住我，用身子吐出了一个火红的字："走！"

新妈妈明白"敌人"是谁了。她一下子就明白了"敌人"的来意。她本意是要阻拦的，可她没有阻拦。她闻到了火药的气味，她看见了一个四处冒烟的火药罐子，一块时刻准备豁出去的旧肉。所以新妈妈没有动。新妈妈仅仅是冷笑了一声，她的冷笑里挂满了沾有唾沫星子的牙齿。我听见她心里高昂着的蛇头说："等着瞧，我会让你乖乖地送回来……"

旧妈妈拽着我跟跟跄跄地奔下楼去。这时候旧妈妈的手成了筷子，我感觉到有一双筷子抖抖地插在我的胳肢窝里。旧妈妈拽着的好像不仅仅是我，她也拽着她自己，她把自己从纷乱无序的时间中拽出来了。很多旧日的回忆在旧妈妈的心里变成了飞飞扬扬的肥皂泡，带着生姜气味的肥皂泡，肥皂泡里裹着的一张大木床和被修改成猪形的男人的脸……肥皂泡很快就落地了，肥皂泡落地后又变成一堆一堆的臭狗屎，旧妈妈牵着我走在狗屎堆上，一边走一边吐唾沫。

一直到走上大街的时候，旧妈妈才吐了一口气，那是憋了很久的一口气。这时旧妈妈才想起看一看我，才想起她是干什么来了。第一眼，她给了我一巴掌！她用眼光狠狠地"扇"了我一巴掌；第二眼，她才有了一点点胜利的感觉……

我闻到蛾子的气味了，一来到大街上我就闻到了蛾子的气味，公共汽车上也有蛾子的气味，到处都是蛾子的气味。夏天里，蛾子也飞到城市里来了，一批一批的蛾子正在向城市进军。

挂在树上的蛾子是有皮袋的，飞在天上的蛾子没有皮袋，蛾子也有等级了，蛾子分成了有皮袋的和没有皮袋的。夏天来了，人们也开始变了，人们都主动地向蛾子学习。天空中布满了"蛾式广告"，到处都是五颜六色的蛾式广告；大街上涌动的人流也在学习"蛾式走法"，报上说，"蛾式走法"是一种无向走法，是一种走中变、变中走的新型走法；我看见人们一边走一边切磋"茧状"，人们都十分想进入"茧状"，因为"茧状"是"蛾式走法"的最高境界。最先发生变动的仍然是颜色，我看见人们的颜色正在向蛾色转化，有的腿变成了蛾色，有的腰变成了蛾色，有的身子变成了蛾色。蛾色是一种植物肉色，蛾色是无色又是有色，它可以在阳光下变幻出一万种颜色，又可以没有任何颜色。

蛾色里有一种丝瓜的气味，我闻到丝瓜的气味了。我看见人们正在洗胃，进入蛾色需要洗胃，所以人们的胃上都挂着一条干了的丝瓜瓤儿，人们一边走一边用干了的丝瓜瓤儿洗胃……商店里，丝织产品成了最畅销的产品，凡是与蚕、蛾有关的产品都在加0，到处都是加0的广告，营业员笑眯眯地在写：000，000……

当公共汽车来到车站广场的时候，我看见旅客们正在站台上集体学习"蛾式走法"。人们在车站服务员的带领下，排着长长的大队，绕着广场一圈一圈地学习"蛾式走法"。车站服务员成了"蛾式走法"的监管员，她们手里高举着无线话筒，威风凛凛地站在队列外，声嘶力竭地喊着"蛾式走法"的操语。天很热，空气里充满了丝丝缕缕的黏液，那是由各种颜色混合出来的黏液。学习"蛾式走法"的人一个个很疲惫地在阳光下走着，我看见有人呕吐了，吐出一种柞树的气味。新修的车站上到处都是柞树的气味……广告上说，呕吐是必要的。呕吐是一种自然状态，是转换期的必然过渡。人们要学会呕吐。

在9路车的第八个站牌处，我再次见到了那个老人。老人依旧在树下坐着，手里依旧拿着一本书。我知道他再也不会看书了，他拿的是一种看书的感觉，他已没什么可拿，只好紧握着书。我突然想起，他也许是在等车？他一直坐在这里等车，他要等的是属于他的那班车？我看见他的脑海里不断出现白颜色的字样，那两个反复出现的数字是"5"和"7"，我看清楚了，那是"57"。这是不是57路车？我从来没有见过57路车……

我看见老人是越来越陈旧了，老人在时光中坐成了一堆破布，这堆破布已无法还原了，但破布里仍然包裹着一颗鲜红如豆的心。在一堆时间的尘埃里，只有这颗心不老，这颗心只有六岁。这颗鲜红如豆的心仍在喃喃自语，一如既往地喃喃自语……

"你找谁？"

"肉字……"

"蚂蚁……"

"纸……"

我能看清这些话了。现在看这些已不是那么吃力了。"你找谁？"有一股热汗味，我闻见了一股用虱子喂出来的热汗味，猩红色的热汗味。我看见热汗味的深处走出一个人来，这是一位穿蓝制服、戴蓝帽子的老人。老人背着一卷铺盖，站在一栋灰白色大楼的院门前。老人手里拿的是一张纸，一张有红色标记的纸。

当老人拿着这张纸走进门来时，有一个酒红色的鼻子从门口处的传达室里探出来，我看见那个鼻子了，那个鼻子里发出了一种柿饼样的声音："你找谁？"老人站住了，老人满脸恍惚地站在那里，迟疑了很久才说："我、我……就是这个单位的。"那个蜂窝样的红鼻子又发出了紫黑色的声音，那是带有警犬气味的声音："你说你找谁吧……"老人说："我……真是这个单位的。"红鼻子说："你说你是这个单位的，我怎么不认识你？告诉你，我在这儿看了三十年大门了。从一九五八年我就在这儿看大门，这里的人没有我不认识的…"老人慢慢地抬起头来，吐出了水洗布一样的声音："我，一九五七年就离开了……"

而后是一串用风连缀着的"你找谁"。"你找谁？"从一间办公室传到另一间办公室，从一个设计室传到另一个设计室，在每一扇门的后边都藏着一句"你找谁"。我看见老人缓慢地走着，老人在这栋灰白色的楼房里一层一层地走，老人似乎是在寻找熟脸，我看见老人是在找熟脸，他想找一张熟脸。可老人没有找到熟脸，老人眼里全是陌生而又年轻的脸，脸说："你找谁？"……

"肉字"是干红色的，那是一种很遥远的风干了的红色。"肉字"里蕴含着一股铁腥气，那腥气是从一个小窗户里飘出来的。

我看见那个窗户了，这是一个一尺见方的小窗户，窗户里关着许多思想。那些思想在闪闪发光。我看见一些闪光的东西从一个年轻人的脑海里冒出来，那些思想全是由数字和图形组成的，我看见了一组一组的数字……我还看见小窗户里的年轻人拼命想抓住那些发光的数字，数字飘飘忽忽地从他脑海里飞出来，数字落地之后变成了金光闪闪的豆子，他心里一下子跳出了十二双手，四下奔忙着去捡豆子。他一边捡一边高声吆喝："给我笔，给我一支笔……"他双手捧着捡来的"豆子"在屋子里走来走去，他不停地喊："给我笔，给我一支笔……"渐渐，他的声音小了，他的喊叫成了喃喃自语，他说："给我笔，给我笔，给我笔……"

后来他不再喊叫了，他又开始四下寻找，我看见他在四下寻找。

他把铺盖抖了一遍又一遍，可他没有找到笔，他找到的是一根针，他手里握着的是一根针。他握着那根针在屋子里来来回回地走，像疯了一样不停地走。倏尔，他坐下来了，他捏着那根针在胳膊上划了一下，划出了一条红色的血线……于是，他开始往身上写字了，他写的是"肉字"，他把那些数字全都写在了大腿上，他在两条大腿上记下了一串一串的血红色的数字，最后一行他写的是"魏明哲公式"，我能看清的就是这几个字。那些数字仅仅鲜亮了七天，而后就暗淡了，数字成了一片模糊不清的血痂。在那七天里，我看见他每天都重新写一次，一直写到第七天……再后就看不清那些数字了，那些数字会长，我看见那些数字竟然会长，那些写在腿上的数字慢慢就长到一块去了，长成了两坨凸起的、带有生姜气味的肉疙瘩……

我看见"蚂蚁"了，"蚂蚁"是紫黑色的，"蚂蚁"仍然出现在那个有铁窗的小屋里。小屋里有一股发霉的尿臊味。这是一些由"蚂蚁"组成的日子，这些日子里爬满了"蚂蚁"的土腥气。

我看见那个年轻人在小屋的地上蹲着，他正在跟一只蚂蚁说话。

他对蚂蚁说："蚂蚁兄弟，你又出来了。我一直等着你呢。我天天在这儿等你。你有时候出来，有时候不出来，你很忙吗？我知道你是一只工蚁，你是干什么的？你是搬运工吗，你一天要走多少路？只有雄蚁和雌蚁不干活，雄蚁和雌蚁都是你的领导，对不对？你怕领导吗？你怕不怕领导？你看你这么瘦，你比我还瘦……"我看见他一边跟蚂蚁说话，一边用针在地上画图，蚂蚁爬过一道，他就在地上再画上一道，他在砖地上画了很多圈。当蚂蚁爬到墙角处的时候，他就跟到墙角处，而后他就一直在墙角处蹲着，长久地盯着蚂蚁看，他就像读书那样读蚂蚁……当蚂蚁进洞之后，他仍然在那儿蹲着，一动不动地蹲着，一直等到蚂蚁再次出现……他把蚂蚁捏死了，我看见他曾经捏死了十六只蚂蚁。每当他捏死一只，他就在屋角处给蚂蚁造一座小坟墓，从墙角处把土抠下来给蚂蚁造坟，他在一年的时间里造了十六座坟。每次造坟时他都说着同样的话。他说："我不想害你，我没心害你。我只不过想给你说说话，你怎么就死了呢？我还没死呢，你怎么就死了？我没用力呀，我只是轻轻地捏了你一下，我想把你请到我跟前来，跟你好好说话……"埋了蚂蚁之后，他就又蹲到蚂蚁洞前去了，可蚂蚁没有出来，蚂蚁再没有出来过……

"纸"很旧，纸已经黄了，我看见纸已经黄了。纸在一张宽大的办公桌上放着，纸里裹着的声音却是新鲜的，旧纸里裹的声音很新。那是刚刚没有几年的新声音，声音里有肥皂和大头针的气味。一个声音说："你的所有档案都查过，没有材料，没有你的材料。你看看，这上边只有一个'?'，就这一个'?'，别的什么也没有。"另一个声音说："你看，这么多年了，怎么会没材料……有材料。有我的材料。麻烦你再查查，那时候他们找我谈话，我说过一些话，有记录，他们都记下来了。"一个声音说："你看看这上面就知道了，这上边只有一个'?'，你再好好看看……"另一个声音说："我说过一些话，当时他们都记下来了，我看见他们记下来了。话怎么会丢呢？话不该丢呀。我说过的话，他们当时就装起来了……"一个声音说："就这样吧，确实没有你的材料……"另一个声音说："麻烦你了，再找找吧，你再给找找。我有话，确实是有话。要是没话，我这三十年我这三十年……"一个声音说："事隔这么多年，过去的负责人都不在了，我看就算了吧……"另一个声音说："王院长呢？王院长一定记得……"一个声音说："王院长二十年前就去世了……"

另一个声音说："那，吴书记呢？吴书记……"一个声音说："吴书记调走了，调到外地去了。"另一个声音说："苏院长总在吧？苏院长是副院长，他也是当时的证人……"一个声音说："苏院长两年前就瘫痪了，不会说话……"另一个声音说："那，那，那……我的那些话呢？我的那些话丢哪儿去了？"一个声音说："你这个人，该办的都给你办了，你要那些话干什么？……"另一个声音说："我有话，确实有话呀。我这么大岁数了，能骗你吗。要是没有话，我我我……"

我正想上去跟老人说说话，我很想跟老人说说话，可旧妈妈把我拽回来了，旧妈妈一把就把我从老人的"话"里拽了出来……

五月八日夜

半夜的时候，科长哭了。

科长哭出了小孩尿尿的声音，那是一种粉红色的尿液，科长哭出了粉红色的哩哩啦啦的尿液。科长的哭声里还夹着许多旧牙刷，最早的一枚牙刷上刻有"1960上海制造"的字样，我看见那些牙刷了，科长的哭声里藏着一大堆旧牙刷，旧牙刷上的毛已经磨秃了，上面还沾有萝卜菜的气味。我知道科长为什么哭，可我不知道他的哭声里为什么会藏有牙刷……

我知道旧妈妈为什么非要让我回来了，她是看到那些报纸上登的文章了。报纸上登有我的照片，说我是一个有"特异功能的女猴子"。报纸是科长先看到的，科长还在四处"奔走"，科长是在"奔走"的途中看到报纸的。科长看了，又拿回来让旧妈妈看，旧妈妈一看就决定马上把我接回来。我知道，有一段旧妈妈不想要我了，因为我有病。现在她又想要我了，因为我的病成了"特异功能"。一成了"特异功能"就又有人要了。所以一进家门试验就开始了，还是让我猜字、猜东西、嚼树叶……我猜完之后，旧妈妈很兴奋，旧妈妈激动地在屋里走来走去，旧妈妈反反复复地说："想不到，真是想不到！一个有病的孩子居然会有特异功能……"这时候科长说话了，科长说："报上说，她还会治病，她会治病……听说，你听说了没有？厂长住院了，厂长有病住院了……"旧妈妈没有说话，旧妈妈一定是想起了找厂长时的屈辱，有一个"小矮人"在旧妈妈眼里一闪而过，旧妈妈眼里出现了一个"小矮人"，那就是厂长，旧妈妈眼里的厂长缩小了。

在旧妈妈眼里，厂长成了一个滑稽的"小矮人"。科长又说："厂长病了，厂长有病住院了……"旧妈妈还是不说话，我看出来了，旧妈妈是不想说话。旧妈妈仍然沉浸在失败里，旧妈妈的魂仍然在与新妈妈对峙，这是蓝色与红色的对峙，旧妈妈的心哭了，其实旧妈妈的心一直在哭。

吃晚饭的时候，科长仍在重复那句话，科长说："听说厂长病了，厂长住院了……"

旧妈妈问："你说谁住院了？"

科长说："厂长。你听说了没有？厂长有病住院了……"

旧妈妈说："他住院是他的事，跟咱有啥关系？他坑咱坑得还不够？死了才好呢……"

科长说："报上说，她能治病，她还能治病……"

旧妈妈说："能治病也不去给他治……"

科长看了看旧妈妈，身子一点一点地缩下去，而后他就不再说了。

可是，半夜的时候，科长却哭起来了。在哭声里，科长的脸很小，我看见科长的脸很小。科长的脸小如绿豆。科长为脸而哭，科长哭的是他的脸。我看见科长一边哭，一边在心里说，他的脸太小了，他没有脸了，很多人都有脸，有的脸很大，他却没有脸。人小一点没有关系，脸是不能小的……我看见科长的脸是在"奔走"中逐渐缩小的。科长的胃里藏有许多关于脸的记忆，这些记忆很早就有了。记忆是从牙刷开始的，我看见牙刷与脸的记忆紧密相连，可我看不懂四十四岁的科长与"1960上海制造"之间的关系……我看见的是一些记忆的碎片，一些旧日食品的碎片：一小块握在手心里的螺丝糖，一片很薄的芝麻饼，一串穿在铁丝上的西瓜皮，一个用荷叶包着的煎包……

旧妈妈坐起来了，躺在床上的旧妈妈慢慢坐了起来。旧妈妈说："我知道你心里想的啥。你从来没为我想过，你光想你自己……"

科长一边哭一边喃喃地说："人小点就小点，脸不能小……"

旧妈妈说："你还是想让我出去丢人，你自己不愿丢人，想让我出去替你丢人，你算是男人？……"

科长哭声里挂着一层一层的粉红。科长重复说："人小点小点，人小小一会儿，脸不能小……"

旧妈妈不吭声了。旧妈妈扭身又躺下去了。可我却看见旧妈妈也哭了，旧妈妈是心哭了……

我知道前一段旧妈妈也一直在"跑"，那时候旧妈妈是想让我给她当"诱子"，旧妈妈听了旧二姨的话，准备办一个营业执照，而后就让我给她去当"诱子"。可旧妈妈跑着跑着，却把自己跑丢了。她找不到自己了。她丢的是人，她把"人"弄丢了。

有许多次，她都把"人"丢在了大街上，丢在了工商所、民政局的门口。她原本是想把"人"挂在那里，她一直想给自己找一个挂的地方，她跑来跑去就是想找一个能挂的地方，可挂"人"是要收钱的，她的钱不够，她拿着的钱总是不够。有时，她刚刚把自己挂上去，又被取下来了，她还得重新找地方……从民政局、工商局、税务局这么一路挂下来，挂着挂着她就把自己挂丢了。

挂"人"不光要交钱，还要染上颜色，每一个部门都有专用的颜色，挂在哪里就得染上哪里的颜色，旧妈妈在一次次变色之后自己也不认识自己了。她常常是一边哭一边"跑"，人丢了也得"跑"啊。累了的时候，旧妈妈就把自己挂在路边的自行车把上。

可挂在车把上也有人收钱，是看车的老太太向她收钱。旧妈妈说："我只挂一会儿，只挂一小会儿……"看车的老太太说："挂一小会儿也不行，只要挂就得交钱。你看看我的脸，你没看见我脸上画的'红十字'吗？我们这'看车处'挂的是家大医院，你要想往这儿挂，我给你画个'×'算了，只能给你画个小'×'，先说好，不能给你画红颜色，大红是医院的颜色，要画只能给你画紫红……"旧妈妈已经把"人"丢了，她不愿再丢脸，旧妈妈只好把自己从车把上取下来，再跑……在奔波中，旧妈妈十分怀念站在车床边的日子，她脑海里时常出现那台旧了的 C618 车床，这是一台天蓝色的小车床，车床边有许多笑声，我看见了立在车床边的笑声，那笑声里带有浓郁的机油气味，她非常喜欢这股机油味。她的胃里还存着一点点旧日的机油味，一点点游标卡尺的气味，她紧兜着这点气味不放……可是，她知道这些东西离她越来越远了，她已经被"优化组合"掉了。因为科长，她被"组合"掉了。还有时间，时间也把她"组合"掉了……所以旧妈妈心里的泪很咸，那泪是用盐腌出来的。

旧妈妈跟科长是背对背睡的。我看见他们躺在床上背对着背。过去他们不是这样睡的，过去他们总是脸对着脸，也常常叠在一起，我看见他们过去睡觉时喜欢叠在一起，科长的手总是抓着旧妈妈的一只奶头……现在科长的手抓着一只空烟盒。

烟盒里已经没有烟了，我看见烟盒里已经没有烟了，科长把烟吸完了。科长夜里独自一人坐起来吸烟，他不停地吸烟，烟里总是出现一个女人的影像，这个女人不是旧妈妈，我看出来了，这个女人比旧妈妈老，女人的影像里有"咔咔"的缝纫机的声音，科长的泪滴在了缝纫机上，滴出了一片陈旧的污点。还有厂长的影像，我还看见了厂长的影像，厂长的影像是绿颜色的，厂长的影像在厂门口高高立着，立出了一道绿色的墙……

十二点了，我知道他们都没有睡，可我得睡了。

五月十日

魏征叔叔的话：

在这座城市里，你知道什么最多吗？我告诉你，"俘虏"最多。什么"俘虏"？钱的"俘虏"。钱是最压迫人的，钱的压迫无时不在，压到一定限度人就投降了，统统投降。不信你到街头上去看看，看看那些人脸你就知道了。当然，也有不投降的，不投降的是极少数。

你知道钱能买什么吗？在这座城市里，你知道不知道钱到了一定数目之后，可以买到什么？我告诉你吧，我告诉你算了。钱到了一定的数目，就可以买到一种感觉，这种感觉笼统地说就是自信。这种自信不是硬撑出来的，是从骨头缝里冒出来的，你自己并不觉得你怎么样了，可你不由得就会随着心走了，这叫"随心所欲"。"随心所欲"的根本是不再考虑钱的问题，就是说没有了钱的意识。到了这时候，你就不再受钱的压迫了。当一个人活到不再考虑钱的份儿上，才能活出状态来。当然，这是在一定的层面上说的。三五十万，不足挂齿。真正意义上的"大活"是要大钱的，比如有个一亿、两亿、三亿五亿……那是一种什么感觉？那时候你就可以拥有"人民"了。小钱儿（像我这种）可以买人，大钱儿就可以买"人民"了。

你觉得这话很刺耳是不是？你说我是烧包？我一笔就挣了五十四万，我挣得太容易了，对不对？你眼里的话我看出来了。其实不然，我也有不顺的时候。很多时候都不顺。做第二笔生意时，我吃了一场官司，差点脱掉一层皮……

　　说说这场官司？好吧，就给你说说这场官司。说来话长，你听我慢慢说。那时候，我已经搬到静园小区去住了。知道静园小区吧？对，就是那个地方。在这座城市里，那是最豪华的一个住宅小区了。我在静园小区买了一套房子，三室一厅的，加上装修、置办家具一共花了十八万，户口也是那时候办的。办户口我花钱并不多，只花了两万。加起来是二十万。二十万置一个窝，花得还算气派吧？可在静园小区，我只能算是一个小户。当然有比我气派的，比我气派的多的是。你知道那儿住的都是些什么人吗？光给你说说出来进去的车你就清楚了，有"奥迪"，有"标致"，有"蓝鸟"，还有"奔驰"……都是有钱人，自然都是有钱人。可有钱人跟有钱人不一样。这可不是一般的有钱人。这里住的人大致分三种：第一种是大公司范儿的"款爷"，起码都是挂着董事长、总经理头衔的"款爷"。这种"款爷"大多是神通广大又是"一无三有"的主儿。知道什么是"一无三有"吗？我想你也不会知道。"一无"就是无个人资金。这些人生意做得很大，一动就是上千万，却不花自己一分钱，全花的是国家的钱。钱是怎么来的？钱全是贷出来的，以国有企业的名义贷，赔了是国家的，赚了却是个人的。"三有"：一是有靠山，这些人都是有靠山的，做大买卖必有大靠山；二是有"护照"，兜里都揣着几个国家的"小本本"；三是国外有存款，一笔一笔的钱都在国外银行存着。这种人哪一天不高兴了，说走人就走了。这些人在静园小区的房子大部分时间是空的。你知道什么是"狡兔三窟"吧？对了。这些人在很多城市里都买有房产，一年到头来回流动，走到哪儿就住到哪儿，你根本就摸不清头绪……第二种是有权或是有钱的人养的"外室"。知道什么是"外室"吧？就是那些被人养起来的女人。这当然不是一般的女人，都是些花枝招展有姿色又有本领的女人。给你说一个你就知道了，报上登过的、出了事的那个叫……史桂花的女人，原先就住在这静园小区。她是一个非常有权也非常有钱的一个大头头的人。那人厉害，也敢干，出手就送她一套房子和一辆"桑塔纳"轿车；为了安排她的工作，一句话就是二百万。后来那人出事了，事坏就坏在那辆轿车上……像这种被养起来的"外室"在静园小区自然不是一户两户。第三种跟我的情况差不多，是手里挣了些钱的小户。这种手里有个几十万的小户很多，自然也有女的，就是你说的那种小富婆吧，这可不是那种"傍大款"的女人，这些女人都是自己干出来的。也有"混混儿"，自然是"大混混儿"。啥叫"混混儿"？这话是我说的，其实都是些有一技之长的人。这些人也分两种，一种是靠"嘴"吃饭的，一种是靠"手"吃饭的。靠嘴吃饭的是"嘴爷"，一张好嘴打遍天下，走哪儿吃哪儿。名头很大，这些人的名头都很大。有的名片上印的是"气功大师"，有的印的是"相学大师"……本领是有一些的，没有一点本领敢出来混吗？但这种人是三分真七分诈，大多靠的是"牙"和"肉"摩擦出来的功夫。靠手吃饭的是"赌爷"，十个指头能在牌桌上翻手为云覆手为雨，十万八万赢于顷刻之间。这些爷我是最服气的，一分本钱不扎，活得却有滋有味。你说我"蛆"，他们比我更"蛆"。这些人出门都是车接车送，还带着保镖。他们住的房子也时常空着。干什么去了？打天下去了。这些个"赌爷"也分南派北派，都是有组织的，也去给人当"枪手"。你知道什么是"枪手"？就是那种专门输钱的，这是一种贿赂的办法，是那些大公司搞的名堂，想给有权力又有使用价值的人塞钱就用这种办法。请一个"赌爷"去给人打牌，只准输不准赢，说让对方赢多少就赢多少，还要让对方真赢，赢得愉快……这就是"枪手"的作用。我住在静园小区的确是开眼界了，真是天外有天哪！光看看那些狗吧，从静园跑出来的狗，不起眼的也得三五千。好的就更贵了。我听说有个女人牵出来的一只雪团样的鬈毛狮子狗，是花了十八万买来的。这些狗都是喝牛奶长大的，是他妈的"牛奶狗"。还有猫呢，那种小波斯猫，少说也得一万两万。夜里，夜里就更不用说了，空气都是浪声浪气的……静园小区是个叫人做梦都想钱的地方，住在这里你会天天想钱，你不得不想钱，看看那些车、那些女人，你受不了啊！

我第一个女人就是在这儿认识的。我坦白地说，这是我第一次接触女人。这是个好女人，我得说这是个好女人。你知道好女人的特点是什么吗？好女人是"细微处见力量"。当然，这也是个挣钱的女人，说得不好听点，开初，她是个靠那方面挣钱的女人，是个"包月"。你觉得我档次低吧，你是不是觉得我档次有点低？你要是见了她就不会这样想了。现在，你要是见了她，绝对不会往这方面想，也不敢往这方面想。你听说过朱朱吧？没听说过？你竟然没听说过朱朱?! 小子，你白活了！生意场里，谁不知道"黑牡丹"哪，朱朱就是"黑牡丹"。朱朱不能算是傍大款的女人，朱朱绝对不是傍大款的女人。这会儿朱朱开一家大化妆品商店，有秘书，有自己的车，生意红火着哪！告诉你，我接触的头一个女人就是朱朱。你猜我跟她是怎么认识的？你想都想不到。

我是在静园小区住下的第七天认识朱朱的。那时我刚刚装上电话，电话装上不到一个小时，电话铃就"丁零零……"响起来了。我心里说，这他妈是出鬼了！我的电话刚刚装上，电话号码没告诉过任何人，还没来得及告诉呢，谁会给我来电话呢？我拿起话筒，嗯了一声，就听见里面有一个像棉花糖一样的声音，声音很软，软得像化了一样，软得叫你想摸："先生，需要服务吗？"我一下子怔住了。说老实话，那时我还没经过这阵势，不知道还有什么"服务"。但我不想放话筒，我是被那声音迷住了。我竟然结巴起来了。我不是胆小的人，我过去从来没结巴过，这一次竟结巴起来了。我结结巴巴地说："服、服、服啥、务……?"话筒里说："全面服务，包你满意。去了你就知道了……"拿着话筒，我头上的汗下来了。多大的场面我都没出过汗，一个电话就把汗逼出来了。我隐隐约约地感觉到有点什么，我说不清心里是怎么一回事，我又是结结巴巴地说："那、你、你们来……吧。"放下电话，我就后悔了。我怕是"诱子"，你知道社会上有很多"诱子"，"诱子"都是连手干的，先下一个钩，回头来一大帮……大约有十分钟吧，十分钟后我听到了敲门声，敲门声很轻，很有礼貌。真到事上我就不怕了，我这人是天胆。我走过去开了门，一开门我眼花了，你猜，你猜，门口竟站着三个姑娘，一个穿红裙的，一个穿黄裙的，一个穿白裙的，个个亭亭玉立，美若天仙。猛一看叫人觉得不是人间的"东西"，就跟天女下凡一样……我不是吹，我一点也不吹，那会儿就是这种感觉。我还怀疑是"狐仙"，我心里想是不是"狐仙"跟我前世有缘，报恩来了？不料，那个最白、个儿也最高的姑娘说话了，那姑娘微微颔首，说："先生，需要服务吗？我是五百，她是四百，她是三百……"这句话我听明白了，我听得非常明白。我一下子醒过神来了，原来不是天仙，也不是狐仙，是挣"肉钱"的，她们是挣钱来了。这时候再细看，就觉得三个姑娘是长得不错，但好是好，也是人间的"事物"，主要是化妆化的，女人就是一个"妆"。这么一想就有点上当的感觉。

人是怕上当的，人最怕上当。我当时就摆摆手说："不要，不要……"如果我一摆手她们扭头就走，也就没有我跟朱朱那一段了。可我摆手之后，她们并没有马上走，三个人仍在门口站着，不怯不颤的，又是微微颔首示礼，缓缓后退两步，仍然是很有礼貌地说："对不起，打扰了。"说完，这才依次徐徐地往外走去……我这人心善，你知道我这人一向心善。她们这么一走，我就觉得对不住人家，就显得我这人很不是东西。一念之差，我又把她们叫住了。我也没打算留她们，我仅是想"意思意思"，我说："哎，我这儿有些脏衣服，你们看谁愿给洗洗？"我一哎，她们三个都站住了，又都扭过脸来望着我。我说这话有点开玩笑，是略表歉意，我想洗衣服这活儿她们是不会干的。三个姑娘站在那儿，开始谁也没有说话，只是眼珠子转着……片刻，那个相比之下稍黑一点的姑娘开口了，她也是看了我一会儿才开口的，开口时她垂下了眼帘，她说："可以。先生，我可以洗……"我一看，这是那"三百姑娘"，是要价最便宜的姑娘。我没话说了，我实在没法拒绝了，我说："那、那、你来吧……"就这样，我把朱朱留下了，留下之后，我才知道，她叫朱朱……

在静园小区，我的确长了不少的见识。可我也栽了个跟头，可以说是栽了个大跟头！差一点就完了。如果不是那个女人救我，我就玩完了。我就是在静园小区被人抓走的。你戴过手铐吗？没戴过吧，给你戴一天你就知道了。你没尝过手铐的滋味，所以你根本不懂什么叫生意，跟你说你也不懂。

五月十一日

传票来了。

今天，法院给旧妈妈送来了一张传票。

旧妈妈一接到传票就慌了，她恨恨地说："他把我告了，那猪竟把我给告了！我没告他，他先告我……"说着，旧妈妈把传票往桌上一扔，就慌慌地走出去了。

传票在桌上躺着，一张很薄的纸。我看见传票上有新妈妈的气味，我闻到新妈妈的气味了。在新妈妈的气味里还杂和着另外两种气味，一种是冯记者的，一种是杨记者的。冯记者的气味腻，杨记者的气味腥。可还是新妈妈的气味最明显。在新妈妈的气味里有"咝咝"的响声。新妈妈一定是生气了，新妈妈肯定非常生气。我看见气味里弥漫着一片红色的雾气，还有针，一片一片的桃花针……新妈妈会吃了我吗？新妈妈会不会把我吃了？

当然也有爸爸的气味，但爸爸的气味被新妈妈的气味遮住了，只有一点点"涩格捞秧儿"味，爸爸身上就剩这一点"涩格捞秧儿"味了。爸爸是在"蛇化"，我看见爸爸一天天在"蛇化"，爸爸比新妈妈大十二岁，大十二岁的爸爸却越来越怕新妈妈了。我觉得爸爸的心已经被新妈妈吃掉了，爸爸的心已经成了"残疾人"，爸爸的心只剩下一条窄窄的紫颜色的边，爸爸的心已经站不稳了。报上说，现在社会上到处都是"残疾人"。

我还看见新妈妈跟冯记者、杨记者一起进了区法院。那是一栋旧楼，楼里有很多的声音，楼里的声音一团儿一团儿的，就像是用麻绳扭过一样。楼里进进出出有很多铁脸，我看见了很多铁脸，仔细看才能发现那其实是面具，这里的人大部分都戴着面具，面具全是铁做的。这是些不怕热的人，戴着铁面具的人都不怕热。上楼时，冯记者竟踩住了一个死人的脚印，死人的脚印是灰颜色的，很滑，冯记者出溜一下，吓出了一身大汗。我听见那脚印说话了，那脚印竟然也会说话："你，你怎么踩到我身上了？你为啥不踩他呢？"旁边的一个活人的脚印说："这脚印一层一层的，踩谁不一样？人就是让人踩的吗……"那死人的脚印哭着说："我已经死了呀，我死了还踩我？"活人的脚印说："你死了就想安生了？死了也不安生……"这话冯记者没有听见，我看他是没有听见。他只顾害怕了……他踩的地方软乎乎的，他害怕。而后冯记者擦了一下脸上的汗说："你们先在这儿等一下，稍等。我去找找我那个战友，我那战友当庭长了……"杨记者马上说："咱一块儿去吧，我也看看老崔在不在……"新妈妈微微笑了笑，新妈妈的笑里长出了一枚冰镇的小樱桃，新妈妈说："麻烦二位了……"冯记者、杨记者"含"着冰镇小樱桃齐声说："小事，小事……"

接着，面酱的气味出现了，我闻到了一股面酱和大葱的气味。在二楼一个挂有"民事庭"的办公室门前，传出一股很陈旧的大葱蘸面酱的气味。

冯记者站在门前，高声叫道："老座，座山雕，还认识不认识了？不认识了吧？……"民事庭里有一个黑黑的高个儿转过脸来了，这人的脸相是"冻"过的，很威严，是"冻"出来的一种威严。片刻，就有了一个粗黑的声音："一撮毛，是一撮毛吧？当大记者了不是，发福了呀!!咋看咋不像当年的一撮毛了，那时候瘦哩狗样……稀客，坐坐，坐。"说着，两人的手就握在一起了，两人一握手却握出了大头翻毛皮鞋的气味。在这毛乎乎的气味里，我看见了漫天大雪，雪里走着一队一队的军人，军人全都扛着大镐，正在冒雪修一条通往山里的铁路，风声像抹了辣椒面的刀一样霍霍响着。那是些红色的日子，在红色的日子里，我看见冯记者与庭长一起蹲在火堆旁一边背"语录"一边烤湿了的翻毛皮鞋……翻毛皮鞋的气味慢慢又转化为大葱蘸面酱的气味，气味里有了甜辣苦咸，一些滋滋润润的半是温馨半是感叹的甜辣苦咸，在温馨里藏着两本旧了的红皮日记，两人都飞快地在心里翻日记……可脸还是紧着，紧出一种螺丝拧上的笑。冯记者说："这位不熟吧？这位是杨记者，市报的。这是我的老战友，姓万，万庭长。在部队那会儿，我们都叫他座山雕……"杨记者马上说："我也常来区里采访，跟你们几个院长都很熟……还有老崔，老崔在吗？"庭长"噢噢"了两声，说："老崔在刑庭。"接着又说："一撮毛，几年不见，你可真是发福了，没少喝吧？不喝高粱烧了吧？在东北那会儿……""一撮毛"这三个字像烙铁一样在冯记者心上烫出了一串酱红色的燎泡。冯记者心说，他还记着呢，这家伙还记着呢。那时候他想当班长，我也想当班长，争来争去都没当上，他还记着……可他嘴上却说："我有病，这胖是病。当记者的，没办法。老战友，前天在'长腿'那儿还说你呢。知道'长腿'吧，咱团四连的，这会儿当处长了。我那儿有通讯录，回头给你弄一份……"庭长说："那太好了！老战友轻易不见面，有时间好好聚一聚。大热天跑来，有事吗？有事尽管说。"冯记者说："有事，当然有事，无事不登三宝殿，来找你就是有事……"

新妈妈站在院子里，站在一层一层死的和活的脚印上面，轻轻地扇动着一条粉红色的小手绢，脸上带着猩红色的笑。那笑是对着我的，我看见那笑是对着我的。我听见新妈妈心里的"蛇头"对我说：你得回来，你必须回来。我从来没有怕过谁，我没有怕过任何人……看着新妈妈的笑，我突然发现新妈妈身上能发出一种柿红色的讯号，我看见了那两长一短的柿红色讯号，这讯号是从她背上那颗黑痦子上发出来的，她背上有颗紫黑色的痦子。这颗痦子上还有两根金黄色的绒毛，讯号就是从那里发出来的，我看见痦子上发出的讯号与遥远山间的一片柿树林相接。我看见那片柿林了，那是一片油绿色的柿树林，阳光照在油光光的柿叶上，就变幻出许许多多的颜色，而后发出一闪一闪的柿红色讯号……新妈妈说她什么都不怕，新妈妈很勇敢，新妈妈不怕流血，新妈妈的血是柿红色的，新妈妈的勇敢来自那片柿林。在新妈妈家的时候，我常看见她把这颗痦子亮出来，她独自一人时，就偷偷地亮出那颗紫黑色的痦子，痦子上有浓烈的柿树味，当她洗澡的时候，屋子里就到处都是湿漉漉的柿树味，那味儿是黄颜色的，苦黄苦黄……现在我知道是为什么了。我是很怕新妈妈的，我很怕。

新妈妈的声音是很晚才出现的。新妈妈上楼时走得很轻，轻得像猫，新妈妈走的是猫步，一软一软的猫步，猫步里有一种表演出来的愁，新妈妈很会"愁"，新妈妈的"愁"里裹着很多鸟舌。我不知道新妈妈为什么裹鸟舌，很软很滑的鸟舌，鸟舌啾啾叫着，叫出一片走出来的"愁"……新妈妈的声音也很绵软，是一种化了妆的绵软，绵软里插着一些桃红色的小针，小针上还有倒钩刺儿……新妈妈说："万庭长，孩子如果是好好的，谁养都是一样的，都是尽责任。可孩子有病，孩子不会说话，还有精神病。这边正给她治呢，也刚刚有了点好转……"庭长问："你们这边有啥要求？你说吧！"新妈妈说："主要是为了给孩子治病。在这边有利于给孩子治病。

病治了一半，刚有好转，她就把孩子抢走了……这样，对孩子不好。"冯记者插话说："老万，主要是吓吓她。官司要打，主要是得吓吓她。你发个传票，叫她来一趟，回头把孩子送回来就行了。"杨记者说："法院传她，她非来不可……"庭长说："是这事？行，马上传她……"

中午，旧妈妈没有回来，科长又上街吃烩面了，我知道他是上街吃烩面了。我呢，我只有吃空气了。空气很热，空气热乎乎的，只是有点黏，这是夏天的空气。我也吃过冬天的空气，冬天的空气很凉，冬天的空气冰牙。不过，现在的空气越来越稠了，空气里总是飞着一些米粒样的小东西，那是尘埃，我知道那是尘埃。尘埃里裹着一些油气，那就是"油馍"了，我常吃这样的"油馍"。有时候，我还可以卷一些汽车喇叭的声音，卷一些苍蝇的声音，卷一些市场上叫卖馄饨的声音，再蘸着"红蚊子音乐"一块儿吃。就是有点噎。不过，我不怕噎，我有办法。远处那座楼房上有十四面小广告旗，我先把那面黄的吃了，黄旗上写的是"娃哈哈"；吃了"娃哈哈"，我再吃那面红的，红旗上写的是"琴岛海尔"；吃了"琴岛海尔"我再吃那面蓝的，蓝旗上写的是"春都牌火腿肠"；吃了"春都"我再吃那面白的，白旗上写的是"虎牌蚊香"；吃了"虎牌蚊香"我再吃那面绿的，绿旗上写的是"雪碧"，我喜欢喝"雪碧"，我喝得慢，我一点一点喝；喝了"雪碧"我再吃那面紫的，紫旗上写的是"小太阳"……我吃得很饱，我总是吃得很饱。

下午两点的时候，旧妈妈回来了。

旧妈妈带回了一串脚步声。这些脚步声踢踏着一些兴奋，很杂乱的兴奋，兴奋是灰颜色的，一串灰颜色的兴奋踢踢踏踏地游上楼来。走在前边的是旧大姨，我听出来了，那是旧大姨才会有的、肥腻的、带一点面包味的脚步；紧跟着的脚步声很瘦、很干，拐棍样的干，还带着一些粉笔末的气味，这大约是胡子大舅了吧？胡子大舅很久没来过了，胡子大舅我只见过一两次，他也来了；带酱色的脚步当然是旧二姨的了。旧二姨的脚步声是鸭式的，一拧一拧的鸭式，就像是蹲着走一样，还沾有湿鸡毛的腥味，卖烧鸡的旧二姨一走就走出了湿鸡毛的气味；下边的脚步声就年轻些了，下边的一串脚步声有"淡"有"咸"。英英表姐（旧大姨的女儿）走的是带有椅子气味的"淡"，那"淡"是坐出来的。英英表姐在市团委工作，头总是昂着，走得很有"水分儿"；表哥表嫂带着烧鸡店的"咸"，那"咸"是数钱数出来的，也走得很有"盐分儿"……一串脚印叠叠压压走进来，屋子里立时就挤满了很沉默的兴奋。

他们不是来看我的，我知道他们不是来看我的。他们为那张传票而来，是旧妈妈搬来的"兵"。旧妈妈进屋后，先把传票递给了旧大姨。旧妈妈说："大姐，你看看吧。恶人先告状，他先把咱告了！……"旧大姨把传票接过来，目光即刻粘在了那红霞霞的章印上，那圆红的戳印立时在她的心上烫出了一片鲜艳的红色，那红色滋滋润润地弥漫开来，化出一种红木桌子的气味，在红木桌子的抽屉里藏着一段激越昂扬的歌声，我看见那歌声了，那歌声只剩下三句半了："公社是棵常青藤啊，社员就是那藤上的瓜啊，瓜儿连着藤，藤儿牵着瓜啊，藤儿越肥藤儿越肥藤儿越肥……"这歌声是从一个露天大舞台上传出来的。我看见那舞台了，舞台上站着一排排穿白衬衣蓝裤子的姑娘，那站在前面舞动双手打拍子的姑娘长得十分苗条也十分秀气，她侧过脸笑了笑，脸上溢满了红光……往下就没有了，往下只剩两片红嘴唇了，两片努动着的红嘴唇和两只用力打拍子的手，没有声音也没有地点，声音和地点全丢失了；而后那嘴唇上的红色褪去了，红色在慢慢褪去，褪出了一股失去弹性的橡皮气味，橡皮上爬满了密密麻麻的皱纹，我看见那皱纹了。旧大姨手捏着传票，肚子里却翻滚着两股气，一股是红颜色的气，一股是黑颜色的气，红气里有一缕一缕的丝瓜味，黑气里有一瓣一瓣的大蒜味……可旧大姨没有说话，旧大姨脸沉着，把传票递给了胡子大舅。

胡子大舅接传票的时候，先在裤子上擦了一下手，他的手下意识地伸下去，一擦就擦出了小便的气味。他又伸到鼻子上闻了闻，而后又慌忙伸下去再擦，这次又擦出了馊饭和泔水的气味。我听见胡子大舅在心里对自己说："算啦。"胡子大舅双手接过那张传票，从第一行开始看起……看着，看着，他的心就贴在那黑颜色的铅字上了。他的心在亲那些铅字，而后他哭了，他的心趴在铅字上哭了。我看出来了，他是喜欢这些铅印的字，他最缺的也是这些铅印的字。我听见他的心在悄悄说："哪怕是一篇，哪怕是一小篇呢，也不至于在退休前评不上……"接着粉笔末纷纷落下，我看见胡子大舅在清扫心上的粉笔末。他心上沾着很厚一层粉笔末，清扫后露出了"1955"的字样。"1955"很陈旧，"1955"上放着一杆小秤，那是一杆十六两秤——旧妈妈说，十六两早就不用了，现在用的是公斤秤——可胡子大舅仍然在心上保存着这杆十六两秤……这杆秤是他自己称心用的，他经常用这杆秤称他的心，他总是把秤称得稍稍低一点，结果他总是不够秤。胡子大舅心上还有很多泔水，那是大舅妈给他泼上的，我看见他退休后大舅妈就不断地往他心上泼泔水，一边泼一边说："看看人家，看看人家，说起来也是干了一辈子了……"泼得他心上黏糊糊的……慢慢地，看传票的胡子大舅心上有了一点兴奋，那是从传票上看出来的兴奋，他从传票上看出"事"来了，他心里说：这是件事……可他也没有说话，他只是把身子坐端正些，"端"出沉默，把传票递给旧二姨。

旧二姨接过传票，其实是接过了一顶"帽子"，一顶圆顶的"大盖帽子"。旧二姨眼睛里出现的是"帽子"，"帽子"是火红颜色的，在她的眼里"帽子"是一团有红色标记的火炭，因此她看"帽子"时眼光有点哆嗦，是无色的哆嗦，旧二姨是一个没有颜色的人。我看出来了，旧二姨非常羡慕那些有颜色的人，也非常嫉恨有颜色的人，她没有办法，只有给烧鸡刷糖色，她总是给烧鸡抹很多糖色，她把怨恨全都抹在鸡身上了……旧二姨还在"帽子"上捏出了一串自行车铃声，也捏出了一沓交税的票。自行车铃声和税票分属于两个不同的时间，一个藏在脾脏里，一个藏在肾脏里。她的肾脏旧了，她的肾脏常年不用，已经有点锈了，那里边藏的是自行车的铃声，铃声很哑，铃声里带着沾有街头细菌的灰尘；她的脾脏很新，她的脾脏是经过翻修的，她在新翻修的脾脏上镶了一个小夹子，夹子上夹着一沓税票（那税票是假的，我能看出来那税票是假的，那税票是从二道贩子那里买来的，税票上留有两人交易的声音：一个说，五块一本，要不要？一个说，不就印印吗，五毛也不值。一个说，你给多少吧？你说你给多少？一个说，两块，两块我就要。一个说，给你了……），我听见她不由自主地说："我已经交了，你看看，我已经交了……"过了一会儿，旧二姨才醒过神来，这时候她才想起"帽子"不是她的，"帽子"是老三的事。紧接着，她心里又出现了数钱的声音，还有存折，一共五张，都是有一串0的，她慌忙在心里又换着藏了一个地方，掖好了……而后她望望旧妈妈，又看看旧大姨，没有吭声。

表哥率先说话了，表哥说："球啊，叫我看看……"他把传票从旧二姨手里抓过来，一边看，一边随口说"球"。他看了两眼，表哥的眼里出现了屎味，我看见表哥的眼眶里出现了人屎的气味，那张传票成了一张"擦屁股纸"，一张绿颜色的"擦屁股纸"。表哥说的"球"是"南阳球"，这话他是从南阳来的一个生意人那儿学来的，我看见他是学来的。表哥的坐姿也是学来的，他尽量往宽处坐，坐出一个很"放大"的架势，架势里有很多电视片里的"爷式"镜头……表哥身上还沾满了"红蚊子音乐"的气味，表哥身上的汗毛孔里藏着很多S形的"红蚊子音乐"，这是从舞厅里"泡"来的，我知道是从舞厅里"泡"来的，上边带有七种光束，沾有女性化妆品气味的光束，这光束闪烁着肉味的动感，致使坐在那里的表哥两脚也不由自主地动着，他的脚在念拍子，他的脚反反复复地在念"一二三四一、一二三四一……"的拍子；倏尔节拍又变了，节拍转化为"一二三、二二三、三二三……"片刻，表哥拍拍那张"擦屁股纸"说："球啊，别理他。"

英英表姐仅是朝传票上扫了一眼，这一眼有很多小刺儿。刺儿藏在她的睫毛下边，我看见她的睫毛下藏着一蓬小毛毛刺儿，那是些用很多的字"喂"出来的刺儿。刺儿上放射出三种不同的气味：一种是书本的气味；一种是椅子的气味；一种是陈年老醋的气味……这三种气味杂和在一起，就成了一蓬带刺儿的深黄色的光束。这些光束就像探照灯一样，扫视着传票，也扫视着屋里的人。她心里有话，我看出来了，她心里有很多话，但她不愿跟屋里坐的人说。她的眼眶也很高，她的眼眶上安着一个米黄色的小门，门上还装着音乐门铃，门铃上装有七种音乐，却只有一种音乐才能把门打开……不过，英英表姐眼皮上也沾有男人的气味，英英表姐的眼皮上沾着四个男人的气味：一个是橘子型的，一个是柿饼型的，一个是咖啡型的，一个是橄榄型的。只有橄榄型的找到了打开米黄色小门的音乐按钮，可橄榄型的裤兜里还装着一个女人的气味……其余的全都按错了门铃，那是一些按错了门铃的男人。我看出来了，英英表姐一直在等待着，等待着有人重新敲门。所以她的心根本不在屋里，她把心放出去了，来之前她就把心放出去了，她的心正在外边找人。因此，英英表姐坐得很空……

还有一张脸是刚从烩面里走出来的。大街上有很多"烩面脸"，如今的大街上到处都是"烩面脸"。"烩面脸"很便宜，"烩面脸"上爬满了浸着羊膻味的汗珠，还有醋，当然有醋。"烩面脸"在街头的绿色醋浪里泡了许久，又被街上那响着"红蚊子音乐"的轿车喇叭"扇"了许多个耳光，"扇"出了一片紫黑色的愤怒。"烩面脸"吃了烩面里的三片羊肉后，又带着"羊"和"狼"的愤怒走回来，他在进门时才戴上了"科长"的旧面具（那面具已经烂了，那面具使用的次数太多，已经掉毛了），笑着说："哦，哦哦。都来了……"

旧妈妈看了他一眼，旧妈妈眼里撒出了一片淬了火的钉子。

旧妈妈说："你上哪儿去了？"

科长说："哦哦，有人请客，非拉我去。不远，'广东酒家'。那儿一点也不热，有空调，带卡拉 OK。出来就热了，走一身汗……""烩面脸"说："我，哦哦……上街、吃了碗烩面。"

传票又回到桌子上了，传票安静地在桌子上躺着，上面趴着一圈紫黄色的光束……

旧妈妈说："这不是争孩子，这是欺负人哩！大姐，你看咋办吧……"

旧大姨说："那会儿不是不想要了吗？那会儿都不想要。这会儿……"

旧妈妈说："那会儿也不是不想要，那会儿是……"

这时，科长从屋里拿出一张报纸来，科长扬了扬手里的报纸，扬出了一股湿锯末的气味。科长说："看看这张报纸就知道了。问题在这儿，关键问题在这儿……"说着，他把报纸递给了旧大姨。

人们都围在旧大姨跟前看那张报纸。报纸上先是有了"蛾子"的气味，接着又响起了一片算盘珠的声音，我听到了"噼里啪啦"的算盘声……

看了，旧大姨的头抬起来，四下巡视着（她是在找我呢，我知道她在找我），说："还真有这事？"

胡子大舅说："真有特异功能吗？真有这一说……"

表哥说："球啊，我不信。我除了信钱啥都不信。"

旧二姨说："有些事，不信也得信。你没听……"

表嫂说："我是信。我是信。你没看多少做香功的……"

英英表姐也说话了，英英表姐说："人是缘分，我也有点信缘分了……"说着，她叹了口气，叹出了一些丝丝缕缕的粉红。

旧妈妈说："我原来也没在意。这孩子邪，这孩子从小就邪……她不说话，她不会说话，可她什么都知道。"

表哥说："我还是不信……"

旧妈妈很兴奋地说："要不信，让她出来猜个字试试。她会猜字……"说着，旧妈妈把里屋的门"咚"一下关上了，她把我锁在里边，而后又说："写吧，一人写一个，让她猜。"

外屋先是弥漫出一片红色，带一股狐臭味的红色。而后有了春猫的叫声，我听见春猫的叫声了，春猫叫出了一片杂乱的响动……

过了一会儿，门开了，旧妈妈把我从里屋牵出来。我看见桌上放着一溜小纸蛋。纸蛋是卫生纸团成的，团得很紧。纸蛋周围有一圈爬满了蚂蚁的目光……旧妈妈说："站这儿，就站这儿。猜吧，好好猜，你猜猜纸蛋里是啥？"说完，她把一支笔和一张纸塞到我的手里……

我有点饿，吃了那么多"东西"，我还是有点饿。我饿的时候会看得更清楚，我一饿就看得更清楚了，我也不知道这是为什么。我看见第一个纸蛋上写的是一个"闲"字，这个字是胡子大舅写的，我知道是胡子大舅写的，上面有胡子大舅的气味。胡子大舅把字写得很端正，只是他的手有点抖了，写到后来手抖了，那一撇拉得很长，拉到"门"外边去了。这个"闲"字在胡子大舅的胃里泡过了，这个"闲"字在他的胃里泡了很长时间，泡得有点酸了，这个"闲"字很酸。

第二个纸蛋很奇怪，第二个纸蛋是两层的。第一层的纸很薄，是卫生纸；第二层纸厚，是鞋盒纸。第二层纸上有剪子的气味，我闻见剪刀的气味了。开初我以为这是个"3"字，其实那不是"3"，那是个"8"字的一半，另一半被剪刀剪去了。这个字是旧二姨写的，旧二姨先写了个"8"字，接着又拿剪子剪去了一半。旧二姨手上有湿鸡毛的气味，也有自行车的锁味，旧二姨手上的褶皱里沾有许多陈年的锁味，我知道旧二姨以前在街头看车，所以她手上还有锁味……

第三个纸蛋上写的字笔画很稠，这是个我不认识的字，这个字有很多拐弯的地方，上边是一个"乃"头，中间是一个"目"，下边更复杂，下边很像是椅子腿的形状，合起来就成了这样一个"鼐"字。这个字上系着一条领带，这是一个系有领带的字，字上有男人的气味，我闻到男人的气味了。字上的气味跟英英表姐眼帘上的气味是一样的，这个字是上过大学的英英表姐写的……

第四个纸蛋上有很多字，先是一个"还"字，接着是一个"返"字，后边又是一个"成"字。这些字又都被画掉了，"还、返、成"上边画了两条杠，最后的一个字是"铡"字。我看见这个字是从旧大姨的脑血管里流出来的。旧大姨原来没想写这个字，她想了很多字，那些字像蚂蚁一样到处乱爬，最后流出来的是这样一个"铡"字。"铡"字是红颜色的，"铡"字上有血腥气……

第五个纸蛋上写的是"发"字。这个"发"字很歪，这个"发"字半躺半立，上面有一股很黏的热汗味。"发"字的后边藏着一些干杏核和一个西瓜皮做成的帽子，"西瓜帽"上有用刀刻上去的两个字：小黑……小黑就是表哥了。

最后一个纸蛋上写的是"大"字，这个"大"是组合成的。

先写的是一个"人"，写完"人"又加了"一"，就成了"大"字了。这个"大"是表嫂写的，我知道是表嫂写的，表嫂的"大"字后边卧着一只小老鼠，我不知道表嫂的"大"字后边为什么会有老鼠味……

当我把这些包在纸蛋里的字依次写出来的时候，屋里的人全都站起来了。小黑表哥说："我操我操我操……！"

旧二姨说："我剪了一半呀！我剪了一半她也知道，真是神了……"

胡子大舅说："真有特异功能，真有！……"

英英表姐说："奇怪，这个字是很难认的，她怎么就知道呢？……"

旧大姨说："这个、这个、这个……还真有这事！"

旧妈妈马上说："知道他为啥争孩子了吧？大姐，你知道了吧？……"

屋里静了，他们全都看着我，我知道我又变成"猴子"了。

在他们眼睛里，我是一只拴着的"猴子"……

接着，是一串声音："不给他。孩子不能给他！……"

黑子表哥说："操！姨，你发句话，我找几个人去把他'面'了，我立马就去'面'他！……"

旧二姨赶忙说："不能打，不能打，一打他就抓住理了……"

胡子大舅说："听说有个啥法？啥妇女儿童法。不知下来了没有。找找，找找就有凭据了……"

黑子表哥说："大舅，你有病吧？我看你是有病。啥法？净说胡话！要不叫'修理'他，那赔送了，恶送，破个三千两千的，别的没门……"

旧二姨说："咋给你舅说话的？他有病，你没病？……"

黑子表哥说："我也有病，都有病，中了吧？我看是不送不行。姨，缺钱你言语一声，用钱你找我。"

旧二姨赶忙说："就是送礼也得找人。我看还是得找人，没人不行……"

旧大姨说："老牛在任时，这事好办，可老牛退了……这样吧，那法院的一个副院长过去跟过老牛，我先给他打个电话，回头咱再去一趟……"

英英表姐说："我记得我有一个同学也在那个法院，我也给问问……"

旧妈妈很兴奋，旧妈妈是心里兴奋，旧妈妈终于有了一件"事"，旧妈妈缺的是"事"，我知道她的心病是"事"。旧妈妈说："反正孩子不能给他，我不给他。"

五月十三日

今天是上法庭的日子。我知道今天是上法庭的日子。

早上起来，旧妈妈来给我梳头。很久很久了……旧妈妈又来给我梳了一次头。旧妈妈梳得很轻，旧妈妈一边梳一边还问："疼吗，你疼吗?"我揉了揉眼，我的眼有点疼。我觉得我的眼里流出了一些东西，很咸的东西。我眼里流出的是盐，我知道那是盐，水盐。我偷偷地看旧妈妈，我用后脑勺上的"眼睛"看旧妈妈，我发现旧妈妈身上有了一种"乌鸦"的气味，我还听见一个声音在念："一只乌鸦口渴了，到处找水喝……"我喜欢"乌鸦"的气味，我喜欢听"一只乌鸦口渴了，到处找水喝……"这声音里有"盐"，我找到"盐"了。妈妈给了我一点"盐"，我有"盐"了。

临出门前，旧妈妈又给我换了一身衣服。这是第三次了，我先后换了三次衣服。旧妈妈把我所有的衣服都拿出来，一件一件地试，挑最好的让我穿。可惜都有些小了，好一些的都小了。我知道，人是长的，人一天天长，衣服却是"小"的，衣服一天天"小"。最后，旧妈妈给我换的是一件她穿的裙衫，裙衫是半新的，只是稍长了点。旧妈妈看了看说："就这样吧……"而后，又摸着我的头说，"你可要听话，你一定要听话。"

下楼的时候，旧妈妈的心丢了。我看见旧妈妈的心又丢了。旧妈妈不知把心丢在什么地方了，她让我站在楼梯上，两次上楼去找心。她两次上楼，又两次空空地走下来……她没有找到心，她手上拿的是传票。她拿着那张传票愣愣地站了很久，才说："走吧，咱走吧。"

今天是我高兴的日子，我有"盐"了。我想给人们说一说，我很想对路上的行人说：我有"盐"了。我想笑，我想对过路的每一个人笑，我告诉他们，有"盐"是很幸福的，有"盐"很好。可是，我一连说了十七个人，却没有人笑，他们都不笑。

他们的脸是铅脸，他们的脸是铅印的，他们的脸上都贴着一个铅印的封条。我希望能找到一个笑。大街上人很多，车很多，广告很多，声音很多，颜色也很多，该有的都有，却没有笑。我知道，笑丢了，人们把笑弄丢了。人们在学习"蛾式步法"，人们是想进入"茧状"，人人都想进入"茧状"，报上说："茧状"使人进入夏眠期，进入夏眠期的人将失去笑的功能。第十八个人没有笑，第十九个人没有笑，第二十个人仍然没有笑……那抱孩子的女人是应该笑的，她举着一个红苹果小脸，她为什么不笑呢？

那个坐在车里的人也是应该笑的，他有那么漂亮的轿车，他为什么不笑呢？那个坐在摩托上的姑娘也是应该笑的，她那么美丽，为什么不笑一笑呢？

我终于还是找到笑了。当旧妈妈牵着我走到那个公共汽车站牌下时，我看到了一个笑。那是一个树下的笑。那个老人，他笑了。这是一个从树上飞下来的笑。一粒尘埃从树上飞下来，落在了老人的鼻梁上，那是一粒长了灰毛的尘埃，那是树的"病"，我知道那是树的"病"。树的"病"落在老人的鼻梁上，老人眼望着尘埃在笑……他仍像往常那样在树下坐着，仍然捧着那本不看的书，可他在笑。我看见了他那艳如红豆的心，是那颗心在笑。他的笑从他的眼角处溢出来，从他的嘴角处溢出来，从他那陈旧的纹路上溢出来，还从那喃喃自语中流出来。他在说话，他是在对那粒长了灰毛的尘埃说话。不过，他的笑里含着一个麦芒，一个针尖大的麦芒。如果没有麦芒就好了，他的麦芒是什么时候装上去的呢？他心上是没有的，他的心是一颗鲜红的豆；他胃里也没有，他的胃里只有一些旧日的粮食；我看见了，他的麦芒在喉咙处，他的喉咙处卡着一个针尖大的麦芒，他没有办法去掉这个麦芒，可他还是笑出来了，虽然有麦芒，可他笑出来了……

老人周围有很多尘埃，老人坐在尘埃里，细小的尘埃裹着老人，也裹着那些无声的话。老人为什么总坐在这里呢？哦，我明白了，老人是在卖心，老人是个卖心人。他的心好，他的心鲜红如豆，他是想把心卖出去，他一直坐在这里就是为了把心卖出去。他已没什么可卖，他只有卖心……

可是，没有人来买，他已经坐了那么久了，还是没人来买。

老人没有做广告。他不会做广告，他只是默默地坐着，他也说话，可他是自己对自己说话。那么，不做广告，就没人买。

我听见老人的声音了，我听见老人在说：

"等等吧……"

"鞠躬……"

"肥皂……"

"小曲儿。"

"等等吧……"是红颜色的，那是一种标准的铅印红色，红色里含有许多"一号微笑"。报上说，"一号微笑"是最标准最生动的微笑。"一号微笑"是用尺子量出来的，"一号微笑"的标准是"（上唇＋下唇）×舌厚÷2"。我看见老人站在"一号微笑"里，老人在"一号微笑"里来来回回地走着。老人戴的是一顶蓝颜色的帽子，老人的腰微微有点驼，老人脸上带着"三号微笑"，"三号微笑"是无标准微笑，"三号微笑"的尺码比较大，"三号微笑"可以带动头部，因此，老人的头一直点着。老人的头从一楼点到四楼，又从四楼点到一楼，老人的头见人就点，点得很有弹性。老人一直在门里走着，我看见老人是在门里走。老人推开一个紫红色的门，老人说："你看，我没有病，我一点病也没有，我的工作问题……"紧接着，"一号微笑"就出现了。"一号微笑"说："知道，知道。知道你受了不少委屈，都知道你的情况……再等等吧。好不好，再等一等。"老人说："你看，我已经等了这么多天了，我一直在等……""一号微笑"说："知道，知道。你再到办公室问问吧……"老人又推开了一个紫红色的门。

紫红色门里有紫红色的桌子，桌子后边还是"一号微笑"。"一号微笑"说："老魏，老魏，你又来了，坐，坐坐坐。不是让你再等等吗？你就安心在家等吧。你身体不好，多休息休息……"老人说："你看，你看，如果不行，我就干点别的，我干别的行不行？烧茶也行，看门也行……""一号微笑"说："这样不好吧？你说呢？你是知识分子，又受了那么大委屈，这样不好吧？这样吧，你再到组织处问一下，让他们尽快安排……"老人又走，老人还是在门里走。老人又推开了一个紫红色的门，门里仍然是"一号微笑"。"一号微笑"说："老魏老魏，你别跑了行不行？你别跑了，你这样跑叫我们很不安……"老人说："我回来这么久了，你看，我回来这么久了……""一号微笑"说："你身体不好，多休息休息，工资又不少你的。你不要急，再等等……"老人最后走下楼去了，我看见老人走下楼去了。老人站在楼前回头看了一眼，看到了许许多多的"一号微笑"。老人喃喃地说："我要告你们，我要去告你们……"可老人说着说着却躺下了，老人直挺挺地躺在了楼前的水泥地上……躺在水泥地上的老人变成了一个六岁的孩子，老人成了一个穿红肚兜的孩子。我看见一个六岁的孩子躺在地上撒泼……

"鞠躬"也有颜色，"鞠躬"既有重量又有颜色。我看见"鞠躬"的颜色了。这两个字在气流中上半部是白颜色的，下半部是檀色的。白颜色上有墨迹，我在白颜色上看到了墨迹。墨迹里显现出一排人和一些字，字是倒着写的，我看到的全是倒写的字，倒写的字在人的脖子上挂着，挂出一片铁腥气。我看出来了，那些牌子是铁做的，铁做的牌子上糊着白纸，白纸上是墨写的倒字……在一排糊有白纸的牌子上我看到了"魏明哲"三个字，纸上还抹了狗屎，我闻到狗屎的气味了。我还看到了一双眼睛，眼睛紧贴着胸口的一颗红痣，那红痣上爬着一只黑色的蚂蚁，黑蚂蚁十分吃力地贴在那颗痣上，痣上有汗，痣上的汗淹着蚂蚁，蚂蚁哭了，我看见蚂蚁在哭……"鞠躬"的下半部就不一样了，下半部有一股檀香味，这是一股时间泡出来的檀香味。在这股檀香味里，"鞠躬"变成了一些丝丝缕缕的东西，变成了一些含有檀香味的、拌有青红丝的小点心。那糊有白纸的铁牌成了时间中的玩具，人名成了玩具的标牌，一个个人名都是玩具的标牌，那就像"变形金刚"一样，那些挂有倒写纸牌的人一个个都成了"变形金刚"。在含有檀香味的时间里，我看见挂有倒写的"魏明哲"三字的纸牌其实是一架喷气式飞机，这是一架纸糊的喷气式飞机。飞机周围还是飞机，全是喷气式的，一架架喷气式飞机停在燥热的阳光下，阳光里有蝉鸣声，在蝉鸣声里，"徐式飞机""王式飞机""牛式飞机""杨式飞机""方式飞机"……呈一字形摆开，而后拼成了一把有檀香味的扇子，扇子里没有风，扇子扇出的是一些零零碎碎的五颜六色的小点心……

"肥皂"是一段话，一段隔着铁窗的话。"肥皂"里有一股钢味，那是针的气味：

一个米黄声音说："你，还要不要……肥皂了？"

一个驼灰声音说："不要了。"

米黄声音说："是那种，你说的那种……肥皂。"

驼灰声音说："有了，我有了……"

米黄声音说："我……熬不下去了。"

驼灰声音说："……也好。"

米黄声音说："要是，要是有孩子，我……"

驼灰声音说："也好。"

米黄声音说："没有孩子，我熬不下去了……"

驼灰声音说："好，也好，我同意……"

米黄声音说："你……要是有孩子……"

驼灰声音说："我知道，你别说了，我知道……"

米黄声音说："以后，你……别想不开。"

驼灰声音说："我不会……想不开。"

米黄声音说："你，要是想要肥皂，就给我写信，我还给你送……"

驼灰声音说："别，你别送，我有。"

米黄声音说："那种，我说……是那种肥皂。我，还可以送……"

驼灰声音说："有，真的有。我，不用那种肥皂了，我现在不用了……"

米黄声音说："要是，我还可以等……"

驼灰声音说："我知道。给我吧，我签个字，我给你签个字……"

而后就没有声音了，而后是一段歌，一段卡在喉咙里没有唱出来的歌。那歌只有两句，那歌反反复复的，只有两句："让我们荡起双桨，小船儿推开波浪……让我们荡起双桨，小船儿推开波浪……让我们荡起双桨，小船儿推开波浪……"

"小曲儿"不是歌，我原以为"小曲儿"是一首歌，可"小曲儿"不是歌。"小曲儿"是一些有亮光的S形曲线，是一组肉色的曲线，新鲜的肉色曲线。这些曲线时间很短，我知道这些曲线时间很短。这些曲线在一栋旧楼的楼道里慢慢显现出来，我看清楚了，我终于看清楚了，那是一个女人，一个年轻鲜亮的女人。女人站在楼道里，正在敲门，她在敲一扇门。门开了，门里出现了一张老脸。老脸诧异地望着女人……女人绷着脸，女人的脸绷得很紧，女人说："你为什么要这样？""老脸"站在门口的阴影里，疑惑地问："请问，你，我……""你为什么要这样？"女人重复说。"老脸"躬着身说："您，您是……"女人用审问的语气说：

"你都干了些什么？你说你都干了些什么？""老脸"结结巴巴地说：

"我没干什么，我什么也没干……"女人说："你还说你没干？你这人怎么这样，你为什么要这样？……""老脸"说："我我我……您是？"女人说："我姓曲，我是恬恬的妈妈。恬恬放学后是不是经常来你这儿？""老脸"的头低下去了，"老脸"低下头缓慢地说："……是，是来过。"女人说："你怎么这样，你怎么能这样……一个九岁的孩子，你给他买这买那，就是为了让他来给你这样……""老脸"不吭了，"老脸"一句话也不说。女人说："你让一个孩子来训你，你为什么要让一个孩子来训你？"

"老脸"弓着腰，身上出现了一股臭狗屎味……女人说："我不明白，我一点也不明白，你这么大岁数了，为什么让一个孩子来训你?！你是不是太闲了？你让孩子到你这儿来，来了又让他命令你：立正、站好、勾头……什么意思?！""老脸"躬着身说："我我我……对不起。"女人说："我还是不明白，你花钱让孩子到你这儿来，你是想干什么？你究竟想干什么？孩子说了，孩子什么都说了。孩子说有个老爷爷让我到他家去，去了让我骂他、吐他，还罚他弯腰……然后就给我钱。你说你干的这叫什么事……""老脸"结结巴巴地说："我，我，对不起……我错了。我不让孩子来了，我再不让孩子来了。"女人说累了，女人望了望站在暗处的"老脸"，语气缓了下来，女人说："我知道你喜欢孩子，我知道你在孩子身上花了不少钱……可你不要这样了，你不要再这样了，这样对孩子不好。""老脸"说："我不这样了，我再不会这样了……"而后是一阵"嗒嗒"的高跟鞋的声音，高跟鞋走出了肉色的化妆品的气味。"老脸"仍在楼道的阴影里站着，"老脸"喃喃地说："曲儿，小曲儿……"

公共汽车来了。公共汽车一来，旧妈妈就拽着我往车上挤，我顾不上跟老人说话了。我要上法庭去了……

爸爸和旧妈妈是在区法院门口见面的。

爸爸看见我的时候，叫了一声：明明……而后他就不说了。

　　他的眼睛在旧妈妈身上照了一下，照出了一片旧裤子的气味，旧妈妈身上有了一小片旧裤子的气味。紧接着爸爸的目光就躲开了，爸爸的目光躲在了区法院的门牌号上，那是"光明路187号"，爸爸的目光贴在"187"上不动了。可我看见爸爸的余光仍瞥在旧妈妈的身上，那光像蚂蚁一样在慢慢地、一点一点地爬……爬出一片陌生的熟悉。爸爸很久没有见到旧妈妈了，我知道爸爸很久没有见旧妈妈了，他眼里射出的光是诧异的。他眼里有一个"老"字，那是一个没有颜色的"老"字，"老"字的后边是一大片没有颜色的生活……爸爸眼里没有恨，他眼里正过着一些片片断断的东西，那是一些旧日的吵闹。在旧日的"东西"里有一只旧袜子拉出来了，那是一只天蓝色的丝光袜子，袜子上有一股红蚊子的气味……很快，爸爸心上有了一把小刷子，他把这些丝丝缕缕的"东西"全刷掉了。

　　旧妈妈一直没有看爸爸，她的眼直直地望出去，不看那"猪"。但她的眼很用力，手也很用力，更紧地拽着我。我知道，她看见爸爸了，她不是用眼看的，她是用感觉"看"的。她的感觉在一百米外就发现那"猪"了。那"猪"穿得很体面，那"猪"比她更城市化，那"猪"生在乡村却比她更"城市"……那"猪"原来也在工厂里"混"，怎么也混不好，后来一上大学就成了精了。"猪"混到机关里去了，"猪"混进了税务机关。

　　"猪"现在来跟她争孩子了……旧妈妈终于在爸爸身上发现了"涩格捞秧儿"味，这是一种很特殊的气味。这味使旧妈妈多多少少有了一些骄傲。而后就是仇恨了，仇恨在旧妈妈的眼睛里鼓成了一个圆形的玻璃弹蛋，一个浇上钢水的玻璃弹蛋……爸爸叫我的声音就是被这颗弹蛋弹回去的。

　　往下就只有脚步声了。脚步声有两种气味，这两种气味全是女人的，我知道那全是女人的气味。一个是旧妈妈的气味，一个是新妈妈的气味。爸爸的气味没有了，爸爸的气味被女人的气味吃掉了。我知道爸爸并不喜欢我，爸爸是为新妈妈来打官司的。

法庭很旧了，法庭在二楼，法庭其实是三张桌子，三张铺有蓝色台布的旧桌子。桌上放着三块牌子，一个写着：庭长；一个写着：审判员；一个写着：书记员。桌子后边坐着三张"铁脸"。"铁脸"很凉，夏天里，"铁脸"很凉，"铁脸"上有一股冰镇核桃的气味。"铁脸"是没有声音的，"铁脸"上什么也没有。声音是桌子发出来的，我知道声音是从桌子里发出来的。这是一些会说话的桌子。当我和旧妈妈坐下之后（我和旧妈妈坐在左边，爸爸坐在右边），桌子就说话了。桌子的声音很闷，桌子的声音是暗红色的，桌子说："原告姓名？"

这时候，爸爸站起来了，爸爸站起来说："徐永福。"爸爸一说话声音就变了，爸爸的声音变成了新妈妈的声音，爸爸的声音里出现了粉红色的气味，气味里有很多女人的柔软。

桌子说："职业？"

爸爸仍是用新妈妈的声音说："在税务局，在税务局宣传科工作。"

桌子说："年龄？"

"新妈妈的声音"说："三十五岁。"

桌子说："是否再婚？"

"新妈妈的声音"说："离了，又结了……"

桌子说："几个孩子？"

"新妈妈的声音"说："一个，女孩。"

桌子说："几岁了？"

"新妈妈的声音"说："十四了。"

桌子说："孩子由哪方抚养？"

"新妈妈的声音"说："开始是女方。后来女方提出问题后，由双方共同抚养。后来孩子病了……"

接着桌子的声音变了，桌子的声音也会变。桌子的声音由松木变成了榆木，桌子的声音里没有了油质，却多了些黏味。桌子说："被告，姓名？"

旧妈妈说："我不是被告……"旧妈妈心里说，我怎么成了被告？那"猪"才是被告。

桌子说："被告，姓名？"

旧妈妈说："我不是被告……我，我叫李淑云。"

桌子说："被告，职业？"

旧妈妈说："我不是被告……工人，我是工人。"

桌子说："被告，单位？"

旧妈妈说："我不是被告……一柴，柴油机厂的工人。"

桌子说："被告，年龄？"

旧妈妈慌了，旧妈妈四下看着，想看到一些可以"挂靠"的东西。她是想把心挂一个地方，我知道她是想找一个挂的地方，可她没有找到。旧妈妈的眼光先在空中"爬"，而后又在地上"爬"……旧妈妈孤零零地站在那儿，旧妈妈说："我不是被告，我不是……我，三十二。"

桌子说："被告，是否再婚？"

旧妈妈说："我怎么成了被告？我不是被告……离了，停了一年，又，再，再了……"旧妈妈说着，心里出现了科长的脸，科长的脸很模糊，科长的脸周围有一圈麻将……

桌子说："被告，几个孩子？"

旧妈妈说："一个，女孩，有病，孩子有病。"旧妈妈仍然在心里说：我不是被告……

桌子说："被告，孩子几岁了？"

旧妈妈看着桌子，她觉得她是被"锁"住了，她被"锁"在被告里了。旧妈妈心里哭了，旧妈妈哭着说："十三多，就快十四了，孩子有病……"

桌子说："被告，孩子由哪方抚养？"

旧妈妈说："孩子跟我，一直是跟我。后来，孩子病了，孩子病很重，这边发不下来工资的时候，也让他担过……主要还是这边。"

桌子说："被告，你坐下吧。不问你，你不要抢着说。"

桌子说："原告，陈述你的理由吧，说说你的理由。"

爸爸一张嘴就又出现了新妈妈的声音，那声音是红颜色的，那声音里有很多红色的小樱桃，很肉的小樱桃，樱桃里有一个很小的核儿，核儿里藏着一根针，我看见针了……

"新妈妈的声音"说："孩子有病，主要是为了给孩子治病。孩子不会说话，孩子精神上也有病，这边正在给孩子治疗，她却把孩子抢走了……孩子正上学的时候有病了，孩子受的打击很大……"

桌子说："原告，孩子什么时候得的病？"

旧妈妈说："上学的时候，突然高烧，就烧成这样了……那时候他不在家，那时候他根本不在家，他跟人鬼混去了……"

桌子说："被告，让你说了吗？不让你说，你不要乱插嘴。"

旧妈妈说："……我一个人抱着孩子，挂号、排队，都是我一个人……他管过孩子吗？"

桌子说："被告，注意法庭纪律！"

旧妈妈说："纪律，啥纪律？纪律就是不让我说话……"旧妈妈说着，嘟噜着嘴坐下来了。

桌子说："原告，说吧，继续陈述你的理由。"

"新妈妈的声音"说："孩子是十二岁那年得的病，正上学，好好的，突然就病了……我们就抓紧给她看。看着看着，越来越重了……现在，也没放弃治疗，正给她治呢，请中医给她治……"

旧妈妈说："他净瞎说。你给孩子治过吗？出院以后，你啥时候给孩子治过？我能不知道治过没治过？"

桌子说:"被告,坐下!你再咆哮法庭,就对你不客气了。"

"新妈妈的声音"说:"关于孩子的治疗,我这里有医院开的证明,有主治医生开的证明……"说着,爸爸伸出了一只柔软的粉白小手,小手把证明递给了桌子……

旧妈妈的眼睛一下子射出了五种光束,三种是对着桌子的,一种是对着爸爸的,一种对着那两张盖了章的纸……对着桌子的目光很软,像小偷一样;对着爸爸的目光很硬,像车刀一样;对着那两张薄纸的目光却非常急切,她是想看出一点什么,可她看不清楚,我知道她看不清楚。

桌子说:"根据中华人民共和国婚姻法第三章第十五条之规定,根据最高人民法院一九七九年补充规定第十一、十二款之规定,离婚后双方都有抚养教育子女的义务,抚养子女双方都是有责任的。但是,具体情况也要具体对待,除了哺乳期的孩子以外,法院要根据子女的权益和双方的情况来进行判决……现在合议庭进行合议,你们先出去一下。"

这时候,旧妈妈一句话不说,站起来抓住我的手就走。旧妈妈走得很急,旧妈妈牵着我跟跟跄跄地向楼下走去。旧妈妈的心已飞到旧大姨家去了。旧妈妈一边走一边用心对旧大姨说:你不是说好了吗?你不是说跟院长说好了吗?你是怎么说的?净向着他……

在法院门口一个卖烟酒的小店里,旧妈妈一把抓起了电话,那电话上有一股狐臭味,我在电话上闻到了一股狐臭味,可旧妈妈顾不上这些了,旧妈妈拨通了旧大姨家,哭着说:"大姐,输了,咱输了呀!人家啥都弄好了,那猪连医院里的证明都开来了……你是怎么说哩?你不是说给院长打过招呼了吗?……"旧大姨身上有股热乎乎的肉味,旧大姨的声音也是热乎乎的,旧大姨也生气了,旧大姨脑海里升起了一道血红的线,旧大姨说:"我已经打过电话了,跟院长说过了,怎么,怎么……要不,再去找他一趟?慢着,我的血压又高了,我得吃药,得赶紧吃药……"

旧妈妈却把电话慢慢放下了，旧妈妈的"心"也放下了，旧妈妈的"心"没地方放，她用两只手捧着。其实，旧妈妈还是想找一个能"挂靠"的地方，她一直都是在找"挂靠"的地方，可她总是找不到……

当旧妈妈牵着我又回到法庭时，桌子说："根据合议庭合议，为了保护孩子的合法权益，现阶段主要是给孩子治病。在治疗期间，孩子暂时归男方抚养……待孩子病好后，如还有争议，到时候再共同协商。"

桌子说："被告，你听清楚了吗？"

旧妈妈说："我不服，我不服！为啥把孩子判给他？"

桌子说："不服可以，你先按法律执行。你可以上告嘛……"

桌子又说："明明，跟你爸爸去吧，好好治病。"

我不想跟新妈妈，我怕，我怕针……

五月十三日夜

家里又剩下我一个人了。

爸爸出去了，爸爸出去是为了赶写一份材料。他说他去为局长赶写一份材料。爸爸是写材料的。很多年了，爸爸一直在写材料。我不知道什么是材料，可我能看见，我看见一沓一沓的纸，一些有字的纸，这些一沓一沓有字的纸就是"材料"。我看见那些"材料"了。我看见一年前的"材料"躺在废品仓库里，五个月前的"材料"扔在一个字纸篓里，三个月前的"材料"被压在一沓报纸的夹缝里，一个月前的"材料"搁在局长的办公桌上……爸爸说，他是一个吃"材料饭"的。爸爸说，他上了四年大学，出来吃上了"材料饭"。如果不是会写"材料"，他也调不到这个"肥单位"。爸爸说，"肥单位"和"瘦单位"是不一样的。"肥单位"有油，"瘦单位"没有油。油是人熬的，我看见那是一些有人味的油。可是，爸爸得了"材料病"了，我看见爸爸是得了"材料病"了。爸爸得了"材料病"就揪头发。我看见爸爸独自一个的时候，常揪自己的头发。爸爸揪头发的时候，脑海里总是出现局长的影像，局长的各种坐姿，局长的眼睛……爸爸常把局长的眼睛含在嘴里，含在舌头下边，在爸爸的舌头下含着局长的各种角度的眼睛，有的眼睛是咸的，有的眼睛是甜的，有的眼睛是苦的，有的眼睛是酸的，有的眼睛没有味，越是没味的眼睛爸爸越是用舌头咂摸……爸爸治"材料病"的药是一些报纸，爸爸常翻报纸，他把报纸上的一些字句吃了之后就不揪头发了。所以爸爸的眼很"花"，这话是旧妈妈说的，旧妈妈说爸爸的眼早就"花"了。旧妈妈说，爸爸是一个很能藏的人，他肚子里有很多心思可他一直藏着。我看出来了，爸爸的心思是红薯干喂出来的，爸爸的胃里藏着许多旧日的红薯干，那些存放了许多时日的发了霉的红薯干在发酵，红薯干加牛奶加蝎子加螃蟹再加一种黄颜色的土才能发酵，发酵出来的不是酒，我知道不是酒，是一些"涩格捞秧儿"的气味。这股"涩格捞秧儿"味是新妈妈引出来的，如果不是新妈妈，爸爸身上不会有这么强的"涩格捞秧儿"味。这是潮流，报上说，如今城市里流行"涩格捞秧儿"味。城市里到处都是这种"涩格捞秧儿"的气味。

　　我也知道新妈妈到哪里去了。我看见新妈妈了，我看见新妈妈坐在"皇上皇酒店"里，正在掏一个粉红色的手绢。粉红的手绢里裹的是新妈妈的面具，我看见那些面具了。"皇上皇酒店"门口站着两个穿红色旗袍的姑娘，姑娘当然是纸做的，纸做的会笑，纸做的笑得很薄，这里的姑娘都笑得很薄。"皇上皇酒店"里有很多隔出来的小屋子，一间一间有空调、电视的看上去很豪华的小屋子，屋子里凉丝丝的，凉丝丝的屋子里爬满了人肉和蝎子的气味。新妈妈就在那间门上写有"贵妃厅"的房间里坐着。

一张大圆桌子摆满了菜，有很多颜色的菜，中间放着一只大盘，盘里卧着一只凤凰。这是一只"片凤凰"，凤凰被肢解了，凤凰被人切成了一片一片的；还有鱼，鱼变成玉米了，鱼变成了一只"鱼玉米"；猪也成了金黄色的，一头金黄色的小猪在桌上卧着，猪身上竟有牛奶的气味，一头牛奶做的小猪……我还看见了冯记者和杨记者，坐在左边的是冯和杨，坐在右边的是三个"铁脸"。不过，"铁脸"已经不戴面具了，"铁脸"的面具在衣架上挂着，"铁脸"成了人，很随便的三个人。我只认识一个，认识那个叫万庭长的，我知道那人就是万。我听见冯记者贴在新妈妈的耳边说："你别怕，这顿，开个票，回头我找个企业报销。这年头不吃企业吃谁？"新妈妈低声笑着说："我怕了吗？我说怕了？你吃企业，我吃你。我怕了吗？"冯记者也低声笑着说："好好，吃我，吃我，你说你吃我哪里吧？……"新妈妈下边的脚踩了他一下，又用手轻轻地拧了他一下，可冯记者却抬起头来，郑重地说："老战友，来来，借花献佛，敬你一杯……"万庭长看着他，仍然泰然地坐着，一动也不动，嘴里说："这杯我不喝，这杯没有名堂，我不能喝……"新妈妈说："我敬你，我敬你一杯，那事……我敬你一杯。"新妈妈端起酒，把笑也掺进酒里，酒里就有了很多颜色。万庭长说："这杯我喝，主人的酒我喝，我不能不喝……"说着，端起来扔进嘴里，他嘴里就有了一股玫瑰色的气味。冯记者说："老万，不喝是不是？是怪我没请你，对不对？好好，回头我单独请。"万庭长说："对了，我就想喝你的酒，喝你大记者的酒。老战友，实话给你说，想请我的人很多，不是地方我还不去呢！"冯记者说："那我知道。这事你帮忙不小，来来，老战友碰一杯。"万庭长说："不说那事，不说那事，酒桌上一说事就没意思了……"

冯记者端着酒杯说："好，不说，不说……"万庭长却又说："那事，你知道不知道？院长都给我打招呼了。合议的时候，院长捎话来了。我心里说，谁捎话也不行，老战友轻易不张嘴，民庭我说了算……"冯记者说：

"老战友有魄力，我知道老战友有魄力。"万庭长说："你说我有魄力，民庭我干了七年了，老战友，我干了七年民庭庭长了。你没看我落病了，我落了一身病……"万庭长说着，心里出现了一个醋瓶，我看见那是一个桃形的醋瓶，醋瓶里装的是存放了很久的陈年老醋。醋放得太久了，醋里有很多小白虫，一条一条游动着的小白虫，每条小白虫上都有一个时间标志，我看见时间的标志了，可我却看不出意思，我不知道那是什么意思。庭长说："那老家伙，那老家伙，那老家伙给我说过一句话，那老家伙有次见我说：你家有笤帚吗？你说这是什么意思？他冷不丁地给我来这么一句。这句话，我想了五年了，也没想出这句话的意思来。大记者，你说说，他是啥意思？……算了，算了，不说了。总归是咱上边没人呢，咱上边没有人……喝酒，喝酒。"冯记者脑海里出现了一摞一摞的日记本，那是一些记有名人名言的日记本，日记本的扉页上写着"私人秘密"四个字，我看见那四个字了。冯记者在脑子里飞快地翻了一阵，没翻出什么东西来，可冯记者却说："这句话耳熟，耳熟耳熟。好像在一本什么书上看到过……这个这个，'你家有笤帚吗？'……老杨老杨，是不是一本……"杨记者忙说："有点印象，有点印象。一时想不起来了……"冯记者说："老杨，老杨，我看这样吧。老万是我哥们儿、老战友，咱想法给造造舆论，组织几篇文章，给宣传宣传……"杨记者说："这好说，民事上也有东西可写，咱给老万弄几篇。"万庭长脸上有油了，万庭长脸上出现了很多油。万庭长说："别弄，最好别弄……"冯记者说："这不干你的事，这事跟你没关系……喝酒，喝酒。"杨记者说："我们弄我们的，你别管……喝酒，喝酒。"冯记者说："老万，包装的事我下去再给你批讲，我回头给你好好批讲批讲……喝酒，喝了酒咱跳舞去，我给你推荐一个一流舞伴。"万庭长感慨地说："还是你们当记者的活得自在呀！……"冯记者说："我说的一流在这儿坐着呢，这就是一流……"新妈妈笑了，新妈妈的笑里爬出了很多蚂蚁，是桃红色的蚂蚁，新妈妈能笑出桃红色的蚂蚁……新妈妈说："我不说了，话都让你们说完了，我不说了。"

而后音乐就响起来了，还是那种"红蚊子音乐"……

五月十五日

魏征叔叔的话：

我告诉你一个秘密，一个城市女人的秘密。

女人是什么？女人是水，是流动的水。好女人是什么？好女人就是好水。水总是要流的，你不让它流不行，不流它就会聚起来，聚到一定的时候就泛滥。女人不比男人，女人没有定力，水一泛滥起来就无边无沿了。朱朱就是一个"泛滥"起来的女人。可朱朱是个好女人，我说过朱朱是个好女人。好女人的标志在她的本质，好女人是可以看出来的，你一看就看出来了，好女人只有一个字：善。这个善指的是本质里善。好女人也会"泛滥"。我告诉你，本质越善的女人越容易"泛滥"。

实话说，我没想到朱朱会是个有大学文凭的"那个"。很久之后，我才知道朱朱是有大学文凭的"那个"。不光是她，那天来的三个姑娘，都是有大学文凭的"那个"。这个事，不瞒你说，我是做了点手脚才知道的。她自己是不会说的。你想她会说吗？其实我也是好奇，当然了，说白了，也有点不放心她。我趁她不在的时候，偷翻了她带来的小皮箱，一个很精致的小皮箱。皮箱里有一股香水味，里边装的大多是些好衣服，都是些很时髦的衣服。我还翻到了一个电话号码本，一个精羊皮面小巧高级的电话号码本，上边的地址全是英文缩写，要不就是些代号，猛一下看不懂，我想她是故意让人看不懂的。她的文凭在箱子底层里的一个缝里夹着……按说有大学文凭的姑娘都是百里挑一的，有个好工作是没问题的。大学毕业，这在旧社会不是状元也算是个进士吧？可她却出来干"那个"，这叫人很不理解是不是？可处了一段之后，我就有点明白了，我觉得这是"堤"的问题，"堤"没修好，"堤"没理好水的"势"，水自然就"泛滥"了。这个，是我的看法，给你说你也不懂，你是个生瓜蛋子，你懂什么？你给我好好听着吧。

不瞒你说，朱朱来的当天晚上，我们就住在一起了。当然了，当然是睡在了一张床上……这事不能给你细说，给你说了，你个生瓜蛋子受不了，你会犯错误。躺在床上的时候，朱朱说话了，朱朱给我约法三章（后来当然不说这三章了，后来熟成泥了，就不说那"三章"了，可那"三章"我还记着呢）：一是不能打听她的来路，不能问她是从哪儿来的，问了她也不会说；二是不能干涉她的行动，她是自由的，她想什么时候走就什么时候走，不能拦她；三是钱的问题……说到钱，她的睫毛垂下去了。她的睫毛很长，睫毛在眼上织了一个帘儿。就这一个动作，我信她了，三条我都答应了。这一觉睡得妙不可言，要多好有多好，你想象不出来的好，这不能说，这不能对你说……当我第二天早上醒来的时候，你猜我看到了什么？猜不出来吧？我想你也猜不出来。我睁眼一看，床前站着一个女人，一个刚刚洗浴过的热气腾腾的女人，女人穿一身丝织的内衣，很露的那种粉红色的内衣，身上的肉亮乎乎的，头发湿漉漉的，高高地盘在上边，绾一个很好看的髻……这才是女人哪，这才是女人！我以前见过的女人都不叫女人，那叫什么来着？那叫"屋里人"。她在床前站着，手里托着一个盘子，盘子里是两个焦黄焦黄的煎荷包蛋、一杯牛奶……当我看到这些的时候，你猜我想起了什么？我想起了我妈，我妈也没对我这么好过。我妈是乡下人，我妈一辈子也没喝过牛奶。我当时眼里湿湿的，我掉泪了。我这人不主贵，一个荷包蛋我就掉泪了。我说："朱朱……"往下没词儿了，往下不知说什么好了。朱朱说："吃吧，先生，尝尝我的手艺。"我是第一次在床上吃饭，那顿饭我是在床上吃的。你知道我并不喜欢吃这洋玩意儿，我是喜欢这种热乎劲。起床之后，我发现整个屋子变了，变得我不认识了，东西都放得别别扭扭的，怎么看怎么别扭……一夜之间，屋子里所有的摆设都变得神神道道的。你看那鞋吧，一双一双放就是了，她都摆成了 T 形的，一横一竖地摆；沙发茶几吧，原来是靠墙放的，现在摆在屋子中间，也搞成了个 T 字摆法；洗脸间里，就那些牙具啦毛巾啦也是弄成了 T 形；连床上的东西也摆成这么个 T 形，在屋里走来走去全是他妈的这个 T……我当时没有吭声，觉着别扭，我没有吭声。才吃了人家煎的蛋，我不好意思吭声。再说，我也不懂这是什么意思，我一直没弄懂这里边的意思。后来我实在憋不住了，问她为啥要这样。她说不为什么，她喜欢这样，她就喜欢这样，她就是为了"这样"才出来的……再往下问，她就不说了。这女人好是好，就是有点怪怪的，你说她怪不怪？

你知道男人怕什么？男人最怕女人看不起。若是男人看不起女人，那日子还能过，凑合也就凑合了；要是女人看不起男人，那日子是过不下去的，一天也过不下去，早早晚晚非分手不可。开始时，朱朱有点看不起我，她没说，她当然不会说。我是感觉出来的。女人的一行一动都是话，女人浑身都是话。我感觉出来了，我一有感觉我就把我的出身撂给她了，我说得很坦白。女人就怕坦白，在女人面前，坦白是最有力量的。我的出身、我的经历，我全撂给她了（当然也有一点夸张，对女人必须夸张，女人喜欢夸张的事）……这以后就不一样了，我是干什么的，我一下子就把她镇住了！这以后她对我亲热多了，已经不纯是为挣钱了。熟了，就什么话都可以说了。她的事我零零星星地也知道一点。她的经历很复杂，我看出来了，她的经历非常复杂。她去过很多地方，从言谈话语里，我知道她去过很多地方。你看，就这么一个女人，新疆她去过，西藏她去过，海南岛她去过，深圳她去过，西双版纳她去过……连东北的大兴安岭她都去过。她说她去新疆那次，手里一分钱都没有。一分钱没有敢闯新疆？一个姑娘家，她也真敢去?! 她是怎么去的？她为啥要去那里？去那里干什么？她不说，我也不好意思问，问了她也不说。既然那么多地方都去了，却又回来干"那个"，你说你说……我还是那句话，女人"泛滥"起来就无边无沿了。你别看是干"那个"的，干"那个"她也有"理论"。她说，女人迟早是要被侵犯的，女人挡不住被人侵犯。在那个地方（我想这可能是个机关，听她的口气，原来大概是在一个机关里工作），整天让一个头头看着你，他的眼比任何侵犯都厉害。可你还不能说什么，你还得笑，一天，两天，三天……你不能老让他这样看你，你不能老对他笑……是不是？拿钱也不多，还得笑着让他侵犯。与其，不如……她又说，什么东西都是有代价的，你要得到什么就得付出代价。她说，既然逃脱不了，那就干脆些。她说她的目标是一个"数"，有这样一个"数"，她就可以实现她的理想了。我问她那个"数"是多少？她的理想是什么？她微微笑了笑，不说。她说，老魏——熟了她就叫我老魏。她说她可以出卖肉体，但不出卖灵魂。我说，朱朱，你别把话说得那么难听。她说，干这个的，不说得难听些别人不信。她说，老魏，你也算是个有本事的男人。你对我不错，但你也别把我看得太重，我这一生是分段活的，在你这儿也就这么一段，你对我再好也是一段……你不要把我看得太好，也不要把我看得太坏，我就是这么一个人。你钱再多，过了这么一段，你也拦不住我，我早晚是要走的。我说，知道，知道。可我心里舍不得她走，我有一段时间很怕她走。有时候，好好的，她也会突然说一些莫名其妙的话，她说："老魏，我说不定哪天就死了。我死了你给我送个花圈，不要纸扎的，要草编的……"我说："好，我给你送个大的。我死了，你就免了，我死了冒一股烟。"过一会儿，她又说："老魏，你是咒我死呀？"

说着，又要上来捶我……我笑着说："看看，话都让你说完了。"

往下，捶着捶着，就又闹到一块儿去了……女人就是这样，猫一会儿狗一会儿的，叫你吃不透。当然，我也有对她不满意的时候。

有时候，她一接电话就走了，说出去就出去了，连个招呼也不打。她腰里还别着一个 BP 机，他妈的那玩意儿老是响……可一回来就对你一百成的好，叫你无处下嘴。我不知道怎么说，我不知道怎样对付这样一个女人，她喝的墨水比我还多，这是一个有文凭的"那个"。当然了，她智商并不比我高，可以说是不如我，论闯社会、经商，她比我差远了。她要是比我强，她就不干这个了。我是叫她迷住了，我他妈的那一段有点迷了！如果不是昏了头，我也不会叫人戴上手铐……

我给你说，好女人也坏事，好女人坏事坏得更厉害。我那桩倒霉的化肥生意就是朱朱给介绍的。倒不是朱朱有意坑我，朱朱倒没有坑我，她要坑我我就完了，彻底完了。那桩生意是一步一步走成那样的。人一进入生意就控制不住自己了，那时候你就得随着生意走，你不得不随着走，一旦动起来，是坑是井都得跳……开始朱朱给我拉这笔生意的时候，我是很警惕的，可以说是非常小心。有一天，朱朱从外边回来对我说："老魏，有笔生意你做不做？有一笔只赚不赔的生意……"这话她是坐在我怀里说的，女人坐在你怀里说话的时候，你不能不听。我也没当回事，我说："啥生意？你还会做生意？"她说："化肥生意。是一笔绝对赚的生意。我在紫园碰上了一个东北人，他是东北一家化肥厂的厂长，他们那里主要生产磷肥……"化肥生意的情况我知道一点，我也想做，可就是没有门路。她这么一说，我心动了，我问她："你知道磷肥是干什么用的？"她说："怎么不知道，磷肥分天然磷肥和化学磷肥两种。磷肥的主要作用是促使农作物籽粒饱满，提高抗寒能力……"她一说，我愣了，我愣愣地看着她……说老实话，我不相信她会知道这么多。她笑了，她看了看我，笑了。接着，她伸手从她那个出门整天挎着的小坤包里拿出一本书来，那是一本专门介绍磷肥的书，那本书的题目就叫《磷肥》。她笑着说："这是我从新华书店给你买的，我路过那儿，顺便给你买了一本这方面的书……"那时候刚进三月，打上一个月的运输时间（其实运输用不了一个月，我当时认为用不了一个月），正是上磷肥的时候。那会儿市场上磷肥紧缺。我很感动，看到那本书的时候，我很感动。女人有时候会让你感动，一点小事都能让你感动。她这么认真，说明这不是假的。我说："我可以见见他，你领我去见见他吧。"这时候，你猜她说什么？她说："老魏，如果事成了，我从中提百分之十；如果事不成，我一分不要。你看如何？"她说得很郑重。我笑着说："不一样吗，我的你的，不一样吗……"她说："那不一样，我的是我的，你的是你的。我要你亲口说，给我百分之十。"我说："行，事只要成了，给你百分之十。可有一条——"她望着我："你说，你说吧。"我说："别的可以允许，这一条是不允许的。你不能跟他睡觉……"我重复说："你不能跟他睡觉。"她打了我一下，说："你还吃醋呢。没想到你还会吃醋。这说明……好好，我答应你。"当时我想，这样也好，这样就把两个人绑在一块儿了，绑在一块儿她不会坑我。

我是第二天见到那个东北小个子的。那厂长是个从东北来的小个子，别看个小，人是很精明的。他的底气很足，说话的声音非常洪亮。俩小眼挤挤的，一会儿就是一个点子。那天是在紫园宾馆见的面，是朱朱领我去的，朱朱临时充当了我的私人秘书。

说老实话，我还从来没这么风光过，带着女秘书去跟人家谈生意。这是我第一次带女人去跟人家谈生意，以后我再没带过（生意场上不应该有颜色）。当时有朱朱在场，气氛的确很好。朱朱跟那厂长介绍说："这是我们公司的总经理，魏总经理；这位呢，魏总，这位是从东北来的范厂

五月十七日

天越来越热了，天热出了一种烂橘子的气味。空气里到处都是腐烂了的橘子气味。这种气味里还掺了盐，这是一种盐腌出来的烂橘子味。气味在墙上升出一个 36°线，那条血线上也有眩目的烂橘子气味。屋子里有很多一梗一梗的游浮在空气里的黏条，那是烫熟了的橘子瓣儿，我知道那是橘子瓣儿。夏天正在走向烂橘子，夏天成了一个烂橘子。

中午，爸爸回来的时候，带着一脸"葵花"，爸爸的笑里带有"葵花"的气味。爸爸对新妈妈说："工作安排住了，你的工作问题解决了……"

新妈妈说："怎么解决了？在哪儿解决了？"

爸爸说："你一定会满意。你猜猜吧！"

新妈妈说："我不猜，你说吧。"

爸爸说："东方公司。东方公司答应了，一月三百块，还有奖金。怎么样？"

新妈妈说："我不去。什么东方公司，我不去……"

爸爸急了，说："你不去？为啥不去？这这……"

新妈妈说："老徐，这事你别管了，我工作上的事不用你操心，我自有安排……"

爸爸沉默了一会儿，说："你说不去就不去了，你知道这工作是怎么安排的？你知道安排个工作有多难！告诉你，为安排你，免了东方公司三年的税。你知道这里边转了多少弯弯？他们说是三资企业，但他们这个三资企业不合法。我托了一个老同学，转弯抹角地按'三资'给办了，而后人家才答应的……"

新妈妈说："我说过，我工作的事不让你管，我会自己安排自己。我说不去就不去。免了有啥，免了再给他加上……"

爸爸气了，说："你想这事是容易的？你怎么能这样?!……"

新妈妈说："我是受人管的人吗？你看我像是受人管的人吗？我就是为了不受人管才出来的。我从小一直受人管，一直受人管，你还让我去受人管……"

爸爸很诧异地说："人怎么不受人管呢？人就是受人管的，哪有人不受人管的？你不让人管让谁管？"

新妈妈说："我看你是让人管习惯了，你已经习惯让人管了，是不是?"

爸爸说："你怎么能这样说？人总得有个依托是不是？你不让人管能活吗？人要是不让人管怎么活？从理论上说……"

新妈妈笑了，新妈妈笑出了一棵老树的气味，老树上结了一个大红的柿子，新妈妈能笑出老树上的柿子的鲜红。新妈妈说："老徐，你别生气。我知道你是好意，我也知道安排个工作不容易。可我也说过不让你操我的心……算了，算了，吃饭吧。"

吃饭时，新妈妈一直笑着跟爸爸说话，说些别的话。新妈妈说："你别再管我了，我自己有办法。我还是想办这个'特异功能诊所'，我想把它办起来，这等于给小明安排个出路……"

爸爸说："你别老听那些记者的话，记者都是王八编笊篱……"

新妈妈笑着说："我知道，我心里有数……"

可我知道新妈妈心里想的是什么，我看出来了。新妈妈心里有话，新妈妈心里有很多话。新妈妈心里的话是不会让爸爸知道的。新妈妈的话里包着一个"走"字。那是一个有九种颜色的"走"字，每个"走"字都是向着南方的，新妈妈终究会走向南方……到那个时候，爸爸就成了新妈妈的第三个男人，爸爸只能是第三个男人。可爸爸不知道这些，爸爸心里只有一些醋，一些白颜色的醋，一些假醋。这些假醋是新近才有的，是那两个记者来了之后才有的。爸爸不喜欢记者，我看出来了，爸爸对记者怀有戒心。可爸爸在新妈妈眼里只不过是一个时间上的概念，那是一个路途上的时间。新妈妈一直在计算时间。新妈妈心上有个计算时间的表，这个表是黄色的，这是一个黄表，黄表上的指针是红色的，黄表上走着一长一短两个指针，那指针是向着南方的，我看见那短指针向着南方，长指针就不知道了，长指针向着更远的地方，那是一个我不知道的地方。新妈妈的胃里还藏着一些秘密的东西，那是些割成一条一条黏的黄颜色的东西，那是新妈妈的"药"，我知道那是新妈妈用来治水土不服的"药"。那些"药"被割成一条一条的存放在新妈妈的胃里，那些药有一股泥土的腥味，那些"药"上能长出许多东西，只要把"药"放在一个地方，它就能长出东西来，那是一种能吃的东西，许多年来，新妈妈一直吃的就是这些东西。不过，那些"药"太沉重了，那些"药"坠着新妈妈的胃，那些"药"已经长在新妈妈的胃里了。有时候，新妈妈也想扔掉那些"药"，可她扔不掉，我知道她扔不掉……新妈妈要"走"，新妈妈终归是要"走"。我常听见新妈妈对自己说："我是要走的，我一定要走，没有人能拦住我，谁也拦不住我！"新妈妈的肚子里还常常会出现一些很奇怪的东西，当新妈妈睡了的时候，我会看见一些奇形怪状的东西。我曾经看见新妈妈肚里开了一个门，新妈妈肚里的门大开，那里面是一个广场。广场上黑压压地站满了人，那全是些男人，男人们正在广场上排队，那是些排队购买股票的男人，男人们正在排队购买新妈妈的股票，新妈妈肚子里伸出了许多手，正在出售股票。

那些花花绿绿的股票是用唾液做的，新妈妈把她的唾液染上颜色而后又做成了股票。每张股票上都有一个圆形的标志，圆形标志里边有一个箭头，那箭头是红颜色的，那是一种用血肉喂出来的红色。箭头是指向远方的，那是一个很遥远的地方……我还听到了"啪啪"的声响，那是一声一声的脆响，那声音里有"雨打芭蕉"的气味。我知道那是男人们在挨打，男人们为买到股票在心甘情愿地挨打，每一个排到大门前的男人都要挨一耳光，只有挨了一耳光的男人才能买到股票……

新妈妈的勇敢是无与伦比的。我害怕新妈妈，我不喜欢新妈妈，但我知道新妈妈非常勇敢。身上带有"药"的新妈妈异常勇敢。"蛇"可以吃"老虎"，新妈妈敢吃"老虎"，实际上，新妈妈是把"老虎"吃掉了。新妈妈把"老虎"吃成了报纸上的一小溜儿，"老虎"最后只剩下那一小溜儿了，"老虎"变成了报纸上的五十一个铅字，"老虎"在医院躺了八天之后，就变成报纸上的铅字了。当"老虎"躺在医院病床上的时候，新妈妈还去看过他，我知道新妈妈去看过他。我给新妈妈治好病后，新妈妈就大胆地去看他了。新妈妈穿着"老虎"最喜欢的白裙去看他。新妈妈走进病房的时候，"老虎"动了一下，"老虎"的大脚指头动了一下，这是"老虎"唯一能动的地方，"老虎"全身上下只有这一个地方能动。"老虎"的眼珠已经不会动了，"老虎"的眼直直地望着一个地方，那就是新妈妈站的地方。新妈妈站在病床前，勇敢地与"老虎"的目光对视。"老虎"眼里又出现了桃红色的气味，那是一瓣一瓣的桃红，也是最后的桃红。后来"老虎"眼里就没有桃红了。后来"老虎"眼里出现了紫黑色的东西，那是一股气流。"老虎"眼里的紫黑色气流团成了黑色的凝点，那凝点是陈年的旧粉笔做的，"老虎"把陈年的旧粉笔做成了一粒子弹……新妈妈看着"老虎"，用她的眼睛说："老项，我没有对不起你的地方，我没有一点对不起你的地方。可你是对不起我的，你想想，你对不起我，你答应我的事一件也没有办。我不要你办了，没有你我照样能办成……""老虎"的家人都在病房里站着，"老虎"的女"粉笔"也在病床前站着，那是一个很憔悴的女"粉笔",女"粉笔"刚刚不做女"粉笔",也刚刚有了一点点滋润,紧接着就又憔悴了。女"粉笔"像是在梦里站着,女"粉笔"一直在梦里站着,女"粉笔"不知道她是在过去还是在现在……他们都没有听见新妈妈的话,他们谁也不知道新妈妈在说什么。他们都在梦里站着……可是,当新妈妈离开病房之后,新妈妈离开病房不到三分钟,"老虎"就变成铅字了,"老虎"变成了报纸上的四行铅字……

我常常看见"老虎"的魂灵,"老虎"的魂灵散在城市的空气里,"老虎"的魂灵已无法重铸。"老虎"的白末魂灵散在空中电波的缝隙里,"老虎"的魂灵无法穿越空中的电磁波。空中的电波太多,密度也太大。经济台的电波是网状的,文艺台的电波是线状的,影视台的电波是片状的,传呼台的电波星星点点,到处都是……还有"大哥大","大哥大"到处游动,大街上到处都是"大哥大"的电磁波。"老虎"的魂灵东躲西躲,却躲不过电波的袭击,他的魂灵白末常常被吸在各种不同的电波上。吸在经济台的电波上时,他的魂灵会发出股票交易的声音,那是一时"牛"一时"熊"的声音:"……真空电子今收盘 3.91,延中实业今收盘 9.99,第一铅笔今收盘 7.62……"吸在文艺台的电波上时,他的魂灵白末会发出"点歌台"的歌唱声,这时候他的魂灵成了粉色的泡泡纱,会发出一种颤颤的"红蚊子音乐"的声响……吸在影视台的电波上时,他的魂灵会出现嘈杂混乱的对话:"……老大,该出货了……认出我了吗?你不认识我了吗?我可认识你,烧成灰我也认识你……"吸在传呼台的电波上时,他的魂灵会发出:"三哥快回……请回话……祝你生日快乐!……"吸在"大哥大"的电波上时,他的魂灵会发出:"刘处长吗,那事,啊?啊……哈哈,对对对,还老地方吧,老地方……哎,你还要不要了?小样儿,你还要不要了?鬼都找不着你……"城市上空的电波把城市里的空气肢解了,城市的空气变成了线线片片的带电的分子,变成了"阳极"和"阴极",带有人汗气味的"阳极"和"阴极"。"老虎"魂灵的白末被隔在线线片片的"阴极""阳极"之间，既无法见新妈妈，也无法回去见女"粉笔"，"老虎"的魂灵成了被隔在电波缝隙里的散散点点的永远无法聚拢的白色粉末。"老虎"只剩下了零零碎碎的回忆，永远无法连接的回忆。"老虎"的回忆总是停留在一小块黑板上面，黑板上有一只手，那只手拿着一支粉笔，那是一支"1962 年"的粉笔，黑板上有"1962"的字样……别的就没有了，别的看不到了。"老虎"的时代已经结束了，化成点点星星粉笔末的"老虎"魂灵在电波的缝隙里，遥望着时代的结束。他没有办法了。他说他一点办法也没有。他只有哭，他的哭声里仍然有一股粉笔末的气味，他的眼泪在电波的缝隙里发出"嗞嗞"响的蓝色火花……

　　最近，新妈妈常跟两个记者在一起。他们在一起的时候总是商量开办"特异功能诊所"的事。我知道他们是在商量这个事。他们不让爸爸参加，很多时候，他们都不让爸爸参加。他们大多泡在舞厅里，他们一边跳舞一边商量，而后再去吃"企业"。新妈妈笑着说："我吃你们，你们吃企业，企业吃谁呢？我还不知道企业吃谁。"冯记者说："这还不知道吗？企业吃工人……妈的，吃着吃着吃到我爹头上了！我爹就是工人，我爹是老工人，我爹是干了四十年的老工人，退休了，一月才一百多块钱，药费还不报销。"冯记者说着就笑了。冯记者笑着说："人不定吃谁呢，你说是不是？"冯记者的笑里有一些人尿味，我闻到刺鼻的人尿味了。在人尿味里有一张老脸，一张十分苍老瘦削的老脸。那是冯记者的爹，冯记者的爹在人尿味里显现出了一连串的镜头，那是一些上班的镜头，冯记者的爹骑着一辆破自行车去厂里上班，那腰弓着，那腰总是弓着……后来那脸出现在一个厕所的门前，那是一个公共厕所，公共厕所的门前放着一张桌子，老人在桌前坐着，老人正坐在桌前收费。老人很粗鲁地说："来吧，两毛钱一厕……"杨记者说："那也得吃，不吃不行。比如说，我是吃商业的，你说我是吃不吃？要不去吃，他还不愿意。他说你不去吃是看不起他，我能看不起他们吗？我一定要看得起他们……"而后他们就又笑了，他们笑出了蜜蜂的气味，他们能笑出蜜蜂的气味。

我知道他们的很多事。我还知道冯记者、杨记者正在路上走着，他们摇摇晃晃地在路上走，他们是来让我给他们治病的。他们喝酒喝多了，来让我给他们治。十分钟之后他们就来了，他们马上就要来了。

五月十九日

雨下来了。

雨走过来是窗户先看到的。窗户上有风吹过来，一团带着糖纸味的风，腥湿的黏风。风很稠，一股一股的，来跟窗户打架；而后是白色的亮线，织布一样，远远的，忽一下就织过来了，织出一片白帘子。

雨是蚯蚓，雨贴在窗户上的时候成了蚯蚓。雨在窗户上一条一条地爬着，爬出"哗啦、哗啦"的响声，爬出一片拐棍的气味。窗户外边是网，从天上织下来的雨网，雨网一道一道的，织出一片灰蓝色的水汽。这是城市洗脸的日子，城市很久没有洗脸了，城市很需要洗脸，城市的脸很脏。城市的颜色太多了，灰尘也太多了，城市里还有太多的羊膻味。人们吃羊肉太多，喝羊汤太多，人们都变成了羊人，半羊半人。城市的下水道里积满了羊和人的血腥气。那是红蚊子聚集的地方。下雨天是红蚊子旅游的日子，蚊子们麇集在一起，一边坐着树叶船在城市的下水道里旅游，一边"OK、OK"地品尝羊和人的血腥气。树在摇头，我看见树摇头了，这也是树洗头的日子。树可怜巴巴地摇着头，摇出一些灰黑色的泪滴，那泪滴是油炸出来的，泪滴里有很多混合油的气味。雨的响声里还夹有电波，雨的响声里夹着一节一节的"……京广快……""……好吃……""……中华鳖……""……老地方……"，雨也要和电波做斗争，雨正在和电波做斗争……

　　我把鼻子贴在窗户上，看蚯蚓在鼻子上爬。蚯蚓爬得很快，一条一条的，凉凉的，越来越多，越来越多，爬出一片水字。我不认识这些字，这些字我一个也不认识。这是天字，我想这一定是天上的字。我身上的针眼是新妈妈写的字，新妈妈喜欢在我身上写字。我的肉是"退字灵"，老字没有了，又会有新字，我身上总是有字。报上说，这是个文字世界，所有的字都是约束人的。我知道字是用来约束人的，人总是不听话，于是就找出一些字来约束。不过，这是不能说的，我知道我不能说。我怕疼，我不说。

　　楼下有水了，路面上的水像小溪一样流着，流到一个有窨井盖的地方，那地方水在打旋，水流不及就打旋。就在水打旋的地方站着一个人。那人打一把黑色的折叠伞，他在雨里站了很长时间了，我看见他的时候，他的下半身已经淋湿了，他就是那个秃顶老头。我知道他是来找陈冬阿姨的，他肯定是来找陈冬阿姨的。不过，他已经有很长时间没来了。我不知道他为什么这一段没有来。我看不见他的脸，他的脸被雨伞遮住了，我能看见他的心。他的心仍在楼房口的窗户上挂着，他的心有记号，他的心上包着一张油纸，我看见的是他的心。我还看见了他的胃，他的胃比别人的小，他的胃是被刀切过的，他的胃上有缝合过的痕迹。

　　他的胃上也有针眼，那些针眼变成了一棱一棱的肉疙瘩。他的胃里曾有过三次储存改换，最下边残留的是大米粒。他最早是吃大米的，那是三十年前的大米。那些残留的大米没有一点油分，那不是本地的大米，我能认出本地大米和外地大米的差别，差别就在于有没有油分。他胃里存留的大米是外地大米，这些久远的外地大米已经变色了，变成了绿色的大米，我看见他的胃底部残留着一些绿色的大米粒；再靠上一点是玉米面和红薯干的残渣，这是一些二十年前的残渣，残渣已经变质了，残渣是灰黑色的，那些残渣紧贴着他的刀口处，不时发出咕咕的响声……再往上就杂了。再往上的残留就是一些动物的尸体和一些奶制品了，还有香烟的气味。他的胃里有很浓的烟味，香烟已经把他的胃襞熏黑了，一片焦黑。他是背着一个小小的铺盖卷从南边走来的，我看出来了，三十二年前，他背着一卷铺盖从千里外的南边走来，那时他还是个学生，我看出来了，那时他是一个兜里插着钢笔的学生。那是一个烟雾缭绕的地方，那地方水汽很重，那里有很多很多的水，那里也有山，那里的山很软很秀，那里的雾气终年不散。他一走就走了三十二年……现在他开始想那个地方了，三十二年来，他第一次想那个地方，站在这个切近北中部城市的大雨里，他突然有点怀念那个地方。不知为什么，他哭了，他眼里掉出了一滴泪，那泪是红颜色的，红颜色的、带一点点芥末气味的泪滴缓缓地从他的鼻窝处流下来，掉进他的嘴里。也就是片刻的工夫，他掏出手绢擦去了脸上的泪，不知从何处积蓄了力量，大步朝陈冬阿姨住的楼上走去……

他站在陈冬阿姨的门前，却没有敲门。这一次，他没有敲门，门是自动开的，我看见门自动地开了。陈冬阿姨在门口出现了。陈冬阿姨站在门口处，脸灰着，没有说话。两人都没有说话。嘴里没话，心里也没话。而后两人一前一后地进了房间……秃顶老头默默地在沙发上坐下来，独自掏出烟来抽。烟雾在他的脸前冉冉地上升，把他的脸弄得很模糊。烟雾里显现的是一些床上的日子，我看见烟雾里有许多模糊不清的床上日子，一张很大的席梦思床，床上有许多粉红色的汗气……我看到的只有这些，我只能看见这些。吸完这支，他又点上一支，吸了两口之后，他抬起头来，平缓地说："你把我告了？我知道你把我告了。"

陈冬阿姨的脑海里出现了一排牙印，一排很深的牙印，那些牙印一排一排地出现在她的脑海里，发出一种玫瑰色的气味。气味很浓，气味后边是一张脸，一张叫人看不清楚的脸……陈冬阿姨耸了耸肩，她想把那牙印从脑海里耸掉，可她没有耸掉。她抬起头，默默地说："告了，我告了。"

秃顶老头沉默了一会儿，很艰难地说："这……不怪你，我知道，这不怪你。是他们要整我……"

陈冬阿姨没有说话。陈冬阿姨的脑海里仍是那排牙印，那排牙印里出现了两个人的肉体，一上一下两个人的肉体，下边是男人的肉体，上边是女人的肉体，牙印排在男人的肉体上。那牙印是绛红色的，牙印里还有一股韭菜味。那带韭菜味的牙印从肩头开始，密密麻麻地排满了男人肉体的前胸，一直排到肚脐处……牙印上有一个半圆形的像锯齿样的小豁口，豁口处划出星星点点的血痕，那上面的许多地方是带血的牙痕。还有声音，我还听到了两个声音。一个声音说：你真狠……我不能回家了，你这样，我不能回家了，一个月不能回家……另一个声音说：你疼吗？你疼，你心里疼。你不说我也知道，你是害怕得心里疼……你不敢回家了，是不是？我料定你不敢回去，你没这个……我要你记住我，我就是要你记住我……

秃顶老头又说："还有一样东西，你还给他们看过一样东西……那件东西，是不是？"

陈冬阿姨从"牙印"里走出来了，她看着坐在对面的秃顶老头，说："是，我是给看了……"她的眼直直地望着对方，没有解释，她不想做任何解释……

秃顶老头又摸出一支烟，点上，烟雾里幻化出一张张脸。那些脸缩在一间间的办公室里，那是些挂有牌子的脸，那些脸上挂着朱红色的牌子……秃顶老头自言自语地说："他们是要把我弄下来，他们早就想把我弄下来。他们恨我……这不能怪你，我还是说，这不能怪你，我不怪你……"

陈冬阿姨脑海里又出现了那排牙印，一排排见血的牙印。一个声音说：

一身牙印，一身的牙印，叫我怎么回家呢？……一个声音说：你怎么不能回家？你为什么不回家？你可以说是我印的，让她来找我好了……

秃顶老头吸两口烟，又说："你知道他们为什么要这样弄我吗？你不知道，我相信你不知道。你到我的那位老同学那儿去告我（当然，他是上级领导了，他这会儿是上级领导），你是找对地方了……他就是要整我的人，一直想把我弄下来的就是他……"秃顶老头说着，脑海里出现了一股臭烘烘的气味，那气味里有红薯，气味里含着一锅一锅蒸红薯，红薯已经馊了，红薯长出了一层蓝灰色的黏毛……秃顶老头说："说到底吧，他要整我，是因为一个屁……"

陈冬阿姨说："你别扯那么多，你扯那么多干什么？是我告的，就是我告的。我承认，是我主动找他们的……"

秃顶老头说："一个屁，为二十六年前的一个红薯屁，他一直记恨我……那时候我们两人同在一所大学里上学，一个班。上课时他放了一个屁，放得很响，全班的人哄堂大笑，光有男生笑还不要紧，女生也笑，女生全都回过头看……关键是女生们回头看……那时候年轻，那时候脸面比金子主贵，我怕人家怀疑我，我站起来了，我站起来用手指着他，高声说：是他，是他放的！"

陈冬阿姨说："你缺德，你真缺德。"

秃顶老头说："那时候年轻，那时候什么也不懂……现在我才感觉到力量了，一个'屁'的力量。我不知道一个'屁'竟有这么大的能量……"

陈冬阿姨说："你想说什么你就说。你说好了，别在这儿指桑骂槐……"

秃顶老头说："的确是因为那个屁。那个屁种下了仇恨的种子。这么多年了，他一直对我耿耿于怀……当然了，这只是个因子。因子很多，这只是其中的一个，最早的一个。没有这第一个，也就没有后边的一个一个……"

陈冬阿姨冷冷地说："你冒雨跑来就是为了讨论这个'屁'，你是为这个'屁'来的？"

秃顶老头叹了口气，那口气叹得肉乎乎的，叹出了一些丝丝缕缕的东西，那东西很像是海绵，吸了水的海绵，那是他经历过的日子。日子一天一天的，在他的嘴里摞成了一块吸水的海绵，海绵咸咸甜甜的，吐不出也咽不下……而后他拍了拍秃了的头顶，有泪掉下来了，他眼里流出了一滴泪。他说："我老了，我五十三岁了，我的确是老了。我栽到一个'屁'里我无话可说……可我喜欢你，是真心喜欢你。我老了，我知道你不喜欢我。可爱是不应该有年龄限制的，爱也是没有是非的，对不对？这里边背景很大，这里边的背景大得你无法想象。现在你成了这里边的一个环，我知道你不是故意的，我不怪你，可你成了人家的一个环……"

陈冬阿姨说："你害怕了，你也有怕的时候？……我是什么'环'？我谁的'环'也不是。随你说，你想怎么说怎么说……"

陈冬阿姨脑海里出现的还是那排牙印。那排牙印说：你是个印刷机，你印这么多东西，叫我怎么回家……另一个声音说：她是怎么印的，你说，她是怎么印的……

秃顶老头的声音变了，秃顶老头的声音很灰，秃顶老头的声音变成了一块皱巴巴的灰布。他吐出了一些杏仁的气味："你不知道内情，有很多事你不知道。你去告我，仅是提供了一个契机……关键不在你这里。这里边因素很多，屁是一个因子。第二个因子是一个门，我少走了一个门，在给上头汇报工作的时候我少走了一个门，我图省事，那一串门里我少走了一个，这样就有人不高兴，日积月累就积下怨恨了。这个人的心很小，这个人的心像针鼻儿一样……这是他们要整我的第二个因素。"秃顶老头说着，脑海里出现了一个一个的门，那门是红颜色的，红颜色的门里有一张一张的桌子，桌子也是红颜色的，他在这些门里成了一张薄纸，我看见他变成了一张薄薄的夹在文件夹里的纸……

陈冬阿姨说："我不明白你说的是什么，我也不想明白。你如果行得正坐得端，你怕什么？……"

秃顶老头说："我没说我是好人，我有我的毛病。我也不是怕。可这里边没有是非。我说我少走一个门，走出事来了。少走一个门……第三个因子是'线'的问题，'线'断了，我的'线'断了。说实话，要是'线'不断，他们不会这样，也不敢这样。×××同志（名字我就不说了，说了不好）曾经是我的老领导，我跟他工作过一段，我的工作是他安排的。可他调走了，调到北京去了。调走也不要紧，可他后来又退了……这边的变动是'线'的变动，我在的不是这条'线'。你看，事都赶到一块儿去了。我并不是非要在什么'线'，我没想在什么'线'，可他们是这样认为的，我也没有办法。三十多年了，我在这座城市里工作了三十多年，人在路上走，总是有远有近，走着走着就走出了许多是非，这里边太复杂了，一茬一茬一层一层的……但是归根结底，还是因为那个屁，那个屁是最主要的原因。许多年来，论说是老同学，我一直想跟他缓和，可一直缓和不了。逢年过节老同学相互拜年，他从没到我那儿去过。我去看他，他也是不冷不热的，就因为那个屁。那时候不在一个单位，还好说，各走各的路。后来他进入了一个大背景，就调到厅里来了，成了主管领导……"

陈冬阿姨说："你不觉得无聊吗？跑来给我讲一个屁的故事，你无聊不无聊？我告诉你，是我自己要告的，你想怎样就怎样吧。四年了，该还的，我都还清了。我就是不想让你再来打扰我……"陈冬阿姨脑海里出现的仍然是那排牙印，那排牙印走在另一个楼道里，那排牙印在敲门，门开了，门里走出了一个女人，一个胖胖的女人，女人说："你还知道回来呀？一个月了，整整一个月了，孩子有病……"那排牙印说："一个接一个的会，你说我有什么办法？"

秃顶老头说："我不怪你，我没有怪你的意思。可你现在成了人家的一个环，成了人家的武器了……你还不知道吧，他们把事弄到纪委去了，要给我立案，还说我有经济问题，你给他们看了那件东西，那件东西……"

陈冬阿姨没有说话，陈冬阿姨一句话也不说……

秃顶老头说："因为那个屁，他们要整垮我，他们非要把我整垮……"

陈冬阿姨沉默了一会儿，说："你们斗是你们的事，跟我没有关系，跟我一点关系也没有。我只是不想让你打扰我……"

秃顶老头的头勾下去了，他的身子也慢慢地从沙发上移下来。他移动时身上出现了一股茶鸡蛋的气味，他的身子也成了一个滚动的茶鸡蛋。他跪下来了，我看见他"扑通"一下跪下来了。他跪下时腿上绑着一些红颜色的东西，我看不清那些东西，我不知道他腿上绑的是些什么……而后是眼泪，他眼里流出了青黄色的眼泪。他的眼泪是从胃里流出来的，他的眼泪走了很远的路，跑了很多地方，他的眼泪像雨水一样洒在一个个办公室里，最后洒在陈冬阿姨的面前……

陈冬阿姨慌了，陈冬阿姨惊慌失措地后退了一步，说："老魏，你这是干什么？你快起来，你你这是干什么……"

秃顶老头呜咽着说："冬，陈冬，人到这份儿上，也不要脸了。你看，他们要整我，他们下手狠着呢。这里边有多方面的因素，我也不一一说了……我五十多了，也没几天好活了，我浑身是病，胃被切除了四分之三……我多年来一直兢兢业业，熬到这么一个处级。我不是在乎这个处级，我一点也不在乎这个处级，只是老了老了，为一个屁……"

陈冬阿姨脸红了，她红着脸说："我没想怎样，我也没想怎么你，真的，我没想怎样，我只是给他们说了说……你快起来，你快起来吧。"

秃顶老头仍然跪在那里，呜咽着说："……冬，我也不是为别的，我是真喜欢你，我是真心喜欢你。我做得过头了，我知道我做得过头了，我这个人你知道，容易激动……我以后不会再来打搅你了。多年来，我对你不薄，我自认为对你不薄。我希望你能帮我一个忙，在这种时候，我求你帮我一个忙……"

陈冬阿姨怔怔地说："我能帮你什么？我已经给他说过了，我还能帮你什么？我我我怎么帮……"陈冬阿姨脑海里出现了许多东西，那是些很软的东西，那些东西像电影画片一样在她的脑海里一片一片地映现……那些东西与那排牙印一同在她的脑海里搅着……

秃顶老头吞吞吐吐地说："纪委会派人来找你，他们还会来找你，你……"

陈冬阿姨的脸渐渐白了，她的脸一片惨白。她沉默了很长时间，而后说："你起来吧。我知道该怎么说，我知道……"

秃顶老头又吞吞吐吐地说："那件东西，你，那件东西你给……"

陈冬阿姨说："我说了，我给他说了，我仅是说了说。我没有给他……"

秃顶老头说："冬，你心好，我知道你心好，可那些人……我想你不会害我，你是不会害我的。那东西……"

陈冬阿姨说："你起来吧。我让你带走，我让你把东西带走……"她说着，从里屋拿出了一个盒子，她把盒子递给他，轻声说："你走吧。"

秃顶老头缓慢地从地上爬起来，望着陈冬阿姨说："冬，能让我亲你一下吗，亲你最后一下，以后我再也不会来打搅你了……"

陈冬阿姨没有动，陈冬阿姨一动不动地在那儿站着……雨还在下着，雨下得很大，雨一大我就什么也看不清了。

五月二十一日

传票又来了。

这是一张白颜色的传票，白颜色的传票上盖着一个大红的戳儿。

白色传票是爸爸从单位里拿回来的。爸爸捏着那张传票，气愤地对新妈妈说："看看，你看看，东城区刚打完官司，西城区法院的传票又来了……"

新妈妈拿起传票看了看说："托人了，她们又托人了……"

爸爸说："算啦，我看算啦。跟她缠什么？她想要就让她要吧……"

新妈妈又拿起传票看了看说："你别管，这事你别管。我找老冯去，我现在就去找老冯……有老冯出面，她肯定输，我叫她打一场输一场。"新妈妈说完，就走出去了。新妈妈走的仍然是一条蛇路，我看见新妈妈走的是一条蛇路……

爸爸在屋里站着，他的目光越过我望着屋顶……他是在想这场官司，我知道他在考虑"官司"。爸爸是个怕麻烦的人，他并不想打官司，是新妈妈要打，他也只好跟着打。其实他不愿意见旧妈妈，旧妈妈会使他想起一些他不愿意回忆的日子。人都有一些不愿回忆的日子，在那些日子里，爸爸觉得活得屈辱。爸爸的屈辱在盆里，那是一种盆里的屈辱，这屈辱里有一股脚臭味……

我知道我就是"官司"。我成了"官司"却没有人想到我，他们谁也没有看一看我，他们是打"官司"的，不是看"官司"的，他们不看"官司"，"官司"在里屋的门后躲着，"官司"怕针，"官司"只好躲在门后不让人看见……

爸爸又去看电视了，爸爸想不出办法的时候就看电视。爸爸总是在看电视的时候一边抠脚一边思考问题……爸爸说，他有抠脚的自由。

那传票被扔在了一边。

我知道这张传票是怎么弄来的。我看见旧妈妈了，我集中精力的时候就能看见旧妈妈。这张传票是旧妈妈"跑"来的。旧妈妈一直在"跑"，我看见旧妈妈汗水淋淋地在街上"跑"着。旧妈妈其实是在跑人，她丢了"人"，她觉得是"人"丢了，她要把"人"找回来。她在很长一段时间里，忘了自己是谁，她一直不知道她是谁的人。她到处寻找"关系"，她把所有能找的"关系"都找遍了。她曾经一次一次地失望。她多次找过旧大姨，可旧大姨说："老牛退了，老牛已经退了，老牛要是不退……"她又去找旧二姨，旧二姨说："赔'送'了，我看赔'送'了，只有'送'……"她也去找过胡子大舅，胡子大舅说："都是一身病，你看，都是一身病……"而后旧妈妈就去找那些旧日的同学和过去的街坊。旧妈妈总是匆匆地在街上走着，走在街上，她总是不由得寻找熟脸，她希望能找到一张体面些的熟脸，她从一张张脸上望过去，看到的全是陌生……这时她的脑海里就会出现一片空白，她不知道该往哪里去，她愣愣地在街上站着，看人来人往，却又不知道她该往何处去。她曾多次在厂门口徘徊，她在人们下班之后，在夜里悄悄地来到厂门口，却没有勇气走进去。她常常把心掏出来，来到厂门口的时候把心掏出来，悄悄地把心染成绿色（报上说，现在社会上流行绿色），可她又担心不够绿，人家不要……旧妈妈最后终于找到了一个"关系"，这个"关系"是在一家卡拉 OK 厅门口找到的。那时候她走得十分疲惫，她神色恍惚地撞到了一个人的身上，她没说对不起，她心里烦，连头都没有抬……这时，她听到了一个声音，一个很旧的声音："是淑云吗？是不是淑云……"她抬起头来，诧异地望着那人，她记不起来了，她不知道面前的这个人是谁。那人说："你不记得了？你不记得我了，我们是小学同学呀，咱俩同桌……"旧妈妈马上说："噢，是吗？你看我，我把我都忘了……"那人说："我有时也会忘我，大家都会忘我。你想想揪你小辫那个……"旧妈妈高兴地说："马保刚，你是马保刚！你看多少年不见了……"

那人说："是呀，别人想不起来，你能想不起来？那时都叫我马＋户，对不对？我就是马＋户……"旧妈妈说："那时候，哎呀，那时候……""马＋户"说："一晃二十多年了，老同学，见面都不认识了。进去喝杯咖啡吧，怎么样？我请你喝咖啡……"旧妈妈很渴，我看见旧妈妈非常渴。旧妈妈说："行啊，那就坐坐吧。"

两人在咖啡厅坐下来了。一坐下来，"马＋户"就说："我有一块心病，许多年了，我一直害心病。咱们上学的那条街你还记得吗？就是那条街……那条福佑街。那条街上写有很多粉笔字，你记不记得那些粉笔字？……"旧妈妈说："福佑街，你说的是那条福佑街？那条街不是拆了吗。不记得了，我记不起来了……"而后旧妈妈问："你说你是在法院工作？""马＋户"说："是啊。你再想想，你再想想那条街上的粉笔字，墙上，往墙上想……"旧妈妈摇摇头，说："实在想不起来了。你说的是标语吗？是不是标语？那时候满街都是标语……"接着又问："你真是在法院工作吗？""马＋户"说："是啊是啊。你想不起来了，真的想不起来了？路两边的墙上，隔一段就有一行粉笔字……"

旧妈妈再次摇了摇头，说："你看，这么多年了……""马＋户"说："你要是真想不起来，我一说你就知道了。那是一条谜语呀，咱班的谜语。那谜语是说我的。就在咱们上学的那条街上，每隔一段，就有这么一行粉笔字，上面写的是'马＋户＝'……"旧妈妈忍不住笑了。旧妈妈说："你还记着呢？你的记性真好。你记这些干什么？""马＋户"说：你不知道，我夜夜做梦，一梦就梦见这条街，街上到处都是粉笔字，隔一段就有一行这样的粉笔字。这行字成了我梦里的哥德巴赫猜想。我走一路猜一路，在梦里我猜着走着，走着猜着，我真害怕这条街，可梦里偏偏出现这条街，到处都是'马＋户＝''马＋户＝''马＋户＝'……等于什么呢？我猜呀，猜呀，怎么也猜不着……"旧妈妈说："你怎么会做这样的梦哪？你说你在法院工作，是吧？是不是工作太累了？""马＋户"说："是啊是啊是啊。工作倒不累，工作一点也不累。就是老做梦。一入黑我就怕，那就跟过关一样，我猜不出来，怎么也猜不出来。有时也想，在梦里想，那不是等于驴吗？马＋户不等于驴等于什么？可又一想，会这么简单吗？哪会有这么简单？一夜翻来覆去的，就这么猜……"旧妈妈笑了，旧妈妈笑出了一股苦艾叶的气味。"马＋户"摇摇头说："你也觉得可笑吧？我一直想找个人说说，找个知根知底的人说说。今儿个碰上你了，真好真好。我跑了许多医院都看不好，都说没有办法。后来碰上了一位专家，那专家对我说，你得说，你得把它说出来，说出来就好了。我说我给人说过呀。他说，你得给你的那些小学同学说，你去找你的那些小学同学，去给他们说……哎，你不知道，我现在吃的穿的工作各方面都不错，要啥有啥，就是这个梦把我弄得……"旧妈妈说："还有这病？还真有这种病？说说也好，说说兴许就好了。"说着，她掉泪了，旧妈妈眼里滚出了一串泪珠。旧妈妈流着泪说："你确实是在法院工作吗？""马＋户"抬起头来，说："说说好一点。说说心里就松快多了……你怎么样？有事吗？你是不是有什么事？"旧妈妈说："孩子，是因为孩子……""马＋户"听了之后说："噢，是这么回事。你的户籍现在在哪儿？是不是在这边？要是在这边就好说了，在这边我就可以给你办。我是管民事庭的，正管着这一块……"旧妈妈说："可那边，那边已经判了，那边把孩子判给他了……""马＋户"说："那不要紧，那不管他。你住的辖区在西城，西城区法院有权受理。我马上就可以给他下传票……"旧妈妈说："如今的官司真不好打，没有熟人真不好打。""马＋户"说："这事你放心吧，咱管着哩，好办……我就是夜里睡不好。

专家让我多说，我能再给你说一遍吗？我能不能再给你说一遍。"旧妈妈其实心里很涩，旧妈妈心里长出了一条狗舌头，那条狗舌头正在舔她的肉，舔得她浑身麻，可她还是说："你说，你说吧。我帮你回忆，咱们一块儿回忆……""马＋户"勾下头去，说："你还记得那条街吗？咱们上小学的那条街，那条福佑街。那条街上有很多粉笔字，每隔一段就有一行粉笔字。不知你记得不记得，有一行字写在一个卖酱油小铺的门板上……"这人说话的时候，声音低哑，就像在梦里一样。我看不见他的脸，我始终看不见他的脸……

五月二十一日夜

很晚很晚的时候，新妈妈回来了。

我听见了新妈妈的脚步声，她的脚步声里带风，带一股很凉的风，风里有腥味，我闻到那腥味了。腥味里还有很多男人的气味，我看见男人的气味变成了一条条黏虫在她的衣服上爬来爬去……而后才是香水的气味，新妈妈是用香水的气味来遮这股腥味的，她总是在身上洒很多香水，用香水来掩盖她身上的腥味，因此新妈妈身上又多了一种狐狸的气味，她用的是"狐狸牌香水"。报上说，"狐狸牌香水"是新一代的"迷你型"香水，是逆向心理学家发明的一种能产生"晕眩效应"的香水，这种香水集各种臭味之大全，臭极发香，负负得正，使夏日富有浪漫色彩……新妈妈的眼睛在夜里能出荧荧的绿光，她一跨进门，我就看见那绿光了。她没有开灯，她不开灯就能在黑暗中行走，她走动的时候能发出轻微的"咝咝"声。我很害怕这"咝咝"声，我一听到这种声音就浑身抖，我不想抖，可我管不住自己。我看见新妈妈眼里的绿光一直盯着我，那绿光一边盯我一边摸黑向洗脸间走，那绿光对我说，你看见什么了？你什么也没看见，你怕疼你什么也没看见……

可灯还是亮了，灯一下子就亮了，客厅里一片白花花的光，那光忽一下就把从洗脸间走出来的新妈妈定住了。灯是爸爸拉亮的。爸爸在沙发上坐着，爸爸一直在等新妈妈，我知道他是在等她。新妈妈并不在意，新妈妈一点也不怕爸爸，新妈妈一边揉着洗过的头发一边说："你还没睡呢？你怎么不睡……"

爸爸把身子坐直些说："我想跟你谈谈。叫我说，那事算啦，那事就算啦。咱也别和她争了……"

新妈妈的头发一下子就散开了，新妈妈的头发像扬起来的一面黑旗。新妈妈的声音成了一只烧红的烙铁，红光四溢，火星乱溅，新妈妈说："你说什么？你放屁！凭什么算？为啥要算？我跑了一夜，见了那么多人，说了那么多话……你说算了就算了?!"

爸爸愣住了，爸爸的声音变成了一只阄过的小公鸡，他结结巴巴地说："你、你你……你怎么这样？你过去，你过去……"

新妈妈说："你说我过去干什么？我过去怎么了？我过去碍你什么事？你想怎么样，你说你还想怎么样?! 我怕过谁，我谁也不怕……"新妈妈的声音陡地升高了，新妈妈的声音变成了一锨一锨的黄土，黄土飞扬着落在爸爸的头上，顷刻之间，爸爸被落下的黄土埋住了，爸爸成了在土里钻的屎壳郎……

爸爸一拱一拱地在土里爬着，爸爸爬得十分艰难，爸爸一边爬一边解释说："我我我……我是说，你过去不是这样。你你你，那么大声音……"

新妈妈说："谁的声音大？你说谁的声音大？是你先说的，还是我先说的？你是没事找事，我知道你是想找我的事！你在家坐着，我跑了一夜，院长我找了，一个个庭长我都找了，就有一个庭长没找着……一回来你就说算啦，你为啥说算啦？你是不是跟她又见面了，你说，你是不是跟她见面了?!"

爸爸在土里躲来躲去拱来拱去，却拱不出头来，我看见他一直没有拱出头来……他连连解释说："我跟谁见面了？我跟谁也没有见面。我就是怕跟她见面，不想跟她见面……"

新妈妈说："这次你必须去，你不去不行。这场官司非打不行，这场官司打定了！……"

爸爸从土里小心翼翼地探出头来，说："好好，我去，我去，行了吧?"

片刻，新妈妈的声音变了，新妈妈的声音说变就变，新妈妈的声音变成了粉粉的红色，那颜色里夹着一些"涩格捞秧儿"味。新妈妈说："你不知道我有病吗？你不知道我有那个病？你是不是想让我死？你要是让我死我就死……"

爸爸拍打着身上的土，慢慢坐直身子，说："好了，就算我没说，算我没说。时间不早了，睡吧……"

新妈妈的声音滚出了一团粉红的肉："我就要你说，你是不是想让我死?"

爸爸说："怎么会呢？我怎么会呢……"

新妈妈说："好吧，你说是睡了再睡，还是睡睡再睡……"

往下就没有说话的声音了，往下的声音里跑出了一只水淋淋的猫……

五月二十三日

魏征叔叔的话：

在这座城市里，你看到变化了吗？我说的是内在的变化，一种城市心理的变化。比如说吧，马道街，就是城南那条老街，一条不宽的横街。你知道它现在叫什么？我说的不是挂什么街牌，当然挂的还是马道街。（二十年前，有一段还改为"反修街"，你不知道吧？）我说的是口头叫法。常去这条街的人都知道，那里现在是一个狗市。一街两行都是卖狗的。去的人都不说马道街了，说是去狗街。一说狗街都知道，说马道街反而没人知道了。

半吊子生意人，多少有俩钱的，一说就是上狗街喝狗蛋汤去！说那玩意儿大补。那狗街一地狗毛，一地笼子，有专门的狗医、狗门诊，甚至还有狗交易所。狗街上架着狗肉锅，死狗活狗都卖。

在那条街上不看人，抬头低头只看狗，在那条街上狗比人主贵，人是侍弄狗的……再比如，政四街，就是银水大道的中段那一块，你知道人们叫它什么街吗？人们叫它"公款街"。那条路上一街两行全是高级饭店，一流的餐馆。一般人是不敢进的，起点千元，没有一千别进。里边全是装有空调、带卡拉 OK 的豪华雅间，小妞们扭来扭去一人拿着一个打火机给你点烟。这里的吃客大多是下边各县市来的头头脑脑，都是开着车来办事的。他们不花钱，他们来时都带的有人，带着企业的厂长，吃了喝了由厂长掏钱。他们从来不沾钱（为了廉政），送礼也是由企业来的厂长经理们买来送去，这样事办了，也廉政了。当然企业的钱也不是白花的，那钱百分之八十是贷款，吃的都是国家的，所以那条街叫"公款街"。个体户不在这儿吃，个体大款是另一路。个体大款一般都在宾馆里弄事。在亚东亚宾馆那条路上，那里才是真正的全套服务。吃是不用说了，吃了是洗，桑拿浴、冲浪浴，还带异性按摩，接着是开房间……开房间我就不用说了。所以这个地方叫"大款街"。槐树街你知道吧？你知道槐树街现在叫什么？

　　这里现在是个古董市，一街两行全是卖古董的，人们顺嘴就说是"古董街"。其实就是卖死人东西的，卖死人陪葬品的，时间越长越值钱。一块破砖头，说是汉代的，要五十……羊街、水果街、服装街、邮票街、鱼街、鸽子街什么的我就不多说了。这里边可以看出一个问题，你看出问题了吗？那个词儿是朱朱告诉我的。

　　朱朱说："这叫物化。人人反对，人人化。"我不管它什么化，总之是全民性的，这是全民性的心态大转移。朱朱说："走在街上，你看看那些脸，哪里还有人，那叫人吗？转移之后只剩下一个字了，在这座城市里，剩下的只有一个字……"说到这里，我想起来我有一次问过朱朱，我开玩笑说，和你一块儿的那两个都要五百四百的，你为什么只要三百？朱朱出口就说："薄利多销嘛。"我说，这叫人话吗？朱朱说："没有人话，现在没有人话了。"朱朱说："现在'解放'了。现在大家都可以自豪地说，没有好人了，这世上没有好人了，我他妈的也不是好人！"我很是同意，我非常同意，这里边也包括我呀。所以，当我被戴上手铐的时候，我也不觉得丢人了。我只是后悔，后悔上了那东北小个子的当。

　　我是十月十一日被戴上手铐的，那时天已有些冷了。那一天我记得非常清楚。当然还是因为那笔化肥生意。那笔生意是三月份签的合同，说好是十天内发货，货到付款。可合同签过后，货迟迟不到。打电话问，那边说是已经如期装车发出了。可盼星星盼月亮车皮就是过不来，一拖拖了两个半月。你想，化肥生意是季节性生意，一家伙拖了两个半月，麦都收了，生意还怎么做？

后来货到了，在车站上堆着。你知道，现在车站收费是很厉害的，放一天罚很多钱……可磷肥这东西过了季节就没人要了，说好的几个地方都不要了。你说叫我怎么办，这可是一大笔款子！

货到了，他们的催款人也来了，天天逼着我要账……你想想，我能付款吗？款一付我就成了一个穷光蛋了，剩那么一大堆放都没地方放的磷肥，还得付一年的租仓库钱，我只有跳楼了！这时候我才知道那东北小个子骗了我，什么国营大厂，他们其实只是一个县办的小厂，一百四十人，他说是一千四百人，一家伙扩大了十倍！狗急跳墙我深有体会，我现在算是知道什么是狗急跳墙了。那些天我一家伙瘦了十斤……人没有办法的时候只有想邪门。我找了些工商、公安、税务方面的朋友，就是我那些顾问。他们说，老魏，这事怕是得在法院解决。你得找法院的人。

按说我们跟他们也都熟，可现在光靠人熟不行了，你得直接找他们……我知道，他们说的是实情。刚好，朱朱说她在法院有一个朋友，我就让她去找法院经济庭的人问了问，看能不能告他们，我想告他们拖期。朱朱回来说，他们说了，告拖期不行，拖期是铁路上的问题，这个问题不好办。不过总还是有办法的……我一听就明白了，我一听就知道是怎么回事了。我说，朱朱，你给我约个时间，我见见他们。我说，只请两个人，一个是经济庭的庭长，一个是具体负责的审判员，多了不行，多了我负担不了。朱朱撇撇嘴说，就请两个人，你也太抠门了吧？我说，你不懂，这事你不懂。后来约了个见面的时间，约的当然是中午，中午是先吃饭，这是规矩。那天是在亚东亚宾馆见的面，请的两个人都来了，一个是经济庭的庭长，姓赵；一个是经济庭的审判员，姓杜。两个人都是三十多岁，现在最大胆最敢干的就是三十多岁这拨人。我安排了一个雅间，就我们四个人，包了一个雅间。坐下来之后，我说，今天请两位来，主要是想向两位法律上的专家请教个问题。咱们边吃边谈。请二位点菜吧，随便点……那姓赵的庭长淡淡地说："菜不要点那么多吧？精一点……"可点起菜来一点也不客气，拿起菜谱，开手就点了一只老鳖。你猜猜一只老鳖多少钱？一只老鳖三百，光这一只老鳖三百！那姓杜的也不含糊，点了一条白花蛇，一条白花蛇二百七。别的菜就不用说了……这顿饭我花了两千八。吃了喝了，我说，二位还想玩点啥，瞔说了。那庭长用牙签剔着牙，淡淡地说："天热，洗洗吧。"我说，好，那好……而后，我让朱朱去结账，我带着他们上了宾馆的三楼，三楼是桑拿浴、冲浪浴、异性按摩……全套服务。一个人的费用是四百四十四，我掏了八百八十八……掏了钱我就下去了，我说，你们洗，你们洗，我还有点事……说完我就走了。其实这天基本上没有说事，什么也没说。回去之后，朱朱说："他们真敢点，他们也真敢点……"我说，这才是开头，你等着吧，这只是开始。

第二天晚上，我又掂上提包上了。提包里装的什么？钱，当然是钱，这时候不上钱上什么？本来朱朱要和我一块儿去的，我说你别去了，一人为私，二人为公，你去了，有第三人在场他们不敢收……朱朱当时要小聪明，她说，你干脆带个小录音机去，他要是收了钱不办事……我当时没有听她的。我说，你别把别人当傻子，这年头没有傻子。我先去的是姓赵的庭长家，姓赵的住在伏牛路中段一座旧楼里。进了赵庭长家，他还是满热情的，淡淡地笑着让了座，倒上水（这人不会大笑，自从我认识他后，我从没见他张嘴笑过）……说了一些闲话之后，我看他不往事上提，我就把提包拉开了……我说，赵庭长，我是来给你送咨询费的……他仍是淡淡地笑着说："魏经理，不要这样，你把钱收起来，收起来吧……"我刚张嘴，他又摆摆手，不容我往下说……而后，他说："你那个事嘛，按说是可以受理的，不过，恐怕得有更充分的……"我说，我就是来请教的，法律方面你是内行……他说："你把钱带走，以后不要这样了。"我说，这是咨询费，是应该给的……他说："这不行，你一定得带走。你把钱带走。你那个事，这一段比较忙，让我想想，总会有办法的……"

我没有勉强，我就把提包的拉链又拉上了。我拉得很慢，我慢慢拉，我看他故意把头扬得很高，他故意不看，我知道是怎么回事了……那天晚上钱没有送出去。后来我又去了一次。第二次去，他非常热情，又是让座又是递烟，没等我问，他就主动说："你那个事，可以在质量上想想办法。如果是质量上有问题，事就好办了……"他一点我马上就灵了，我说，质量的确有问题（我心里说，一定得给他搞出"问题"来，没"问题"也得给他搞出"问题"）……可他却不往下说了，他还是淡淡地笑着，他总是似笑不笑的，他说："这一段比较忙，这样吧，等忙过这一段再说吧。"我马上说，赵庭长有什么事言语一声，只要我能帮上忙，你尽管说……他迟疑了一会儿才说："要说，也没啥，就是房子问题。我爱人一直嫌房子旧，想装修一下，一直没找到合适的人……"我心里想，狐狸尾巴到底露出来了，你可露出来了。两万呢，那晚我带了两万，他还嫌少……我马上说，你怎么不早说？搞装修的我都很熟，交给我吧。他说："那好，那好。这事就请你多帮忙了。"第二天我就带着一个装修队去了。说实话，这装修队是我花钱雇的。一个小装修队六个人，整整在他那儿忙活了一个星期。你猜猜一共花了多少钱？带工带料一共花了四万七！钱是我花的，四万七千块钱就像打水漂一样。我想不能这样，我想起码得让他知道花了多少钱。所以，我特意安排包工队的头儿，在装修完以后，让他在验活的时候签个字，一定让他签个字。可他没有签。这家伙滑头，他不签。他仅是拿着那张写有四万七千元的工料费的票据看了看，没有签……我心说，不签也行，只要你知道花了多少钱就行。这样一来他就主动了，再不说这一段比较忙了。他还多次上门找我，连话也变了，开口就说："老魏，咱收拾他，想办法收拾他……"他还跟我一块儿到化工研究所去检测磷肥的质量。现在到哪儿都得请客，研究所也一样得请客。那天中午研究所去了八个，加上我和老赵一共十个人。那天我也甩开了，在"贵妃酒家"一桌花了三千六，喝倒一片。喝得这姓赵的庭长抓住我的手直哭，也不知道他哭什么……

告诉你，开初的官司就是这样打赢的，没打我就先赢了。后来在法庭上，那东北小个子厂长暴跳如雷，几乎要气炸了……可我有化工研究所的检测结果，经检测，他们的磷肥有三项指标不合格（说老实话，只差那么一点点。县办小厂，质量上能不差那一点半点吗?）……他本以为我要告他拖期，告他拖期容易扯皮。

他没想到我会在质量上做文章。结果是当场宣布这批"假化肥"予以没收，由工商部门执行……后来工商部门又把这批磷肥处理给了我。你知道，工商所的头头是我的"顾问"。我说，五万吧，五万块钱处理给我算了。所长说："五万就五万。你再请所里的人吃一顿……"说一句不中听话，那是白给，我只掏了个寥寥的钱，掏了个运费加车站货位的罚款。那东北小个子带着他的人哭着上火车走了……这一手有点狠，我也觉着这一手有点狠。我原本是想退货，能把货退掉也就算了，没想到还赚了一笔!这批化肥我秋天里又卖掉了，这一笔赚得不多，除去打官司送礼花的钱，七扣八扣的，再除去给朱朱的回扣，我赚了十七万。后来我又给我那些顾问们一家搬去一台空调，包括赵庭长……其实，我只净落了十二万。

官司是九月份打赢的，后来又赚了一笔，心里当然高兴。可我高兴得早了，高兴得有点过头了。两个月之后我就成了犯人，被人戴上了手铐。我本来是可以躲过这场祸的。那些天我本打算到武汉去，去跟人家谈一笔生意，可我晚走了两天。当我拿上票要走的时候，却被人堵住门了。敲门的是两个东北的大个子，这次来的是大个子，穿着警服，还带着武器。其实他们已盯我好几天了，我后来才知道，头天晚上，当我跟朱朱去歌厅学跳舞的时候，他们就跟着呢。门是朱朱开的。门一开，站在前边的那个警察问："这里是魏经理家吗？"朱朱一下子愣住了，朱朱最害怕警察，她不知说什么好了。我在里边听见了，一听口音我就知道坏了，标准的东北口音。这时候再想躲已经来不及了，让人堵住门了，还往哪里躲？我走出来说："我就是。有什么事，说吧。"人家更利索，人家一切都准备好了，那人"唰"一下从上衣兜里掏出一张"拘留证"，在我眼前晃了晃说："你被拘留了。"说着就往我手上套手铐……这时朱朱才醒过神来。朱朱拦住说："你们为什么抓他，他犯了什么罪？"那两个从东北来的警察说："诈骗。"朱朱说："说他诈骗有什么根据？"那警察一边往外推我一边说："现在是拘留审查，到时候你就知道了。"说着一溜小跑把我推下楼去。下楼时我喊了一声，我说："朱朱，你放心，我会回来的……"话没说完，屁股上就挨了一脚！下楼之后，我看见楼下停着一辆警车，那车号正是东北×县的，他们带车来了。开初的时候，他们把我弄到一个宾馆里。我在宾馆里又见到了那个小个子厂长，他也来了，他是跟他们一块儿来的。他们审了我一夜，他们说我是诈骗犯，他们说按我犯的罪，最少要判七年……而后那个小个子厂长出面了。小个子厂长对我说："魏经理，说句心里话，你太不仗义了。你仗着你在这儿人熟，一家伙坑我们几百吨磷肥！你想就这样算了？县长说了，不惜使用一切手段！我们会跟你算了?！你要识相的话，把钱吐出来，你只要把钱吐出来，我保证让他们放人。"我一听就听出意思来了，他们的主要目的还是要磷肥款的，我估计他们也是买通了公安方面的人，专门来弄这笔钱的。我说："范厂长，你的磷肥不合格，是经过法院判的，你叫我上哪儿去给你弄这笔钱哪？"小个子厂长说："老魏，打开窗户说亮话吧，我们已经了解过了。你不是没钱，你有钱。你要是不把钱拿出来，我们能轻饶你吗?！"

我当时已经有点犹豫了，我甚至想，他们只要放我，我可以先给他们一些（那会儿我身上就带着钱的，我穿了两件毛衣，我里边那件毛衣里缝了三万块钱，是朱朱给我缝上去的，那是我去武汉做图书生意要带的钱）……可是，第二天，小个子厂长又对我说：

"老魏，你要是一时凑不齐，先拿一半也行。你先拿出一半，我就让他们放人。这样行不行？……"一听这话，我主意又变了。

他松口了，说明他还不摸我的底细。我不能给他钱。我就装出愁眉苦脸的样子，我说："范厂长，到了这一步，且不说谁对谁错了。这么一大笔款子，我实在是给你凑不齐，就是一半也凑不齐。这样吧，你通知我家里的人，让她来一趟，我让她去想办法借……"在场的一个警察用枪点着我的头说："你别耍滑头，你要是耍滑头，老爷们儿饶不了你！"他们几个出去嘀咕了一会儿，就开车去接朱朱了。在这当口我上了一趟厕所，我心里算着时间，等到朱朱快来到的时候，我要求上厕所……他们就派了一个警察跟着我。那警察嫌厕所里臭，他给我开了手铐之后没有进去，他站在厕所门外边……我就是趁着这一点时间脱的毛衣，我把里边那件缝有三万块钱的毛衣脱下来了，我把装钱的毛衣搭在厕所的木墙上，又在里边蹲了一会儿才走出来……这时候朱朱已经到了。见了朱朱，我没有说别的，当着他们的面，我什么也不能说。我只说让朱朱去借钱。我说："咱没犯法，他们说咱犯法了，我也没有办法。你去借吧，你先去找'一号'借，而后再到别处借……"我含含糊糊地说了好几次"一号"，我生怕朱朱听不明白，我记得我是说了三次"一号"。（朱朱有个习惯，老把厕所说成"一号"，平时我也老跟她开这个"一号"的玩笑，没想到这次使上了。）后来我才知道，其实朱朱早就听明白了，她出门后先上了一趟厕所，进去就把带钱的毛衣穿身上了。他们给朱朱限的时间是二十四小时，二十四小时以内，送钱放人……可十个小时之后，他们又变卦了。他们把我押上警车，开上就走……

你不知道这一路我吃了多少苦，那简直不是人过的日子。他们动不动就把我铐在车上，动不动就朝我身上踢两脚。只要路过一个有景致的城市，他们就把我往车上一铐，而后就旅游去了……那小个子厂长也够呛，那小个子苦不堪言。他是个跟班花钱的主儿，一路上吃、花、玩的钱都是他掏的。他们连玩带走一共在路上是十天时间，这十天里，我几乎没睡过，我熬得几乎就要疯了，我觉得我都快成疯子了。到了东北的那个县里之后，他们说什么我就应什么，我想只要让我睡一觉，喊他们爷都行……按说行政拘留不能超过十五天，你猜猜他们关了我多长时间？他们一共关了我六十七天！那东北小个子把能使的法都使了，可就是得不到钱，到了他也没有得到我一分钱。不过，他们让我干什么我就干什么。那一段我没少给朱朱拍电报，过几天拍个电报，过几天拍个电报，反正我也没钱，花的都是他们的钱。我在电报上什么都写，都是让朱朱赶快送钱的，我说砸锅卖铁、卖房子、卖家具，把家里东西卖光卖净也要送钱，赶快赶快送钱！再不送钱就下逮捕令了……可朱朱明白，我心里明白，电报上没有暗号，没有暗号，她是不会送钱来的。朱朱知道账户上有钱……其实到最后，我也撑不住了，再有几天我就撑不住了。你不知道东北那地方有多冷，冰天雪地的，零下几十度，他们一天只管我一顿饭，我就快要冻死了！他们有时候也打，打得我吐血，我吐过两次血……不过，最后先撑不住的是那个县的公安局，因为超过拘留时间太长了，时间长了他们也害怕。那局长是个好人，那局长让他们赶快放人。那小个子厂长后来也撑不住了，那小个子厂长有一天突然哭着对我说："你是爷，你是爷行了吧！你给钱吧，你可怜可怜我这一百多名工人吧，我这里五个月没发工资了……"

我说："我准备死在你们这儿了。你不放我，我上哪儿去给你弄钱？……"他说："放了你，你能还钱吗？"我说："你只要放了我，我一定给你送钱，就是砸锅卖铁，我也送钱来……"我说："你要不信，我给你写个条子。"那小个子厂长说："你要不送钱，这边可要下逮捕令了，这回可是真下……"

我说："行行，你放心吧，我回去就给你凑……"就这样，他们才算把我放出来了。

出来之后，他们只给我买了一张车票，除了这张车票我身上一分钱也没有，我一路上是要饭回来的。那时候我一身冻疮，瘦得跟鬼一样……

现在你明白什么是生意了吧？这就是生意。

五月二十五日

时间已经露出肉来了。在爸爸领我再次上法庭的路上，我看见时间已经露出肉来了。时间露出了一块一块的烂肉，人们正在抢吃时间。

大街上有很多的鲜艳，那是一种带肉味的鲜艳。颜色在街面上行走，五颜六色在街面上幻化成冒着人肉气味的冰激凌，这是夏天里的冰激凌，夏天的冰激凌销路很好。还有屁，屁也销路很好。报上说，屁是人类颜色的副产品。颜色已经进入人们的内脏，人们已经离不开颜色了。颜色是时间的衣裳，我知道颜色是时间的衣裳。颜色在路上走的时候能发出窸窸窣窣的声音，那就是时间的声音。人们坐着车赶时间。凡是坐车赶时间的人，都是拥有时间的人。只有占住了时间，才去赶时间。记得上小学的时候，老师给我们出了一道谜语：什么是最长的又是最短的，最快的又是最慢的？……那时大家都拼命去猜，有很多同学都说是"一根绳子"，那是一根橡皮筋做的绳子。老师说，错了。其实老师才错了。那就是一根绳子，时间就是一根绳子。对于不需要时间的人来说，时间不是绳子是什么？我一点也不需要时间，我要时间做什么？我也不要上法庭，我上法庭干什么？可我得走，路上的人都在走，我也得走。爸爸也是不愿上法庭的，可他也在走。爸爸说，走。我就得走。

在夏日的鲜艳的大街上，只有树是陈旧的，马路边的树反而显得很陈旧。树上挂满了人们呼出来的废气，挂满了汽车扬起的灰尘、油烟，树上还挂着人们吐出来的脏话，因此，树上已没有树的气味了，树上全是人味。树上嫁接了许许多多的人排泄出来的东西，所以树一直不说话，树是怕说出人话来，树害怕说人话。

我还看见了很多数字。空气里有很多数字，天空里排满了一行行的数字，那是电波，我知道那是射出来的电波。那些数字也都是有颜色的，我能看见那些闪闪发光的、能变幻出很多颜色的数字。这些数字不时发出"嘀嘀"的叫声。这叫声有时会从人的裤腰上窜出来，这里"嘀嘀"，那里"嘀嘀"，空气里到处都是"嘀嘀"，一排排一行行的"嘀嘀"叠在空气里，压得人喘不过气来。报上说，城市语正在更新，暗语已成了城市的主要日常用语。电波里的暗语像网一样撒在城市的上空："13582，回话。""74516，货已出。""27456，老地方见。""36231，吻你。""59428，小鸟飞了。"……人已经被电波挤扁了，人越来越薄，人只能在电波的缝隙里喘气，喘一口被电波烤熟了的热气……

在去西城区法院的路上，我再次看到了那位老人，那坐在树下的老人。这是一个卖心的老人，看来他的心还没有卖出去，他的心鲜红如豆，却一直卖不出去。这是一颗被旧日空气包围着的、唯一没受到电波干扰的心。大概是他的外表太陈旧了，人们看不到他的心，人们看到的只是一片尘埃。他正在一点一点地缩小，我看见他在一点一点地缩小，他在新时期里坐出了一个"小"，一个失去了时间标志的"小"。这个"小"脸上带着奇怪的笑容，他的笑里总是带着螺丝拧出来的气味。我能看到那股气味。我看到螺丝一丝一丝地在他的笑里动着，动出一片沙沙的喃喃自语……

他说："……月牙儿……"

他说："……极限强度……"

他说："……红纸……"

他说："……走了……"

"月牙儿"是灰白色的。我看见月牙儿了。这是一弯湿漉漉的月牙儿，月牙儿上长了一层霉的绒毛。月牙儿下是一个很大的院子，院子里有一间一间的带有铁窗的房子，房前的院子里有一棵大树，树下是一团黑乎乎的影儿……那是人，我知道那是人，我费了很大的气力才看清那是二十年前的两个人。他们两个合抱着那棵大树，脸对脸在树上铐着。一个瘦弱的声音说："我想尿，我憋不住了，我实在是想尿……"一个粗壮的声音说："尿就尿吧，说啥球哩！你没尿过裤裆？就隔着一层布……"瘦弱的声音说："那我可尿了，你别嫌臊，我没有办法……"粗壮的声音说："你有福啊，看起来你是个有福人，你在这儿住了这么多年，竟没有尿过裤裆。"瘦弱的声音说："我不跟人打架，我从来没跟人打过架。"粗壮的声音说："这一次你是活该！谁叫你打我的小报告，说我搬你打的坏了。我搬你的坏了？我用着搬你的坏！"瘦弱的声音说："我……不说了。"粗壮的声音说："我也不想打你，你要是不打我的小报告，我就不会打你。一风吹倒的人，我打你干什么？谁叫你好打小报告。"瘦弱的声音说："其实，不说也是一样，不说完不成任务也一样要罚……"粗壮的声音说："那不一样。你不说，我也不会揍你。我不揍你，就不会把咱俩铐在这儿……冷呵呵的找罪受。"瘦弱的声音说："……那月牙儿真好。"粗壮的声音说："好个鸟！那又不是你女人，有啥好的？"没有声音了，这一会儿没有声音了，只有一弯月牙，一弯很冷的月牙儿亮着，月牙下是一股刺鼻的尿臊味。片刻，粗壮的声音说："唉，你怎么不说话了？说说话，说说话暖和些。"过了一会儿，粗壮的声音又说："你说吧，说什么都行，下顿饭我给你一个窝头……"瘦弱的声音说："你叫我说什么？我不想说。我就是说话说出的罪，你还让我说……"

粗壮的声音说："你不是要纸吗？一个窝头再加一张擦屁股纸，白纸，行了吧？"瘦弱的声音说："你真想听？"粗壮的声音说："说吧，说吧。别他娘的卖关子了……"瘦弱的声音说："我说个谜语吧：牛挂寺门前，两人伴木眠，谢字出身去，火烧西土边。你猜吧。"粗壮的声音说："猜不来。鸟！别弄这酸叽叽哩。你是什么东西，你忘了你是什么东西了？还说这种酸不叽叽的玩意儿！说点有意思的……"瘦弱的声音说："那我再给你说一个：一点一横长，一撇到南阳……"粗壮的声音说："去球去球。你就不会说点有意思的?！说说你女人，说说你女人……"过了一会儿，粗壮的声音又说："好，好好，你随便吧。只要说就行，你说你说……"

"极限强度"很新鲜，"极限强度"还没有在时间里发霉。

"极限强度"里有一股热烘烘的甜面包味，是那种很有嚼头的小面包。我看见那声音了，那声音是在一片黑暗里出来的。这是一栋宿舍楼里的一个单元房，房间里没有开灯，房间里黑乎乎的，房间里只有声音在游动。我只看见了一个人，黑乎乎的房间里气喘吁吁地跑着一个人……声音却是两种，我听到了两个人的声音，那是两个截然不同的声音。一个高昂，一个渺小；一个声色俱厉，一个唯唯诺诺……

一个说："147，站好，你给我站好！"

一个说："是是，我站好，我老实……"

一个说："低头！"

一个说："是是，我低头。"

一个说："不叫你说的时候，你偏说。现在叫你说了，你说吧！你怎么不说了？你说呀……"

一个说："是是，管教，你多批评，你多批评……"

一个说："你不是想说吗？你不是很会说吗？你怎么哑巴了？老实回答我的问题。"

一个说："是是。我现在就给你汇报思想，汇报我的活思想。过去是不叫说，我我我忍不住想说……现在叫说了，我知道现在叫说了。可可可没人听我说，没有人愿意听我说……我也不会说了，我不知道该说什么……"

一个说："147，我问你。"

一个说："是是，你问吧，管教。我一定老老实实回答……"

一个说："叫我看，你是个鸡巴牛尾巴，我看你是个牛尾巴，一点鸟用都没有！……"

一个说："是是，我一点用都没有。"

一个说："我问你，你是不是五十年代的大学生？"

一个说："是，我是。"

一个说："五十年代毕业的老牌大学生，连'极限强度'的公式都不知道吗？嗯?!"

一个说："是是，我忘了，我的确是忘了。我把什么都忘了……"

一个说："这也忘了，那也忘了，那你还回来干什么？"

一个说："我不知道，我真的不知道……"

一个说："那你白活了，你这一生算是白活了。干脆给你判个死刑算了……活一天给人民添一天的麻烦，是不是？"

一个说："是是。我愿意，我服法……"

一个说："哪有那么便宜的事。老实！"

一个说："是是，我老实……报告，我我我……"

一个说："说！"

一个说："我想申请变一只猪，我能变一只猪吗？"

一个说："说说你的理由吧，说说你的理由……"

一个说："我想给人民做点贡献……"

一个说："你说说，你会哼吗？你会哼不会？"

一个说："我、我、不会……"

一个说："你连哼都不会，你能变猪吗？你什么也变不成！"

一个说："那那那，我……"

"红纸"不是红颜色的，"红纸"是浅黄色的，"红纸"上有一股麦芽糖的气味。"红纸"上只有字是红的，"红纸"上的烫金红字像泥鳅一样跳来跳去，跳进了老人的眼睛……老人在一个摆满沙发的会议室里坐着，我看见老人仍戴着那顶蓝帽子，直着身子在会议室里的沙发上坐着。接着就有了杂乱的脚步声，热烘烘的带一股汽油味的脚步声。门开了，门外走来了七八张红润的脸，七八双高跟和平跟的皮鞋。一个年轻的女式京味声音说："老魏，老魏同志，院长看你来了。院长很忙，专门抽时间看你来了……"一个饱满肥硕的声音接着说："老魏，怎么样啊？听说你这一段身体不太好？我劝你还是好好休息休息。你是老同志了，受了那么大的委屈，啊……"一个男式公文包的声音说："老魏，刚才院长办公会研究过了，鉴于你目前的身体状况，组织上决定让你提前光荣退休，这很光荣呀，这非常光荣。其实只剩下八个月了……这个这个，待遇不变。"一个女式公文包的声音说："老魏，你有什么要求尽管说。你签个字吧。"说着，她把一张印有烫金红字的纸放在老人的面前。老人拿着那张印有烫金红字的纸，喃喃地说："这纸好，这纸真好……"那肥硕的声音说："老魏，想开些，好好休息。啊，有什么困难可以直接找我。我还有一个会，就这样吧……"说着，门开了又关了，闪进来一股带有香水味的风，有三四双皮鞋踢踢踏踏地走出去了。会议室里还剩下三四双皮鞋，那三四双皮鞋说："签字吧，老魏，你签字吧。"老人轻声说："这纸真好。"那三四双皮鞋又连声说："老魏，老魏，你签字吧。你签过字，有什么要求还可以提……"可就在这时候老人开始往下缩了，老人一点一点往下缩，老人很快缩成了一只蜗牛，我看见老人缩成了一只蜗牛，一只伏在红字上的小蜗牛……周围是一片惊呼声："把他的头拽出来，快把他的头拽出来……"

"走了"是一个很小很小的孔，我看见了一个极小的孔。这是一个锈迹斑斑的小孔。小孔上有一个浑浊的黄颜色的东西，开始我看不清它是什么，我只看见它是一个黄色的、骨碌骨碌动的东西。那东西上叠印着许多奇形怪状的小片片……第一个小片上映出的是个手提袋，一个女式的手提袋；第二个小片上映出的是一片白白的肉，一片白嫩的丰腴滑腻的肉；第三个小片上映出的是一只胳膊，一只戴着小手表的胳膊；第四个小片上映出的是一只红皮鞋的后跟，露一点肉色袜子的尖尖的皮鞋高后跟；第五个小片上映出的是一段裙衫，一小段米白色的甩动着的裙衫；第六个小片上映出的是一个茄子，那是一个紫茄子；第七个小片上映出的是一只黑皮鞋，一只很大的黑皮鞋；再往后就乱了，往后的是些乱七八糟的东西……我还看见了一些声音，一些很有规律的声音，一会儿是"噔噔噔……"，一会儿是"嗒嗒、嗒嗒……"，一会儿又是"嘎嘎嘎……"，我终于弄明白了，那声音是脚步声，是从楼梯上传出的脚步声。而后那小孔也渐渐地清楚了些，那生锈的小孔里有一股油漆味，我又闻到了一股油漆味。油漆味的后边就是那个黄颜色的珠子一样的东西。那东西正堵在小孔上面，那东西紧贴着小孔……那东西还会说话，我看见那东西在说话。那东西说："走一个了……又走一个……又走一个……"我明白那是什么了。我知道那是什么。我不说，我不想说……

路越来越窄了，我看见路越来越窄了。这是一条通往西城区法院的路。我不得不走这条路，我必须得去法院。这条路上有很多绿颜色的脚印，我看见地上排满了绿颜色的脚印。走在绿颜色的脚印上，我听见脚下有一串一串的"咔嚓、咔嚓"声。我觉得我是把什么踩下去了，我一踩就把一些脚印踩下去了。我知道还会有人来踩我的脚印，一定会有人来踩我的脚印，人们踩来踩去，留下的只是一些脚印……脚印时间一长就成垃圾了，我看见一个老婆婆正在清扫掺有树叶的脚印垃圾，她把脚印扫成一堆一堆的，而后用火来烧。我知道她扫完之后，就会把这些脚印烧掉。她只烧这些绿颜色的脚印，这些绿颜色的脚印很脏……

旧妈妈已经等在法院门口了，我看见旧妈妈在法院门口站着。旧妈妈身上印有"马＋户"的气味，那些气味像标签一样在旧妈妈身上贴着，给旧妈妈贴出了许多信心和勇气。因此旧妈妈的心绪很平稳，旧妈妈眼里没有射出"车刀"。旧妈妈眼里射出的是旧日的"福佑街"，在那条二十二年前的街道上，背着书包的旧妈妈正在一甩一甩地走，一边走一边吃一分钱一块的麦芽糖。旧妈妈看见写在街边墙上的粉笔字了，旧妈妈看见"马＋户＝？"时笑了……这笑容很短，这笑容在嘴边上晃了一下，就掉下来了。然后她看见了爸爸和我。看见爸爸时，她重重地"哼"了一声，那一声"哼"里塞满了"车刀"。而后，旧妈妈扭身走进法院去了，旧妈妈昂着头走进了法院的大门……

法庭仍然在二楼上。法庭里也仍然和上次一样，摆着一些桌子和牌牌。我觉得是走进了同一个法庭，转来转去又转到了曾经来过的老地方。我看见了三顶帽子，在写有庭长、审判员、书记员的牌牌后边摆着三顶帽子，没有人脸，我看不见人脸。只是声音不一样了，声音是从天花板上传下来的，声音很空。

天花板说："姓名，原告姓名？（还有一个声音，我还听到了一个蓝色的声音。那声音说：还记得那条街吗？那条福佑街……）"

旧妈妈说："姓李，李淑云。（记得，我记得……）"

天花板说："年龄？（你记得那行粉笔字吗？在那条街上，每隔一段就有一行粉笔字……）"

旧妈妈说："三十二岁。（记得。那时候背着书包上学，常走那条街，那条街我走了好多年。我记得有一行字写在一家小铺的门板上……）"

　　天花板说："职业？（你记不记得了，那行粉笔字写的是什么？你想想那墙上写的是什么……）"

　　旧妈妈说："工人，我是柴油机厂的工人。（我记得，那墙上写的是'马＋户'，每隔一段都有这么一行'马＋户'……）"

　　天花板说："是否再婚？（你知道那是写谁的吗？那就是写我的。他们说我是'马＋户'……）"

　　旧妈妈说："离了。又停了一年，才再、再了……（我知道那是写你的。那时候我就说，他们太缺德了……）"

　　天花板说："几个孩子？（你知道不知道，我有很多天不敢走那条路，我甚至不敢去上学……）"

　　旧妈妈说："一个，女孩。（我知道。有一次，我看见你站在福佑街口上，背着书包，不往前走……）"

　　天花板说："几岁了？（你还记不记得了，那天你给我说过一句话。咱们从来没有说过话，就那天你在上学的路上给我说过一句话……）"

　　旧妈妈说："十四了，快十四了。（我说过吗？我不记得了。这个，我真不记得了……）"

　　天花板说："孩子由哪方抚养？（我记着呢，那句话我记了二十年。你说，要上课了，快走吧。你怎么还不走？那时候没人和我说话，那时候老师也不喜欢我，都不喜欢我，你是第一个和我说话的女生……）"

　　旧妈妈说："跟我，孩子一直是跟我。孩子有病……（这个……我想起来了。老师很厉害，老师喜欢用粉笔头点人，迟到了还让人罚站。老师只喜欢那些干部家的孩子……）"

　　天花板说："好，你坐下吧，你坐下。（你不知道吧？那天我哭了。我从来没哭过，那天我哭了……）"

　　接着，天花板上的声音变了，那声音变成了一只蝎子，那声音说："被告，被告姓名？（你还记得我吗?！ 哼……）"

爸爸抬起头来，望着头上的天花板。爸爸仍然是用新妈妈的声音说话，爸爸一张嘴就吐出了粉红的颜色："我不是被告。徐永福，我叫徐永福。（我不认识你，我怎么会认识你呢？）"

天花板说："被告，职业？（胡说！你叫崔援朝。）"

"新妈妈的声音"说："我不是被告。税务局，我在税务局工作。（什么崔援朝？我不叫崔援朝。我根本不是崔援朝。）"

天花板说："被告，年龄？（你敢说你不是崔援朝?！你还敢说这样的话！你还记得福佑街吗？）"

"新妈妈的声音"说："我不是被告，我凭什么是被告？三十五岁。（什么福佑街？我根本没听说过这条街。）"

天花板说："被告，是否再婚？（你竟敢不承认?！你还记得你写的那些粉笔字吗？告诉你，我就是那个'马＋户'，今天你犯到我的手里，你还敢不承认?!!）"

"新妈妈的声音"说："离了，又结了。（什么'马＋户'？哪儿来的'马＋户'？）"

天花板说："被告，几个孩子？（健忘了，是不是？一路上你写了那么多的粉笔字，你都忘了？你忘了我可没忘。你欺负我欺负了多少年，你吓得我不敢走那条街，我看见你总是躲着走，我绕一个大圈才敢去上学……）"

"新妈妈的声音"说："一个，女孩。（你认错人了，你一定是认错人了。我从来没写过粉笔字。）"

天花板说："被告，孩子几岁了？（不是你写的是谁写的?！你不承认是不是？二十年前你就不承认。你说我是'马＋户'，你见面就喊我'马＋户'，我一去学校，你就说'马＋户'来了……）"

"新妈妈的声音"说："十四了。孩子快十四了。（我真是没写过，我写'马＋户'干什么？这是什么意思，我根本不知道这话是什么意思。）"

天花板说："被告，孩子由哪方抚养？（你不承认也不行。你知道不知道，那时候我就很想跟你打一架！二十多年了，我夜夜都在梦里跟你打架……）"

"新妈妈的声音"说："开始是由女方抚养。后来孩子有病了，后来一直由这边抚养。主要是为了给孩子治病……（你你你是人还是鬼？你为啥老缠着我？我这里正出庭呢。我这里正打官司呢！）"

天花板说："好了，被告，你不要说了！（我说过，我二十年前就说过，你小子别犯到我手里！要是有一天你犯到我的手里……）"

爸爸扬头望着天花板，突然高叫一声："你是谁?! 你想干什么?!"

天花板说："被告，不准咆哮法庭！（我是谁？现在你知道我是谁了吧!）"

天花板又说："原告，陈述你的理由吧。说说你的理由。（你知道，我想那条街，可我又怕那条街。多少年了，我一直忘不了那条街……）"

旧妈妈说："多少年了，过去他从来没有管过孩子。孩子生病的时候他不在家，孩子生病的时候他正在外边跟人胡混呢。现在他又来争孩子了。他在那个法院里托了熟人，硬把孩子抢过去了……（我也忘不了那条街。那条街上有很多卖五香兰花豆的铺子，可惜那条街拆了。）"

天花板说："原告，可以陈述你的要求，不要讲那些与本案无关的事。你说吧，继续说……（不错。有一行粉笔字就写在卖五香兰花豆小铺的门板上，那字写得很大。我走到那里时总是闭上眼……）"

旧妈妈说："我要求把孩子判给我。孩子一直是跟我的，孩子有病，我最了解孩子的病。他在医院开的证明是假的，我去那个医院问过，孩子根本没去那个医院看过病……（要是那条街不拆就好了……）"

天花板说："根据中华人民共和国婚姻法第三章第十五条之规定，根据最高人民法院一九七九年补充规定第十一、十二款之规定，离婚双方都有抚养教育子女之义务，抚养子女双方都是有责任的。但是，具体情况要具体对待。法院从保护子女的合法权益和双方当事人的情况来进行判决……"

"新妈妈的声音"跳起来说："怎么不让我陈述理由？你们不能光听信一方，为什么不让我说？……"

天花板厉声说："被告，你坐下！不让你说是不需要，需要的时候就让你说了……"

"新妈妈的声音"说："你说什么时候需要？你根本就不让我说……"

天花板说："没让你说？就是没让你说！你不是有熟人吗，你不是托了很多人吗？我告诉你，托谁也不行！本法庭以事实为根据，以法律为准绳……你不服可以上告嘛！"

"新妈妈的声音"说："你怎么判的？你还没说你是怎么判的，你怎么就……"

天花板说："我现在就宣布：本法庭从孩子的实际情况考虑，现判决如下，孩子暂时由女方抚养。待病好转后，视情况再定……"

"新妈妈的声音"说："你你……就是这样判的？"

天花板说："我就是这样判的。不服你告我去吧！"

爸爸高声说："我不是崔援朝，我根本就不是什么崔援朝！……"爸爸说着，愤愤地冲出去了。

可是，当我走向旧妈妈的时候，我却看见了新妈妈。我看见新妈妈在三楼的院长室里坐着，和新妈妈在一起的是冯记者、杨记者。新妈妈扇动着一条粉红色的手绢，微微地冷笑着。新妈妈的脚就跷在我的头顶上，新妈妈的脚在我的头顶上一下一下地打着节拍……

我很害怕。我知道这不算完，这还不算完……

五月二十七日

昨天，旧妈妈带我去给马庭长看病。旧妈妈说，马庭长帮了咱们了，送什么他也不稀罕，就说让你去给他看病。

我不知道我会不会看病，我也说不清我能不能看病。然而，当马庭长坐在我面前的时候，我却看见他的胆上长着一个"小肉人"。我看了很长时间才看清那个"小肉人"。他人很瘦，可他的胆却很肥，我看见他的胆很肥。他的胆是灰颜色的，他的胆就像是一只灰色的没有长毛的肥老鼠。就在那只"老鼠"上长着一个"小肉人"，那是一个大约有三厘米高的"小肉人"。那"小肉人"是绛白色的，那"小肉人"身上缠了许多细小的血管，那些细细的血管是从胆上伸出来的。当我盯着那"小肉人"看的时候，不知为什么我的眼有点疼，有那么一会儿，我的眼很疼。可是，过了一会儿，我看见那"小人"在缩，那"小肉人"一点一点地往下缩……十分钟后，那"小肉人"不见了。我看见那"小肉人"已经缩回去了。坐在一旁的旧妈妈不停地问："怎么样，马庭长，有什么感觉没有？"马庭长连声说："有感觉，有感觉。开始是身上有个地方热，而后是疼，非常疼。这一会儿就没什么了，这一会儿感觉身上很舒服……"

今天，傍晚的时候，马庭长来了。旧妈妈见马庭长来非常高兴，赶忙给马庭长倒水让座。旧妈妈说："你看你看，还让你跑一趟……怎么样？那病是不是好一些？"马庭长高兴地说："淑云，你这丫头确实是有特异功能！好了，我完全好了。一夜都睡得很好。我从来没睡过这么好的觉……谢谢，太谢谢了！"

我看着他。他说话的时候，我一直看着他。我又看见他的病了，我看见他身上还有病。我又看见那个"小人"了，那个"小人"又从他的心上冒了出来。我清清楚楚地看见他心上又长出了一个"小肉人"。那"小肉人"只有一厘米高，正一蹦一蹦地随着他的心跳动……

马庭长说完感谢的话之后，脸相很木。接下去他咳嗽了一声，又说："淑云，这件事，这件事，有些麻烦……"

旧妈妈赶忙说："还是那条街吗，是不是那条街？那条福佑街，我我记着呢……"

马庭长摇摇头说："我说的不是那件事，我说的是这件事。这个，院长找我了，三个院长都找我了。一个院长找我，我顶住了。现在是三个院长都找我了。还有一些其他庭的庭长……论说我也不怕他们。可是……"

旧妈妈说："你说这事还会有变化？这事是不是还有变化？"

马庭长说："这个，院里有四个院长，只有一个支持我。这个，我一下子会面对很多'那个'。今天，我一上班，他们见面说话都不一样。我听出来了，好几个人说话不一样……事情复杂化了，原来我没想到事会有这么复杂。现在庭审委员会提出复议，这个，我也没有办法……"

旧妈妈急忙问："那你说的意思是……"

马庭长说："也只好这样了。这里边牵涉很多矛盾。有人看我的笑话，这里边有很多人想看我的笑话。这件事……对方人托得太多了，我还要在这单位干下去，下半年……噢，有些情况我不便多说。不过，有一条你放心，我不会彻底投降。我不会完全听他们的。我的意思是二审改判你们双方共同抚养，你看怎么样？……"

旧妈妈没有说话，旧妈妈再也不说话了……

马庭长很尴尬地站了起来，他拍着头说："老同学，对不起了，我只有这样了。是庭审委员会提出复议，这个，实在是没有办法……我也只能做到这一步，二审改判成双方共同抚养。别的条件我不会答应他们……"

旧妈妈勾着头坐在那里，一直到马庭长要走的时候，仍然一句话也不说。旧妈妈非常失望。旧妈妈捧着自己的心在暗暗落泪。我看出来了，旧妈妈心上刚刚长出了一个鼻儿，那鼻儿上写有"福佑街"的字样，她是想把她的心挂在"福佑街"。她一直在庆幸她找到了一个挂心的地方。这些天，那个"福佑街"时常在她的脑海里出现，"福佑街"出现的时候总是伴着许多挂心的地方。她在"福佑街"看到了一张张含有标志的"钉子"，看到了五年级二班的标志，那时候她是这个标志中的一员。那时候她排在队列里边走边唱，那歌词从她的心上流出来："我们是共产主义接班人……"而后是一排四个，一排四个甩着手在街上走……那里没有单个声音，那里走出的是集体的声音，那声音里有一种让人激动的东西。还有粘牙糖，花一分钱从小铺里买出来的粘牙糖……这一切都是"马＋户"带给她的，她眼里有很多丢失后又找回来的"马＋户"。她觉得她终于有了一个"马＋户"，是"马＋户"帮她找到了一个"福佑街"……然而，当她准备把心挂上去的时候，那个"马＋户"却连同"福佑街"一块儿消失了，再也不会回来了。她知道再也不会回来了。旧妈妈捧出了自己那颗多次染过颜色的心，却仍然无处挂……

这天晚上，旧妈妈没有吃饭……

半夜里，旧妈妈跟科长打起来了。两人从床上打到地上，又从地上打到床上，各自死揪着……揪出一片肉色的腥味。床在响，屋子里的东西都在响，那响声里飘动着水淋淋的汗味。可是，谁也不说话，无论打得多么狠，他们都咬着牙一声不吭。我知道他们心里有话，他们心里有很多话……可他们不吵。他们是怕人听见。他们其实是各自在染自己的心，他们很急，他们不知道该把心染成什么颜色才好。

可是，当我出现在他们眼前的时候，他们却不打了，他们若无其事地坐起来，就像什么事都没发生一样……

五月二十八日

早上，屋子里很静，是一种燥热的静。天仍然很热，空气熟了。空气里有很多湿腻腻的孜然味。

这会儿里屋一点声音也没有了。他们折腾了一夜，他们睡了。人不管怎样折腾，总有睡的时候。他们睡了，我醒了。

我有点饿，我感觉我有点饿。我想到街上去，我想去吃一截马路，吃一截马路就不会饿了。

现在我越来越怕见人了。可我没有办法，我生活在人中间我一点办法也没有。我必须见人。走在人中间的时候，我尽量把自己缩得小一些，我把自己缩得很小。我想把我化在空气里，我能化在空气里就好了。那样的话，我可以在空气里飘来飘去，想去哪里就去哪里，想看什么就看什么，我也不用吃马路了。

对了，我想去看看那个老人，我一直想去看看那个坐在马路边的老人，我很想跟他说说话。他没人说话，我也没人说话，我们俩可以说说话。

可是，当我赶到那棵树下的时候，我发现我来晚了，我来得太晚了。我没有找到那位老人，我找到的是一只垃圾箱。在第八个站牌不远的那棵树下，我看到的是一只堆满了垃圾的垃圾箱。

那里只剩下一只垃圾箱了。那个垃圾箱就是我要找的老人，我知道那就是我要找的人。垃圾箱上有老人的气味，我在垃圾箱上闻到了那股熟悉的气味。我知道老人坐得太久了，老人坐着坐着把自己坐成了一只垃圾箱。

老人那颗鲜红如豆的心如今就埋在这堆垃圾里……那颗埋在垃圾里的心仍在喃喃地说着什么，可惜我听不清了，心被埋在垃圾的最下边，我听不清了。我想我得把他的心从垃圾堆里扒出来，我能扒出来，那心鲜红如豆，埋在垃圾里太可惜了。我先扒出来一些饭盒，一些带一股馊味的泡沫塑料做的饭盒；然后是一些很脏的树叶和西瓜皮；一只烂皮鞋……就在我快要扒到那颗心的时候，我觉得我就要找到那颗心了，可是，我屁股上却挨了一扫把！我转过身去，看到了一张"地图脸"，那是一个扫街的老太太。"地图脸"恶狠狠地说："乱扒什么？你在这儿乱扒什么？你不知道这是个卫生城市吗？罚款五元！"我睁大眼望着她，我不知道该给她说什么……她一下子就揪住了我，说："你看我干什么？不拿钱走不了你！这条街归我管你不知道吗？没钱？我不管你有钱没钱，没钱捎信让你家人来……"

这时，旁边有个人走过来，我认出他来了，他是旧妈妈工厂里的人。他对那揪着我的"地图脸"说："算啦，你别理她。她是李淑云家的孩子，她有病，她不会说话……"那"地图脸"看了看我，又看看那人，仍是恶狠狠地说："有病，有病还出来跑什么？不是看你妈跟我儿子一个厂，今儿非罚你钱不行……滚吧，快滚吧！"

我想我不能走，我得把老人的心捡出来，我一定要把老人的心捡出来。我站在一旁等着，我想等"地图脸"走了以后……可"地图脸"就是不走，"地图脸"一直在垃圾箱跟前站着。过了一会儿，一辆垃圾车开过来了。他们把老人的心随垃圾一块儿装走了，我眼睁睁地看着老人的心随垃圾一块儿被抛进了那辆汽车里，老人的心在汽车里接连翻了三个跟头，最后被压在了一大堆西瓜皮的下边……我没有哭，我不会哭，我眼里有盐，我眼里仅仅是有了一点咸味。

我顺着街往前走，我只有往前走……

我往垃圾场的方向走。垃圾场在郊外，我顺着垃圾车的气味走。我跟着那气味一直跟到郊外。在郊外有一个巨大的垃圾场，有很多的垃圾车在倒垃圾，我看见了像山一样高的垃圾堆……这里是一片腐烂的气味，一种熟透了的臭味。在那些熟透了的臭味里我看见了闪闪发光的心。在垃圾堆里埋着许多颗心。我知道这里才是卖心的地方。我在垃圾场里看见了许多买心的人。这些买心的人闹嚷嚷地围在垃圾堆前，正跟看守垃圾的人讨价还价……这些买心的人全是从餐馆里来的，我知道他们是餐馆里的人，他们是餐馆里的采买。他们一只手拎着一只塑料袋，一只手拿着一只钩子，他们在垃圾堆前扒来扒去，而后把扒出的心钩出来，高声叫道："这个，这个多少钱？"就有看垃圾的人说："五块，这个五块"！接着就有人高叫："我要我要，这个我要了。"也有把钩出来的心重新扔回去的，我看见一个人把扒出来的心重新扔回了垃圾堆。那是一颗嫩心，那颗心很嫩。一个油乎乎的采买把那颗心钩起来，高高举起，问道："这个多少钱？"看守垃圾的人斜了一眼，说："这个，这个十五。"那满脸油光的采买忽一下又把挂在钩子上的心甩到垃圾堆里去了！他说："鸡巴，当垃圾卖还这么贵？我不要了！"看垃圾的人说："你不要算啦！这价你还嫌贵？你一碗'烹心汤'卖多少钱？你当我不知道，现在市面上正流行喝'烹心汤'，你一碗要人家几百……"那采买说："站着说话不嫌腰疼，作料贵呀！你不知道做一碗得用多少种作料……"

我想吐，我不知为什么突然想吐。这里乱嚷嚷的，这里的声音里有一股很腥很腥的气味。这里有很多的红蚊子。我找不到老人的心了，我没有找到那颗鲜红如豆的心。因为我无法靠近那垃圾山，看守垃圾的人不让我过，我没有钱……

我只有重新往回走，我一个人往回走。

六月二日

二审的判决下来了。

官司打来打去，我又成了一个"共同抚养"的人。

我不在乎"共同抚养"，"共同抚养"就是走来走去，我很愿意走来走去。只是旧妈妈和新妈妈都不愿意。她们说，官司还要打，还要打……就让她们打吧。我除了怕针什么也不怕，我只怕针……

我今天是要到新妈妈家去，我必须得去。

阳光很黏，阳光像糨糊一样粘在我身上，我背着糨糊走。走着走着，糨糊钻进我的衣服里去了，我感觉是钻到衣服里去了。

它们化成了一条条黏虫在我身上爬。我任它们爬。我一动就吓着它们了，我怕吓着它们，只好任它们爬。我悄悄地在路边上走，我躲着人走，可我又想找一个，找一个能和我说话的。街上有很多自行车，人们骑着两个圆；街上也跑着很多轿车，轿车里的人坐着四个圆；还有三个圆和五个圆的……如今圆成了人们的工具，人们坐在圆上匆匆行路，圆要把人们带到哪里去呢？圆带着人来来回回跑，我却不知道圆的路线是什么。不过，我看见人们的胃门还是方的。只有胃门是方的，我看见人们的胃门全是方的，人们的方胃门都涂上了铁色的防锈漆，人们大敞着铁色胃门在大街上行走，走出一片黄绿色的胃气。街面上到处都弥漫着这种正在发酵的、咕咕响的黄绿的胃气……报上说，这叫"外圆内方"。在新的时期里，"外圆内方"是最时髦的行为方式。人们正在努力地学习"外圆内方"……

走着，走着，我就看到那个"背诵人"了。就是那个戴眼镜的"背诵人"。他仍在背诵那段话，他一直都在背诵那段话，他一边蹬车一边在背诵"中央人民广播电台，中央电视台，男浴池女浴池，男女浴池……"那段话。他叫王森林，我知道他叫王森林。他常骑自行车到陈冬阿姨家去。他的胃里塞满了背诵的词语碎片。我看见他的胃里有一串一串的背诵过的词语碎片。每一串词语的碎片都有一个袋子装着，袋子上写有时间的标志，我看见时间的标志了。在写有"1963"字样的袋子里，我看见那里边有"小猫钓鱼，小猫钓鱼，一只老猫和一只小猫到河边去钓鱼……"

在写有"1966"字样的袋子里，我看见的是"马克思主义的道理，千条万绪，归根结底，就是一句话：造反有理……"，在写有"1969"字样的袋子里，我看见的是"……还有吃的，土豆烧熟了，再加牛肉，不须放屁，试看天翻地覆……"，在写有"1973"字样的袋子里，我看到的是"蛲蛲者易折，嗷嗷者易污，阳春白雪，和者盖寡……"在写有"1979"字样的袋子里，我看见的是"孙中山、号逸仙、广东省、香山县；唐李白、字太白、号青莲、称诗仙；宋苏轼、字子瞻、号东坡……"在写有"1985"字样的袋子里，我看到的是"省委26741、省府43854、市委73452、公安厅87648……"往下还有很多，我不看了，我不想再看了。我不明白这里边的意思。我只能看出他是一个"背诵人"。

不过，我还看到了一些别的东西，"背诵人"脑子里还藏着一些别的东西，那里有"猫捉老鼠"的气味。我闻到了"猫"捉"老鼠"的气味……我看到的是一间很宽敞的会议室，他的脑门里藏着一个挂有红色丝绒窗帘的会议室，会议室里摆满了沙发。

我看见陈冬阿姨了，陈冬阿姨默默地在会议室里坐着。同在会议室里坐着的还有两个人，一个是"钢笔人"，一个就是"背诵人"。他们都十分严肃地在会议室里坐着。两人的目光上都爬了很多的蚂蚁……

"钢笔人"说："我是纪委的，我姓秦……"

"背诵人"说:"陈冬,这是纪委的老秦同志,他是来调查那个问题的。就是你反映的那个问题……"

陈冬阿姨说:"什么问题?我不知道他有什么问题……"

"钢笔人"说:"陈冬同志,你不要紧张,随便谈吧,说错了也没关系。经济上啊、生活作风上啊,哪方面都可以谈……"

"背诵人"说:"对对,不要紧张。说错了也没关系……"

陈冬阿姨没有吭声,她一句话也不说。她的脑海里泡着一双眼睛,一双死鱼样的眼睛……

"钢笔人"说:"怎么样?谈谈吧。可以先谈谈你反映过的那个问题……"

"背诵人"说:"对对,谈谈你向组织上反映的那个问题。那个问题谁都知道,大家都知道……"

陈冬阿姨说:"既然都知道还找我干什么?谁知道找谁,我不知道……"

"钢笔人"说:"你怎么能这样说话?你这个同志,怎么能这样,这样说不合适吧……"

"背诵人"说:"是呀,是呀,问题是你反映的。当然不是你一个人反映,有很多同志反映……你就给老秦同志谈谈你反映的那个问题,这还不行吗?"

陈冬阿姨说:"什么问题?我不知道你指的是什么问题……"

"钢笔人"说:"好吧好吧,我提醒你一下,你如果忘了,我再提醒你一下。就是你十六号那天向组织上反映的那个问题。"

"背诵人"说:"对对对,就是那个问题。你别有顾虑。我其实不愿意干这事,是组织上让我协助老秦的。你说的,我绝对不会让单位里的人知道……"

陈冬阿姨说:"我反映什么?我十六号什么也没有反映。"

"钢笔人"说:"不要这样嘛,不要这样。当然了,当然了,像这样的问题很难出口，我们理解。可你这是给组织上谈嘛……"

"背诵人"说："是啊是啊。其实大家还是很同情你的，据我所知，大家对你都很同情……"

陈冬阿姨说："那天我什么也没有说，我就说我不想在这儿干了……"

"钢笔人"说："对呀，这不就是问题嘛。你是不是害怕？不要害怕。"

"背诵人"说："我告诉你，那个、那个……问题很严重。不光是一方面的问题，很多方面都有问题。所以你用不着怕了……"

陈冬阿姨说："谁说我怕了？我不知道就是不知道……"

"钢笔人"说："那你知道什么，说说你知道的……"

"背诵人"说："对呀，总有你知道的吧？你不会一点都不知道吧？你不是说有人那个，经常那个那个……"

陈冬阿姨说："我什么都不知道。我知道的，王森林都知道……"

"钢笔人"说："你这个同志，怎么说你呢，我看是品质问题。你亲口反映的问题，怎么又不承认了？你要相信组织嘛。你说说那个'东西'吧，你反映的那个'东西'……"

"背诵人"说："你不是说那个晚上，你想想你说的那个晚上，谁到你那里去了？你再想想……"

陈冬阿姨说："去我那里的人很多，送我东西的人也很多，王森林也去过我那里。我不知道你指的是谁……"

"背诵人"说："我去过你那里吗？除了工作上的事，我什么时候去过你那里？你看你这个人，是组织上让我来的，也不是我自己要来的，你看你这个人……"说着，他的头勾下去了。可他的脑海里却出现了背诵的词语，他脑海里出现了一片桃红色的词语，那词语是"上边毛，下边毛，当中一颗黑葡萄……"。

"钢笔人"把头缩进笔筒里去了，我看见他进了那个笔帽，而后他又一拱一拱地钻出来，露出一个尖尖的小头，那小头上有一个很细的像孔一样的眼睛，那眼睛对准陈冬阿姨身上的一个地方，那眼睛一直盯着那个地方……

"钢笔人"说："我看这个问题还是要谈的。我们还会找你，一次不行两次，两次不行三次。总之，你得谈，不谈不行。告诉你，这个问题已经立案了。你不谈就是你诬告，这个这个，你要考虑一下后果……"

"背诵人"说："陈冬，你还是谈吧。早晚也是谈，你何苦呢？老秦同志也是为你好……"

陈冬阿姨站起来说："我不知道谈什么，我没什么可谈的……"说着，陈冬阿姨推门走出去了。

"背诵人"说："你看，她就是这样，在某一种情况下，她就变成了这样。她平时从来不理人，她傲着呢……你应该，其实你应该……你是上边来的嘛。我说，你怎么老把自己装在兜里，你总是把自己装在兜里吗？"

"钢笔人"说："我当笔当习惯了，我当笔当了二十年了，我已经习惯了。"

"背诵人"说："你说话老隔着一层，你不觉得憋得慌吗？你其实应该说得更直接一些，你说得太含蓄了……"

"钢笔人"说："这样的事，我也做不了主。我仅仅是一支笔……"

"背诵人"说："你看，肉都肉了，她还那个……"

"钢笔人"说："有些话不好直接说。再问的时候，看情况吧……"

"背诵人"说："你不知道她的情况？机关里，谁不知道她跟那个'那个'……"

"钢笔人"说："也听说过一些。这个，这个……有细节吗？"

"背诵人"说："老同学，你别老缩在笔帽里。这种事，你比我有经验。该说的你得说。我也是熬了这么多年了，现在是个茬口。这个事要是有什么，我就可以；要是没什么，那就再说。反正这是个茬口……"

"背诵人"骑在自行车上，很兴奋地蹬着。我知道他要去哪里，他是要去"谈话"，他又要去"谈话"了。他很乐意"谈话"。他一边思考"谈话"，一边背诵。他背诵的仍然是那段话，他已经能熟练地背诵那段话了，他仍在反反复复地背诵那段话：

"中央人民广播电台，中央电视台，男浴池女浴池，男女浴池……"

六月四日

今天，我吃了一个茶杯。我把茶杯吃下去了。

我打碎了一个茶杯，新妈妈说："你把它吃下去！"我就把它吃下去了。这是一个细瓷茶杯。开始，我还有点怕，我怕扎。我把碎了的瓷片含在嘴里，慢慢地用牙啃，一啃就碎了。茶杯很脆，茶杯吃起来有一股凉凉的薄荷味，还有一股刨冰味。我没吃过刨冰，我仅仅是见过，我感觉就是那样的味。而后那些碎瓷片掉进胃里去了，我听见掉进胃里了，它们在胃里叮儿当唧地响。

其实，新妈妈是怀疑我又看见什么了。她让我吃茶杯是对我的一种试探，我知道她是试探我。她昨天夜里很晚很晚才回来，她以为我又看见什么了。我知道这是不能说的，这些都不能说。

她说我的眼"贼"，她一直说我的眼"贼"。她突然说："你瞪着眼看什么?!"我一惊，就把茶杯打碎了……

我的确是看见什么了。昨天夜里，我看见新妈妈勇敢地走向一张大床。那是一张黄缎色的"蓝梦"床。我看见新妈妈在一家宾馆里，踏着猩红色的地毯，朝着一张大床走去。我听见新妈妈的声音像血一样红，新妈妈高声说："不就是那个吗，你等的不就是那个那个吗，来吧！"冯记者在一旁的沙发上坐着，冯记者红着脸说："我是不是很坏，你是不是觉得我很坏？"新妈妈的声音有一股玻璃丝袜子的气味，新妈妈说："你坏吗？我看你不是很坏，是坏得很不够。你要是真坏，就不会偷偷摸摸、转弯抹角的了。你那一点小坏，算什么坏？你要是真坏，就把我拐跑！你敢把我拐走吗?！……"冯记者不好意思地说："是呀是呀，我到底还是文人，坏也坏不到哪儿去……"新妈妈说："生意人坏得彻底，文人坏得精细。你还算不上大精细，你呀，是小精细……"

冯记者说："看你说的……我都没词儿了，在你面前我没词儿了。"新妈妈说："你以为我不了解你吗？你是又想坏又想保持你的身份，你是那种假坏，你是肉里坏，小小气气的坏。你坏得一点也不大气……"冯记者说："哎呀，入木三分哪！我真是越来越喜欢你了，那个字我很想说出来，就是那个字……"冯记者说着站了起来，他慢慢地走到新妈妈跟前。新妈妈仍然乜斜着眼看他，新妈妈说："你说呀，你怎么不说了？……"冯记者眼里冒出了绿颜色的火苗。冯记者笨拙地抱住新妈妈，嘴咬着新妈妈的耳垂儿，轻声说："……那个，那个，安全吗？"新妈妈一甩就把他甩在沙发上了，新妈妈说："什么安全不安全？去你妈的安全！你是戴套的坏……"冯记者红着脸喃喃地说："我我我……我、是为你……"新妈妈说："你是为我？你真为我……那好，你走吧，你走啊？我还不知道你吗，帮一点小忙就……你不就是要吗？还贼头贼脑的……"冯记者尴尬地笑着说："我投降了，我彻底投降了。办证的事，我包了，我全包了。"新妈妈突然又笑了，新妈妈的笑声像陡地撑开了一把大红伞，新妈妈笑出了伞的气味。新妈妈的笑声像雨点一样从伞上撒出去，一豆儿一豆儿地落在冯记者的头上……冯记者也跟着笑了。冯记者笑着笑着眼里却有了泪，冯记者说："说实话，我出身贫寒。我十二岁的时候，还不知道什么是尼龙袜子，那时候我最大的愿望是有一双人家都有的尼龙袜子……你看我兜里揣着记者证到处吓人，到处吃人家，其实我还不够坏，我心里不够坏。我很想坏，我真的很想坏……我从没给任何人说过我想坏，今天让你说中了。我本质是个很胆小的人，我坏得没有力量……"新妈妈的声音里又有了烘柿的气味，是那种很软很甜的烘柿。新妈妈温和地说："哎，你怎么掉泪了，一个大男人，还掉泪……我也坏，我也很坏。来吧，咱们坏到底吧……"而后就是一片窸窸窣窣的声音……一片面包样的声音……一片猫的声音……一片小虫的声音……一片弹棉花的声音……

　　十点钟的时候，新妈妈又在另一家宾馆里出现了。那时候我一睁开眼，却看见新妈妈站在另一条街的另一个宾馆的另一个房间里。新妈妈微微地笑着说："让你等急了吧？有点事，来晚了……"杨记者说："我还以为你不来了呢。我怕你往别处想，你不要往别处想，我是让你来洗澡的。这里水好，让你来洗个澡。水都给你放好了，我放了三次……"新妈妈说："我没有往别处想。我怎么会往别处想呢……"杨记者说："这里的老板跟我很熟，我让他晚点停水。晚点水也凉了，你看水凉了……"新妈妈说："凉了就凉了吧，我也是才洗过……"杨记者说："既然来了，就坐会儿吧。"新妈妈说："行，我坐一会儿。"杨记者说："那个事也就那样了……"新妈妈说："就那样了……这还是你跟老冯跑的，要不跑……"杨记者说："法院也怵新闻单位，再说我政法口也都熟，他们，他们这些人，别看平时挺唬人的，也就那么回事……"新妈妈说："是啊，人家见了记者都是看脸说话。"杨记者说："记者也有难处。一天到晚穷跑、穷吃，仅仅是落个'口条'，人家都说记者是'口条'。到老了回头看看，写了一堆揩屁股纸……"新妈妈说："看你说的……"杨记者说："其实就是这样，说白了，这人就没意思了。有时候想想，一点意思也没有……"新妈妈说："咋没意思？当记者要没意思，啥有意思？"杨记者说："其实这意思是自己找的，没意思自己找点意思。你说这人是不是该找点意思？"新妈妈说："我不懂呀。你是大记者，你说呢？"杨记者说："人生苦短哪。人哪，人哪……"

新妈妈说："老杨，你不是想找点意思吗，你找着了吗？"杨记者说："我，唉，我这个人哪……"新妈妈说："老杨，你是不是有啥想法？"杨记者说："没有没有，我啥想法也没有……"新妈妈说："你没想法？我可是有想法……"杨记者说："你有啥想法？说说，说说……能帮忙的我一定帮忙。"新妈妈说："你看看表，你看看几点了……"杨记者说："再稍坐会儿，再稍坐会儿，说说你的想法……"新妈妈说："我就一个想法，你叫我来干什么……"杨记者说："也也也……就是，就是……"新妈妈说："也别就是就是了，不就是一个字吗，脱！我就是来还账的，我欠你的，我来还账。还扯这么半天，也就是那一个字：脱！脱吧……"杨记者说："你你你……打我脸哪……"新妈妈说："你还有脸？你的脸在哪儿？我怎么看不见……"杨记者说："唉，我这个人，我这个人，你别这样说，你这样说……"新妈妈说："算了吧，老杨，我是个刀搁脖子上都不怵的人，我要是不愿的事，谁也不能勉强我。我是不愿欠人家什么。脱吧……"杨记者站不起来了。杨记者很想站起来，可他站不起来了，他身上没有筋了，我看见他身上的筋成了一根突然失去弹性的松紧带……新妈妈的声音里跳出了许多小樱桃，我看见新妈妈的声音里有许多粉红色的小樱桃，新妈妈轻声说："老杨，我看你是个好人，你是软好人，你的骨头里没有毒。我不能亏一个软好人，我不能亏你，你看着……"新妈妈说着，就开始解扣子了。新妈妈把身上穿的衣服一件件脱下来，衣服在屋子里弥漫出一股肉色的香水味……屋子里一下子出现了白花花的亮光，新妈妈变成了一条舞动着的蛇，新妈妈把她那白亮蛇软的身体亮在杨记者眼前，新妈妈说："你都看见了，该看的，都让你看了……你是个软好人，我让你吃一口吧，我让你吃一口我的奶……"

新妈妈主动蹲下来，把蛇信子一样的奶头送进杨记者的嘴里……新妈妈柔和地说："那个事，你还得帮我，你帮我吗？"杨记者流着口水喃喃地说："帮，我帮……"

新妈妈回来的时候已是深夜了。新妈妈轻轻地走进门来，她身上沾满了男人的气味，她一进门我就闻见男人的气味了。新妈妈把男人的气味带进了洗浴间。她把水管拧开，用水把男人的气味冲进了下水道……而后新妈妈重新化妆，她在身上抹了很多的"狐狸牌香水"。新妈妈带着满身狐狸味走进了房间，这又是另一个房间，这个房间里也有一张大床。这张大床上躺着爸爸……

六月六日

雨说下来就下来了。雨下得很暴，下出了一股绿豆的气味。

雨先是一线一线，而后是一丛一丛，像林子，白色的林子。林子上是耀眼的光芒……

人们正在逃跑，我看见人们在白茫茫的林子里四下奔逃。林子在人们的头上，人们不管跑到哪里，林子仍然在人们的头上。

人们一下子打出了许多颜色，人们都躲在颜色的下边，高举着颜色逃跑。声音也在逃跑。我听见很多杂乱的声音在林子里纷乱地移动，移出一片纷乱的热肉味。还有汽车的鸣笛声，鸣笛声叫出的是一股老鼠味，大街上有很多逃亡的老鼠味……

我突然觉得我看见什么了，我是看见什么了。我看见的是一种预兆。我飞快地从房间里跑出来，匆匆跑下楼去……

我在楼梯口拦住了陈冬阿姨，我站在她的面前，用眼睛告诉她，我说：你别去，你不要去。

陈冬阿姨刚刚把雨伞撑起来，她打开的是一把天蓝色的雨伞。她打开雨伞的时候看了看我，她说："明明，你有什么事吗？"

我告诉她，我用眼睛告诉她，我说：我没有事，是阿姨有事。你不要去，你别去……

阿姨不明白，阿姨听不懂我的"话"，阿姨说："明明，你的眼神不对劲，你怎么这样看着我？你是不是又犯病了？你看你身上都淋湿了，听话，快回家吧。阿姨有事，阿姨改天再陪你玩……"

我站在她面前，我挡住路不让她走，我说：你别去，千万别去！……

陈冬阿姨摸了摸我的头，她说："听话，明明。阿姨有急事，你别耽误阿姨。你要有事等阿姨回来再说，好吗？"说着，她推车从我身边绕过去了。

我不能让她去，我觉得不应该让她去。我上去抓住了她的车子，我死死地抓住她的车子……

陈冬阿姨扭过身来，很急躁地说："明明，快松手。你真是犯病了。阿姨有事，你快松手，要不我叫你妈了……"

我愣了一下，就在这当儿，她把我的手从车架上掰开，飞快地骑上走了……

我没有办法了，我拦不住她。她听不懂我的话。我应该拿一支笔，我要是手里有笔，我给她写下来，她会相信的。可是，她已经走了。她消失在雨水里，我看见她在雨水里泡着……

十分钟后，我回到楼上，重新盯着陈冬阿姨。我能看见陈冬阿姨。我看见陈冬阿姨打着一把天蓝色的雨伞，骑着一辆女车在街上走。雨下得太大了，马路上到处是水。陈冬阿姨骑着这辆女车接连穿过了两处红灯，陈冬阿姨一点也不怕红灯。陈冬阿姨的女车在红灯里骑得很慢，她的车缓缓地在马路上走着，犁出一浪一浪的水花。在她的头顶上，蓝色的雨伞正崩炸着一朵一朵的水泡……我还看见她家里坐着那个秃顶老头，她是为那个秃顶老头才出来的，她冒雨上街是要去找一个人。她身上挂满声音。一些是那个秃顶老头的声音，另一些是"钢笔人"和"背诵人"的声音。这些声音在她的身上环绕着，绕出一片蜜蜂的气味。我闻见蜜蜂的气味了，在蜜蜂的气味里有一些人脸在晃动……

我看见陈冬阿姨的车子骑到了纬六路和经九路的交叉口。在交叉口上，陈冬阿姨心里正说着一些话。她是在练习说话。她练习的是去那个地方要说的话……那个地方离她还有一段路。我看见那个地方了，大约有三百米的样子。再走三百米，她就会走到那个地方了。她正在练习要说的话。她脑海里出现了一个白白胖胖的眼镜，她在给这个眼镜说话。她说："当处长了，还认识老同学不认识了？……"那白胖眼镜说："陈冬，你可是稀客，请都请不到。芝麻绿豆，还值得你挖吗？下这么大的雨……你是不是有事？"陈冬阿姨说："有事，当然有事……"往下很艰难，往下的话非常艰难。陈冬阿姨不知往下该怎么说。她在选择字句，我看出她是在选择字句。她是在为那个秃顶老头选择字句……她说："有一个事。别人的事。那人……"

这时候，我扭了一下脸。我也不知道为什么要扭脸，可我把脸扭过来了。我是担心针，我很可能是担心身后会有针……当我把脸又扭过去的时候，我发现陈冬阿姨不见了。也就是几秒钟的时间，陈冬阿姨不见了。这就是那个预兆，我先前感觉到的那个预兆吗？！马路上到处都是水，满地是水，我看到的是一个冒着漩涡的窨井……在窨井几米远的地方是一个小饭店，饭店门口站着两个油光光的人，那两个人正看着窨井发愣。而后我又看见了一些人，那是一些从对面骑车过来的人，他们也愣愣地站在那儿，脸上沾着雨滴……再后来我看到了那个放在小饭店门口的窨井盖，那个窨井盖在小饭店门口放着……人越来越多了，人们就那么在雨里站着。没有声音，这时城市里没有声音，城市哑了，我想城市是哑了。我看见了伞，那把天蓝色的伞，那伞已飞到了十米以外的马路中间，像花儿一样开着。最后，我才看到了陈冬阿姨，我看见她了，她在下水道里躺着，和汹涌的雨水在一起滚动……二十秒钟后，她已到了政七街；三十秒钟后她到了梧桐路；四十秒钟后，她到了黄河路……她的身子在下水道里像麻花一样扭来扭去，水在脱她的衣服，我看见水在脱她的衣服，水把她的衣服一件件褪去，褪出一片鱼样的白光。而后就有红色冒出来了，一片一片的红色在水中洇开去，洇出一朵朵玫瑰样的花瓣。我看见她脑海里仍然晃动着一些男人的影子，那是一些黄色的影子。那些影子在围着她说话，那些影子的话时断时续，带着一股年糕的气味。我闻见年糕的气味了。当那些声音四处乱爬的时候，我闻到了糯米年糕的气味。下水道里聚集了许多红蚊子，我看见红蚊子蜂拥而上，紧紧地贴在陈冬阿姨的身上，它们正在分食陈冬阿姨身上洇出来的红色，它们追逐红色飞流而下，追出一片唱诵声……

我想我要救她，我一定要救救她。我把全身的气力都集中在眼睛上，我想用眼睛的力量把她从下水道里拖出来。我用眼睛和水做斗争，我使出吃奶的力气与水搏斗……慢慢地，我看见下水道里飞出来了一个东西，一个很薄的东西，那是陈冬阿姨的魂灵，陈冬阿姨的魂灵飞出来了。我救不了她的身子了，我不能救出她的身子……她的魂灵脱离了她正在下滑的肉体，从一个敞开着的窨井口飞了出来。她的魂灵很薄，她的魂灵像纸一样薄。她的魂灵在雨中风中扶摇而上，像燕子一样在城市的上空滑动……

我眼里有盐了，我眼里又有盐了。我眼里流出了一些咸味，很久很久，我眼里流出的是咸味……

我望着对面的楼房。就在对面的楼房里，我看见那个秃顶老头还在沙发上坐着，他是在等陈冬阿姨，我知道他在等陈冬阿姨。他企望着陈冬阿姨会给他带回"活动"的消息。他肚里还藏着很多话，很多他没有对陈冬阿姨说的话。他肚里的话已经生蛆了，我看见那些没有来得及说的话生了很多蛆。这些蛆是蜜黄色的，这些蛆身上抹了许多蜂蜜。那些话在他的肚子里一蹿一蹿地动着："冬，你心好。我知道你心好。帮帮我，再帮我这一次。只要过了这一关……我其实已经是无所谓了。我老了，我无所谓了，主要是咽不下这口气。你看看，就因为一个屁……"该说的，他已经说了，剩下的是还没有说的，是他下一次要说的。这会儿他是在等消息。他一边等消息一边偷看陈冬阿姨的日记。那是一本蓝色日记本，他正在翻动这本日记。这本日记上有一些陈旧的记录，那是关于时间的记录。在时间的记录上，有一串褪色了的鲜明而含糊的姓氏：

1974. 6. 15，鲁……

1976. 3. 24，李……

1978. 5. 20，姚……

1980. 5. 9，吴……

1982. 9. 28，方……

1985. 10. 12，宁……

1986. 8. 26，宋……

1987. 7，别了，司徒……

秃顶老头一边等陈冬阿姨，一边在破译这些姓氏。他十分吃力地在破译这些姓氏。他的头埋在日记本上，一点一点地品尝那些姓氏。他还把时间拆解成一段一段的，分段来品尝姓氏的味道。我听见他喃喃自语说："1974，她是在乡下……1976，她仍然在乡下……1978，她是在大学里……1985，她是在另一个单位……那么……别了，司徒，别了司徒别了司徒，别了司徒是什么意思？"他的嘴唇很干燥，他吃出了干燥。他给自己倒了一杯水，他端起茶水喝了两口，而后又走进厕所去了。他蹲在厕所里，继续破译那个日记本上的姓氏……

在另一座楼房的会议室里，"钢笔人"和"背诵人"正在等陈冬阿姨。我知道他们是在等陈冬阿姨。"钢笔人"说："你通知到了没有？你没通知到吧？""背诵人"说："通知是通知到了，就是不知道她来不来……""钢笔人"说："这次谈话是正式的，是要做记录的。她……""背诵人"说："她这个人，你是不知道。在某种情况下，她就成了这个样子……我看来是会来。不过，她会来得晚一点。她经常这样……""钢笔人"说："这不好，这就不大好了……""背诵人"说："这一次，你可要严厉一点，你必须严厉。她这个人是说变就变。""钢笔人"说："关键在细节。可细节不好问，越是细处越不好问……""背诵人"说："你别老把自己缩在笔帽里，你光缩在笔帽里什么也问不出来。你又不是不想知道，你也想知道那些东西对不对……""钢笔人"说："我是当笔的，你也知道我是一支笔。这是我的工作。工作得讲究方式方法……""背诵人"说："你们就这样磨，一点一点磨，磨到什么时候？""钢笔人"说："对，做这样的工作必须过细，不细不行。我就是这样一年一年磨出来的。做笔的必须细……""背诵人"说："光拖时间有啥用，一点用也没有。她就是不说，你有什么办法？""钢笔人"说："据我多年工作的经验，没有不说的。不管多狡猾多顽固的人，到了最后都会说……告诉你吧，我知道很多人的细节，很多很多人的细节。很多人到了最后都是很主动地对我讲细节，讲一些藏在毛孔里的东西。我可以说是这个世界上掌握细节最多的人。可是我不能说。我很想说，可我不能说。""背诵人"说："说说，说说呗。说说又怎么了？""钢笔人"说："不能说，我真是不能说。只能到了一定的时候、一定的场合才可以说。不过，有时候，我还真想说。我真想给人说说。可我只能忍住，忍是很难受的……""背诵人"说："你不说算啦。你看看几点了？人还不来。她就是这个样子，想来就来，不想来就不来……我看是该来的不来，不该来的来了。""钢笔人"说："不要急嘛。谁该来谁不该来？""背诵人"说："我说是我不该来。我忙着呢。我坐这儿干什么……""钢笔人"说："这也是工作嘛。干我们这行的，等也就是工作……""背诵人"咳嗽了一声，闭上眼，在心里默背："中央人民广播电台、中央电视台、男浴池女浴池、男女浴池……"

晚上的时候，我看见电视里走出来一个女人，一个穿粉红短袖衫的塑料女人。女人坐在那里，用很平静的语气说：因突降暴雨，城东一带马路上积水太多，排水不及，加上马路上的窨井盖不翼而飞，致使一个冒雨骑车行路的女子，在经六路口不慎掉进了窨井之中……事故的原因有关方面正在调查。

我又看见陈冬阿姨了。我看见陈冬阿姨的魂灵在夜空里穿行。空中有很多电波，她正躲避电波，她躲过重重电波向东方飞翔。我知道她是要到一个地方去，她去寻找一个人……

六月十日

魏征叔叔的话：

每个城市都有特点。你知道这个城市的特点是什么吗？

我告诉你吧，我告诉你算啦。这座城市的最大特点是可以藏人。"这是个十字路口"，这座城市给人的感觉就是一个十字路口。这里交通发达，是"京广""陇海"两大铁路干线的交会处，是一个通向四面八方的交通枢纽，也是一个最具有商贸意味的城市。这里人流量特别大，经商的人也特别多，这里到处是人，这里的人大多是刚从火车上"卸"下来的，这里的人像水一样流来流去，你随便把自己往人群里一混，就不见了，因为街上的人几乎全是生脸，你可以很快把自己藏在一片一片的生脸里……没人知道你，没人知道你是这座城市的最大好处。再一个好处是，这座城市大部分建筑都是"火柴盒式"，城市里到处都是火柴盒样的楼房，一栋一栋的"火柴盒"，看上去没有多大的区别。这里的老城区已经非常非常小了，老城区的房舍几乎全都被拆迁掉了，可以说，这里几乎没有固定意义上的老居民。你不要小看"拆迁"，这种"拆迁"拆迁掉的是一种"凝聚意识"，是一种老城所具有的那种可怕的"亲情纽带"，"拆迁"使这里的大部分人变成了外人，变成了陌生人。所以这里的住户一般情况下是互不来往的，这座城市已经具有互不来往的习惯，特别是那种近年来新建的商品房，住户们可以说是谁也不认识谁，谁也不了解谁。所以这座城市里骗子最多，这是一个生长骗子的地方，也是骗子们最容易活下去的地方。你要是不想让人找到你，搬一次家就行了，一搬家谁也别想找到你。你说我是戴手铐戴怕了？你说我戴了一次手铐，怕人再抓我，就想到了藏，对不对？说实话，也有这么一点点吧。可这是浅层次的。这当然是浅层次的，还有更高层次的"藏"。在城市里活人，先得学会"藏"，"藏"是生存的第一要素。这个"藏"的档次就高一些了。这不是一般意义上的"藏"，这是另一个层面上的"藏"。你别笑。你笑什么？我告诉你，"藏"也是一门学问。你别小看"藏"，"藏"是一门很复杂的学问。你知道墙是干什么用的？墙就是用来藏人的。这个世界上到处是墙，也就是说，到处都是藏人的地方。藏是人的需要。人是最怕人的，人与人之间必须有所"藏"。你不"藏"你就不是人了。人是什么，人是高级动物，这是书本上说的吧。高级动物的最大特征是什么？叫我说，就是一个字，会"藏"。看看，你他妈的又笑了。你笑个啥？古人说的话没数了，留下来的有多少？没几句吧？其中有一句就是

"小藏藏于野，大藏藏于市"。大概是这个意思吧。说句谦虚的话，我也读书不多，意思也就是这个意思。这个意思说的就是一个"藏"字。你看看，几千年了，传下来一个"藏"字。我告诉你吧，"藏"是一种智慧。会"藏"的人是最富有智慧的人。一位测字先生专门给我解过这个"藏"字。他说，你看看这个"藏"字里边是什么？

里边是一个"臣"字。"臣"服了，表面上给人以肝脑涂地俯首帖耳的印象；可"臣"字外边又包了这么多东西！上边包的是什么？是"草"，用"草"严严实实地盖住，上边是弱不禁风的小草；"草"下边又是什么？"草"下边周围包的是"刀枪剑戟"，"草"是虚，是幻象，"刀枪剑戟"是实，这是有所图啊！八卦上又叫"龙潜于水"……所以说，大凡会"藏"的人，都是有所图的人，是想得到什么的人。人都是有所图的，所以是人必"藏"，仅仅是"藏"的方式不同罢了。只有一种人不"藏"，死人不"藏"。死人是身"藏"心不"藏"。活人"藏"心，死人"藏"身，也就是说，只有心死的人不"藏"。

我从东北回来后，就开始学习"藏"的艺术，我一直在学习"藏"的艺术。外在的原因是我得躲一躲那个东北小个子厂长，我怕他真的再找上门来。实际上我是想修炼"藏"的艺术……我知道你不信，你不信算啦。

我回来后做了两件事：一是同朱朱分手，二是赶快搬家。

我说过朱朱是个好女人，朱朱是帮过我的，在我最倒霉的时候她帮过我。可我还是和她分手了。我从东北回来后，做的第一件事就是跟朱朱分手。这时候我发现钱是一个人的事，钱只能有一条心，不能有两条心。我跟朱朱虽然睡在了一张床上，可心还是两条（她随时都会走，她并不是我的女人），一个钱串上拴着两条心，这是不行的。再说，我也看到了一些迹象。女人一旦疯起来就会留下很多痕迹，屋子里到处都是那种痕迹……这个事不给你说了，给你说没意思。对朱朱我也没说，我一声也没吭。

　　我对朱朱说："朱朱，你是个好女人，你帮过我不少忙。在我最困难的时候，是你救了我。你说吧，你要点什么？你说了……"朱朱是明白人，她一听就明白了。朱朱说："你是不是想撵我走哪？要是你就直说……"我说："朱朱，我没有这意思。我仅仅是不想亏你……"说着，我把一张准备好的存折推到朱朱面前，我说："朱朱，这是两万块钱，你看够不够？我的情况你也清楚，多多少少，是个意思……"朱朱看了我一眼，说："我明白了，你别再说了，我已经明白了。"朱朱点上一支烟，吸了两口，说："老魏，我把事说清楚。临走之前，我把事都给你说清楚。那事，我是收过东北那小个子厂长的介绍费。不错，开初我收了他一万块钱。可出事后我把钱退给他了，我一分不少全退给他了。我从没向他透过你的底，这你也清楚，我如果要说的话……"这时候我心里有点寒，知道她脚踩两条船之后，我心里很寒。可我还是不动声色地说："朱朱，我知道。你说的我都知道。你帮我不少忙……"她说："老魏，我对你不薄。"我说："你是对我不薄……"她说："跟你之后，我没再跟过别人……"我笑了笑说："我知道，我都知道。"她看了我一眼说："你不要瞎怀疑。我有一个表弟，我表弟在这儿住了两天。那两天我一直睡在沙发上……"我说："我不怀疑。我也有亲戚，谁都有亲戚……"她看了看我，说："那好吧，老魏。这一段为你跑事我花了不少钱，花多少我也不计较了。我也不问你多要，两万块钱是不是有点少了？……"我说："你要多少，你说吧！"她说："你给我四万算啦。这是我应得的报酬。这不算多要吧？"我当时没有吭声，停了一会儿，我才说："朱朱，你的确是对我不薄。四万是不是还有点少？五万吧，我给你五万，也算是一句。"说着，我从旁边拉一个手提箱，我把手提箱打开，对朱朱说："这是五万，你拿去吧。"朱朱一下子把眼睛睁大了，朱朱说："老魏，你了不起！你就这么涮我，你了不起。"我说："我没有涮你。这笔钱我本来另有用项。你要用就拿去用吧……"朱朱说："老魏，有人劝我坑你一下，叫我跟东北那小个子厂长联手……我没有干，我不忍心干。那样就把你彻底坑了。"我盯着她看了一会儿，说："你不会干，我相信你不会干……"她说："看来我是做对了。老魏，你行，你真行。要不，我再留一夜吧，我留一夜……"我说："别、别了，朱朱。你还是把钱拿走吧。钱这东西耀眼，过一会儿兴许……"我一说这话她马上把钱箱提起来说："那好，拜拜吧。我还会来看你的……"

就这样，我把朱朱打发了。我说过，女人是水，女人是很容易泛滥的。后来我想想，这事是做对了。我及早打发朱朱是做对了，要不我就会出大麻烦……女人很容易变，女人说变就变，到那时候就来不及了。我告诉你，这叫快刀斩乱麻。你知道我回来的当天晚上看到了什么？不错，她跟人家睡在一张床上。她跟那人头并头睡在我的那张床上……我没有惊动她，我到我的图书发行公司过了一夜。还有更可怕的呢，她到我的图书发行部去了好几趟了，趁我不在家，她去了好几次，说是我让准备钱……我不是不敢惊动她，我是怕惊动我的钱。你说我为什么还要给她钱？

你知道请"神"容易送"神"难哪！我不是怕，我主要是担心化肥那场事，那事还不算了。她是最了解内幕的人，假如她一变心，假如她真的跟那个小个子厂长合起手来，我不就完了吗……再一个，她跟黑社会也是有关系的，她是在黑白两道上"走"的人。你知道吗，女人一旦脸都不要了，是什么事都干得出来的，除非我把她杀了！虽然她是个干"那个"的，可到底是跟过我的女人哪！我不想做得太绝，也不想陷得太深。我放她这一马，也是为将来考虑的。说来她也算没有大伤过我。告诉你，这才叫大气。拿得起放得下，这才叫大气。不过，打从这事过后，我再也不相信人了，我只信我自己。女人哪，是流来流去的水呀！

搬家的事就容易了。我也开始实行"狡兔三窟"的办法，房子我没有转让，又另外租了一套。那地方不好找，那里是我的老根据地。我在那地方蹲了三个月，每天跟人下棋……我是白天跟人下棋，晚上琢磨"藏"的艺术。有时候白天也练，我先是练脸上笑心里不笑，又练心里笑脸上不笑；我把烧红的烙铁放在腿上练习大笑，笑出朗朗声；我练习我的眼睛，我练习在不同场合上眼神的变化，我让每一个眼神都发挥效用。眼睛是最有诱惑力的，我用眼睛表演"诚恳"，这时候我就是一个演员，是一个最会使用眼睛的演员。其实生意场上都是演员，就看你怎么演了。我还充分利用面部肌肉的变化，我让整个脸都动起来，让它发挥我需要的作用。我练了很长时间，一直练到我让它哪个地方动它就动……这有什么用？这当然都是有用的。我告诉你，生意很残酷，这就是生意。

　　三个月之后我东山再起，做成了两笔生意，一家伙又赚了一百多万！……

○ ●

秋 ....

八月四日

风脆了，风里有沙了。

我感觉到风里有沙了。书上说，黄河从这里流过，在地图上从这里流过。但整个夏天都没有看到像样的水。这里的水几乎全是从水管里流出来的。水管里的水是药水，是从漂白粉里泡出来的，有一股锈迹斑斑的药味，还有一股死老鼠的气味。这是一座地图上有河而实际上看不到大水的城市。我喜欢大水，有波澜的水，可这里没有。这里的水全是棉线做的，是那种乌的坏棉线，天上下的和水管里流的，全是棉线形，有时候线很细，非常细。而秋天的时候就有沙来了，风送来的沙，沙就是河了。在这个城市里，沙就是河，黄颜色的河。我闻到河的气味了，是沙从河上裹过来的气味。这是一种没有了湿度的气味，是一粒一粒的气味，很碜牙。这种气味从天上撒下来，在窗户上慢慢地行走，到了晚上的时候，才显现出黄黄浅浅的一层。上街的人脸上都会有这么一层，这一层就算是河了，这时候，你会觉得有河。河就挂在人的脸上，在秋天来了的时候，你可以从人们脸上看到黄河。那自然是一粒一粒的黄河。

　　我是医生了。当人们带着一脸"黄河"来到我面前的时候，我已经是这个城市的医生了。我开始给这个城市看病。

　　这一切最先是新妈妈安排的。新妈妈说我有"特异功能"，就为我开了一家"特异功能诊所"。新妈妈在体育馆门前租了两间房，就叫"特异功能诊所"。这样，我就是诊所的医生了。病人很多，我的病人非常多。自从冯记者、杨记者在报上连续发了一些介绍文章后，我的病人越来越多了。人们都希望活，人们是在活中腐烂，在腐烂中活。现在我的眼睛专门看那些烂肉，我的眼睛成了一双专门深入人体内观察烂肉的眼睛。我总是想呕吐，看得多了我就想吐。不过，新妈妈给我做了规定，她规定每天只看十个病人。上午看五个，下午看五个。她不是为了我才这样规定的，我知道她不是为了我。她是听了冯记者的话。冯记者说，要想产生"轰动效应"，必须得有神秘感，开始的时候必须得有神秘感……所以，诊所门前总有人在排队，排很长的队。说是一天看十个，可有时候会加到十五、二十个。这都是一些坐小轿车来的病人，或是冯记者、杨记者介绍来的，这些人从不排队。这些人一来，新妈妈就让我给他们看……病真多呀！

　　新妈妈的诊所开了不久，旧妈妈也要开。旧妈妈说，女儿是我的，凭什么她拿我女儿挣钱？我女儿有病，我不能让她拿我女儿去挣钱！旧妈妈说这话的时候掉泪了，旧妈妈的泪里有很多"包袱"。当一个人的心没人要时，她眼泪里就会出现很多"包袱"。我看见旧妈妈的眼泪里含有车刀切割铁屑的气味，那气味温度很高，那是经过高速旋转后发出的一种气味；还有酱油和醋的气味，那是酱油和醋混在一起的暗蓝色的气味。这些气味最后化成了一种东西，我知道那是什么……于是旧妈妈跑去找旧大姨旧二姨们帮忙，在西城区也托人租了两间房子，开了一个同样的"特异功能诊所"。我现在是两个诊所的医生，两个诊所就我这么一个医生。我成了一个巡回医生，一个星期在新妈妈开的诊所里看病，一个星期在旧妈妈开的诊所里看病。新妈妈不希望我到旧妈妈那里去，旧妈妈也不愿我到新妈妈这里来。这时候，我就又成了一件争来争去的东西。在规定的时间里，爸爸和科长成了接送我的运输工具。我在他们的押送下，从东城区到西城区，又从西城区到东城区……而后她们说，还要打官司！

我知道新妈妈旧妈妈都需要纸，她们要的是那种能映出人头的纸……

人头纸！

病例一：

这是一个坏胃，一个灰褐色的胃。这个胃就坐在我的面前。

胃说："我吃不多，我吃得越来越少了。我还打嗝，我一吃东西就打嗝……"

胃是一个小小的能伸能缩的肉布袋，我看见那个布袋了。布袋旧了，布袋没有弹性了。布袋里有一个小肿块，在布袋偏下的地方有一个软乎乎的肿块。那小块的周围没有油分了，那小块周围有些干，小块从那些有些干的地方发出一种气味，一种叫人恶心的天然气味。我闻见煤气味了。再往下一点，就有一些食物在蠕动，那是一些绿的小米粥，小米粒正在往下慢慢蠕动……而那个有一个小肿块的地方还挂着几粒小米，也挂着一些"思想"。

那些"思想"有许多日子了，那些"思想"使这个地方显得越来越厚。我看着"思想"，"思想"有一个变质的过程，我发现"思想"有一个渐变的时间表。这个时间表上排有一十八年的记录。

最早扎上去的是一根很细很茸的桃毛，这根桃毛是在仓促间扎上去的，是一句话和一个眼神使这根桃毛留在了胃襞上。那是桃子还没有完全成熟的季节，桃毛还涩，有一句突然出现的话和一个眼神使桃毛在胃里下滑的时候打了个盹儿，刺在了胃襞上。

那是一句现在看来很平常的话，可那句话和那个眼神被日子涂上了很多颜色，那眼神浸泡着那根桃毛，在日子里变成了有"思想"的东西。那时的"思想"还是一棵很小的肉芽，小肉芽里包含着那句话。那句话说的是："孙桂生，你屁股擦净了吗？"一十八年来，这句话在一日一日成长。这句话一直在长。

这句话一吃东西就出现了，每逢吃东西的时候，它必然出现。这句话里有一片粉红色的铺垫，隐藏在最深处的是一段粉红色的记忆，那记忆撒在郊外的一处桃园里……而后就有了那话和那个眼神。那句话那个眼神都因为那根坚硬的桃毛固定在了胃襞上，周围绑上了一连串的"？"，"？"成了挂在胃襞上的钩子。紧接着的是一些会议，在日子里串着一个又一个的会议，每个会议都使那根裹着"思想"的桃毛往下缩，它不由得要往下缩，可它每缩一次，小肉芽就往外长一次。那是一次次胃和"思想"的战斗，"思想"上的"？"压迫着胃襞，生理上的肉芽却一次次地破"肉"而出，于是胃襞上悬挂的"？"就越来越多。"？"是由周围的许许多多的会议上的眼神引起的，眼神成了一片片种在胃襞上的萝卜，只有"思想"才能拔去那些萝卜，每拔一次胃襞就抽搐一次，而每一次痉挛都刺激了肉芽的生长。这是一个藏匿和显现同时并举的生长过程。藏匿的外罩是"法庭"两个字，我看见那两个字了，在长达一十八年的生长过程里，"法庭"二字一直罩在上边。当然也有另外的因素，那些因素也在刺激着肉芽的发育。那也是一些话，那是一些杂乱无序的话。那些话有时是出现在饭桌上，有时是在被窝里，带着各种各样的色彩和气味："外边有什么？你总像掉了魂儿似的……""勺子呢？勺子到哪儿去了？外面还有勺子吗？""你怎么又回来这么晚？你到哪里去了？""这种桃叫'五月鲜'，这种桃水多。你吃过没有，你是不是吃过？""你的胃不好吗，你胃又怎么了？你是不是吃得太多了？少吃点也许就好了……""你不就是个小学校长吗？你要是大学校长又会怎样？"……这些话变成一枚枚钉子扎在他的胃襞上。他又用"思想"去起这些钉子，就这么反反复复地起起钉钉、钉钉起起。这是第一期的病症。

后来就淡化了，是"思想"淡化了。在时间中，"思想的桃毛"开始淡化。时间把"思想的桃毛"融化了。一年一年的，周围没有这样那样的敲击声了，而胃襞上的肉芽却没有消失，它仅仅是长得慢一点。没有刺激，它生长得很慢。这时候全身上下就剩下一个胃了，别的地方都没有感觉，就那个地方有感觉。就有很多东西来养这个胃。一些药物和食品不断地进入那个地方，那个地方挂满了各种营养品的气味。由于长时间对胃的警惕，那个地方还保留着一些红色，那是一片紫红，在胃里，那仅仅是肉红和紫红的区别。直到有那么一天，那是"思想"再次复出的一天。我看见了那一天的太阳，那天的太阳是橘红色的，天很干净，天上飘着软闲的白云，没有风，那天一丝风也没有。一个叫"孙桂生"的胃在街上走着。那是街面上刚刚开始有颜色的年代，颜色在街面上飘动着，于是"思想"也开始飘动。最先溜出来的是一行字："关关雎鸠，在河之洲……"而后出现的是一个影子，十步之后，出现了一个影儿。现在那影儿已经很模糊了，那影儿像是一张陈旧的照片，照片上有一股玫瑰色的气味。在照片上鲜活和陈旧重叠，红润和灰黄交织，叠出了两个不同的时间记忆。接着飘出的是一方小手绢，一方红色的手绢，那手绢在一片嫩绿中飘落在地上。紧跟着是一个声音，一个响彻在天空中的声音，那声音炸出一片桃花盛开的气味："天哪！给我一张床吧……"

下边就是"思想"了，"思想"和胃一起出现，"思想"高高地站在胃上，"思想"在胃上跳来跳去，跳出一片吱吁声。这时候肉芽再一次破"肉"而出，为"自由"而出，开始了第二季的生长……那天晚上，胃没有吃饭。

再后来是肿块生成的日子。那是一个非常重要的转折点。在这个转折点上出现了一张深红色的写有烫金大字的纸，那是一张很厚的带有檀香味的纸。正是这张纸宣告了胃的生活目的的终结。胃的目的在活到了六十一年的第一天里宣告终结，胃的劳作失去了应有的方向。余下的是一些失去目标的日子，满怀激情的胃这时候成了一个无所事事的胃。这些日子的头三天是在床上度过的，在床上度过的日子是"思想"最为泛滥的日子。"思想"把许许多多个过去的日子嚼了一遍，那是一些红薯干的岁月、米面的岁月、豆汁油条的岁月……显现的是一些看得见而摸不着的东西。越是看得见摸不着，就越是显得生动精彩，一幅一幅像梦一样……这时候邻近传过来的声音鲜艳地刺在闲下来的、仍在回忆中的胃上。那是从隔壁房间里传过来的声音，那声音带有一股鸟舌的气味，气味里传递着一些高亢的呢呢喃喃的呻吟……"思想"飞快地对这种呻吟做出判断，"思想"认为这是一种非法的不能容忍的声音，这声音简直是"肆无忌惮"！"非法呢喃"肆无忌惮地传过来，且波浪翻滚无休无止，使"思想"无比愤慨！

"思想"躺在床上，"思想""耳"睁睁地看着"非法呢喃"雪片似的飞来……"思想"又禁不住地翻阅往事，一边是鲜艳声色的打击，一边是往事的晾晒，往事显得很羞……在这一刹那间，是"思想"的愤慨带动了胃襞的痉挛，"思想"给生长中的肉芽迅速注入了成长的活力，闲下来的胃也成了肉芽成长的条件。这是肉芽往块状发展的时期，肉芽很快就变得丰厚了，肉芽周围的胃襞却日见干燥，失去了应有的弹性和湿润，于是"嗝"出现了……

下边的日子就没有时间的标志了。下边的日子是辗转七个医院和试验各种药物的过程……这时候的胃成了挂在医院病床上的一张小纸牌，纸牌上写有"孙桂生"这样一个符号。这是一个病胃的符号。

现在胃就坐在我的面前，他很瘦，他瘦得有点脱形了。我不会说话，他也知道我不会说话，我只有用眼睛和他说话。他也用眼睛和我说话。

他说：我也没害过谁，怎么让我得这样的病呢？

我说：你害怕。你是害怕。

他说：我都到了这般年纪了，我怕什么？我什么也不怕……

我说：你过去害怕……

他说：我回忆回忆，也没什么可怕的。要说那种年月……也不是我一个，人家怎么就没得这种病呢？

我说：你藏着一样东西，你把那东西藏在胃上，藏的时间太长了……

他说：你指的是什么？我胃里能藏什么东西？胃里的东西不都消化了吗，还能藏什么？

我说：有一样东西没有消化，你无法消化……

他说：你说是铁钉，铁钉不会长在肉上……

我说：一根桃毛，你胃上有一根桃毛……

他突然说：热了！那地方热了，你看着我的时候，我感觉那地方很热，越来越热……救救我，你能救我，你一定能救我……

我看着胃，这个很透明的胃。除了那个地方有个肿块，其余的地方很薄，所有养分全被那个肿块吸收了。那个有肿块的地方藏着一根桃毛……我盯着那个地方，我集中全部力量注视着那个地方，我感觉到光已经透进去了，我眼里发出的光射在那个肿块上……

他叫道：疼了！那地方很疼……

这时候，我已经把那根桃毛拔出来了，我拔出了一根桃毛。

八月六日夜

夜是白色的，一片耀眼的白。

这是用九种颜色、九种光线、九种味道泡出来的白色。

那白色是从歌声中飘出来的。体育馆正在出售歌声，现在体育馆也开始出售歌声了。在体育馆门前，人们把"歌声"印在一张小小的纸片上，说那是"红蚊子乐团"的歌声。声音很贵，声音标价五十。可人们还是来了，人们蜂拥而来，人们不怕贵。人们踩着乐声鱼贯而入，而后像鱼一样游进"红蚊子音乐"的潮水里，兴致勃勃地泡着……人们是为了洗心，人们来这里洗心来了。广告上说：要离婚，先洗心。广告上还介绍说，用音乐洗心是一种新型的科学方法。"红蚊子音乐"具有桑拿浴、冲浪浴不可比拟的功能，它既可以洗去旧生活的污垢，又可以开创光辉灿烂的"迷你未来"……

这时候，诊所里就剩下我一个人了。我一个人在下班后的诊所里坐着，我不害怕，我一点也不害怕。是新妈妈把我锁在屋里的，新妈妈出去的时候，总要把门锁上。她不是怕我，她是怕我私自给人看病。她也怕我见光，我知道她怕我见光，她走的时候，总是把灯关上。外面很白，外边的夜是白颜色的，屋子里却很暗，她让我在暗处坐着。她说我白天太累了，让我好好休息。

可新妈妈从来不休息，新妈妈是个非常能干的人。新妈妈又找冯记者去了。新妈妈每隔两三天都要拿走一些"人头纸"，那些"人头纸"沾满了新妈妈的绿色唾液。新妈妈要把那些能映出人头的纸存放在冯记者那里。

这些都是爸爸不知道的，爸爸什么也不知道。

新妈妈跟冯记者见面的地点是在一座新盖的楼房里。新妈妈总是在约定的时间里跟冯记者见面。那楼房坐落在一个新建成的小区里。冯记者曾对新妈妈说："你知道这套房子是怎么来的吗？不瞒你，我啥事都不瞒你，这是一个乡镇企业送给我的。我一连给他们写了九篇文章，他们过意不去，就送了我这么一套房子……查出来也没关系，查出来我不怕。房子的契约人不是我，立约人还是他们那个企业。这算是他们的一个点，一个办事处。我可以无限期地住……"新妈妈说："我看你成人精了，你都活成人精了！"冯记者笑笑说："不敢，不敢。在你面前，我早就投降了。"

我知道那个地方，我能看见那个地方。我看见冯记者仰坐在沙发上，一边喝咖啡，一边等新妈妈。这时候新妈妈还在路上走着。新妈妈的行走路线上有一股银白色的气味，这是一种能发光的气味。这气味在灯光下绿莹莹的，在暗处却是雪亮亮的。现在新妈妈戴的是一种火红色的面具，新妈妈去冯记者那里必戴火红色的面具。新妈妈还在身上涂上了新型的"辣椒牌香水"。报上说："辣椒牌香水"是时代的标志，新妈妈就给自己涂上了一层"时代的标志"。新妈妈带着一身"时代的标志"朝着她要去的方向走。新妈妈没有回头，新妈妈从不回头。新妈妈来到那门前的时候，用脚踢了踢门，门就开了。冯记者的笑脸出现在门口，他的笑脸上卧着一只警犬，我看见他的笑脸上卧着一只夯着毛的警犬。他四下看了看说："成了地下工作者了，我们成了地下工作者了……"新妈妈说："看看你那胆，比兔子还小。我都不怕，你怕什么？"冯记者笑笑说："怕？我怕谁，谁怕我？玩笑，玩笑。要说怕，我就怕一件事，怕你不来……"冯记者又说："你看看，我这套新沙发是一家企业刚刚送来的，说是让我'试坐'，你也试坐试坐吧。"新妈妈坐下来，四下看了看说："净吃白食儿。我还不知道你，净吃白食儿。我可跟你不一样，我都是自己干出来的，我的一切都是自己挣来的……"接着,她把一个包扔在茶几上,说:"这是五千,你给我存上吧。"冯记者说:"好,好。你那些我一笔一笔地都给你存上了……"新妈妈说:"告诉你,那些钱是不能动的,一分都不能动,人可以动,钱不能动。那些钱我另有安排……"冯记者说:"你放心,我不会动你一分钱。我要钱干什么,得一红粉知己足矣。你说我吃白食儿,其实我是很有限的。我从不收人家的钱,我不收人家一分钱。我要收钱的话,你也知道……"新妈妈说:"我跟你不一样,你有一个好位置。你可以轻轻松松地活。你知道我是怎样走出来的吗?我是把自己撕碎了才走出来的。我没有别的办法,我只有把自己撕碎,我把自己分解成一片一片的肉,去喂那些人,然后才一步一步走出来。所以在这个世界上,没有我害怕的东西……"冯记者怔了怔说:"我、我、我……不算是这一类人吧?我、我、我……真是……我是被你征服了……"新妈妈说:"你别心虚,我没说你。你帮过我不少忙,我是说我……"冯记者说:"其实那场官司是可以打赢的。主要是我找那主儿胃口太大了,他想当正院长,他让我去组织部给他活动当正院长的事。这个事不大好办。所以……"新妈妈说:"打官司的事,不再说了。我下一步准备跟老徐离婚。我要跟老徐离婚。等这边的事有了个眉目,我就办离婚……你给我出出主意。"冯记者说:"他愿不愿离?他要愿,事就好办了,找个熟人,去一趟就办了。"新妈妈说:"我知道他不愿,他肯定不愿。我不管他愿不愿……"冯记者说:"他不愿也不要紧,咱想办法让他愿……"新妈妈笑着说:"你有什么办法?你说说你的办法……"冯记者说:"头一条,你想法让他破镜重圆。你给他创造一个破镜重圆的机会。人都有怀旧心理,你在某一方面刺激他,促使他产生怀旧情绪,而后再通过孩子给他们见面叙旧的条件……这个方法如果不行的话,还有一个方法。这个方法是我的一个战友发明的,专利权归他。他在一个区里当副区长,也就是副县级,四十二岁当副县,也属于年轻有为,是个人才吧。他在区里跟一个刚分来不久的女大学生好上了，那姑娘在大学里是学外语的，据说是个'校花'，长得漂亮。他家有老婆，想离婚怕离不了；二呢，又怕万一闹起来影响他的大好前程。你猜他怎么着？他先是不动声色，表面上跟他老婆恩恩爱爱……却常派一个年轻的司机到他家去送东西。那司机好'那事'，他知道那司机好'那事'，那司机还知道一些他的隐私，所以他专门派那司机经常到他家去送东西，还让他教他老婆跳舞……而他在这一段里却经常不回家，以开会呀、出差呀等等理由不回家……这样一来二去的，那司机先是跟他老婆透露了他在外边的一些隐私……后来竟然跟他老婆好上了。到了这时候，他明明知道司机跟他老婆好上了，却仍然不动声色。他甚至在这一段断绝了与'校花'的来往，而且与任何女人都不来往。于是，在一天夜里，他半夜里'突然'出差归来，一家伙把他老婆和那司机堵在了床上……这时候，他显得非常气愤！先是气愤，气愤之后又是大度。当他老婆和那司机双双跪在他面前的时候，他叹了口气，摆摆手说：'算啦，算啦，你们起来吧。既然事已经出来了，说出去我也丢不起这人。这样吧，你们给我写个保证，保证以后永不来往，这事就算了了……'不用说，那司机战战兢兢地，自然是千恩万谢，再三保证……他老婆更是羞得无话可说……俩人都规规矩矩地在一张纸上写下了事的经过和永不再犯的保证……于是这一夜平平安安地过去了。这家伙睡觉的时候仍然跟他老婆睡在一张床上，还安慰他老婆说，这事他也有责任，怪他平时对她照顾不够……第二天，他一上班就把那份'保证书'打印了十份，拿到区政府大院里挨办公室串着让人看，一边让人看一边义愤地说：'你们看看我还是人不是了？是人都忍不下这口气……'接着又马上写了一份离婚起诉，和那份'保证书'一块儿送进了法院。一个月后，婚离了；半年后，又跟那'校花'喜结良缘。他前两天还到我这里来，他是喝醉之后告诉我的。这法儿咋样，高吧？……"新妈妈笑了，新妈妈朗声大笑，新妈妈笑出了一片葡萄酒的气味，那气味里裹着很多绿颜色的唾沫星子，每个唾沫星子里都泡着一个男人的小脸……冯记者说："看看，看看，笑了不是？你让我给你出主意，你还笑……"新妈妈说："真阴，男人们真够阴！你们都是些阴男人，只有阴男人才会想出这种阴主意来。偷嘴的时候猫样，张牙舞爪的，一遇到事上就鳖了，想出这些没头没脸见不得天的主意。这也叫主意吗？离就离，不过了，不想过了，不愿过了，大不了一条命顶着，还能怎样？"冯记者脸上有色了，他脸上的颜色是渗出来的，那颜色一丝丝显现，带着一股蚂蚁爬过的气味。他说："你看你说的，打击面太大了吧？我、我、我……不能算是这一堆儿里的人吧？"新妈妈的声音里抹上了很多辣椒，带着冲鼻的辣椒味："你呀？哼，你也好不到哪儿去！你自己说，你自己说吧……"冯记者舌头上打了个蝴蝶结，这是一个很漂亮的蝴蝶结，蝴蝶结绑在舌头上，紧出一股芝麻盐的气味。冯记者说："好吧，好吧，我招供吧，我老实招供。我这个人，在报社里混事，也算是有点文化，是个文化人。说心里话，我这点文化是用来对付人的，我其实是一个混吃混喝的主儿。吃来吃去吃了一身肉，把骨头吃没了。我承认我的骨头很小，我是一个小骨头人。我不能算是没骨头吧，我还不能算是没骨头那一种吧？我也知道人是活骨头的。原先我也是提着劲儿活骨头的，我也是个有理想有抱负的人。年轻的时候我参加过'红卫兵'，兴徒步'长征'的时候也走了二万五千里，肉上还挂过主席像章，一排挂十二枚！骨头不硬能挂十二枚吗？也是血染的风采呀！那时候开会也有过七天七夜不睡觉的记录。可走着走着就走到这一步了……"新妈妈说："你是活骨头的吗？那么说，我错看你了，你是活骨头的。好，话说到这儿，我撑住你了。我现在就跟那姓徐的离了，我马上跟他离。我跟着'骨头'过了，我可以马上跟你结婚……"冯记者舌头上又系上了一根钢丝，一根不锈钢做的钢丝，那钢丝一圈一圈地在他舌头上缠着，缠出一片骆驼毛的气味："我当然、当然、当然……很想那个……那

个……那个……可那个……"新妈妈甜蜜蜜地笑着，她的笑里掺了很多的碎玻璃，那笑里有一股高温玻璃的气味。她笑着说："那个什么？你说呀，那个什么……骨头酥了吧？胆也酥了吧？该酥的地方都酥了吧？还说哪?!男人哪……"冯记者把一口游丝样的气顶在喉咙处，"咝咝"地说："那个……我不是那个意思。我怕什么？我是说他会同意吗？他要死缠着你，死不那个……你你你……"新妈妈说："你别提他。你提他干什么？我要是想离，他敢不离吗?!他要敢不离，我就敢把他杀了！你看我敢吗，你说我敢不敢把他杀了？……"冯记者酥了，我看见冯记者真的酥了，他的声音酥了，他的声音成了一摊烂泥。他说："你别这样，你可别这样。你敢，你敢。我知道你敢……就是我这边不大好办，主要是孩子……"新妈妈微微地笑了笑，说："不'骨头'了？这时候不'骨头'了？……老冯，我给你说一句实话吧，我是没拿定主意要跟你。我要是拿定主意的话，往下我不说了，你想吧……"

往下，新妈妈的声音变了，她的声音变成了一瓣一瓣的小橘子。新妈妈把一瓣一瓣的橘子喂进冯记者嘴里。新妈妈说："老冯，我吓你呢，我吓着你了吧？……"冯记者说："我服了，我真服了。巾帼不让须眉呀！我最欣赏的就是你这一点……"新妈妈身子一缩，一下子缩出了很多弹簧肉，新妈妈的身子成了滚动着的弹簧肉，凸凸凹凹起起伏伏的弹簧肉。弹簧肉一缩一缩地缩进了冯记者的怀里，弹簧肉磨动着身子，出了"兔儿"一样的声音。那声音里含着许多白色的小兔，软软白白的呢喃："你摸摸，小吗？你看是不是比别人的小……"冯记者的声音粗了，他的声音越来越粗，他的声音成了一股一股的钢丝绳，拧成麻花状的钢丝绳，那声音一圈一圈地捆上去，说："我喜欢你，我的确是喜欢你。死吧，这会儿让我死也值了！……"

一片带颜色的声音……

病例二：

坐在我面前的是一个"钢笔人"。我看出来了，他是一个"钢笔人"。

我看着他，我在他身上闻到了墨水的气味。他身上确实有一股蓝黑墨水的气味。那股味已渗进他的血管里去了。我发现病灶是在他手捂着的那个地方，那个地方是肝，病灶在他的肝上，他的肝已经下垂了，他的肝上长出了一个蓝黑色的瘤子。那瘤子长在肝部的下端，像是一串鼓鼓囊囊的连体蓝葡萄。那"葡萄"里有一格一格的小抽屉，我看见那瘤子里排满了写有"绝密"字样的小抽屉。抽屉里存有各种各样的墨水。有的墨水在时间中已经干了，墨水干成了蝌蚪样，"蝌蚪"结成各样的队形，一排排地在抽屉里爬动……

我看见第一个抽屉里装的是一方手帕，一方由"蝌蚪"编织成的手帕。那是一块红格格手帕，上边有"1969 天津"的字样，上边记录的是一个小学老师和一个十二岁小姑娘的故事……那故事已经干了，那故事在时间里干成了一片米粒样的"蝌蚪"。

第二个抽屉里装的是一片记录纸，一片横格记录纸。这片记录纸是被撕掉了的，上边有一些撕烂揉皱的痕迹，还保留着一些烟味。那是一个会议记录的片断，一个想毁掉而没有来得及毁掉的片断，里边藏着一个有关十二个人表态的故事……那故事里有各种形态的人脸，那故事里的人脸在时间里已经风干了，人脸干成了一个一个的微型蜡像。

第三个抽屉里装的是一张"全国通用粮票"。那是一张标有"50"字样的"全国通用粮票"。那张粮票上印有两个椭圆形的指纹，一个是男人的指纹，一个是女人的指纹，只是那男人后来死去了，那男人死在一根绳子上……这是一个与粮票有关的故事。

故事里的旧日"蝌蚪"跳动得非常厉害，"蝌蚪"的嘴虽然已经贴上了封条，上边连续贴了十二张封条，可封条还是被挣开了，露出许多缝隙来，缝隙里露出来的是一些肉色语言，一些褪了色的旧肉的语言。那些有关一个男人和两个女人的语言是从粮票上破译出来的……

第四个抽屉里装的是一枚邮票，那是一枚盖过邮戳的邮票，邮票上的时间是"1974. 6. 21"。在这个时间上藏着一些蓝黑色的"蝌蚪"，那些"蝌蚪"在信纸上爬来爬去，爬出一片树林里的故事……有关树林的故事记录着一个最为详尽的细节，那是一双白尼龙丝袜子的细节。那个细节反反复复地记录着脱袜子的过程：

"为什么要那时候脱，你说说为什么要那时候脱？"

"我说过了，我不是已经说过了。就是那样……"

"你再讲一遍，有出入的地方你再讲讲……"

"在树林中的草地上，草很软，草还有点扎……"

"停住。你慢一点，是什么地方扎？是哪儿扎？扎在什么地方……"

"我也说不上是哪儿扎，就是就是心里……心里扎窝得慌……"

"这就对了。你往下说，往下说吧……"

"我就说，我说，脱吧，你脱了吧……"

"脱什么？你说脱什么，说清楚……"

"我是说脱袜子。我先把袜子脱了，也让她脱……"

"说动机吧。你当时是怎么想的？说说你的动机……"

"我说了，我是想，想看她的脚。我没有别的，开始没有别的，就想看看她的脚……"

"你为什么想看她的脚？那么，那么些……是不是？你为什么只想看她的脚……"

"她的脚老在我眼前晃。她穿着一双白色带花边的尼龙袜子，脚绷着，绷出很好看的弧儿，我就……"

"往下说吧……"

"她，她把脚跷到我身上，她把脚跷到我身上了。她说，你给我脱。我就给她脱了……"

"不会这么简单吧？你说说你是怎么脱的。你说得详细点，你是怎么脱的……"

"我，我先是从脚尖的地方脱，我只抓住她的脚尖那一点点地方往下拽，可我没拽下来，尼龙袜子紧，我没拽下来……"

"看看，看看，说呀，怎么不说了？老牛，你的问题也不大，弄清楚就是了。往下说嘛……"

"后来我抓住她的脚脖儿往下脱……"

"往下说呀……"

"我说过了，我都说过了呀……感觉白，藕样，热乎乎的，一节一节的……"

"怎么不一样了？怎么跟上一次说的不一样了？是一只手两只手……"

"两只手。我用的是两只手。一只手抓住她的脚脖儿，一只手往下拽。我的手凉，我的手有点凉，她、她就笑了，她'咯咯'笑了……"

"光笑了？就光笑了？没说什么……"

"我、我忘了……"

"嗨，嗨，竹筒倒豆子，竹筒倒豆子……"

"她……她说，我受不了了。她咯咯笑着，说我受不了了，我受不了了……"

"你再说一遍，她是怎么说的，她当时是怎么说的，还说什么了？"

"就这些了。她就说我受不了了我受不了了……别的我都说过了。"

第五个抽屉里装的是一张表，一张由墨色"蝌蚪"组成的招工表。这张招工表上挂着一条"大前门"香烟、一桶五斤重的小磨香油和五个指头肚上的指纹。这是一个"九斗一簸箕"的故事……故事里的墨迹是纹路形的，那些"蝌蚪"在抽屉里围成了一个个弧状椭圆。在椭圆里包着一段沾满唾沫星子的话：

"老韦，那个事你再谈谈吧。看看有没有补充的……"

"从哪儿谈？经济上就那些事，该谈的都谈过了，还要怎么谈……"

"从头，从头。好好回忆回忆……"

"头一次，我都说过了，是在办公室……一条烟一桶油，就这些。"

"她坐在哪儿？"

"就坐在我对面，就坐在对面那张椅子上……"

"手呢？手放在哪儿？"

"放在，放在桌子上。她两手绞在一起，在桌上放着……"

"你呢，你的手在哪儿放……"

"我我我……也在桌上，对了，我手里捧着茶杯……"

"说手，还说手，手是怎么伸到一块儿去的……"

"就是那个，那个那个……她低着头，她的头一直低着看她的手，她一直在看她的手，她说她的运气不好。她说兴推荐的时候轮不上她；兴考试了，她的年龄又过了……我就说，叫我看看你的手，看手就知道了……"

"她是怎么说的？"

"她什么也没有说，她把手伸过来了。她伸过来后，我抓住她的手看……"

"这就是动机，动机你得详细说说……"

"我抓住她的手，她的手肉乎乎的，有点湿，我感觉她的手有点湿。我抓住她的手一个一个指头看，我没看别的，我看的是纹路，圆的是'斗'，不圆的是'簸箕'……"

"抓住指头有什么感觉？"

"也、也没有啥感觉。就是潮……"

"哪儿潮？哪儿潮？……"

"是是心里，心里有点潮。我看了之后说，你的手好，你手上是福相，一、二、三、四、五、六、七、八、九，'九斗一簸箕'，你是福相，肯定有贵人相助……"

"她呢，她怎么说？……"

"我记不清了，时间长了，我记不清了。大概，大概是说……叫我帮帮她。"

"手呢？这时候你的手呢？……"

"我抠她手心儿了。我已经说过多少遍了，那会儿我抠她手心儿了……"

"她呢，她手缩了没有？她有没有表示？"

"她、她的头勾着，她的头一直勾着……她的手开始的时候往回缩了一点，我抓住了她的指头，她就不动了……"

"她没有说话吗？她一句话都没说吗？"

"她没有说，她一声没吭。就是，就是她抿了抿嘴……"

"下边呢？往下……"

"那就那事了……"

再往下看就全是"零件"了，一个个抽屉里都装满了这样那样的"零件"。这些"零件"全是有颜色的，"零件"分门别类，被染成了各种各样的颜色。"零件"是在想象中重新装配的，"零件"在"钢笔人"的时间里化成了可以咀嚼的东西，化成了悄悄放在枕头边的甜点，这是一个人独自享用的甜点。这时候，"零件"变成糖豆了，"零件"变成了一粒粒五彩的小糖豆。这些关在一个个小抽屉里的"糖豆"随着血液的流淌开始无限循环……"糖豆"总是出现在脑海里，它不断地出现在脑海里，成了大脑的主要营养。每当大脑"饥饿"的时候，就会有一枚"糖豆"流进来，大脑慢慢地品尝"糖豆"，一点一点地泡那"糖豆"，一直到"糖豆"溶化了，才让它随着血液流回肝脏。这是个在循环中凝固和溶化的过程，"糖豆"在无数次的循环中又变成了"蝌蚪"状，变成了垂在肝脏下端的一个葡萄状的慢慢生长的瘤子……

"钢笔人"说："过去我没有什么不好的感觉。就是最近，最近这一段我这个地方有些坠得慌，有时候还疼。可就是查不出毛病，我跑了很多医院都没查出毛病……"

我说：你别再吃"糖豆"了。

我看着他说：你别再吃那种"糖豆"了……

"钢笔人"说："说老实话，这话跟别人是不能说的。我就这一个嗜好。二十多年了，这是我唯一的嗜好……"

我想我得给他割掉，我用目光给他割掉……

可他却站起来了。他说："我不看了。现在讲钱，我没钱；讲权，我也没权。我是个'钢笔人'，我有这个嗜好，我就靠这些东西滋润呢。活一天我滋润一天，我不看了……"

八月十日

魏征叔叔的话：

小子，想知道那笔大生意是怎么做的，是不是？我还不知道你吗，一有空就来我这儿泡，不就是想"泡"出点东西吗？

好，我告诉你吧。这是我东山再起后的第一笔生意，是一笔投机取巧的生意。这笔生意主要赚在"档次"上。我告诉你，在城市里活人，主要是活"档次"的。"档次"上不去，有钱也是白有钱，有钱你也活不好；"档次"上去了，生意场上的事就好办了，往下就是如何操作的问题了。这时候过程变成了"艺术"，你是在玩"艺术"。生意一旦进入艺术化这个"档次"，可以说是嬉笑怒骂皆成"文章"。那时候，啊，满地是钱，就看你想不想捡了，就看你愿不愿弯腰了……这不是吹，这一点也不吹。

这里边当然是有讲究的。玩"艺术"，没有讲究还行？生意场上，主要的对象是谁？……错了，你这样说就错了。我告诉你，你的主要对象是人，钱是人挣的，东西是人要的，你想要人家也想要，你要对付的是人。关键的问题在视角，你必须变换视角。也就是说，你不要把人当人看，包括你自己，都不要当人。

看看，你又不信了。什么叫"艺术"？一进入"艺术"的层面，人就不是人了。这时候你就进入了表演，生意的过程成了演出过程。戏的开始你知道，戏的结尾你也清楚，往下就是如何演的问题了，演就是"艺术"嘛。再一个需要变的是"要"和"给"的关系。一般的生意人都把"要"放在前边，把"给"放在后边，这么一来就成了买和卖的关系，买卖关系是平等的关系，是很难说哪个占有优势的。如果变换一下，把"给"放在前边，你表演出来的是一种"给"的过程，你是在"给"，"给"可以在心理上、生理上都占有优势，你给人家东西的时候和要人家东西的时候那感觉不一样吧？这就对了，这就进入"艺术"了……

生意一旦进入了"艺术"，就进入了一个高的层面。你知道这个城市有多少上十亿元的企业吗？我说的不是上亿元的，我说的是十亿以上的。不知道吧。我告诉你，是五个，只有五个。你知道这五个大型企业一年的广告、宣传费是多少吗？是一个亿，接近一个亿吧？没吓着你吧？那么，在这一亿当中，用于礼品的费用（包括迎来送往吧）是两千万。就当是一千万吧。这一千万反正是要花出去的，交给你的话，你怎么用？当然是要用得气气派派堂堂正正，工商、税务方面都查不出毛病来。这就要动脑筋了，是不是？这些企业每年都要开很多次销售会议，每次会议结束的时候都要送人家一点什么，没有让人空手走的，这已经是惯例了。过去凡是这样的会，结束时总是送毛毯啊、挂钟啊……。这已经俗了，非常俗。再一个是，像这样的大型企业，经常有中央或上级部门的领导来参观呀、视察呀，像这样的高层人士来了，走的时候总不能再送人家挂钟吧？钱是不敢塞的，这样的人，敢塞钱吗？厚礼？厚礼也不敢送。不是不想送，是怕人家说你腐败。那么，要送就得送那些既拿得出手、还让人查不出毛病、又有一定纪念意义的东西。送什么，你说送什么？这种"送"就看档次了，这是有档次的"送"。是啊是啊，我给他们出了一个主意。这个心我替他们操了，他们该送什么，是我替他们操的心。就这样一个企业我"操"了他们二十万，五个企业我"操"了他们一百万！

你别慌，你听我说呀。这笔生意应该说是一个完整的"艺术体系"，下边是分步骤操作的过程。步骤之一，就是先有一个"饵"。我说的"给"就是这么个意思。说实话，我下的"饵"并不大。我先告诉你那"饵"是怎么弄的，说起来非常简单。那"饵"是我路过一个小镇的时候在街上买的，那是一个挂盘，买这个挂盘我花了十四元钱。那挂盘看上去很精致，只是构图太一般了，包装也非常粗糙。十四元钱，也就是一盒零一支"红塔山"烟的钱，当然买不到什么好东西。这却是一个眼光问题，我玩的是眼光。我拿到这个挂盘后，马上去了那个生产挂盘的厂子。这是个很小的乡镇企业，是个不大会经营的乡镇企业。我就拿着那个挂盘找他们厂长去了。我一见面就说："这挂盘是你们生产的吗？"他说："是啊，是啊……"我说："准备要一千只，你们有吗？"厂长眼瞪得比鸡蛋还大，马上说："有啊，有啊，仓库里有的是……"我说："价格方面呢？……"他说："价格好说。街面上卖十四，你也知道了。我们这儿出厂价是十二。你要是要得多，还可以便宜些……"我笑了笑，我说："我不要你便宜，再贵一点也不要紧。我要的是最好的。你这个不行，这个太粗糙，构图也太一般……"他说："那你，那你要什么样的？你说你要什么样的吧，我们可以给你定做……"后来他就让我参观了所有的样品……我在那些样品里挑了一种"飞龙挂盘"。我说："就定下这种吧。你先给我生产五个。"他一听愣了，说："多少？……"我说："五个，你先给我烧五个，还要加上一些企业的名称，加在挂盘的下端，要烫金字……所有的费用归我，怎么样？"他说："闹了半天，你就要五个……"我脸随即沉下来了，我说："我没见过你这么笨这么傻的人！你看看这些企业，这全是国家一级企业，年产值几十个亿，我会只要五个吗？我要的是五个千个，五个万个！……我是信不过你的质量。"我说，"我是给你送钱来了，你他妈的不要算了……"他头上冒汗了，他说："质量是有保证的，质量绝对有保证。你别生气，你看，你别生气……"我说："你就给我先烧五个，所有的费用我掏……另外，包装要好，包装要一流的……"厂长想了想说："这样吧，不就先要五个吗，这五个也不用多少钱，我们不要钱了，我们不要钱行不行？这五个我们奉送了！我们送你五个样品，包你满意……"就这样，我在那儿待了三天，一分钱没掏，带回了五个"飞龙挂盘"。"饵"有了，"饵"就是这样弄来的……你说是骗，你说我开始骗了？这能是骗吗？这是"艺术"！

你听我往下说。我把这五个挂盘带回来后，并没有急着出手。推销？当然不能推销。你去给他推销，他一准不要。那干什么？转呗。我就围着这五个大型企业转。我的第一个目标是"红鸽集团"。"红鸽集团"是搞印染的，下属七个厂，他们的总经理姓周。我在那儿转了一段之后，摸出来一个信息：这姓周的有个很特殊的嗜好，他每天早上都起来跑步，风雨无阻，坚持有二十年了。跑完之后，你猜他去干什么？去喝"羊双肠汤"。他好那玩意儿，几乎天天早上去顺成街喝"羊双肠汤"。"羊双肠汤"大补啊，每天都有人在那条街上排队喝"羊双肠汤"。于是，我也开始跑了。我跑了没几天，也就是计算一下他跑那条路线用的时间。而后，我就天天早上去喝"羊双肠汤"，早去个十分、二十分钟，占下两个位置，不一会儿他就来了。头一次跟他见面，大老远我就跟他打招呼了（这个招呼我也是练过的，我在家练了一天，我把方方面面都考虑到了。打招呼的时候，我非常地随意，非常地不在乎），我说："老周，来来来，到这边来……"他就擦着汗呼呼哧哧地过来了。这时候我根本不看他。我一边抬头看羊汤锅，一边随口说："跑完了？"他就说："跑完了。"我说："今天人多，这里刚好有个位置，你快去买牌吧……"他说："谢谢，谢谢。"就掏钱买牌去了……这是第一次，第一次我没有多说什么，我什么也没说。第二次就不同了，第二次我是专门晚去了一会儿，他已经端上羊汤了。我说："老周，来得早？……"他看了我一眼，"噢噢"了两声，就四下去瞅。我知道他在瞅什么，他是在瞅坐的地方……这说明他记住我了。我马上说："你吃，你先吃。我不要紧，我等一会儿……"接着我咂了咂嘴（我告诉你，这就是"艺术"，咂嘴也是"艺术"）："昨天晚上的足球踢得太臭了，那个球踢得真臭……"他抬起头说："是啊，是啊……你也看了？"我说："不过瘾，后来我关了……"我说着话，就去买牌了。等我端上汤的时候，他已经吃完了。我知道他吃完了，我故意低着头不看他，我巴在碗边上喝了一口……等他走到我跟前的时候，我的头刚好抬起来，这时他就不得不跟我打声招呼了。他拍拍我说："我先走了。你慢慢吃……"我说："好好……"等他走了两步之后，我突然站起来，我说："老周，老周，我给你张名片，电话号码换了，给你张名片吧……"说着，我就掏出一张名片递他（你猜我名片上印的是什么？我印的是"艺术品公司总经理"的头衔，这个头衔是我一猛子想出来，在街上专门找人印的）……他接过名片看了一眼，疑疑惑惑地说："噢，好。噢噢……"我马上说："忘了吧？在市里开会的时候……"他笑了，他笑着说："噢噢噢，老魏，记起来了……"我料定他记不清楚开会的事，他见人太多，他不可能全都记住，所以我才敢这样说。但这一次我让他记住了。我想这就行了，这就可以实施下一步的行动了。

七天后，也就是"红鸽集团"准备开大型销售会议的时候，我提着皮包找他去了。不瞒你说，这一次我又找了朱朱，让朱朱临时给我当了回"枪手"。我没给朱朱说实话，我只说让她陪我去送一趟礼。她临走时拿了我五万，我得用她一回！她倒是答应得很爽快，一说就去了。那天朱朱跟着我进了"红鸽集团"的办公大楼。我走在前面，朱朱捧着那个装挂盘的盒子跟在后边，一进二楼就被秘书挡住了。秘书拦住问："先生，你找谁？"我大咧咧地说："找老周。"秘书马上说："对不起，周总不在，周总开会去了。你有什么事吗？"我笑了笑说："他在。他刚坐车回来……"我这么一说，那秘书一下子愣了（她不知道，这都是我计算出来的）。正在那秘书愣神的工夫，我对朱朱吩咐说："你在这儿等一下……"说着，我就大步朝着一个不挂牌子的办公室走去。这是个经验，我告诉你，越是有权的人，越不喜欢在门口挂牌子，找他的人太多，他不愿意让人知道。那门是虚掩着的。我一推门，见他果然在里边坐着。就在他刚抬头的时候，我笑起来了，我笑着说："老周啊，老周，你还真不好找呢……"这时他的秘书也跟过来了。秘书像是很为难地叫了一声："周总……"

这姓周的很灵性，他怔了一下，马上说："噢噢，老魏老魏，来来，坐，坐……"那秘书一看这个情况，扭头走了。我上去握住他的手说："我没啥事。顺便来看看你，也顺便给你带了个合理合法又不腐败的小礼物……"说着，不等他回话，我就对门外说："进来吧，进来吧……"一喊，朱朱就捧着那个盒子仪态万方地走进来了。等朱朱把那东西放在了办公桌上，我就摆摆手说："去吧，你去吧……"朱朱微微一施礼，就大大方方地走出去了。这当然是我设计好的，每一步都是事先设计好的。那姓周的有点不高兴了，他说："老魏，你这这……这是干什么？"我仍然满不在乎地说："我什么也不干。你别害怕，我又不求你办事……"说完我就把盒子打开了。盒子当然漂亮，古色古香的，盒子里边是墨绿色的丝绒海绵衬托，托上边放着那个汝瓷色的"飞龙挂盘"……那姓周的看了看说："这这……噢噢，是个艺术品，不错！不过老魏……"我说："你看看再说，你仔细看看，你要是不要我就拿回去……"他就勾头再看，一看就看见下边那几排烫金字了，第一行就是"红鸽集团"……他激动了，看见那行字的时候，他才激动了。他抓住我的手说："老魏，太好了！太妙了！这礼物我收下了。谢谢，谢谢。坐，快坐……"又接着喊道："小吴，泡茶，快泡茶。"你看，到这个时候，"饵"已经起作用了。待坐下来之后，他又看了看那个挂盘，说："老魏，这个设计的确不错，既有欣赏价值又对企业有宣传价值，很大方嘛……"接着他看了我一眼，这一眼有些警觉，我感觉到了。我没容他往下再说，就把他的思路掐断了。我说："老周，实话给你说，这既不是我设计的，点子也不是我想出来的。你以为我是来推销的，那就错了。这是他们为别的企业搞的，我看挺雅，让人家捎带着弄了一个。你没看'红鸽集团'这些字是另加上的吗？我知道你讲究实际，不会要这玩意儿……"他又看了看说："字是另加上去的？看不出来嘛……哎，你怎么知道我不会要？我们最近刚好要开个订货会，拿这送人多好！……"他接着又问："老魏，这一个挂盘多少钱？"我说："这是给他们几个企业搞的，一只也就百把块钱吧。一只一百四十六，带盒子一百四十六，加上盒子贵了，盒子是在深圳定做的。"他又问："这样的，我就要这样的，还有没有了？"这时候我的心动了，我感觉到心在怦怦乱跳。我知道一句话的分量，这句话一旦说出去，很可能出现两种不同的效果：一种是，我说有，我可以给你们订一批。这样也就容易引起他的怀疑。一旦让他觉察到他在"套儿"里，那就麻烦了，那样整个计划就完蛋了。另一种可能是，我说没有了，一只也没有了。这样也可能会丧失一个最好的机会。那么，结果会是他这里不要了，白送他一个挂盘……可我最后还是咬着牙说："没有了，这一批一只也没有了……"说着我就站起来了。

我想得走，话已说出来了，就得马上走。我站起身说："老周，我知道你忙，不多打扰了，走了，走了……"他又看了看那只挂盘，连声说："那好。谢谢，谢谢……"然后，他一直把我送下楼，送到大门口。在大门口我让他看见了我的车，那是一辆白色的桑塔纳轿车，朱朱和司机在车里坐着。朱朱看我下来了，就赶忙从车里走出来，袅袅婷婷地替我拉开了车门……（这时候我看都不看朱朱，我也不看车。不看就是熟悉，我必须表演出经常坐车的那种"熟视无睹"。）我转过身对老周说："好，好了，回吧……"说完我就上车走了。

实话对你说，那车是我借的。那车也算是一个道具，那车表示着一个人的身份。这次"演出"我借了两件道具，一个是桑塔纳轿车，一个是朱朱。到车开出大门的时候，所有的步骤都进行完了。每个环节就像我预先设计的那样，没有错，一步也没有错。下边就是等待了。你问等什么？当然是等电话了。我还能等什么？

三天哪！我苦苦地等了三天。你没尝过等电话的滋味吧？我坐在屋里像狼一样走来走去，每一个响动都使我心惊肉跳，上厕所尿尿都是一路小跑……我一直盯着那部电话机，心里反反复复地说：你他妈的响啊！你响啊……有时候，我正在厕所里蹲着，它突然就响了，"吱嘟嘟……"一声！吓得我提上裤子就跑。跑到跟前拿起一听，是他妈要错了，恨得我差点把电话机砸了！第一天还有两个电话，第二天一个电话也没有，那天不知怎么搞的，连一点声音都没有，那一天是最难过的。我就不停地下方便面，那一天我一直吃方便面，吃得我后来看见方便面就恶心。后来那个电话终于来了。我算准他会来电话，果真来了。电话铃响第一声的时候，我没有接；响第二声，我仍然不接；一直到响了三声之后，我才去接。电话里说："是老魏吗？我是老周，老周啊。听出来了吗？"我马上说："是啊，是啊，你好你好……"电话里说："老魏，我想请你帮个忙啊……"我说："老朋友了，你说吧，只要能帮上忙的，我一定帮。"电话里说："就是你送我的那个挂盘，我把它挂出来了，就挂在我的办公室里，他们看了都说好！……喂，你听到了吗？"我说："噢噢，小意思小意思……"电话里说："老魏呀，我们下周要开个大型的订货会，这样的挂盘你能不能给搞一批呀？"我说："这个，这个……怕是时间、时间来不及吧？"电话里说："帮帮忙嘛！"我吸了一口气说："那好吧，我试试吧。我先联系一下，明天给你信儿……"电话里说："老魏，你别试，咱们这就说定了，我知道你有办法。三天以内，你给我搞两千只，价格不变。啊，你别给我再涨价了……"我说："三天，时间太紧了，我尽量争取吧……"放下电话，我一跟头翻到床上，心说成了，二十万到手了！

怎么样？"演出"还算成功吧？这就是"档次"，这就是"艺术"。好好学吧你……

八月十四日

科长的脸越来越小了。

科长的脸小成了一把瓦刀，一把很薄很窄的瓦刀，一把被时间打磨成一溜的瓦刀。科长的"瓦刀"面对着9路公共汽车的站牌，呼出一种劣质香烟的气味。那气味是从眼睛里呼出来的，我看见是从眼睛里呼出来的。我看见他的眼睛在大街上的颜色堆里钻来钻去，东躲西藏。那颜色十分迷乱，那颜色一重一重的，发出狼一般的叫声。面对这一重一重一浪一浪的颜色，他的目光被切割成一溜儿一溜儿的小片片，很碎的小片片。他的眼睛被颜色压弯了，他的眼睛在颜色里弓着腰，成了一个满地找呼吸的老头。他头顶上有很多"555"的气味，脚下是"红塔山"屁股，扭过身来又是高举着的"长剑"。他慢慢地把眼睛往上移，仄歪着一点一点地移，然后抽空子一丝一丝地把劣质香烟的气味吐出来——那气味里包着一个馊了的"科长"牌子，一个变了味的"科长"牌子。

　　科长现在是旧妈妈的"手下"。我知道科长成了旧妈妈的"手下"。科长成了一条"人工传送带"。他是来接我的，他要把我接到旧妈妈那里去。每隔一个星期，他都要来接我一次。他成了旧妈妈的"押运员"。坐在公共汽车上的时候，科长眼里滴出硫酸来了。我看见科长的绿豆小眼里滴出了很浓很浓的硫酸。硫酸落地时发出"哑哑"的响声，硫酸灼烧着他眼前的一切，一切都在他眼前腐烂，有很多很多的脚在他眼前腐烂……他的硫酸把车底烧穿了，烧出了一条细长的胡同。胡同里走出一个小小的人儿，那是一个长了一头癣的小人。他慢慢地从胡同里走出来，尽心竭力地走着。他的父亲是一个修鞋的鞋匠，我看见他的父亲坐在路口上，手拿着钉鞋的锤子，用看脚的目光拍了拍他的脑袋，说：孩子，靠你自己吧。而后，他头上就长出了一把锥子，我看见他头上长出了一把很尖的锥子。他用头顶着锥子走路，二十多年来，他一直用头顶着锥子走，一步一步地走到了"科长"。这时候他才有了脸，他的脸是红颜色的，他喜欢红颜色的脸。这时候他就有了微笑，有了脸才有了微笑。他微笑着把手从衣兜里掏出来，很自然地背在后边，这时候他遥望着"厂办主任"，遥望着遥望着，他的脸又突然消失了……没有了，什么也没有了，他又成了一个没脸的人。我看见他的心在叫，他的心发出野猫一样的嚎叫。他看到了很多大脸，可他却没有脸了，他是为脸而叫。

我知道他是为脸而叫。我看见他一直在找脸，他过的是一种找脸的日子。在许许多多的日子里，他为脸奔忙，他希望能重新把脸找回来。他常常头顶着烟雾去找脸，他跑了许多地方，我看见他跑了许多地方，而后又不得不重新顶着烟雾回来。他曾经想让旧妈妈帮他到厂长那里去找脸，可旧妈妈不去，旧妈妈再也不愿去见厂长了……于是，他们总是在夜里打架，他们在夜晚的时候，弄出很多声音——旧妈妈说："你又去干什么了？"

科长说："我什么也没干，我还能干什么？"

旧妈妈说："你怎么这么没出息呢？几十几的人了……"

科长说："你说谁呢？你他妈说谁呢？！……"

旧妈妈说："我说谁谁心里清楚。"

科长说："那地方我没去。我没去找他……"

旧妈妈说："要还有一点血性，能去吗？……"

科长说："谁说我去了？谁说的？"

旧妈妈说："那你干啥去了？"

科长说："就搓了两圈，只两圈……"

旧妈妈说："不挣钱还搓？"

在语言里，科长已是"手下"了。科长从说话开始，渐渐就成了旧妈妈的"手下"。科长不得不当"手下"，于是科长的心越来越小，心里的恨却越来越多，慢慢就有硫酸溢出来了。科长已经变成了一个"硫酸人"。

现在，科长用目光绑着我往西城区走。他把我捆得很紧，他的目光是一条坚硬的皮绳，紧紧地勒着我。他的"皮绳"还时常偷偷地贼一样地甩到一边去，去捆那些鲜艳的"瓶子"。他的"皮绳"在街上绕来绕去地追逐"瓶子"，他是想捆的，他想捆而不敢捆，他只敢用"皮绳"绕一绕。这时候他的"皮绳"变成了一只只苍蝇，苍蝇追逐着"瓶子"，苍蝇在"瓶子"四周转来转去，可怜巴巴地偷尝一点点酒味。"瓶子"一排一排地列队在大街上走着，走出一片鲜艳的锣鼓声。今天是酒的节日，每年都会有那么几天是酒的节日。在酒的节日里，高楼上到处都是酒旗，大街上到处都是"瓶子"，各种各样的"瓶子"都列队上街。这是出卖女孩的季节，各种各样的"瓶子"里都装有女孩，女孩身上挂满了商标，商标上写着"百万大奉送"的字样……我知道这些女孩全都是酒做的，这些女孩是液体女孩。女孩又被分成高度液体女孩和低度液体女孩。高度液体女孩穿红色衣裙，低度液体女孩穿黄色衣裙，她们被分别装在扁的和圆的瓶子里，在街面上跳动着的锣鼓声中滚来滚去，亮出一节一节的透明的被酒泡过的肉……报上说，地球的温度在逐年上升，地球的温度越来越高了。地球在升温，人类需要降温，所以现在流行低度酒。低度酒也能醉人，低度酒依靠商标醉人。低度酒能把人还原，把人还原成动物。人脸上充满了动物的表情，人们在街上表演动物的形态，我看见了人们的尾巴，人们的尾巴一个个地都露出来了，人们的尾巴在人们的脸上甩动着，人们只是把尾巴移到了脸上，这是高级的位移。报上说，位移就是差别，这就是高级和低级的差别。报上说，酒是有功的，应该给酒庆功，酒可以使人在醉中还原，尾巴的出现就是人类还原的标志……

到了，科长的目光揪住了我的衣领子，我就知道到了。前边就是旧妈妈开的诊所。那房子是一家区文化馆的，文化馆也开始看病了，文化馆也"主治跌打损伤"了。旧妈妈租的两间房子就在"主治跌打损伤"的隔壁。报上说，狡猾是时代的进步。我看见旧妈妈正在进步，旧妈妈在学习狡猾。我看见我的那些要活下去的病人正在排队，旧妈妈在给排队的病人发牌，那是一些纸做的牌，那些纸牌是看过自行车的旧二姨帮她制作的。旧妈妈一边发牌一边说："上午只看二十个号，二十号以后下午再看……"我知道她不会只让看二十个号，这是一种"广告意识"，旧妈妈也有了"广告意识"。为了学习这种"广告意识"，旧妈妈在一夜之间白了七根头发。旧妈妈把那七根白发拔掉了，她悄悄地把它们拔掉了。现在旧妈妈的脸上开始有了红色，这种红色是"人头纸"带给她的。但她的脸上也出现了厌恶，那是对科长的厌恶。我知道那厌恶是对着科长的，因为科长成了一个小小的"手下"。旧妈妈的目光越过科长跳到了我的身上，旧妈妈的目光里有一股浓烈的"人头纸"的气味。旧妈妈说："怎么又晚了……"

科长说："酒节，又堵车了。"

旧妈妈"哼"了一声，旧妈妈只"哼"了一声。

病例三：

这是一个"半心人"。

他一坐下我就看出来了，他是一个"半心人"。

他的妻子说："你看看他脸上的伤，你看见他脸上的伤了吧？这是被人打的。你说，他怎么会得这种病呢？好好的，突然得下了这种病……"

他的妻子说："他们都说他是故意的，打他的人也说他是故意的。这这这……有一百张嘴也说不清啊！你知道吧，他没别的病，就是夜里睡不安稳。在床上睡得好好的，睡着睡着就跑出来了。我也不知道是怎么回事，他老半夜跑到人家屋里，有一次还睡到了人家床上！你说这算怎么回事？他也是个有级别的干部，为这事可没少挨人家的骂，还有两次说他是流氓……"

他的妻子说："后来我让家里的人把门反锁上。可锁上也不行，他竟然又跑出去了！后来看看是跳窗户跑出去的。我家住在二楼，那么高，你说他是怎么跳下去的呢？白天好好的，问他什么他都不知道。后来也不敢再锁门了……"

我看着他，我看见他先是有两个半个心。他的心最先是月牙形的，两个月牙中间是一块油性的东西，那油性的东西呈锯齿状，正是这锯齿状的东西咬着他的两个分裂了的半心，使他的两个半心产生了磨损。他的心是在时光中逐渐磨损的。那是心的一半与另一半的相对摩擦产生的损伤。在磨损的地方长出了一个肉色小芽，那小芽已经有三十一年的历史了。那小芽逐渐逐渐地长成了一只手，我看见那是一只手，一只已经长全了手指的手。那手就在他心有磨损处举着……那是在三十一年前举起的手，那手举在一个充满烟雾的会议上。在那次会议上，先是有二十二双手同时举起，那二十二双手举起的时候带出了一股冷风，那是杨树林里的风，杨树林里的风带着一股很涩的大粪味。他是闻到大粪味之后才把手举起来的。他本来是不想举的，当他看到二十二双手举起之后，他才缓慢地把手举起来。应该说，他的手仅仅是举了一半，举了一半他又悄悄地落下去了，落也只落了一半……这时候他的心跳得很厉害，他的心就在这一刻开始分裂，有一半想举，而另一半不愿举。一个声音说："不举，我不举。"一个声音说："都举了，你看那么多人都举了你也得举……"就在他半举半不举的时候，他听见一个粗壮的声音说："过半了，二十三个，过半了……"

"过半了"就这样留在了他的心上。他的心上刻印着这句话，就是这句话在他的心上划开了一道缝隙，有一半心包藏着这句话。很久很久，这句话一直在他的半个心里包着。而后他的半个心就开始萎缩了，一点一点地萎缩，很快就长出了那么一个小芽。在那小芽上，我还闻到了象棋的气味，我看见那里仍残存着一些象棋的气味。气味里泡着一些旧日的声音："臭棋，你走啊，你怎么不走了？……""你吹吧，吹吧，再走两步你就不吹了……""臭棋，我还不知道你吗？""走吧，我也知道你吃几个馍喝几碗汤……""老刘，那事你听说了吗？""啥事？""就那事呗。""影影绰绰吧。"……接着出现的是一个女人的影像，女人的影像在心上动出一些划痕，那女人拖着两个孩子在他的半边心上一踩一踩地走，走出一股臭鸡蛋的气味。这时他的半边心上就出现了臭鸡蛋的气味。紧接着，手长出来了，那萎缩了的半边心上长出了一只小手……

我看见他有很长一段时间失眠。他夜里总是睡不着觉。那些夜晚是手的夜晚，在那些个失眠的夜里，总有一片片的手举在他的心上……他有一半心想睡觉，而另一半无法睡觉。后来他想出了一个办法，他举起手睡觉，夜里，他总是先举起一只手，而后才能入睡。近二十年来，他都是举着手睡觉的。当他把一只手举起来，一只手垂下去时，他睡得很好。这情形一直持续了许多年。当一个女人来到他身边的时候，他仍然是举着一只手睡觉。

女人多次问过他，女人说："你怎么这样睡？这跟投降一样……"

他说："我也不知道，这是习惯。我习惯了。"女人说："这习惯不好，这习惯得改一改。"女人多次纠正他，每当他睡着后，女人就把他的手扳下来，塞进被子里……可一扳他就醒了，醒了就很难入睡。后来女人也不再纠正了，女人任他举着手睡。这情形一直持续到"1985"，我在他的半个心上看到了"1985"的字样。

"1985"是随着一个骨灰盒出现的。我看见有一个骨灰盒随着"1985"运进了他的记忆。那是一个关于夏天的记忆，在那个夏天里有一个姓吴的骨灰盒被运进了一个有七层办公楼的院子。当他走进院子时，人们都在院里站着，站着的人对他说："老吴回来了。那是老吴的骨灰……"他随口"嗯"了一声，他说："噢，是老吴的骨灰。"而后他看见老吴的女人和老吴的儿子从车里走出来。老吴的女人戴着黑纱，老吴的儿子捧着骨灰……天黑了，天像墨一样黑，只有那么一小会儿，天变成黑的了，然后又慢慢白，白出亮来。有声音从白亮处钻出来，那声音说："老刘，刘处长，你把那事给办了吧……"他说："好，我办。跟我来吧。"骨灰就跟着他往楼里走。在楼梯的拐弯处，他听见骨灰盒说："下一盘吧，下一盘吧……"他扭过头来，细听，却没有声音了，一点声音也没有，只有很碎的脚步。上了楼，走进办公室，他说："坐吧，我马上就办。"说完，他走进里间办公室，坐下来吸了一支烟，而后他把那张纸拿出来了，他拿出来的是一张纸。他把纸递给老吴的女人，老吴的女人把纸递给了老吴的儿子，儿子把纸盖在了骨灰盒上……

　　夜里，他心上的手又开始生长了。那一半萎缩了的心彻底地变成了一只手。手从喉咙里伸出来，伸到了他的脸上，我看见从他心上长出来的手伸到他的脸上，把他一把从床上提起来……从这天晚上起，他就开始夜游了。他总是睡到半夜的时候，一个人悄悄地爬起来，穿过一条条大街，照直朝着一个方向走，碰到墙的时候他才拐弯，如果碰不到墙他就会一直走下去……有两次他曾经被巡夜的民警发现，可他表现出来的一切都跟正常人一样，回答问题也清清楚楚。只有一样是特别的，他走路时举着一只手。他一时把手举起来，一时又放下。他的手半举半不举，那样子就像是在挠头。后来他就开始敲门了，他常常在下半夜的时候敲开人家的门，敲开后他就一声不响地站在那里，举着一只手……

　　我盯着他，我用眼睛对他说：你的病是在心上。你只有半个心了，你的另一半心已经萎缩了……

　　他说："不会吧。我的心怎么会有病？我没害过人，我没害过任何人……"

　　我说：你看着我，睁大眼睛看着我。

　　他就看着我……

　　过了一会儿，他说："能治吗？这病，还能治吗？"

　　我说：你放松，全身放松，什么也不要想。

　　他说："我不想，我什么也不想……"

　　我不知道能不能治。我只能试一试了。我盯着他的心看，我看见他的心上冒起了一股烟，那烟有一股很难闻的气味，是一股烧焦了的癞蛤蟆的气味。接着我就听见他说："疼，很疼。"我想我得先把那只长在心上的"手"割掉，那"手"已经长了那么多年了，我得把它割掉。我盯着那只长在心上的"手"，我盯了很长时间，我看见那"手"开始萎缩了，那"手"在一点一点地萎缩，而后化成了一摊血，我看见它化成了一摊血，一摊白颜色的血。这时候我才发现他的心的血有一半是白颜色的。往下自然是红白的融合。我原以为红白是无法融合的，可我看见它们竟然融合在一起了。这半个心的红血和那半个心的白血融合在一起了，血融成了一片淡红。在那一片淡红里，还漂着一些黑芝麻样的东西，那自然是"手"的余烬了……

然而，当我重新看他的时候，我又发现他的心已经缩了，他的心成了一个扁扁的橄榄形的东西，上边还有一行锯齿状的纹。

那些黑芝麻样的东西凝结成了一行锯齿样的纹路……

可他站起来时说："我好了，我已经完全好了。我感觉这里边很舒服……"

八月十七日

中午，科长来送饭了。饭是科长做的，科长正在学习做饭。

旧妈妈打开饭盒看了看，眼里有了一股焦煳气。她说："你看，米饭做成一盆糊子了。你老是添水多，你怎么老是添水多……"

科长翻开眼皮看了看，没有吭声……

旧妈妈说："算了，算了。你去给我买碗烩面吧。"说着掏给科长一张"人头纸"。

科长把钱接过来，扭头走了……片刻，他又走回来，说："一碗两碗？"

旧妈妈看了看我，说："这还用问吗？明明不吃辣的。"

我看见科长在心里骂了一句，就又扭头走了。一会儿工夫，科长端回来一碗热腾腾的烩面……

科长是在旧妈妈吃饭的时候开始偷"人头纸"的。我看见科长走进里屋，背过身来，脸对着我和旧妈妈，先是两手背在身后，接着又伸出一只手点烟。在他点烟的时候，却用另一只手悄悄地捏着一根火柴棍粘放在小箱里的"人头纸"……那火柴棍上有胶水，我闻见那火柴棍上有胶水的气味。他已经粘了很多次了，每次他都能粘出一张两张来。我知道他总共已粘出三十六张了。他来送饭时，趁旧妈妈不注意，先后粘了十一次，粘出了三十六张爬满细菌的"人头纸"。他把粘出来的"人头纸"偷偷地塞进鞋里，而后提上饭盒就走。他走得很慢，走出七步之后总要回头看一看，这是他的习惯。只要他身上带有"人头纸"，他就会习惯性地回头看看。这时候他身上会有一股女人的气味，每当他回头的时候，他身上就会漫出一股女人的气味。他走路的姿势也在变换，我发现他走路的姿势也开始变换了。他的身子有"态"了，他走出了一种女人才会有的"态"，这种"态"是拧出来的，身子拧的时候才会这样。我知道这都是那些"人头纸"的缘故，是那些"人头纸"垫高了他的鞋跟。

旧妈妈每天要数一次"人头纸"，她总说，怎么不对呢？怎么会不对呢？可她还是一遍一遍地数……

晚上的时候，我看见科长躲避着一处处的灯光，一扭一扭地在暗处走着，他要到厂长家去。我知道他要到厂长家去。我听见科长一边走一边说："这么一个小脸，我不要了。我要这么小的一个脸干啥……"他头上顶着的是一些用"人头纸"换来的礼品（那是两箱"健力宝"和两条"红塔山"），这时他的"脸"显得很大，像"山"一样大，他就这样顶着"山脸"迈进了厂长的家门。开初的时候，他没有说话。他一句话也没说。他仅仅是用眼睛下跪，我看见他的眼睛跪在了厂长的门前。他的眼睛在厂长门前大约跪了有十分钟，而后门就开了。他是把门"跪"开的。

这时门里亮出了一张"钢筋脸",厂长的"钢筋脸"在门口沉默了有一分钟的时间,渐渐就有了热芝麻一样的笑,那笑很烫,那笑一粒一粒地炸着。厂长说:"来吧,进来吧。"说完,厂长扭头就走回去了。科长跟在厂长的屁股后边,一扭一扭地跟着走。厂长家的人全都是冷脸,一片一片的像玻璃一样的冷脸……科长像是走在碎了的玻璃上。走进里间的时候,厂长扔出了一颗豆子:"坐吧。"科长慢慢地把"山脸"卸下来,把半个屁股镶在沙发边上,沉默了一会儿,说:"厂长,我一直想找你,很长时间了,我想找你说说。那些事……"厂长点上一支烟,把脸存放在烟雾里,吐出了一片雾腾腾的话:"算啦,不要再提了。过去了,我是不会计较的。"科长说:"我知道你肚量大。你虽然不计较,我心里不好受。可我在宣传科,一直是受书记的直接领导……"

突然就有了一声闷响:"不要再说了。你不用解释!"科长的声音也跟着高了,科长说:"我知道事到如今解释也没有用。我是想给你送一件东西……"厂长说:"什么东西?你还有什么东西,你说吧。"科长说:"我这里还放着一个记事本……"厂长笑了,厂长脸上浮出了淡淡的笑,厂长的笑里渗出了山楂糕的气味。厂长说:"噢,噢。该告的都告了,该说的也都说了,还有没了的事吗?"科长马上说:"这是书记的,这上边记的都是书记的……"厂长的脑海里跑出了一只猫,我看见厂长的脑血管里藏着一只猫。猫说:"炳章,你是个有心人哪。"科长说:"咱们共事二十多年了。那时候,有些事我不便说……"猫说:"你有什么要求?你有什么要求你说吧。"科长说:"我还是想工作,我这人是个干工作的人,这你也知道……"猫说:"别的呢?别的你还有啥想法?"科长说:"人是活脸的,我有个脸就行。我就要个脸……"猫笑了笑:"别的我不能给你,脸可以给你。"科长说:"我不说感激的话了。我不多说感激的话了。你看我的表现吧。"猫说:"炳章,这事不难。我看这事不难哪。可是,有一条……"科长说:

"你说，厂长你赌说了。"这时，猫不见了。猫出溜一下就不见了。厂长的脸上又慢慢跳出了一些"芝麻"，"芝麻"转眼之间变成了一片烟雾。厂长站在烟雾后边说："我不要求别的，我只要求你把这个本子拿给老耿看看，让老耿在上边签个字。别的事都好说。"科长没有话了，科长很长时间说不出话。科长慢慢地站了起来，科长的"瓦刀"上挂满了一线一线的小水，科长身上有了一股尿的气味。科长说："厂长，你羞我呢。我走到这一步，已经没什么脸了，你还羞我……"厂长说："王炳章，我实话对你说，你这样我就更看不起你了。你想我会用你这样的人吗？说得难听一点，我用狗也不会用你。你这是品质问题。品质！……"科长说："我想尿，我真想尿在你这儿……"

厂长慌忙说："你干什么，你想耍赖吗？"科长说："你知道什么叫品质吗？我给你说说品质。我过去就是太品质了才走到这一步的。那时候老耿是我的领导，老耿说什么我就做什么。如果你不健忘的话，那时你也找过我，你让我揭老耿。你记不记得你让我揭老耿时说的话？那时候我没有揭，你们都是领导，你说让我听谁的？不错，我当时是听了老耿的。那其实是品质让我听的，如果不是品质，我也许不会听。我现在才明白，权力就是品质。你有权了，所以你才强调品质。"厂长又坐下来了。厂长坐下来，吸着烟说："似乎也有些道理。你说下去……"科长说："厂长，事到如今我再品质一回吧。我豁出来再品质一回。厂长你说实话，当时告你的材料都是假的吗？那里边有哪一条是假的？"厂长说："这个我不能说，我说了也不算。不是有调查组吗？调查组不是有结论吗？"科长说："那些事你心里清楚，我也清楚。太清楚就无法让人品质，所以你也别再说品质……"厂长说："你还可以反映，你继续告嘛。"厂长突然又笑了。厂长说："是。你说的也是，我是品质有问题。我实话告诉你，我品质上也有问题。品质不好的人就不好再用品质不好的人了吧？这也是一个辩证。品质不好的要用那些品质好的；而品质好的才会用那些品质不好的……对不住了。"科长眼里突然有了泪。科长转过身去，在眼上擦了一下，而后慢慢地往外走去。厂长说："炳章，东西，你的东西提走。"科长仍是慢慢地往外走着。厂长又说："你要不拿，明天我就送到厂里去，开全厂职工大会让人看看……"科长扭回头说："厂长，你做绝了……"厂长说："我就是做绝了。"科长说："那你就让人看吧。我脸都不要了，还要东西做什么……"科长刚走出来，门"嘭"一声就关上了。这时，科长又转过身去，科长尿了，科长是蹲着尿的，科长蹲在地上，对着厂长的铁门尿了一泡！

在那一泡尿之后，科长的新脸诞生了。我看见了科长的新脸。科长的新脸是橡皮做的。科长新脸的最外层包着一层无色的刚性橡皮。科长是在厂长家完成了新脸的制作过程的，那是一种极其痛苦而又极其复杂的制作过程，因此科长出了很多汗，科长浑身上下充满了汗气和尿气，科长的裤子湿了。而门口那一泡尿则是最后的浇铸，科长是在那一泡尿里获得新脸的。

科长高举着那张再生的新脸，在夜色里走得非常轻松。我看见科长提着裤子很轻松地走下楼去。他走出了一片哗哗啦啦的麻将声。在麻将声里，我听见他反反复复地说："爷来了，爷来了，爷我来了……"这时候他的脑海里注满了"爷"的词语，我看见许许多多关于"爷"的词语源源不断地输送到他的舌头上。他的舌头显得很大，他的舌头甩出了一股股很粗壮的红色气息。他先是大步走向绿叶广场，我看见他在绿叶广场里一连走了三圈。在走第一圈时，他站在三十米外的地方，对着两个站在暗处搂抱在一起的年轻人大声喝道："干什么？干什么？回去！回去"！一下子就把那对年轻人吓走了。走第二圈时，我看见他站在二十米外，又对着一双坐在靠椅上的年轻人喊道："带那个了吗？没带那个回家×去！在这儿×什么……"吓得两人推上车子就走。走第三圈时，他已变成了一个打足了气的气球，我看见他成了一个滚动着的红气球。他先是悄悄地滚到一个地方，而后突然贴近两个正在亲吻的年轻人，猛吼一声："滚鸡巴蛋……"这两个年轻人更是吓得战战兢兢，连头都没回，相互依偎着慌忙走掉了。接着，他又大步在广场上走了一圈，挺身站在广场中央，高声说："都走了？都走了？爷也走了。"

后半夜的时候，我看见科长又摸到了一个麻将摊上。科长坐在那里，两只手熟练地在麻将里插着，他的心也在麻将里插着，他的心成了一个活着的"麻将"。他的心在麻将里翻腾跳跃，不断地与"一、四、七，二、五、八，三、六、九……"相碰撞，磨出了一层层的肉茧，而后他的心就混进牌里去了，这时候他的心就成了一张"万用牌"。出牌的时候，他总是先把心押上，他一押就赢，他总是赢，我看见他身边堆着一摞子"人头纸"。他一边打牌，一边跟人说："今晚上我明白了一个道理——世界上怕就怕不要脸，只要你不要脸，只要你敢于不要脸，你就无往而不胜……"说完他就笑了，他的笑里有一股很冲的尿臊味。他接着又说："我赢的诀窍是，敢于裤裆以下出牌。"

科长是天快明的时候回来的。当科长把一堆肉扔在床上的时候，我听见旧妈妈吃惊地问："你是谁？"科长说："怎么，你不认识我了？我是炳章啊。"旧妈妈说："你怎么这样？你怎么变成这样了？你到哪里去了？一夜不着家，把自己弄成这个样……"

科长却笑嘻嘻地说："没干啥，摸了两圈。"旧妈妈恨恨地问："摸了两圈？你怎么把脸摸成这样了？!"科长仍旧笑嘻嘻地说："旧脸输了，输得差点卖裤子。不过后来我又赢了一张新脸……"旧妈妈说："你，你……你不要那脸了？"科长还是笑嘻嘻地说："我不要那脸了。"旧妈妈说："你怎么这样？你怎么会这样？"这时科长大腿一抬，竟骑在了旧妈妈的身上！科长笑嘻嘻地骑在旧妈妈身上，我看见旧妈妈在厮打中高声叫着："你疯了？!你，你不要脸，你不要脸！……"科长龇龇牙说："我啥都要，就是不要脸。"

病例四：

这是一个黑眼圈的紫色女人。

女人穿一身很时髦的紫色衣裙，挎着一个白色的羊皮坤包，还化了淡妆，看上去很漂亮。可她眼圈是黑的，一片紫黑，看上去很瘦很薄，就像是纸扎的一样。她摇摇晃晃地坐下来，轻声说："我就要疯了，我怕我有一天会疯……"

她说："我这病已经有半年时间了，也跑了很多医院。开始说我是神经衰弱，后来又说我是狂想性官能症，各种药都吃过了，就是治不好。我想我是遇上鬼了，我肯定是遇上鬼了……"

她说："只要我一个人在屋里的时候，凡是我一个人在屋里的时候，身后总有一个声音，那清清楚楚是一个人的声音。那声音只说一句话，那声音总在重复这么一句话，那是一句很瘆人的话：'你不认识我吗？你就是不认识我吗？'……"

她说："有一段我认为是房子有毛病。我开始住在金水小区的一栋楼上，住的是五楼一个阴面。后来我又搬到花园小区，住的是三楼的一个阳面，可还是不行，那声音一直追着我，我走到哪儿它追到哪儿。我已经搬了三次家了……"

她说："那声音总是突然出现。每当我一个人的时候，我就很害怕，我非常害怕。屋里只要没有别的人，它必然出现。它出现时总带着一股风，只要脖子后边一凉，它就来了，悄悄地，还是那一句话：'你不认识我吗？你就是不认识我吗？'……"

我看着她的眼睛。她的眼睛很大，她眼睛里有很多黑色的水，在水的后边亮着一个一个的小窗户，我看见了很多窗户。我看着那窗户，我发现那窗户后边竟是一个一个的房间，那里边有许多房间。我看见每个房间里都排满了人的影像，那里边有许多晃来晃去的影像。当我往下看时，当我往更深处看时，我又看到了许许多多的门，我数了数一共是十二个门。在十二个门的后边又是一个很小的白房子，房门上写有红字，那是用红漆印上去的数码字，数码字是"13"，我看到了一个红色的"13"。房间里却是空空荡荡，似乎没什么东西，开初的时候我没有看到任何东西。我只是闻到了一股药水的气味，那像是来苏水的气味。在弥漫着来苏水气味的白房子里，我看了很长时间，后来我终于看到了一个影像，那是一个映在墙壁上的影像，那影像渐渐在墙壁上显现出来了，当我盯着看的时候，它就显现出来了——那影像没有头。我看见那竟是一个无头影像。影儿是灰褐色的，它贴在墙上，很像是一张底片。在映出的底片上，身子是完整的，每个部分都是完整的，有身，有手，有腿，有脚，就是没有头……

我用眼睛问她，我只能用目光和她说话。我说：你在医院工作过吗？你是不是在医院工作过？

她有些吃惊了。她望着我，迟疑了一会儿才说："我……原来是在医院工作过。我那时在市二院当过护士，我在那儿干了五年，后来调走了。我现在在财政局工作……"接着，她又急忙解释说，"我那时候才十八岁。我没害过人，我没害过任何人……"

我说：你还记不记得了？有一个小白房子，房门上印有红色"13"的小白房子……

她先是摇了摇头，说："不记得了。我不记得有什么小白房子。"过了一会儿，她又说，"也许有，可我记不清了。"

我重新看她的眼睛，我又看到了那个门上印有红色"13"的小白房子。在小白房子里仍然显现着一个无头的影像。我有点累了，我感觉很累。我隐隐约约觉得还有一些别的东西，可我看不清楚。我揉了揉眼，还是没有看清楚。我又问她，我说：你再回忆回忆，你闭上眼睛，定下心，好好回忆回忆……

她闭上眼睛，过了一会儿，喃喃地说："好多年了，已经好多年了……"接着她眼皮抖动了一下，我看见她眼皮上漫出了一股来苏水的气味。片刻，她把眼睛睁开了，有一丝光亮从她的眼睛里透出来。我一下子就看清了那光亮处显现出来的东西，我已经知道那是什么东西了……

可她却主动地说起来了。她说："……这些都是很多年以前的事了。如果有用的话，我都告诉你算啦。那时候，当护士的时候，我谈过恋爱，我先后跟三个男人谈过恋爱。第一个是刚毕业的大学生，是在这里割阑尾时认识的。他个子不高，嘴很甜，老家是外地的，我们曾经好过一段时间……后来吹了。他在这儿住院时，经常在上班的时候找我，他总是缠着我……我为他还出过一起小事故，我给人打错了针。注射青霉素我忘了做过敏试验，那患者当时昏过去了。不过，后来还是抢救过来了。他没有死，我知道他没有死。第一次和我谈过的那个大学生也活得很好，他现在在一个县里当宣传部长，经常来这里开会，前几天我还见过他。我谈的第二个对象是……"这时候，我看见她的手抖了，她的手有点抖。她的手哆哆嗦嗦地伸进那个白色的小坤包，从里边掏出烟来，放在唇边，点燃后吸了一口，才接着说："……那是一个飞行员，一个在附近机场开飞机的飞行员。他个子很高，长得很英俊，也非常喜欢我。我们，我们谈了大约有一年多的时间。那时候我常值夜班，所以他每个星期六都到医院里陪我值夜班……就、就在你说的那个小白房子里，那个小白房子是医院的值班室。那时候，我并没有让他来陪我，是他主动要来陪我的。我们已经开始商量结婚的事了，主要是因为还没有分到房子，如果有房子的话……"说着，她又点上了一支烟。烟里冒出了猩红色的气味，我在她吸的烟里看到了一些星星点点的血红。她又接着说："我记得那是冬天，快过节的时候，也是一个星期六的晚上，他又来了。他还掂着一个饭盒，饭盒里盛的是饺子，他知道我喜欢吃饺子。这饭盒里的饺子是我和他分着吃的。他说单数他吃，双数我吃，也就是说我吃两个他吃一个。我们俩共用一个小勺，他喂我吃，我喂他吃……吃着笑着。后来他又开始变戏法，他总是这样，吃完饭之后要给我变一个戏法。他把放在椅子上的大衣拿起来，双手舞动着，嘴里念念有词地说：'看着，看着，变了，变了，马上就变了……'接着他先'变'出了一只红鞋，而后又'变'出第二只红鞋，放在我面前桌上的是一双红色的皮棉鞋。我笑着说：'装样儿，这是你买的吧？'他就说：'明明是变出来的，怎么是买的。你穿上，穿上试试……'说着，他就蹲下来，给我穿……我穿上之后在地上走了一圈，说：'还行，正合适。'可我又觉得鞋里边热乎乎的，就问他：'这鞋里怎么热烘烘的？'他笑着说：'这是一种新产品，是带温气的鞋……'我说：'真的吗？我看看……'当我要脱下来看时，他马上说：'骗你哪。这鞋是我的手暖出来的。我买了之后，套在手上暖了一路'……"

她一口气说到这里的时候，停下来了。这时她的脸色变得非常难看。她脸上出现了许多细小的纹路，纹路里爬满了紫红色的"蛛网"，我看见她满脸都是"蛛网"，在"蛛网"上挂满了干泪的痕迹，那些眼泪是在时间里焙干了的。眼泪已经渗进她的血管里去了，眼泪与她的面部毛细血管连在一起，变成了星星点点的黑色斑痕。黑斑在很长一个时期里一直被压在粉底霜的下边，黑斑一直在粉底霜下边藏着，是面部毛细血管里突然涌上来的热度融化了粉底霜，使黑斑显现出来，黑斑里蕴藏着许多蜂窝样的东西，那是一些在时间里烧干了的心火的灰烬，是一些种植在面部毛细血管上的被时间风化了的油状"蜘蛛"。那些"蜘蛛"是从心上爬出来的，我知道是从心上爬出来的……

这时她又点上了第三支烟。点第三支烟时，她的头低下去了。她低下头猛吸了两口，才接着说："……后来，后来，那天晚上，那天晚上，我，我不想说了，我不想再说了……是，是十点的时候我开始催他走的。我说：'十点了，你该走了，你走吧。'他说：'没事，还早呢。我十点半走吧，我再坐会儿。'说心里话，当时，我也不想让他走……我们就在那值班室里坐着，说了一些准备结婚的事……他抓住我的手，我也抓住他的手，后来我们就抱在一起了……一直到十点半的时候，我才又催他走。这中间我出去了一趟，我去病房给病人吊了两瓶水。我是借故走开的，我是怕人看见我们……回来后我一看表，就说：'你走吧，十点半了。那个看大门的老头很讨厌，他一到十一点就锁门……'可他说：'没事，我再坐一会儿，再坐一小会儿……'我说：'他锁上门怎么办？他一锁门你就出不去了。'他笑着说：'我会跳墙。我已经跳过好多次了……'这样，我就没有再催他。往下时间就过得快了，往下时间过得非常快。等我再看表的时候，已是深夜一点钟了。这时他'呀'了一声，他说：'我走吧，我该走了……'当时我有点犹豫，不知怎的，我心里突然很乱。我想门已经锁上了，那老头肯定把门锁上了，就说：'要不，你别走了……'他说：'没事，我没事……'说着，穿上大衣就走出去了。我没送他，刚好有病人家属喊我去换吊瓶，我就没去送他……再后来，就是四个钟头之后了。四个钟头之后，当我再见到他的时候，他已经不会动了……他是从大铁门上往外跳时摔坏的。医院的铁门有两米多高，他跳的时候大衣挂在了铁门上边，而后又平身摔在了门口的水泥地上，当时就摔昏过去了。他整整在门口的水泥地上躺了四个小时，还是送牛奶工人发现的。后来他就瘫痪了，全身瘫痪……我，我又等他了一年，他瘫痪后我又等了他一年。开始我还觉得他能好，仅仅是摔了一下，他身体那么壮，会好。可后来我就明白了，他不会好了，他永远不会好了。我，我们并没有结婚，我不可能跟一个一生瘫痪在床的病人过一辈子。可是，在那个医院里，都知道我们两个人的事，谁都知道。每天都有人说这件事……我，我没有办法。后来，为了躲过人们的议论，我悄悄地办了调动手续……"

　　她喃喃地说："如果说我欠人什么的话，就只有十年前的这件事了。就这么一件事。这不能怪我。我想这不能怪我。我那时年轻轻的，一朵花样，全家都反对……再说，他也说过，他说他不怪我……"

　　她停了很长时间之后，又说："……我走的时候，他还在那个医院里躺着。我，我没有告诉他，我没法对他说。要说错的话，这就是我的错。不过，在我离开的前一天，我曾经问过他，我说我如果离开你，你会不会怪我？他，他说他已成了这个样子了，他不会怪我……"

　　我盯着那个无头的影像，我一直盯着它，我看见它在慢慢地显现。它是在溃烂中显现的，我看见影像的背部散着一股溃烂中的腐臭，那腐臭味随着血肉正在化脓，而且一块一块地往下掉……我看见在长达七年的时间里，那腐臭味一直贴在它的背部。后来那腐臭味逐渐淡了，那溃烂的血肉开始结痂了，我还看见那影像的背部一直亮着一个大灯泡，那溃烂的血肉是在烘烤和摩擦中结痂的。经过无数次摩擦又经过无数次烘烤的血痂一层一层地扣在它的背上。这时候血痂变成了一个紫黑色的壳，一个无比坚硬的装满怨恨的壳。那装在壳里的怨恨经过了十年的变异：开初第一年，那壳里裹的话是"让我死，让我死了吧！……"；第二年，那壳里裹的话是"为什么让我这样？为什么偏偏让我这样？……"；第三年，那壳里裹着的话是"要怨就怨命，怨我自己，我谁也不怨……"；第四年，那壳里裹的话是"良心在哪里？什么叫良心？良心让狗吃了……"；第五年，那壳里裹的话是"我想杀人，我想杀人，我想杀人!!……"；第六年，那壳里裹的话是"认了吧，你就认了吧，不认又有什么办法呢？……"；第七年，那壳里裹着的话是"该受的罪都已经受了，还有什么？还会有什么？……"；第八年，那壳里裹的话是"爱是什么？恨又是什么？生是什么？死又是什么？……"；第九年，那壳里裹着的话是"红鞋，红鞋……"；第十年，那壳里裹的话仍然是"红鞋，红鞋，红鞋……"。整整十年的时间，怨恨一直在壳里生长着。那时怨恨还没有长出芽来，我看见怨恨里夹杂着很多棉絮样的东西，所以没有生芽。怨恨是在一个春天里生芽的。在春天里"怨恨"走进了城市的公园，这是十年后它第一次进公园。"怨恨"是坐在轮椅上被推进公园的。在公园里的一棵桃树下，"怨恨"闻到了阳光和花瓣的气味，然后"怨恨"慢慢地睁开了眼睛，这时它就看到了它不该看到的东西……二十分钟后，"怨恨"说："回去吧，我想回去了。"当天深夜一点的时候，我看见一个刀片闪了一下，那刀片原来在床头的小柜子上放着，那是刮胡子用的，锋利无比。而后那刀片立起来了，那刀片上积聚了十年的怨恨，在暗处飞快地亮了一下，只亮了一下，就把整个脖颈切开了！切出了一片红色的泡沫……接着，就从切开的脖颈处飞出了一个小芽，我看见飞出去的是一个血红色的、由十年精气化成的小芽……我看着这个紫衣女人，我问她：你在春天里去过公园吗？

她看了看我，沉吟了一会儿，摇摇头说："没有，我没有去过。"

我说：你想想，你再想想。你去过，你一定去过。

她又低下头去，两手紧紧地抓着那个白色的羊皮小坤包，摇摇头，又摇摇头，最后还是说："没有去过……"

我想我应该给她一些力量，我应该给她输送一些回忆的力量。当我把目光对准她的记忆信号时，她突然说："我想起来了，我去过。我是带孩子去的。我有一个女孩。在一个星期天，我和丈夫一块儿带着孩子去看桃花。我丈夫有辆桑塔纳轿车，我们是坐车去的，车直接开进了公园里……"

我问：你在公园里看见了什么？又说了些什么？

她说："没什么呀，我们直接去看桃花。公园里人很多……"

我说：你看没看见一个轮椅？你看见轮椅了吗？

她诧异地说："噢，看见了。有一个轮椅，轮椅上坐着一个很瘦很瘦、瘦得很可怕的人，那人胡子拉碴的，像、像鬼……"

我问：你认识他吗？

她说："不认识，绝对不认识。"

我问：你说什么话了吗？

她说："我没说什么。更没说伤人的话。我真的没说。"

我盯着她问：你说过。你再想想，你肯定说过。

她又想了想说："噢，想起来了，我想起来了。是，我是说过。当时，快要走进桃园的时候，我，我听见我丈夫说，你看那个人在看你。我当时没在意，那天我穿了一件米色毛呢裙，很招眼。我以为……我就说，别理他。过了一会儿，我丈夫又指了指说，我说的是那个坐在轮椅上的人，就是那边那个、那个歪坐在轮椅上的人，你看，他一直盯着你看，很长时间了，他老盯着你，你认识他？我随口说，讨厌！谁认识他，我不认识……"说到这儿，她的脸一下子白了，她脸上的粉底霜纷纷往下掉……可她还是说："我不认识他，真不认识……"

再往下，我看见她脑海里飞出了许多影像，一片一片的影像在她的脑海里飞舞，在影像里飘出了一双红鞋……她哭起来了，她一下子泪流满面，说："也许，也许……救救我，你救救我！我有孩子……"

这时候，我机械地拿出了一个小火柴盒，我把一个火柴盒拿出来了。当我把火柴盒放在桌上的时候，我看见那个由血气化成的魂灵跳出来了，那小小的魂灵"嗖"一下就从紫衣女人的眼睛里跳了出来。它跳出来后，仍然喊出了那句话，它说："你不认识我吗？你真是不认识我吗？……"

我看了看那紫衣女人，我没有再说什么，我什么也不想说。

我只是把那小魂灵装进了火柴盒。我想那魂灵很冷，它一定很冷。我用手捂着火柴盒，我想给它暖一暖……

紫衣女人慢慢地站起来了。她默默地望着我，用颤抖的声音问："是他吗？真是他吗？……"

八月二十一日

魏征叔叔的话：

你知道现在流行什么吗？

你知道不知道，如今在这座城市里，玩什么最时髦？

不知道吧？这就是"档次"了。你不在这个"档次"上，当然不会知道。我告诉你，现在最流行的是玩人。越是"档次"高的人玩得越火。在一定的圈子里说起话来，你要是没有三两个人，或者说你只有老婆没有人，那是很掉份儿的。不，不对，玩人不是生意人的专利。你去舞厅、卡拉OK厅里看看就知道了。这股风最先是从知识界刮起来的，紧跟着的是那些机关里的干部……到生意人这儿已算是走入了民间，算是普及化了。玩人其实是一种"偷"。偷东西是小偷，这是偷人，偷感情，是"大偷"。当一个城市普遍流行一种行为的时候，你能从中看出点什么吗？你看不出来，这就是眼光的问题了。你还不具备这种眼光。当然了，当然，生意人看问题惯用商业眼光，我用的就是一种商业眼光。从纯商业的角度看，我得出了四个字：无坚不摧。

你想，一个流行"偷"字的时期，是精神变乱的时期。在这么一个时期里，你想打倒一个人还不容易吗？你把他干掉就是了。我说的干掉不是杀他，我杀他干什么？我要的是钱，我让他痛痛快快把钱拿出来。我告诉你，我挣了那一百万之后（就那么一个小小的"飞龙挂盘"，我吃了五个大企业一百万。不简单吧！），紧接着我又挣了一百万。这一百万可以说是靠我的观察力，靠我的眼光挣的。不过，这一百万就挣得不那么容易了……

你听我说嘛。开初我是想打个"时间差"，所谓"时间差"跟地域是有关系的。那时沿海城市棉布走俏，而我们这里则是化纤走俏。你知道，从意识上、观念上说，内地是慢慢向沿海城市靠拢的，这中间的差距就是"时间差"。当时我就想钻这个空子。

我想一手牵两家，采用以货易货的方式，把沿海城市滞销的化纤调过来，再把咱们这里滞销的棉布调过去，这样一反一正差价是很可观的。可这事操作起来难度比较大，我必须打通两方面的关节，有一方打不通，这事就算吹了。不但是吹，我还有可能掉进去。后来我决定不用自己的钱，我不能用自己的钱去冒这种风险，我必须"借腿搓绳"。这笔生意的难度大就大在"借腿搓绳"，高也就高在"借腿搓绳"，这一招可以说是我发明的，你记住"借腿搓绳"这一高招。

这已经牵涉我的商业秘密了。你看我把秘密都告诉你了。

这件事说了是不能外传的。"借腿搓绳"关键在"腿"。这个"腿"必须得粗，还必须让它伸直。要是搓了一半，它又弯起来了，那就麻烦了。这你懂吧？为这桩生意我考虑了很长时间，想来想去，我最后决定搞一个"攻关小分队"。我这个"攻关"跟人家的"公关"是不一样的。我这个"攻关"是要把他拿下来，而且是必须拿下来。于是我就又找了朱朱，我让朱朱来当我的"攻关小分队"的队长。你看你又笑了，你笑什么？你知道吧，你这种笑很幼稚。什么都不明白，你傻笑什么？我打了个电话，就把朱朱叫来了。朱朱还是那样，一进门就说："又要我帮你干什么坏事？说吧！"我马上说："朱朱，不是帮我干坏事，是帮你干好事。不光是你，我想给你的姐妹们送些钱……"她看了看我，说："不那么简单吧？我还不知道你吗？说吧！"我说："那我就开门见山了。我打算用用你们三个，我只用三个。时间是两个月。我每人先给你们两万，事成之后，每人再加三万，一共是五万。干不干你说一句话。"朱朱点上了一支烟，然后说："那要看是什么事。我得听听是干什么事。"我说："这事没有任何风险，我只能说这么多。你要是干的话，我就把计划告诉你；你要不干……"朱朱说："你这人很残酷。你这人越来越残酷了。"我说："你过奖了。我其实是想把事做好，做到万无一失。"她看着我说："你很吝啬，你不是轻易就给人钱的人。你敢拿十五万下赌，这就是说你已经有十分把握了……"我说："我就要你一句话。"她说："那好吧，我干了。她们干不干，我还得问一问。我干了。"到了这时候，我才把底交给她。当然我说的仅是让她操作的那部分，其余不该让她知道的，我还是不能告诉她。我问："咱们这儿有几个棉纺厂，你知道吗？"她摇了摇头说："不大清楚。好像在东区……"我说："不错，是在东区，有三个。"

接着我又问她："棉纺二厂的情况你熟悉不熟悉？"她说："不熟悉。"我再问："沈振中，这个名字你听说过吗？"她说："没有，我不知道谁是沈振中。老魏，你……"我说："很好。没有瓜葛更好。我就是要找一个跟他没有任何瓜葛的人。"朱朱问："这个沈振中是干什么的？"我说："他就是棉纺二厂的厂长……"朱朱说："你，你要我干什么？"我说："第一步，你要先教会他跳舞……"朱朱跳起来了，她说："老魏，你让我去干那事？"我说："你先坐下，我没让你去干'那事'。我说的第一步是先教他学会跳舞。"她说："我又不认识他，怎么教他学跳舞？"我说："那就是你的事了。据我了解，他当厂长已有五年时间了。这个人大学毕业，出身贫寒，没有什么背景，他能当厂长，完全是靠他自己干出来的。所以这是一个处事很谨慎的人，一般是不进舞厅的。可就在最近，我得到了一个信息，这可以说是一个信号：他们厂刚买了一辆轿车，花七十万买了一辆'凯迪拉克'。"朱朱是个明白人，当我说到这儿的时候，她叹了口气说："老魏，你太坏了。我没想到你一下子会变得这么坏……"你知道，让女人夸是不容易的，尤其是让朱朱这样的女人夸，那就更不容易了。我一激动，就给她多说了一些情况。我给她分析说："沈振中干厂长干了五年，在第五个年头上买了一辆'凯迪拉克'，这说明了什么？第一，这说明他的地位已经巩固，用不着再装孙子了；第二，说明他有了某种欲望，在商品经济的熏染下，他开始有了一些精神上的变化。我告诉你，出身贫寒的人是经不住巨变的……"朱朱很灵，朱朱马上说："你要我去打垮他，对不对？"我说："也不尽然。我要你做的是生意。我是让你为一笔对双方都有利的生意去打开一条路。首先，你从今天开始，不要再化妆了。真要化也化得淡一些。你浓妆艳抹的，会把他吓跑。你要变换一下形态，要给他一种很清纯的印象……"朱朱的眼瞪着我说："下一步呢？"我说："你先教会他跳舞。如果这一步完成了，做得很成功，我再告诉你下一步的计划……"

一个星期后，朱朱的电话来了。我一拿起话筒，就听见朱朱在电话里骂道："我他妈的不干了！这不是人干的，那家伙笨得像猪……"我一听这话就明白了，这说明第一步成功了。我就对着话筒说："我说过吗？我说这是人干的了？这本来就不是人干的。要是谁都能干，要是是个人都能干，我还用着找你吗？……"她又骂道："我看你是头上长疮脚底下流脓，坏透了！……"我笑着说："不是我坏透了，是钱坏透了……"后来我才知道，朱朱是在银行搞的一次联欢会上见到他的。朱朱为这事花了不少的功夫。她通过二厂办公室的一个人，摸到了沈振中的情况，知道他星期六晚上要去参加市工商银行搞的联欢晚会，于是她就去了。开始的时候，朱朱坐着没动。而后她就不断地挪动位置，一直挪到沈振中的对面，挪到沈振中能看到她的地方。这天晚上沈振中自然不是来跳舞的，他是来找行长搞贷款的，行长是个舞迷。所以他也一直坐在离行长不远的地方。朱朱说，如果他跳一次就好办了，他哪怕跟人跳一曲呢，我就可以站起来邀请他。可这家伙的确是不会跳，他一次也没有跳，他只是坐在那儿看，吸烟，喝饮料……朱朱说，后来我把脸撕下来了。她说，为了你的事我脸都不要了。我径直走到他面前，大着胆子说："沈厂长，我请你跳一曲……"他一下子就慌了，忙说："你你……对不起，实在对不起，我不会。不会，不会……"我说："来吧，不会我教你。"可这家伙就是不起来，他一直说："不会，真是不会……"朱朱说，他竟然把我晾在那儿了，当时我的脸一下子红了！你说他就是不起来，整整有五分钟的时间，怎么说他都不起来，说到后来，他连头都不抬了……说老实话，朱朱这一点是很让人佩服的。她说，她当时就在那儿站着，她咬着牙在那人跟前站着，她一动不动地站着（在舞厅里，一个女人在大庭广众之下面对一个男人能站上五分钟，你说这意味着什么？我告诉你，她能把一个男人站垮！）……据朱朱说，再后来沈振中头上冒汗了，沈振中被折腾出了一头汗，他最后只能是求饶了。他说："非常对不起，我真是不会，我实在是不会……"朱朱说："那，还是得请你站起来……"这话把沈振中说愣了，他说："我，我为啥要……"这时候朱朱笑了，朱朱笑着说："你要不站起来，我多没面子呀……"这一句话，把沈振中也说笑了。到了这时候，他也不得不站起来了……沈振中笑着说："四十七年来，这是我第一次跳舞……"朱朱马上说："那我就是第一个教你学跳舞的人……"

往下就该实施第二步的计划了。在实施"第二步"之前，我对朱朱说："你已经给沈振中留下了很深刻的印象，你已经让他记住你了。下边就该留'空白'了。你一个月之内不要见他，起码二十天之内不要让他看见你。然后再在一个很偶然的场合出现在他面前，记住，这次见面必须是偶然的，要给他一个意想不到的效果。这次，按我的计划，他会主动地约你去跳舞，他肯定会。如果他不主动约你，那就说明火候还不到（不过，这是不可能的）……"朱朱说："你是想干什么？你到底要干什么？神神道道的，你不是想卖我吧？"我说："这一次，我是想让你跟他玩一玩'情人游戏'……

如果事情的发展没有达到预期的效果，那么，最起码你要送他一张你的名片。你只要把名片送给他（你现在是公司的人，名片上当然要印上公司的名号），你的任务就算完成了。"朱朱说："这件事到什么时候为止？"我说："到你坐上他的'凯迪拉克'为止。"朱朱问："到那时候又怎么样？"我说："到时候我再告诉你……"朱朱说："老魏，你不是一向很男人吗？你怎么也干这种事？"我说："这你清楚……"她又问："我的那两个朋友呢？你把她们弄到哪儿去了？"我说："你做你的，别的事不要管。她们出差了，这事是分两段进行的……"朱朱说："你以为我不知道？你把她们弄到广州……"我说："知道也好，不知道也好，你记住你是个雇员。"朱朱说："我还没见过这么阴险的老板！"我说："这就对了。"

二十五天后，朱朱又来电话了。朱朱在电话里说："老魏，那事完了……"我问："怎么完了？"朱朱说："事情完全不是你想象的那样。那人我又见了，可他根本就没有约我……"我说："你马上到我这儿来。"说完，我就把电话撂了。我想这是不可能的，也许是朱朱露什么马脚了？……我开始怀疑这个计划了。到这时候我已付了六万元了，如果停下来，我这六万就算泡汤了。我又仔仔细细地把计划滤了一遍，反反复复地想，毛病究竟出在哪里呢？一直到朱朱进门的时候，我还在犹豫……待朱朱进来坐下后，我就急不可待地说："你说详细点。你详详细细地给我说一遍，看问题究竟出在哪里。"朱朱马上说："我可都是按你的吩咐。我是昨天才见他的……"我问："你是在哪儿见他的？"她说："在市政府大院里，他是出，我是进，这算是偶然吧？"我点了点头，又问："然后呢？……"朱朱气呼呼地说："什么然后？没有然后……"我问："他看见你一句话也没说吗？"

朱朱说："没有。开初，他一句话都没说。他只是看了我两眼，很快就把目光移开了。还是我主动凑上去跟他说的话……"我问："你说了些什么？你是怎么说的？"朱朱说："我从他身边走过去的时候，听见他咳嗽了一声，我就借着他咳嗽的声响回过头来，有意无意地看了他一眼。我说："同志，王市长……哎，是沈厂长啊……"他却没有看我，他望着他的车，他一直看着他的车，说："噢，是你，噢噢，你好，你好……王市长在三楼办公……"我又笑着说："我找王市长有点小事，一个同学的事。"他才又说："三楼拐弯第二个门，不一定在……"就说了这么多话。"朱朱一说完，我就笑了，我哈哈大笑。我说："朱朱，不错，不错。已经成功了！"朱朱诧异地问："这就行了？"我说："按说，你已经是高手了。可这事我还得给你批讲批讲。你想想你是在什么地方跟他碰面的？在市政府大院里。市府大院是什么地方？他敢盯着你看吗？再说，像你这样的，会有人不看吗？他不看你，说明他心里做活了，是他的心在看，他是把你吃进去了……你现在回去，我保证他七点钟会给你打电话。"朱朱说："你敢这么肯定？"我说："绝对。我保证他七点给你打电话。"朱朱说："你怎么知道他有我的电话号码？我给你说了吗？"我笑了笑说："这还用说吗？我一猜就猜出来了。朱朱，我问你，你从楼上下来的时候，沈振中走了没有？"朱朱说："没有走。他在车前站着，像是在等人……"我说："你知道他在等谁吗？他等的就是你！他问你要名片了吧？他是不是先开口问你要名片的？"

朱朱说："那倒没有。当我又从他身边走过时，他只是随口问了一句，他说，王市长不在吧？我说，不在，我改天再来。说过之后，他拍了拍头又说，你看我这记性，你贵姓啊？……这时候，我才给了他一张名片。不是你说让我给他名片的吗？"我说："这就对了。你回去吧，他晚上肯定会给你打电话。"

你看，我算得很准吧？每一步我都算得很准。当晚七点半钟，电话果然来了，电话打到了朱朱家里，自然是那个沈振中打的。沈振中在电话里说："小朱，我想请你帮个忙啊……"朱朱说："有什么事呀？"沈振中说："晚上有个活动想请你参加呀……"朱朱说："很对不起呀，我今天身体不大舒服，改日吧……"沈振中也够狡猾的，他说："你要是不去，我就也站到你的门口了……"朱朱一听这话就笑了，朱朱笑着说："你报复我呢？……"就这样，八点十分的时候，车就准时开到了朱朱家楼前。不过，朱朱说，来的不是"凯迪拉克"，是一辆破"桑塔纳"。

你说这是阴谋？这能算是阴谋？这主要是个社会心理问题，我利用的是一种社会心理。比如说，你正打瞌睡的时候，我送你一个枕头，这是阴谋吗？这是眼光！你知道什么是"开放"吗？

"开放"不光是指市场，"开放"也指人的精神，精神"开放"是最主要的开放。在这座城市里，最为泛滥的是人心。没有了"渠道"之后，人心必然泛滥。你知道关于人心的泛滥我是怎么发现的吗？实话对你说，是一个收破烂的老头告诉我的。这个收破烂的老头每天早上到公园里去一趟，他这一趟就可以挣二十块钱。

你猜他去干什么？他去捡那些头天晚上人们丢在地上的塑料布、易拉罐，还有那个套，他说遍地都是那个套……你说真正的夫妻会在公园里"那个"吗？这当然是低层次的。高层次的就不用说了，高层次的名堂太多。再往下就不用细说了吧？下边的每一步都是按计划走的。我说了，这是一场由我设置的"情人游戏"，沈振中只是其中的一个角色，他后来是迷上朱朱了。后来朱朱自然坐上了他的"凯迪拉克"，朱朱说什么他就听什么。这时候"腿"就有了，我就可以实施我的"借腿搓绳"的计划了。这个计划本身没有什么错误，对沈振中来说也没什么伤害。你知道吧，我不能让他出问题（起码在这个阶段不能出问题），他要出了问题，生意还怎么做？我通过朱朱了解到他们厂的仓库里积压了大批的棉布，又知道在内地的销路并不好。这就够了。往下我就让朱朱逐渐向他透露我们"公司"的情况，一点一点地向他透，直到他彻底相信本"公司"的实力为止。到了这时候我才跟他见面，并且让他知道是在朱朱的再三"请求"下我才跟他见面的。在谈判桌上，我让朱朱更彻底地成为他的人，让朱朱不断地给他透露这边的信息……让他们先提出以货易货。这样就好办了，这样就不是现钱交易了。在整个计划中，我得到了两个优势：一个是价格，一个是时间。由于价格压得低，我就可以很轻易地脱手；由于是以货易货，交换必然会产生时间上的空隙，而我作为中介公司就可以不出一分钱把生意做成。再说广州那边，由于我派出了两个"女杀手"，也已经基本上水到渠成了。说实话，我这人还是不够狠，我要的并不多，我一米才要六毛钱。在两个一百万米的交换中，如果成功的话，也就是一百二十万。

后来，合同是签了。合同签过之后，我以为已经万无一失了，可就在提货的时候，问题又出来了。一个很关键的环节出了问题，我又差点完蛋……

好了，说到这儿吧。舌头都干了……

八月二十七日

我看见了一双手。

夜里的时候，我常常看见一双手。这双手正在向我靠近，我看见它慢慢地在向我靠近。可当我一睁开眼，它就不见了，眼前什么也没有了。有时，我还会看见一片树叶，我看见树叶上镶着一只眼睛，那竟是我的眼睛，我看见我的眼睛随着树叶在空中飘荡……有时，我还会看到一个数字，那数字也在向我靠近，那个数字一直在我眼前旋转，分不清是"6"还是"9"，而后它就重叠了，我看见它渐渐地重叠在一起，那是两个数，重叠之后就是两个数了。可我仍然分不清是两个"6"还是两个"9"……

　　每当这些幻觉出现之后，我的脖子就痛起来了。我的脖子火辣辣的，上边有一条紫红色的线，我看见那条线在变化，在变化中红色逐渐消退，紫色在加重，变成了一条青紫色的印有花纹的痕迹，那很像是什么东西爬过的痕迹。而喉咙里就有了很多的棉花，喉咙里出现了一团一团的紫色棉花。我很想把这些棉花吐出来，我一直想把这些棉花吐出来，可我就是吐不出来。我吐出来的只是一些饭粒，那是一些新妈妈吃剩下的饭粒……

　　我有点害怕。不知为什么，我很害怕。可我不能说，我不知道该给谁说。也许是我给人看病看得累了。新妈妈最近规定我一天看四十个（她需要更多的"人头纸"），我太累了。和新妈妈是不能说的，和爸爸也不能说。爸爸最近几日像傻了一样，他总是木然地坐在那里，嘴里反反复复地念叨"扣子"，他说："扣子，一粒扣子……"

　　新妈妈和爸爸的争吵是从一粒扣子开始的。那是一粒缝在西装上的驼色有机玻璃扣子。那粒扣子在吃饭的时候掉了下来，没有谁碰它，它就掉了。它从爸爸的身上掉下来，发出了瓷灰色的响声，而后它骨碌碌转着，落到了新妈妈的脚旁。新妈妈一脚把它踢到一边去了！爸爸看了新妈妈一眼，然后弯腰把它捡了起来。爸爸把捡起的扣子放在桌上，说："我下午还要上班，你吃了饭给缝上吧。"

　　新妈妈看了爸爸一眼，说："我没空，你自己缝吧。"

　　爸爸不高兴了。爸爸说："你怎么了？一粒扣子，你不能给缝缝？……"

　　新妈妈说："你说怎么了？我累了。"

　　爸爸说："一粒扣子，也就是一粒扣子，能累着你吗？你最近……"

　　新妈妈把筷子"啪"地往桌上一放，说："我不想缝，我不愿缝，我就是不给你缝……"

　　爸爸说："不像话！太不像话了！……"

　　新妈妈厉声说："你说谁不像话？"

爸爸说："我说你不像话。一粒扣子……"

这时候，新妈妈站起来了。新妈妈冷笑着站起来，抓起饭碗摔在了地上！新妈妈说："我就是不像话。你今天才知道我不像话?!……"

爸爸一下子愣住了。爸爸手指着新妈妈，张口结舌地说："你，你不缝，不缝算了。你你摔碗干什么？……"

新妈妈说："你说干什么？不过了，不想过了!……"

爸爸气愤地说："你，你说什么？你你再说一遍!"

新妈妈昂起头，声音里发出了一种胡椒的气味，那气味里挂着许许多多的商标，我看见那声音里挂满了五颜六色的商标，商标像旗帜一样在房间里四处飘荡："再说一遍也是不过了。我告诉你，从今天起，我不过了!……"

爸爸就这样被那些"商标"赶走了。爸爸在"商标"里成了一个掉在地上的"扣子"。我看见爸爸很快地滚到了门外，站在门外的爸爸边走边说："好好，我不跟你吵，我不跟你吵……"

这时候，新妈妈也跟着追到了门外。站到门外的新妈妈，脸上出现了柠檬色的微笑。新妈妈说："老徐，别走，你不要走。走了你会后悔……"

爸爸的声音却滚动得更快了，爸爸的声音像是装上了轮子：

"我不跟你吵，我不跟你吵……"

扣子是有罪的，扣子在它不该掉的时候掉了下来。扣子上有"红蚊子"的气味。我在那颗扣子上闻到了"红蚊子"的血腥味，扣子已被"红蚊子"吃掉了，扣子成了"红蚊子"的化身。扣子一掉就掉在了新妈妈的心里。在新妈妈正需要这粒扣子的时候，它就掉下来了。于是，新妈妈与爸爸的战斗从这粒扣子开始。一连三天晚上，他们都在为这粒扣子作战。新妈妈从此不再睡觉了，掉下这粒扣子后，新妈妈夜里就再也没有睡过觉。她不睡也不让爸爸睡，她的眼睛一到晚上就显得特别明亮，她的眼睛在午夜里能发出猫样的叫声；她的嘴像是一个滚动的轮子，不停地在爸爸身上碾来碾去，碾出一片碎玻璃的气味；她的牙齿能在夜里发出很强的绿光，磨出一片"嗞嗞嗞"的声响。在新妈妈的声音里，爸爸开始后退了。爸爸在声音里节节败退。穿着白色衬衣的爸爸一次次像俘虏一样被新妈妈从床上拉起来，他的衬衣已经被新妈妈扯烂了，他的衬衣就像是一面凌乱不堪的白旗，爸爸架着"白旗"狼狈不堪地说："不就是一粒扣子吗。我说你什么了……你想怎样？你还想怎样？"这时，新妈妈的声音一下子燃烧起来了，她的声音里充满了"中华鳖精"的气味，那气味里跳出许多个伞状物，伞状物里撒下的是一片一片的红色气浪："我告诉你，我实话告诉你，我不想过了，我不愿过了！就两个字：离婚！你离也得离，不离也得离……"

爸爸不再吭声了。爸爸听了这两个字之后，一声不吭，就那么坐着，像傻了一样坐着。停了很久很久，爸爸开始求饶了，爸爸求在一个"婵"字上。过去爸爸从来没有说过这个"婵"字，那时爸爸把这个"婵"字锁在心里，爸爸一直把这个字锁在心里。现在他终于喊出来了，他很艰难地吐出了一块"红肉丸"。

我看见他吐出来的是一块鲜红的肉丸。爸爸说："婵，就为了一粒扣子吗，就为了一粒扣子？……"

新妈妈响亮地说："对了。就为这粒扣子。我什么都不为，就为这粒扣子。我就是为一粒扣子……"

爸爸悲伤地摇摇头说："我不离。我不会跟你离的。我也不能再离了，我不能一次一次离……"

这时新妈妈把袖子捋起来了，她无比勇敢地捋起了她的袖子。新妈妈说："姓徐的，你睁开眼看看，你看看这是什么？这是刀伤！静脉血管我都割过两次了。我死都不怕，还会怕你吗?! 你要是个男人，就痛痛快快地离。你要不是男人，那咱赌熬了，看谁能熬过谁……"

爸爸身上突然出现了"涩格捞秧儿"的气味，我闻见爸爸身上有了

"涩格捞秧儿"的气味。爸爸仍然很坚决地摇摇头说："婵，我绝不离。为一粒扣子，无论你做什么，我都不离。你再想想吧。你再想想……"

新妈妈竟然笑了，新妈妈的笑里跳出了许多紫红色的蒺藜，那些蒺藜网在她的笑脸上，网出一层凉飕飕的薄荷味。新妈妈笑着说："老徐，你不离是不是？你没种是不是？那好啊，那很好。那你就听着吧。从今天晚上开始，我就给你讲我的男人。我告诉你，我不只你一个男人，我有很多个男人，我现在也有很多个男人，只要你愿意听，我天天晚上给你讲……"

爸爸嘴里喷出了一口血，爸爸的声音有一股死鸡子的气味："你无耻！"

新妈妈仍然笑着说："是呀，我无耻。你现在才知道我无耻？既然知道我无耻，你还死缠着我干什么？……"

"扣子夜晚"是"锯声夜晚"的引线。从第二天晚上开始，新妈妈的声音就变成了一把锯。（新妈妈在白天的时间里仍精神百倍地去收病人的"人头纸"，她从来没有瞌睡过。她在检验"人头纸"的时候，总是两眼放光，她能用自造的光把纸里藏着的"人头"照出来。而一到晚上的时候，她就成了一把能自动出"二重混合"声音的电锯。）她能同时锯出两种声音：一个男人和一个女人的声音……这种声音有一种很脏的气味，这种声音里有一股变馊了的肉味，这种肉味又像是在各种颜色里滚过，沾满了五颜六色的细菌。细菌像锯末一样从爸爸的头上撒下来，我看见爸爸在新妈妈的声音里先是变成了一截一截的木头，爸爸被新妈妈的声音锯成了木头，而后又成了一堆沾满各种颜色的碎肉。我看见"碎肉"在新妈妈的声音里摇摇欲坠，"碎肉"被声音分解了，"碎肉"在声音里一块一块地腐烂。这又是无声的，没有爸爸的声音，我始终没有听到爸爸的声音。爸爸被锯开之后就再没有声音了。爸爸坐在那里，始终抱着"涩格捞秧儿"的气味，爸爸用"涩格捞秧儿"的气味来抵挡那可怕的锯声，那种很苦的"涩格捞秧儿"味成了爸爸唯一的法宝。爸爸的心躲藏在"涩格捞秧儿"的气味里，他的心在这种气味里进入了冬眠状态，进入冬眠可以出现"熊气"，爸爸一直靠"熊气"维持着。报上说，"熊气"是一种大气，"熊气"能让人进入"无我"境界，能练成"熊气"的人必须具备非凡的耐力。爸爸在这些"锯声之夜"里果然练成了"熊气"……然而，每到凌晨五点的时候，爸爸眼里就熬出了血腥味，每到这时候，我就能闻到一股浓烈的血腥味。这时爸爸会说上一句话，这是他重复多次的一句话。他睁开眼睛，说："婵，我绝不离。无论你说什么，我都不离。你能说出别的原因吗？没有任何原因，为了一粒扣子，我不离……"

新妈妈那钝了的、经过一夜磨损的锯声马上又"灿烂"起来。新妈妈的声音由细齿的"带子锯"变成了粗齿的"圆盘锯"……新妈妈心里的蛇头是向着南方的，我看见新妈妈的蛇头一直向着南方。新妈妈是为南方而锯。新妈妈锯声不减，脸上的鲜艳也不减，一直闹到天明的时候，新妈妈仍然能保持面部的鲜艳，在一片臭烘烘的声音里鲜艳。在锯声停歇之前，新妈妈也有一句话，那也是她多次重复过的话。新妈妈说："徐永福，我告诉你，就为这粒扣子，我什么都不为，就为这粒扣子。我死都不怕，还怕你吗？你有种你站起来把我杀了！你要不离就把我杀了！……"

病例五：

这是一个"口号人"。

我发现他是"口号人"。他坐下的时候喉咙里含着声音，他的声音是带"！"号的，带有一串"！"。这些"！"一直在喉咙里含着，看样子已含了很久很久了。他很想把那些"！"吐出来，可他吐不出来，所以他的声音很小。他的声音像旧式蚊子一样，"头儿"很细，一丝儿一丝儿的。他说话的时候还带有一股棠梨的气味，是那种涩沙的小棠梨味。他说："我喉咙里痒，我喉咙里很痒。我的喉咙就像是在辣椒里泡着一样，又辣又痒。我每天都得用手卡着喉咙。用手卡着，稍稍好受一点……"

　　我看着他的喉咙，他的喉咙里长满了肥大的"！"号。他的嘴很大，他嘴里的空间也很大，他一定是靠嘴生活的，我看出来了，他曾经是靠嘴生活的，因此，他嘴里存活着一些旧日的细菌。这是一些上了年纪的细菌。细菌老了，细菌正在溃烂处缓慢地蠕动着，走着一条由紫变灰再变黑的路。他的声带也旧了，他的声带已经失去弹性了，他的声带上有很多摩擦出来的印痕，经过无数次高强度摩擦后，声带成了一根长了灰毛的软面条。我终于看见了他的喉头，他的喉头被压在"！"号的下边，他的喉头上挂了许多紫红色的气泡。气泡也是旧的。气泡上面亮着一些时间的标志，气泡下面却是一个紫红色的小肉瘤。肉瘤里存放着一些旧日的声音，那都是一些高强度的声音。最早的声音是从"1966"上发出来的，我在上边看到了"1966"的字样。"1966"上跃动着一片黑压压的人头，像蚂蚁一样攒动着的人头。人头上飘动着一个红色的声音，一个年轻的红色声音从人头上炸出来，炸出了一股狮子的气味。那是一个很大很大的广场，我看见了广场，声音是从广场上出来的。在广场上，声音一跃而起，飞到了飘扬着红色旗帜的主席台上，那是一连串的"打倒"和一连串的声"脚"，我一共看到了十八个"打倒"和十八个声"脚"……那声音像路风一样从广场上刮过，刮出了一股强大无比的脚臭气。人们立时就醉了，广场上的人全都醉了，人们在"第一强音"里醉了。人们从来没有听过如此高亢的声音，那声音当场就杀掉了一个胆小的人，那声音把一个跪着的胆小者从台子上扔了下来，扔出了一片应和的欢呼！而后是醉浪一样的人头，人头在声音里波浪起伏，炸出了海浪一样的呼啸……接着声音坐在了人头之上，声音在人头椅上摇来摇去，摇出了一朵小小的粉红浪花。粉红说："你就是雷，你是我的雷。从今后，我就叫你雷……"这是喉咙的第一次辉煌。那个最大的气泡里记录着喉咙的第一次成功。这时候他已经开始成为"口号人"了，他的声音被一双眼睛看中，于是他就成了一个街头"口号人"。他的声音在街头上响起的时候，后边总是跟着许多"胳膊"，在长达三年的时间里，总有树林一样的"红色胳膊"跟在他的身后。当然还有声音赢来的"颜色"，"颜色"也紧紧地跟着他，"颜色"把胳膊高高举起，嘴里却念着："雷，我的雷……"

　　接着是声音的第二次辉煌。我在气泡上又看到了"1971"的字样，那上边显现出来的数字是"1971"。我看见他在"1971"融进了一片麦苗绿，这时候他已经成了一个"口令人"。他穿上军装后，就完成了一个从"口号人"到"口令人"的过渡。他的声音最先是被团长发现的。在他当兵三个月后，一次上操的时候，他的声音被前来检查工作的大肚子团长拾到了。那天，由于班长喉咙痛，让他来代替班长喊操。他的洪亮的"一、二、三、四……"引起了团长的注意。团长带着人来到了他的面前。团长说："同志们好。"他马上领喊道："首长好！"他的"首长好"声震八方，整个操场里到处都回荡着"首长好"的余音。那余音像皮球一样在广阔的操场上弹来弹去，弹出了一股烫面饺子的气味。团长笑了，团长很高兴，团长用力地拍了拍他的肩膀说："好，好。小伙子挺胖啊！……"他只是稍稍怔了一下，紧跟着又领喊道："首长胖！"他的"首长胖"再一次在操场上滚动起来，从东到西，又从西到东，滚出了一片橡皮鼓样的回响……回响下又是一片绛红色的声浪。团长哈哈大笑。团长笑着问："你叫什么名字啊？"这一次他的声音小了，他有点不好意思地说："报告首长，我叫雷振声。"团长"噢"了一声，这一声"噢"发出了一股面面的甜瓜味。第二天"首长胖"就成了本团的第一口头禅，团部大院里到处都流传着"雷振声"和"首长胖"的口语，"首长胖"的口语使他名扬全团……四十七天后，他的声音再次显示了威力。那是军长来团里检阅部队的时候。那天，当全团官兵集合在大操场上接受检阅时，"面甜瓜味"灵机一动把他叫了出来，让他来代替值星参谋喊操。这次他终于亮出了他在万人大会上的实力。他的

"立正、稍息、向右看齐……"具有极强的穿透力，一声就把一千多人的团队喊成了一根直溜溜的棍子！紧接着他的声音像签子一样穿在一千多个魂魄上，"一二、一二……"地扎出了全军的最佳队列……操完后，军长说了一句话，军长说："不错，口令不错。"军长的一句话，使他彻底地成了一个"口令人"。一年之后，他的军装由两个兜变成了四个兜，是他的声音使他得到了四个兜，他成了本团唯一的排级口令干部。每到出操的时候，他的声音就出现了，他的声音自然是本团本军的"一号声音"。他也常常站在山头上练习，他的"喊山练习"直到越过五个山头、喊出酱油味为止……

再往下是"1975"，"1975"是声音被封住的日子。在"1975"里，他从部队回到了城市。这些日子是有颜色的日子，他在城市里获得了颜色，却丢掉了声音。这时候有人喊"雷"了，"雷"被喊成了"老雷"，九年之后，粉红变成了绛黄，"雷"也被喊成了"老雷"。喊声里的颜色干了，喊声里失去了很多水分，也失去了很多热情。我在这个时间里看见了一个牌子，这是一个挂在楼房前边的牌子，牌子上写着"环境卫生管理处"的字样。这时候他的声音进入了"环卫阶段"。他的声音在"卫生"的阶段里开始被分割，他的声音被隔在一个一个的房间里，隔在房间里的声音总是碰在墙壁上，一不小心就撞在墙上了，撞出了一片白眼，他的声音总是在房间里碰到白眼。于是声音开始小心翼翼，声音不得不降调，声音变成了躲来躲去的小鼠。这时他想出了一个办法，他把声音泡在茶杯里。一走入房间，他就把声音藏进茶杯，这样，声音就很快染上了茶叶末的气味，那也是一种绛黄色的气味。绛黄色的气味具有很强的腐蚀力，它一日一日地浸润着声带，慢慢就把能翻五个山头的声带泡软了，泡出了一股麻婆豆腐的气味。这时喉头开始痒，他总是觉得喉头上有一股猩红色的声音。他很想把声音吐出来，只有吐出来才会好受些。可他却没有地方吐，他无法吐。后来有了一个气泡，那是一个很小的气泡，也是声音的最后一个亮点。那次机会使他有了发声的借口，那是处长让他找一个人，处长有急事让他找一个人。他一连走了三个房间都没有找到，他很高兴没有找到，接着他就用声音去找，他终于获得了使用声音的权利。他只喊了一声，只一声就把那人找到了，那是"陈天奎"三个字，他送出的三个字依然不同凡响，"陈天奎"三字一出来就连续穿过了五层楼的一百九十八扇窗户、两千四百七十六块玻璃，直达那人的耳朵……紧接着就有很多头从窗户里探出来，一个个脑海里都出现了地震的信号。而后是一片呵斥声："你干什么？你疯了？这是机关，你想干什么？！……"从此，在有茶叶味的房间里，声音一次次受到指责，声音被彻底封死了，声音只好重新埋在茶杯里，间或发出绵羊味的哼哼哈哈。他的"！"号在喉咙里一串一串地卡着，他很难受。

　　声音的第三病期是从一天晚上的"管制"开始的。从那天晚上起，夜也被封锁了，夜晚成了无声的夜晚。当声音在白天失去功能之后，曾经有一段时间他把声音转入了地下，这时候他成了一个声音的地下工作者。这是从一栋楼向另一栋楼的转移。回家后，他试着把声音用在女人和儿子身上。我看见了从晚上发出的声音，那声音已经降调了，虽然声音一次次地降调，可仍然遭到了全楼住户的询问。每天女人上班时，就有人问："你们家夜里吵架了？你们两口天天夜里吵架吗？……"终于有一天，女人忍不住说："够了，我听见你说话脑子眼儿疼！我再也听不下去了！有什么你上班去说，别在家里叨叨。我受不了了！你再这样咱就不过了……"于是，声音就哑了。哑了的声音开始生虫，我看见声音里生了很多绛红色的小虫。小虫一群一群地在他的声带上繁殖，爬出一片一片的蜂窝样的小洞。这时喉咙里的旧病和新洞联合在了一起，旧了的声带在茶叶里失去了韧力后，紧跟着就是快速腐烂，这样瘤子就长出来了。那是一个紫红色的瘤子，在紫红色的瘤子里，埋着一些灰黑色的声音。这时他的喉咙里出现了一窝一窝的马蜂的气味，那气味蜇得他碰头，疼的时候他就撞墙，我看见他一次次地撞墙。他也曾想把这些声音施放出来，没人时他想悄悄地放出来，可墙壁又成了他的敌人。到处都是墙壁，墙壁无处不在，墙壁总是把他的声音弹回去。他刚一张嘴发声，墙壁就把声音弹回来了，出去的少收回来的多，墙壁的反弹力反而大于他的声音，他不得不重新把声音吞回去，他吃了很多带砖的声音。这样病就越来越重了……

我看着他。我看见他用蚊子样的声音说："你帮帮我，你帮我把声音找回来。这会儿我女人醒过劲来了。她说，要早知道这样会生病，我就不拦你了。我再也不拦你了。她说等我好了，就让我去做生意，现在兴做生意了，她说让我摆一个小摊，让我可劲吆喝……"

我知道我能把他的瘤子去掉。我的目光可以把他喉咙上的瘤子割掉。可我不知道我能不能保住他的声音。他的声音太旧了，他的声音已经变质了，他的声音是跟瘤子连在一起的……不过，我想试一试，我想我应该试一试。

当我用目光盯着他时，我听见他又用蚊子样的声音说："凉，我感觉凉，非常凉……"

九月一日夜

新妈妈和爸爸的战斗升级了。

新妈妈由"嘴战"转入了"手战"。新妈妈抓到什么就摔什么，她勇敢无比地把一摞碗举起来，说："你看好！……"接着就"哗"地一下，摔在爸爸面前！碗在地上碎出了一片锅的气味，地上飞溅着锅的气味；紧接着她又摔锅，她把锅举起来，说："你好好看着！……"又"咣"一声摔下去了！锅是铝的，锅没有摔烂。锅上先是出现了折叠椅的气味，一串吱吱呀呀气味，而后出现了一团高跟鞋的红涡，红涡里印着镜子的气味；接下去，她把折叠椅举起来了，她高举着折叠椅说："看好！……"跟着就是"啪啦"一下，是镜子碎了！镜子里跳出了许多个灯泡：地上全是跳动着的一牙儿一牙儿的灯泡，灯泡里接连闪出的是：床头灯、玻璃杯、茶几、书、笔筒、衣架、收音机、录音机……能碎的都碎了，地上是一片湿漉漉的碎。最后一响是电视机的声音，电视机是新妈妈扫下来的，电视摔在地上的时候冒了一股蓝烟，蓝烟里跳出了一声闷响，闷响里游出了针的气味，我在门后闻到了针的红色气味，我知道新妈妈喜欢"碎"声，新妈妈在"碎"声里把蛇头喂起来了，那蛇头是靠"碎"声喂养的，我看见新妈妈心里的蛇头高高地昂了起来，发出"咝咝"的叫声……

新妈妈说："老徐，我告诉过你，不过了。这就叫不过了！……"

爸爸仍然眯眼在那儿坐着。那些东西全都碎在爸爸的周围，爸爸在一片"碎"里坐着，爸爸仍然是一声不吭。爸爸已经很多天没有睡过觉了，他脸上一片灰暗。我看见他在睡，是他的身体在睡，他的心却没有睡，爸爸的心已经投降了。我看见爸爸的心上举起了一双手，那双手说：日子没法过了，我也知道日子没法过了……可爸爸心底里还垫着一层，那一层躲在"涩格捞秧儿"的气味下边，那一层里塞着三份表格，那表格是爸爸非常需要的。爸爸盼这些表格盼了很久了。爸爸期望着能把自己装进这些表格：第一份是"职称表"，第二份是"调资表"，第三份是"干部任免表"。这三份表都是有时间标志的，这些表格塞在爸爸的心底，使他说不出话来。爸爸心里曾经装过很多东西，后来这些东西渐渐失去了，爸爸心里已经空了。当电视机响过后，爸爸心里就剩下这三份表格了。爸爸是为了这三张表格才不说话的。爸爸已经练成了"熊气"，所以爸爸能够在"碎"里坐下去……

新妈妈摔完东西之后，却突然笑起来了。她的笑很毒，她的笑里爬满了蝎子的气味，她摔东西时的狠劲很快地转化为蝎子从笑里爬出来。她笑着说："姓徐的，你只要觉得这日子还能过，你就过下去吧……"说完，她就又梳洗打扮去了。新妈妈洗脸的水声在盆子里哗哗响着，盆子在咣咣响着，盆架也在咚咚响着，能响的东西都在响，响出一堆摇摇晃晃零零散散的旧铁皮味。而后新妈妈走回来了，她袅袅地走在一地碎了的玻璃片上，从从容容地在一块碎了的镜子前坐下来。她先用一支眉笔在眼睛上画出了一条柳叶，而后又画出了一片柳叶，两条画出来的柳叶使新妈妈身上有了"狐狸牌香水"的气味。屋子里到处都是"狐狸牌香水"的气味。这些气味洒在一地碎玻璃上，发出咔咔嚓嚓的声响。这些声响刺在爸爸的心上，连"熊气"都被刺破了，我看见爸爸身上的"熊气"已经破了。爸爸掉泪了，爸爸脸上的泪流出了"罐子"的声音，"罐子"里响着一些碎牙……

新妈妈画完眉，又慢慢地站起身来，她看了爸爸一眼，只一眼，接着就风一样旋进了厨房。厨房里"咚"地响了一声，很重很亮的一声从厨房里飞出来！那是一把刀，她从厨房里扔出了一把菜刀。她把菜刀扔在桌上，看了看爸爸说："东西我给你拿过来了，你要用就用吧……"

爸爸的头慢慢低下去了。是刀的气味把"罐子"的声音打掉了，爸爸怕刀，我看见爸爸在刀面前成了一堆烂泥。爸爸低着头说："婵，咱们……谈谈吧。就是不过了，毕竟……"

新妈妈说："谈什么？不过了还谈什么？我跟你没什么谈的。就一个字，离！你不离也得离……"

爸爸说："你说理由吧。只要你能说出理由……"

新妈妈说："你还要什么理由？你也配要理由？现在是什么时候了，你还要理由？扣子就是理由……"

爸爸喃喃地说："你能不能再找一个理由，一个能说得过去的理由。就为一个扣子，我不能离……"

新妈妈说："你把我砍了吧。你要有种就把我砍了！还有一个办法，你把我的腿砍断，你砍我一条腿，我就留下来了。不然就得离。我是要走的，我一定要走，你拦不住我，谁也别想拦住我。"

爸爸沉默了。爸爸心里出现了一个字，那是一个"拖"字，我看见爸爸心里出现了一个"拖"字。爸爸心里的"涩格捞秧儿"的气味使他能够"拖"下去。他紧抱着那点"涩格捞秧儿"的气味，坚忍地坐着。可他不知道新妈妈身上也有"涩格捞秧儿"味，新妈妈身上有更多的"涩格捞秧儿"味。爸爸身上的"涩格捞秧儿"味呈阴性反应。新妈妈身上的"涩格捞秧儿"味呈阳性反应。阴与阳是两个极端，是既融合又排斥的两个极端，融合时浑然一体，排斥时又是水火无情……爸爸是能忍的，可爸爸已忍到了极限。爸爸身上的东西已经被新妈妈掏空了，爸爸成了一个空空的壳。爸爸的神思非常恍惚，爸爸不知道那些新鲜的日子是怎样变色的，他眼前总是出现那些"浑然一体"的日子，出现那些亮丽的日子，可这些日子被一粒扣子破坏了。这些日子在一粒扣子上消失了。爸爸还等什么呢？爸爸是在等那些"表"，我知道爸爸是在等那些表格。爸爸期望着能用那些"表"把日子重新缝起来，"表"是爸爸最后的期待。报上说，"表"是城市的答案。"表"也是城市的象征，有"表"的人才能成为真正的城市人。爸爸也有自己的小算盘，爸爸总是在算一个数，那个数他已经算了很久了，这是一个让人再生的数。那个数与时间贴得很近，那个数是绑在时间上的，得到这个数就可以重新过上有扣子的日子。所以爸爸心里响着一个表，我能听见表走动的声音……

新妈妈走了，新妈妈又带着一股"狐狸牌香水"的气味走了。新妈妈走的是一条很亮的路，我看见新妈妈在灯光下走向"的士"。"的士"对着鲜艳亮丽的新妈妈笑了，"的士"笑着问："你到哪儿？"新妈妈说："亚东亚宾馆。"

　　我知道新妈妈又找冯记者去了。我看见新妈妈在亚东亚宾馆门前下了车，径直上楼去了。我看见那个房间了，那个房间里挂满了"人头纸"的气味。我看见新妈妈和冯记者在堆满"人头纸"的气味里坐着。这时，新妈妈的声音已经变了，新妈妈从家里走出来之后，声音就变了。新妈妈的声音里装上了涩柿子的气味，新妈妈的声音又甜又酸又涩，她说："老冯，你再想想，我不勉强你。我也不能勉强你。我走我的，你别了……"

　　冯记者很激动地说："我已经决定了。有时候人就得豁出来，我豁出来了。我让你看一样东西，你看了就不会再拦我了……"

　　说着他从衣兜里掏出了一张纸，他把那张纸递给了新妈妈，说："这是我的辞职报告。这是一份底稿，报告我已经送上去了。我已经没有退路了……"

　　新妈妈看了一眼，而后把那张纸轻轻地放在茶几上，说："老冯，你会后悔的。你算了，你把辞职报告要回来算了。你有家有口的，我不能连累你……"

　　冯记者说："你别劝我，你不用劝我。我已经下决心了，你就不要再劝我了。文人都讲辉煌，你也让我辉煌一次。那边我已经联系得差不多了，该办的事我都办了。你过去老说我是小男人，这次我想大一回，我也想活出大来……"

　　新妈妈笑了，新妈妈笑出了一股青杏的气味，新妈妈说："你是真想好了？我不想让你为我……我能给你的都给你了，我不想让你再为我……"

　　冯记者说："我家都不要了，你还信不过我吗？……"

　　新妈妈说："我不是信不过你，我是信不过我自己。说实话，我不是一个好女人，我也许会变，我会变的……"

　　冯记者说："这我知道，我知道你的意思。给我点时间，去了之后，你再给我一点时间。我是迷上了一种东西，人有时候会迷上一种东西。你知道我迷的程度，所以，不管怎样，我都不后悔。"

新妈妈说："老冯，你真不后悔？"

冯记者说："我决不后悔。"

新妈妈说："这可是你说的。"

冯记者说："是我说的。"

新妈妈说："那好吧。剩下的就是我的事了……不过，那事你得快点办。我不想再等了。我一天也不想等了。"

冯记者说："你怎么了？不舒服吗？"

新妈妈说："我头疼，我又开始头疼了。我得赶快走。不知怎么搞的，近来我身后总有一双眼睛，我一看见那双眼睛就头疼……"

冯记者说："那好，那好吧。也就是几天的事。"

房间里有一股红蚊子的气味，我看见房间里有一股蚊子血的气味……

深夜，我又看见那双手了。我看见那双手从我背后慢慢伸过来。我喉咙里立刻就有了棉花的气味，我喉咙里塞着一团一团的紫色棉花，我想吐，我又想吐了。我再次看见了那个数字，我看见那个数字在慢慢向我走近，那个数字离我越来越近了，那个数字贴在我的眼皮上，我感觉眼也胀起来了……

病例六：

他是一个"乙肝人"。

他说，他是一个"乙肝人"，他的"乙肝"是吃饭吃出来的。

他说，他的老婆跟他离婚了。离婚后，他不想一个人在家，一个人在家很烦；他也不想一个人做饭，一个人做饭太麻烦，怎么吃也吃不出味来。于是就每天上街吃饭。开始是吃碗烩面、喝碗胡辣汤什么的，将就了。后来吃蹭饭，吃着吃着档次升高了。

他在区工商局工作，蹭饭很容易。一个是蹭"会议饭"。工商部门检查多，会多，一开会吃饭的问题就解决了，顿顿有酒有肉，差的也是四菜一汤。再一个是吃"个体饭"。"个体饭"更好吃，他是管个体工商户的，是人们求着他吃。下了班，走着走着就被人拦住了，说：走，走，喝二两。就喝二两。反正回家也没球意思。就这么蹭着蹭着，蹭出嗜好来了……

他说，到了这份儿上，他也不想再隐瞒什么了。他的嗜好是排着饭店吃。有一段他是这么吃的：一个饭店他只去一次，不管谁请客，吃过一次他就不再去了。就这么他还是吃不过来，新开张的饭店太多了，有的档次太低，都是些吃熟的菜。后来他就换了一个吃法，专吃那些有打火机的饭店。这时候吃已经不重要了，重要的是得有打火机。他的要求也不算太高，中档以上，只有中档以上的饭店才有打火机，吃一次有一个一次性的打火机。

他已经有了收集饭店打火机的嗜好。这种印有饭店名称和电话号码的打火机他收集了三年，三年他收集了整整一箱子。他没事的时候，也常拿出来看看、数数。一共是一千零七十一个，其中有四百二十五个是带圆珠笔的，其余的是不带圆珠笔的。当然也不是每天都去吃，只是有时赶上了，一天吃三四家……

他说，到了后来，吃不吃都无所谓了。其实是不想去吃，看见菜恶心，主要是为了收集这种打火机，就去坐坐，偶尔动动筷子，吃得很少，就等着小姐送打火机了。有两次，菜一端上桌，没吃他就吐了。别人问他怎么了，他说有点感冒。其实他是恶心那菜的味，那味太熟悉了。他本来打算收集够一千六百八十八个就罢手，这是一个吉数，"1688"，一路发嘛。可他没收集够，他只收集了一千零七十一个，结果却把"乙肝"收集来了。

他说，他没想到自己会成为"乙肝人"。他没有病，也从来不生病。当然也有过头疼脑热，那不能算病，那是气候的原因，通常是喝二两酒，汗就发过了。他的病是检查出来的。单位里集体去检查身体，一查给他查出了个病，说他是个"乙肝人"。

这样一来，单位里的人看他的眼光就有点"那个"……当时他也有点接受不了，他身体好好的，一点感觉都没有，怎么会是"乙肝人"呢？他想可能是化验单弄错了，就去找大夫要求更正。大夫说：化验结果不错，他的确是个"乙肝人"。没有病的感觉也不错，这说明他是一个"健康带菌者"……大夫讲了很多，可他都没有听到心里。他只是心里不痛快。怎么一点感觉都没有呢？

怎么就白白地检查出一个病呢？

他说，回到家之后，往床上一躺，也怪，感觉马上就来了。

就觉得身上有个地方疼，隐隐地疼。他的手从胸口开始按起，按着按着就找到那个地方了，那是他的肝，就是那地方疼。第二天，他又觉得身上没有力，越想越没有力……而且不想吃饭，接着就有了呕吐的感觉，看见饭就想吐。他心里非常后悔，后悔不该去街上吃蹭饭，这都是吃蹭饭吃出来的。也恨那些请他吃饭的人，一群王八蛋让他吃成了个"乙肝人"！这一段他不再出去吃饭了，也不收集打火机了。只是每天吃药，盼着早点把这个"乙"字去掉。可吃了一段之后，身上既没有好的迹象，也没有坏的感觉，还跟往常一样。问了大夫，大夫说：这个"乙"字你去不掉了，你会永远带着……

他说，这时候，就是这个时候，他开始有了第二个嗜好——传染别人的嗜好。

他说，想想，既然这个"乙肝人"是吃饭吃出来的，是别人传染给他的，既然也去不掉了，那就往下传吧。他说，他也知道这想法有点亏心，可他就是忍不住，忍不住想干。这就是他的第二个嗜好。

他说，他的第二个嗜好也持续了三年的时间。在这三年里，他又继续上街吃饭了。这次他把标准降低了，什么饭店都行，什么人请都行，目标只有一个，传播"乙肝"，培养"乙肝人"。人有了目的之后，吃饭就不一样了，不但能吃出情绪，胃口也好了，吃什么都香。在饭店里，每次都是他第一个伸出筷子，说："吃吃吃！……"无论他喜欢吃的菜还是不喜欢吃的，他都要把筷子伸进去蘸一蘸，他说这是"剪彩"，他每次都要"剪彩"。

吃了饭他还要问一问同桌人的姓名，每次他都不忘记问人家的姓名，这里边当然有熟识的，也有不熟识的，不熟识的就问人家要名片。要名片是个好办法，他又开始收集名片了，凡是同桌吃过饭的，他都想法让人家留下名片。三年来，他又收集了一抽屉"同桌名片"。有了一抽屉名片后，心里总是痒痒的，禁不住想知道"发展"的情况。于是就开始打电话，一有空就给人拨电话，自然是先说一些闲话，最后问人家近来身体怎么样……电话打到第二十一个的时候，才有了消息，有一个人说他的"肝不太好"。

这下好了，这说明有了结果了！那就继续吃……继续打电话……

他说，这事他后来停下来了。他是看了一张报纸之后停下来的。报上说，全国有一亿多"乙肝人"，这个城市里到处都是"乙肝人"……他想，既然有这么多，还"发展"什么？"发展"也是白"发展"。他还以为就他一个呢！

他说，问题就出在停止以后。他停下来之后，身体就开始瘦了。也没什么病，就是不想吃饭，看见饭恶心。就这样一天天往下瘦，瘦着瘦着就瘦到了现在这个样子，瘦得不敢出门了，怕风怕光……

我看看他，他的确很瘦。他穿的是一身工商制服，可看上去就像是衣服穿着他一样。衣服显得很大，他成了空心，衣服荡荡的，是衣服架着他，衣服竟然把人架起来了。他身上已经没有油了，他身上很干，他就像是风干了的腊肉一样，没有一点油分。

不过可以看到"光"，一种蜡样的光，那光是从他的体内射出来的，是从他的肝上、肠上直接射出来的，那是"乙肝之光"。那光上透着微亮的黄色，那黄色从微亮的皮上透出来，润着一丝一丝的薄红。他脸上也没有肉了，他的脸像是用皮撑出来的，看上去只剩下一个鼻骨了，鼻骨上也亮着丝丝儿薄红。我还看见他的肠子里挂满了电话号码，他肠子里一缕一缕的全是电话号码，他把电话号码吃到肠子里去了。电话号码在他的肠子里变成了一些奶黄色的小虫，小虫全都堵在肠子的弯道处，正在抢吃他咽下去的唾沫。他的肝里也有这种奶黄色的小虫，这是些由名字变成的小虫，我看见很多小虫都是有名字的，它们正在互相联络，它们一直都在联络。它们说：在不久的将来，城市将是它们的城市……我还闻到一股馊了的菜味，滋养小虫的就是这些馊了的菜味。他身上已经没有人味了，他坐在我的面前，我却闻不到人的气味，我闻到的是一种经过了很多夏天又经过了很多冬天后变质了的菜味。这是一种沾满了酒气的菜味，菜味在酒里发酵了，因此他身上很酸，是一种正在腐烂的酸……

我问他，我用眼睛问他。我说：你一口饭也不能吃吗？

他说："我一口也不能吃，我吃不下去，我一吃就吐……"

我说：你还想吃饭吗？

他说："也想吃，就是看见恶心……"

我说：你应该把那些电话号码丢掉，你早就该丢掉了。

他说："我也想丢掉。可我丢不掉。不瞒你说，现在老有人给我打电话，天天晚上都有人给我打电话。有一天晚上我竟然接到了三十九个电话……过去是我给人家挂电话，现在是人家给我挂电话。那些号码总是出现，一出来就是一串一串的，叫你想忘都忘不了。每个电话都是发展'乙肝人'的，我知道他们是要发展我。我说我已经是'乙肝人'了，我老罗早就是'乙肝人'了，可他们还打……有时半夜醒来，屋子里到处都是号码，一组一组地叫：3 字头的，5 字头的，还有 7 字头的……"

他说着说着哭起来了，他说："那么多乙肝人，又不是我一个发展的，我总共也没发展几个，怎么就这样呢？你救救我吧！"

我只好把火柴盒拿出来了，我从抽屉里拿出了一个火柴盒，然后全神贯注地看着他。这时，我看见奶黄色的小虫一串一串地跳出来了，我看见小虫们跳进了我的火柴盒……

他突然说："我感觉到饿了……"

九月五日

魏征叔叔的话：

你知道，在这座城市里，打垮一个人需要多长时间吗？

我告诉你吧，我告诉你算啦：干掉一个人需要一十二天。这是我创下的纪录。我只用了十二天就把那家伙给干掉了。当然不是杀，我说的干掉，就是摧毁，在精神上摧毁一个人，比杀他还厉害。

这是一个管销售的副厂长，对，就是沈振中那个厂的副厂长。我那笔一百二十万的生意就差点坏在他的手里。那时候这边的合同已经签过了，当然是跟沈振中签的；广州那边货也已经装车，可以说事已经成了。可就在这时宋木林出差回来了，宋木林是棉纺二厂分管销售的副厂长。他一回来，事情马上就有了变化，我派去拉货的车队在他这儿卡住了。他是分管销售的，提货必须得有他签的字。可他就是不签字。他说："这个事，得研究研究再说。"他就这么一句话，事就搁在那儿了……

要知道，这样的事是不能"研究"的，一"研究"就黄了。

他们厂一共有七个副厂长，对付一个沈振中容易，对付七个副厂长可就难了。

于是，我就先下手了。我采取的第一个步骤是收集他的情况，在三天之内，我把他的所有的材料都收集到了，包括他的住址，他的家人，以及他所有的亲戚的情况……光这一项，我花了信息费三千。你问还有干这活的？当然有了。其实告诉你也很简单，我给他们厂销售科的一个人送了一个"信封"，该了解的就都了解到了（这年头人心是最好买的，人心很便宜）。这个宋木林是个很厉害的角色，他在厂里掌握着销售大权，并且在全国建立了庞大的销售网络，所有的关系都是他建起来的。离了他，棉纺二厂的销路就断了，起码断掉百分之七十。所以对这个人，连当厂长的沈振中都让他三分，也只有他才敢把厂长签的合同不放在眼里。

我采取的第二个步骤是给他装修房子。当然了，他并没让我给他装修，他甚至不知道谁给装修的。给他装修房子也只用了三天时间。我是趁他出外开会的时候，派人去给装修的。不瞒你说，这个动作一开始，我就想法把他家的电话线掐了，我通过电信局把他家的电话给掐了。有点阴，是不是？可我没有别的办法。而后，我就派一个装修队去了。他老婆根本不知道有这回事，一开门，见门口站着一大群人，还带着各种各样的装饰材料，就问："你们是干什么的？"我已经事先交代好了，那些人就说："是老宋让我们来装修房子的。"他女人愣了一会儿，说："装修房子？他走时没说呀！"那些人说："他走时交代的，走得急，可能忘了告诉你了。你怕什么，又不让你花钱……"就这么稀里糊涂的，人就开进去了。三天，我是限时限刻，全部装修一新。我趁他老婆不在家的时候专门去检查过，三间房子带厅全都给他装修过了，最后还给他加上了一台空调。他家原来没有空调，我把空调都给他配上了。待一切弄完之后，装修队就马上撤了。他老婆也是厂里的工人，他老婆下班回来后，人已经走了。

屋子里焕然一新，可人已经走了。

你不明白吧？你当然不会明白。这是我给他下的一个套儿。

我采取的第三个步骤是暗查他的收入。你知道怎么查吗？只有一个渠道可以查，那就是银行。这是非法的，我知道这是非法的，可我必须得查。这也是一个没有办法的办法。这时候，已经到了火烧眉毛的时候，手不狠不行。你想一个分管销售的，在这样一个年代，他是不可能不吃回扣的。不吃回扣，他就无法搞销售。这是本市一个有名的"布匹大王"告诉我的。这家伙搞纺织搞发了，手里有几千万！他说，搞布匹，厂家没有不吃"扣儿"的。所有的厂家都吃"扣儿"。可从他家里的摆设来看，他又像是很清贫，他不该这么"清贫"。我一下子派了十四个人，让他们分头去银行储蓄所查一个名叫"孙桂花"的存款情况（孙桂花是宋木林的老婆。你想，像宋木林这样的人，是不会用他的名字存钱的。如果有的话，也是用他老婆的名字）。是呀，明查人家当然不让，我这是暗查。我是花钱查的，偷偷问，让他们给那些储蓄所的出纳员送上一份礼就行了。又不让那些人担什么风险，只是让他们提供一个数字而已。十四个人查了五天，你猜花了多少钱？花了三千六。一个人送的礼不到五十元，你一算就知道查过多少储蓄所，查过多少人了……

当这三个步骤完成之后，我才直接去见宋木林。其实宋木林早就慌了。当他开会回来，一进家门就慌了。家里装修一新，可他却不知道是谁装修的。他心里跟吃了个苍蝇一样，听说还把他老婆骂了一顿。你想呀，这事他又不敢明着打听，要是明着打听，那人家会说，他不知道受人家多少贿，房子都装修好了，还不知道是谁装修的……他只能是偷偷地问。可我已经把装修队调到外地去了，他上哪儿问去？越问不出来他就越慌。我要的就是这个效果。

　　我去的那天晚上，你猜他在干什么？你想都想不出来，他在补裤子。一个大厂长正坐在沙发上补裤子。我一看就明白了，他是慌，他已经慌到了这种程度。一个管销售的大厂长，还用着穿补丁裤子吗？这个年代，你到大街上看看，谁还穿补丁裤子。连要饭的都"西装化"了。这不是此地无银三百两吗?！我敲开门的时候，他手里还拿着带针线的裤子呢。他看了我一眼，就马上说："你，你是不是装修队的？"

　　我笑着说："宋厂长，我不是装修队的。我是来求宋厂长帮忙的……"

　　他看了看我，说："你不是装修队的？那你找我……"

　　我又笑着说："一点小事，想请宋厂长帮帮忙。"

　　他问："什么事呀？"

　　我说："就是那个事。很小一个事。说来只要宋厂长签个字就行了……"

　　宋木林非常精细，他一听就明白了。我想他是听明白了。他又看看我，突然大手一摆，说："好好。坐下说吧。"

　　待我坐下来后，他马上就说："很对不起，那个事不行，字我不能签。我不能拿国家的财产做交易。装修的事，我不管是谁干的，是你也好，不是你也好，你可以转告一声，让他们来拿钱，花多少钱我出多少钱……就这样吧。"

　　我还是笑，我坐着不动，光笑。我说："宋厂长，这一点小忙，你都不肯帮吗？你再考虑考虑……"

　　他说："我考虑什么？我不用考虑。合同是跟老沈签的，你可以去找他嘛……"

　　我说："宋厂长，你让给你装修一下房子。你一句话，这边就装了，钱说来是小事，也花了七万多……"

　　他马上说："你说什么？你说清楚，谁让你们花七万多？我什么时候说让你们装修了？……"

我抬头朝屋子里看了一圈，我的目光慢慢在屋子里转……这时候，他的话头变了，他的舌头就像是短了一截。他说："是啊，是啊，是我让人装修的。我把那包工头的名字忘了。我记性不好，那个那个，说好装修完结账，他们怎么不来结账呢？"……

我说："宋厂长，你的记性不好，我的记性也不好。好像是你没说付钱的事，现在付钱是不是有点晚了？……"

他直直地望着我，说："你想干什么？你说你想干什么吧……"

我说："宋厂长，我什么也不想干，我合理合法地做生意，只是想让你帮点小忙。按说，咱们都是搞经营的，我相信厂长知道什么是合同，我只是让你们厂执行合同，并没让你做越轨的事。"

他两眼瞪着我，突然一拍茶几说："你这样的我见得多了！给我来这一手，是不是？把七万元的装修费硬栽到我头上！如果不答应你们的条件就告我索贿，连证据都不用找，我这房子就是现成的证据，对不对？好啊，去告我去吧！……"

我笑了笑说："宋厂长，你是个很清廉的人，我们也知道你很清廉。嫂子不在家，你一个人还补裤子，都当厂长这么多年了，还不忘艰苦朴素。这说明你是个好人。这些雕虫小技，的确不值得在你面前玩，你一眼就看破了，所以我们也没打算告你索贿。我们只是想……"

他冷冷一笑，说："不是你告我的问题，怕是我告你的问题吧？你懂法吗？你懂不懂法？索贿是以利益交换为基础，请问，我给你们什么利益了？……"

我说："我不懂法。你别看我穿一身西装，我其实是个文盲……"

他厉声说："搞什么名堂？竟然搞到我头上来了？！你这不是拿七万块钱打水漂吗？我明天就可以把这件事提到厂办公会上……"

我一直冷眼看着他，我就这么冷眼看着他，而后我小声说：

"是呀，是呀，七万不算什么，扔了也就扔了。七十八万才是个数，你说是不是，宋厂长？"

这句话，我就这么小声说了一句话，你猜他怎样？他就像是挨了一闷棍，半天没有醒过神儿来。过了很长时间他才说："你想干什么？你究竟想干什么？"

我也不再说了，我也是一声不吭，我就看他的脸，我像读书一样读他的脸。他小五十岁，脸上有很多坑坑洼洼的东西，肉也有点松，他干副厂长干了十八年，干得肉松了……

过了一会儿，我才又自言自语说："我不干什么。我是个闲人。我没事喜欢出来转转。像光明路、淮海路、清虚街、西拐街、人民路、顺河路……还有那个不大好找的虎屯，我都逛过，我也没啥事，瞎逛。我这个人还有个特点，能记住一些数字，特别是那些一组一组的数字，比如：16000、25000、7500、46000、8200、37000……一共是四十七组。我就能记这么多，也可能还有记不住的……"

我说完后，他脸上的汗就下来了，一豆儿一豆儿的汗。开初也就是两三豆儿，那汗就跟会印似的，顷刻间密密麻麻地出现在他的脸上……

我接着说："宋厂长，你是个干好事的人，我是个干坏事的人。我也不懂法，我是个文盲。你尽可以把给你装修房子的事揭露出来，如果揭露了，对我也是个教训。送礼不看人，这不是教训是什么？人家会说，你闲着没事了，跑去把人家的房子给装修装修，还给人家安空调，你是不是有病？我就说，是呀是呀，我有病，我有钱没处花了。我花七万多，那是一个小数目，七十八万才是个大数目呢！可惜我没那么多。我就是告到反贪局也没用啊，我写一封信，人家也不会光听我的，对不对？人家是要落实的……"

这一会儿，你知道他眼里出现了什么？我告诉你，他杀人的念头都有！

他眼里的光很毒，那牙不自觉地就咬起来了……这时，我的"大哥大"响了，我的"大哥大"响得很是时候，我拿出来对着话筒说："有什么事呀？噢，我知道了。我正跟宋厂长谈呢，谈得很好。噢，就这样吧，我回去再说……"

宋木林慢慢抬起头，说："你太狠！"

我说："宋厂长，我不是狠，我是没有办法。我只是想请你给帮个小忙。当然，帮不帮在你……"

这时，宋木林咬着牙对我说："那个字，我签……"

我站起身说："宋厂长，我只是请你帮个小忙。帮不帮都不要紧。你再考虑考虑吧，不能因为我的一点小事坏了你的声誉。"

说完，我把一张名片放在茶几上，扭身就走。

第二天，也就是第二天晚上，你猜怎么着？宋木林两口子步行找我来了，那么远的路，两口子硬是步行走来的。一进门两口子就双双跪下了，长跪不起……

我说："宋厂长，你这是干什么？你这是办我难看呢。快起来，快起来……"

宋木林一声不吭。宋的老婆却哭起来了："俺多少年来都没收过人家的东西，就是这些年，那些人硬往家里塞……那些都是我收的，跟俺老宋没关系。俺一分都没花人家的呀，俺老亏呀……"

我拉住宋木林说："宋厂长，别让嫂子哭了，哭得我心都寒了，都快起来吧，快起来快起来。我说过要告宋厂长吗？我啥时候也没说过这样的话呀。我只不过想请宋厂长帮个忙。宋厂长能帮我这个忙，我感激都来不及，会干那事吗？嫂子放心，我决不会干那事……"

可宋木林就是不起来，他一句话也不说，就在那儿死跪着！

他已经崩溃了，我看见他浑身直颤，他眼里的光都吓散了……

别的就不用再说了吧？反正这一百万是挣到手了。你觉得太狠是不是？你觉得有点黑社会的味儿了，是不是？我告诉你，遇到这样的事，黑白两道都得走，生意场上是不分黑白的。到了这一步，就不容你不狠。不狠行吗？不狠谁给你一百万。我告诉你，钱就是这样挣的。

九月九日

那个时辰来了。

那个时辰就要来了。

我已经看见那个时辰了，那是一个恶时辰。

我现在清清楚楚地看见了那双手，那双手正在向我靠近。那双手有点凉，我已感觉到了凉，那凉是红色的。那凉慢慢地移到了我的脖子上，而后是一股蛇的气味，我闻到了一环一环的蛇的气味。那气味缠在我的脖子上，我就吐了。我吐出的是我的舌头，我一点一点地往外吐舌头，我吐出的是一只紫颜色的舌头，我的舌头正在变紫。我感觉到我舌头上有一团麻叶的气味，我的胃里也有了麻叶的气味，我的胃里有一股一股的饭往外冲，可它们已经冲不出去了，那双手把"门"卡住了，它们出不去了。接着会有星星出现在我的眼前，我看见了一丛一丛的星星，那些星星是金色的，金色的星星从我的头上冒出来又落在我的眼前。我的眼睛在有了星星之后就开始胀了，我的眼一圈一圈地大起来，我的眼成了两只大的鼓，鼓里晃着星星和一条盘在我脖子上的蛇。再往下我就成了一个面袋，我倒在地上的时候成了一个面袋……

这时候，又有一把剪子出现在我的眼前。我看见那剪子慢慢弯下身来，晃晃地亮在我的眼前，紧接着我左眼上就有水流出来了，我眼眶周围流出了一股红水，一股火辣辣的红水，红水把我的眼睛流出来了，红水把我的左眼送到了眼眶外边。一只手贴了上来，那手上有一股红色的蝎子味，那红色蝎子捏着我的眼放在了水池边上，而后又是我的右眼。当那剪子的气味出现在右眼上时，我的右眼就慌乱地滚出来了，我的右眼骨碌骨碌地掉在了地上，掉在了一片树叶的旁边。很快就有手伸下来，那只满是蝎子气味的手先是捏起了那片树叶，用树叶包着把我的右眼捏了起来。我的右眼在涩涩的干树叶里夹着，被放在了桌子角上……

我看见我的左眼完了，我的左眼变成了一股水，散在了水泥地上。我的左眼被一只胳膊肘撞在了地上，而后是一脚，狠狠的一脚，那脚踩在了眼睛上边，踩出了一股呼呼哧哧的喘气声。在喘气声里，我的左眼成了一股空气……

我身上的肉和骨头分家是一小时以后的事。那两只手把我的眼睛剜出后休息了一个小时。在这一小时里，屋子里到处都是喘气声，喘气声随着挂钟的声音嘀嗒嘀嗒地走着，走出一片水红色的血腥气。一小时后，我身上的肉开始一块一块地进入下水道。

我看见了一把刀，那是一把从商场里买回来的不锈钢菜刀，那把新买的菜刀先在我的脖子上试了一下，割出了一个不深不浅的口子。那口子很凉，那口子上有一股黄油的气味。而后那刀就朝下边去了。刀伸在我的脚上，刀是从我的脚开始的。我的脚趾被刀分成了一个一个小指头，那些切成小块的脚趾顺水流进了下水道；接着是我的腿骨。我的腿骨有点硬，砍腿骨时很费了一些时间。我的腿骨开初被截为一寸一寸的，每一寸都有很多肉末飞出来，飞出一股梆梆响的湿柴火味；后来就烦了，那声音也烦了，声音越来越乱，乱成了一团蜂窝样的碎肉……

十二点钟的时候，我只剩下一只眼睛了。这时候，我的身体已经被冲进下水道里去了，我的身体和带有羊膻味的污水混在了一起，成了红蚊子来年的食品。而我只能在树叶中再生，我成了一只夹在树叶中间的眼睛……

新妈妈的眼睛已经红了。新妈妈的手已经变成了红颜色的手，新妈妈的手在发出一种红颜色的光，那光已深到我眼睛里去了。我知道我无法阻挡她，在一个小时之后，我无法阻挡那红颜色的光，因为那是一种可以使我再生的光。我可以在树叶中再生。我扔掉身体之后，就可以成为空气中的一部分了。我可以完完全全地进入空气之中，我可以自由自在地在城市的上空飘动，我可以不再怕针，不再怕任何东西。我渴望扔掉身体，我早就想扔掉人身了，我不想再当人了，我不要做人。我只要做一片树叶，一片长有眼睛的树叶，一片可以看这个世界的树叶……

新妈妈正在向我走来，新妈妈脸上带着伪造的米黄色笑容向我走来。她是来掐我的脖子的，我知道她要来掐我的脖子。她已经把爸爸吃掉了。爸爸坚持不离婚，她就把爸爸的魂儿吃掉了。

爸爸是她吃掉的第五个男人，也是最难吃的一个男人。因为爸爸身上也有那种"涩格捞秧儿"的气味，所以爸爸能坚持到最后。

爸爸没让她顺利地拿到那张纸，爸爸在一片"碎"里坐着，没有了魂灵的爸爸成了一摊烂泥，可他始终没有给她那么一张纸……

新妈妈说："你知道我没有怕过任何人。我谁也不怕。你会同意的，我相信你会同意……"

新妈妈说完就向我走来了。新妈妈从碎成一片垃圾的家里走出来，走出了一股猩红色的气味。她带着这股气味快步从街上走来，开了"特异功能诊所"的门，她已经不需要这个诊所了。我知道她就要走了，她不需要这个诊所了。她走到我的面前，伸出手说："来，我给你量量脖子，让我给你量一量脖子……"说着，她的手就伸到了我的脖子上，先是轻轻地掐了一下，她笑着说："太细了，不该这么细，真不该这么细……"而后她又说："你别这样看着我，你别看我，你一看我，我就头疼，我脑子眼儿疼。我谁都不怕，我就是有点怕你，我只怕你一个人。所以你别怨我。你为我挣了那么多'人头纸'，我就要走了，你别怨我。你闭上眼睛吧，闭上眼就不疼了……"

而后，新妈妈就勇敢地把那件事做了，就像我看到的那样，她把事做了……

新妈妈做完后洗手洗了很长时间，她一直在洗那双手，她把手洗得很红，洗出了一股红萝卜的气味。接着，她从从容容地回到那个垃圾家，走到了爸爸的面前，微微一笑，她的笑里带有一点点桃红色的顽皮，她说："把那粒扣子拿出来吧，我现在给你缀上。"她接着又说："你不相信是不是？"说着，就从地上拾起那粒扣子，那粒扣子在地上扔了好多天了，她竟然一下子就找到了。她把扣子捡起来，宽宽地坐下去，拿着爸爸的那件西装一针一针地缝起来。她缝得非常快，她很会用针，她手里的针上挂着一条红颜色的线，针在扣子上飞来飞去，飞出了一股甜丝丝的小蜜蜂气味。只几下她就缝好了，而后她用牙轻轻地把线头咬断，说："好了，我给你缝好了……"说着，她站起身来，盯着瘫坐在椅子上的爸爸，很温和地说："你现在该答应了吧？我已经把你女儿做了，你看看这只眼睛，这是你女儿的一只眼睛，我把它踩碎了。我想你是该答应了……"

我看见爸爸是想站起来，爸爸看见了一只包在纸里的黑色的水泡泡，那只黑水泡泡就扔在他的面前……可他站不起来了，他是彻底地被新妈妈粉碎了。他只是像蚊子一样喃喃地说："我，我，我，我，我，我……同意了。"

新妈妈说："我就要你这句话，有这句话就行了。那我走了……"

可新妈妈还是忘了一件东西，她把我的右眼忘在桌边上了。

我的右眼夹在一片树叶里，我的魂儿也夹在这片树叶里，我就这样成了一片长有眼睛的树叶……

○ ●

冬 ·

天瘦了。

在冬天来到的时候，天被冷风刮瘦了。雪是黑颜色的，雪下成了黑色，我看见白色的雪花在落地之后变成了黑色的脚印，天上落下的是人的黑色脚印。人们走在黑色的雪上，印出一片一片瘦瘦的带有粪便气味的痕迹。

我也瘦了，我瘦成了一只眼睛。我是夹在一片树叶里的眼睛。我的魂灵躲在眼睛里，我的眼睛夹在树叶里，我就这样飘出来了。我已经不再是人了，我脱离了人的行列，成了一片长有眼睛的树叶。我是一片再生的树叶。白天，我在天空中飘，夜里的时候，我就睡在高高的电线杆上。我也常常贴在电线上睡，电线热乎乎的，电线上有很多话，那是城市人的夜话。

我没有走，我不知道该往哪里去。我看着这座城市，看着大街上来来往往的行人，他们正在为"人头纸"忙碌，我知道他们是疯了，他们抢夺"人头纸"的时候已经疯了，所以，他们说的全是疯话。他们嘴里的舌头是经剪刀剪过的，我看见他们正在排队剪舌头。报上说，现在城市里正在流行"剪式语"。"剪式语"是从南方流传过来的最新语，"剪式语"是通向

"人头纸"的唯一合法途径，只有使用"剪式语"的人才能赚取"人头纸"，于是人们全都争先恐后地去排队剪舌头。理发店也纷纷改为"理舌店"，我看见每个理发店门前都画着一个鲜红的、用火钳子卷起来的舌头。人们一个个大张着嘴，把舌头伸出来，让理舌员去剪、去卷、去熨。一剪二卷三熨后，他们就会吐出来一种卷舌音。卷舌音是一种金黄色的声音。他们用卷舌音说话的时候，会吐出一种半生不熟的豆子气味。他们的声音正由绿色向金黄色过渡，因为刚刚熨过的舌头有点疼，他们吐的只是一种半绿半黄的声音。这种声音很涩，这种声音吐出的叠词有一股黄绿色的猫尿味。因此，他们的舌头还需要继续修剪，三次修剪之后才能吐出标准的"剪式语"，所以他们必须继续受疼……我知道他们已无药可救。他们继续受疼，是因为他们无药可救。

我看见了体育馆门前的那条马路，那条马路叫"丰收大街"。

我看见"丰收大街"上围了很多的人，黑压压的人，他们像水一样在街上流来流去，我知道那是一些寻找气味的人。他们把鼻子贴在地上，正在打探气味。他们一拨一拨地围在一起，发出一种嗡嗡的苍蝇气味。他们身上的苍蝇气味是冲着下水道的，我看见几个民警正蹲在下水道里打捞我的肉体，他们看见我的一截一截的肉体时发出嗡嗡的叫声。一个红鼻子男人笑着说："听说了吧？都听说了吧？那女人真狠，那女人是狠到家了。肉是咬下来的，那肉是一块一块咬下来的，她的牙真厉害！听说她安了一圈金牙……"一个蓝眼圈女人皱着眉头说："我兄弟是刑侦队的。他说是斧子剁的。才十几岁一个女孩，值得用斧子剁？听说那手指头都是一截一截的，也下得去手？八成是有外心了。有外心被那女孩发现了，不然不会这么狠……"有一个黑胃的男人说："我知道，我知道。是用刀旋的，用小刀一刀一刀旋的。旋的时候那妞一个劲儿喊疼。那妞说：妈，我疼，我老疼。你猜那女人怎么说？那女人说：你忍住，忍一会儿就不疼了。"又有一个

"乙肝人"说："你知道个屁！那女孩有特异功能，她根本杀不死她。她是趁她睡着的时候下的手，用钉子把她钉死的。浑身上下钉了十二颗大钉，那钉子都钉到骨头里了。法医从骨头上验出来了，钉子上有黑印，肉上也有黑紫色印……"我看见人们都很愉快，人们愉快地说着、比画着。人们的声音里带着很多酱瓜的气味，人们的眼睛里也带有酱瓜的气味，人们的声音已腌制很久了，人们的声音和下水道里的腥味混在了一起……

我看见了一栋一栋的楼房，看见了一个个房间里的事。人们藏在四堵墙里正在脱衣，人们正一件一件地往下脱，人们回到四堵墙里才露出本相：人们的声音是从床上爬下来的，我看见了从床上爬下来的声音："听说了吗？一个女人把她亲生的女儿杀了！是用老鼠药药死的。先用老鼠药药死，后来又用斧子剁了剁……"

我当然看见了新妈妈，那个使我脱离了肉体的女人。我看见她勇敢地（她仍然是勇敢地）站在监狱的铁门里，两手抓着铁门上的栏杆，两眼放出红色的光芒。我听见她在大声地向民警宣布说："我是无罪的。人是我杀的，可我无罪！……"她的笑声在牢房里满地滚动，声音仍然放射出一种紫葡萄的气味。她说："杀人无罪，育人有罪！我说过了，我要走，我一定要走！你们谁也别想拦住我，没有人能拦住我……"

新妈妈是在飞机场被抓的。新妈妈被抓时手里拿着两张飞机票。她本来是可以走的，她就要上飞机走了。可她要等的人没有来，她期望着能一起走的人没有来。她说，那是一个小骨头人，她要等的小骨头人一直没来。她把警察等来了，当她向远处张望时，警察走到她身边来了。这时她笑了，她笑着转过身来，说："你们是来找我的吧？我知道你们是来找我的。我在等人，那人是一个小骨头人。我如果不等他的话，你们就找不到我了……"

警察严肃地说："你叫李月婵吗？"新妈妈扬起头来，说："是，我是叫李月婵……"警察说："你有谋杀你女儿的嫌疑。跟我们走一趟吧。"新妈妈说:"不错,人是我杀的。我害怕她的眼睛,我看见她的眼睛脑子眼儿疼,我把她的眼挖出来了……"当警察给她戴上手铐的时候,她又说:"能不能再等一等,我想看看那个小骨头人会不会来。我想他是不会来了……"

我也看见了旧妈妈。我的旧妈妈曾为我的肉体哭了半天零一小时,她的眼泪湿了半条手绢。我听见旧妈妈一遍一遍对民警说:"她一直虐待我的女儿。我早就发现她虐待她。她用针扎她,她每次回来身上都有针印,她身上有很多针印。那女人是个狐狸精!她变着法折磨孩子。有一回我数了数,孩子身上有十四个针眼!孩子身上净是黑血点……我跟她要孩子,她就是不给。打官司这个狐狸精到处托人,到了我也没把孩子要回来。我知道她早晚要下手,可没想到她会这么狠……"我看见旧妈妈后来哭着去找"马 + 户"了。旧妈妈在他那里又哭湿了半条手绢,哭出了"月亮走我也走"的白色气味。她说她要与那个"无赖"离婚……

现在旧妈妈已经与科长离婚了。旧妈妈再次光荣地与科长离婚。旧妈妈这次离得非常容易,她在离婚的过程中成了老同学"马 + 户"的人,旧妈妈很主动地成了"马 + 户"的人。旧妈妈也开始使用"狐狸牌香水",她很快就成了"马 + 户"的人。情人在"马 + 户"任职的法院里离婚,科长不同意也得同意。科长脸上的皮越来越厚了。科长曾当众尿在法院门口,科长喝了一斤半酒之后,尿在了法院的大门口!因此"马 + 户"以"流氓罪"判他离婚加十五天拘留。我看见科长在拘留所里坐着,他跟一个关在同一号里的诈骗犯学会了一个养鸡的"家传秘方",他说他出来后就去推销这个"家传秘方"。我还看见旧妈妈与"马 + 户"时常在卡拉 OK 厅见面,两人坐在包厢里,喝着 XO,共同回忆那条街上的粉笔字,在回忆中旧妈妈倒在了"马 + 户"的怀里。旧妈妈喃喃地说:"是那条槐树街吗?我记着呢。我一直记着那条槐树街……"

我看见爸爸仍然在那个破碎不堪的家里坐着。他的肉身完好无损,可他的精气没有了，他身上的"涩格捞秧儿"味也没有了，他再也站不起来了。他周围站着的是一些民警，民警反反复复地问他那天晚上发生的事，民警问："你的女儿一直没在家住吗？"爸爸不吭，爸爸已说不出话了。民警又问："你女儿身上有伤的事你知道吗？"爸爸还是不吭。民警再问："李月婵为什么要对你女儿下手？李月婵平时有什么反常……"爸爸两手捧着头，只是重复说："我记不清了，记不清了……"他的脑海里是一片亮丽的粉红，他脑海里一直晃动着那片粉红，在粉红里有一串一串的时间记忆，那里拴着许多"狐狸牌香水"的气味。可他的下边却有尿水一滴一滴地往下渗……后来民警不再问了，看到尿水，他们摇着头说："算，算，算，算啦。"

我终于找到了老人的那颗鲜红如豆的心。我看见老人的心已经被卖出去了。老人的心被卖到了"皇太皇酒家"。那颗心如今正泡在一碗"烹心汤"里，一位穿红色旗袍的服务小姐正端着这碗汤往八号雅间里送，八号雅间的门上写有"春秋斋"的字样。

老人的心在"烹心汤"里晃晃悠悠地被送进了"春秋斋"。我听见老人的心在油汤里一声声叹息，老人的心说：一个人为什么要成为另一些人的粪便呢？因为他有钱吗？……而后是八双筷子冲上来，八双筷子轮番在那颗心上夹。他们一边夹，一边议论说："听说了吧？咱这儿最近有个奇特的碎尸案，是一个十几岁的女孩被杀了。是她亲娘杀的……"两个小时后，我看见那八个人又轮番走进了厕所，他们每人在厕所里拉出了两个字，他们看见字后一个个惊慌失措地提着裤子跑出来，他们说："历史，历史……"

我看见陈冬阿姨的魂灵了。她的魂灵越来越小，她的魂灵小成了一个像纽扣一样的东西。她的魂灵是在寻找中变小的。我看见陈冬阿姨的魂灵在一些楼房的四周游来游去。她在敲门，我看见她是在敲门。她先是在敲那个瘦高个家的门，可她没有敲开。

她仅仅是敲出了一股黄石榴的气味，那门里坐着一个胖胖的女人，那肯定是瘦高个的女人，那女人挺着一个大肚子正在吃一只黄石榴……后来她又去敲那个秃顶老头家的门。那个秃顶老头仅把里边的木门开了一条缝儿，没有开铁门。他隔着一层铁门问："你是谁?"陈冬阿姨的魂灵说："我是陈冬啊……"秃顶老头说："陈冬是谁? 这栋楼里没有叫陈冬的，你找错门了……"说着，"啪"的一声，木门也关上了。秃顶老头一边走一边对着屋里说："名字好像有点耳熟。说是陈冬，你听说过陈冬这个人吗? 没有吧。我倒听说了一件新鲜事：一个女孩被杀了。听说那女孩跟她后爹睡觉，让她亲娘逮住了……"秃顶老头说话时心里正亮着另一件事，他有了新的事了……接着她又去敲那些要好同学的门，可她一个门也没有敲开，那些同学全都说不认识陈冬，从来就没有听说过陈冬这个名字。所以陈冬阿姨的魂灵仍然四处飘荡，无家可归。她一边飘一边一遍一遍地问自己："你是陈冬吗? 陈冬是谁? ……"

我看见那个"背诵人"仍是骑着一辆破自行车在街上走。那人头上戴着一顶鸭舌帽，身上穿着油乎乎的鸭绒服，顺着一条马路往前走。他是要去上班，我知道他就在那个五层旧楼里上班。

我看见他正骑车穿过"丰收大街"，他在挤挤搡搡的人群中停住车问："咋回事，围这么多人?"有人告诉他说："这里杀人了! 一个女孩被杀了……"他听了扭头就走，一边走一边自言自语地说："杀了就杀了呗，人这么多，杀个把人就值得这么围着看……"我看见他是想得到一些东西，他一直想着要得到那些东西。他脑子里存着很多记忆的小钩子，他是想把那些东西钩出来。那些东西可以让他大声说话，他是为了大声说话才小声说话的。他小声说话的时间太长了，他一直渴望着能大声说话。他是在准备大声说话。所以他一边走一边背诵着那段话，他仍然在练习说那段话。他的舌头已经剪过了，他在排队剪舌头的时候仍不忘练习，他是改用剪过的卷舌音说那段话的。他说得还不够熟练，他正练习用卷舌音说那段话，他说："中昂人人广锅电台，中昂念你台，男你池你你池男你你池……"

我看见旧大姨了。我看见旧大姨正躺在市第二人民医院的病床上输液。旧大姨不能说话了，她的嘴在动，可她说不出话来。她的一只手在白色的被子下面动来动去，而另一只手却像木头一样，硬出了拐棍的气味。她的脑海里有半边红色的液体在流动，在那红色的流动中跳跃着一些红色的日子，那些红色的日子里盖满了红霞霞的戳痕和一个男人的脸，那男人脸上有着戳痕一样的麻子。她不喜欢麻子，她喜欢的是红颜色的戳痕。她的日子装在一个个抽屉里，那是一些有红色印油气味的抽屉，可这些抽屉现在成了人家的抽屉，她没有抽屉了。她得的是偏瘫病，也是一种"抽屉病"，所以她半边能动半边不能动。她的话也只有半边，她只能说些半边的话。她的女儿（英英表姐）坐在病床边兴奋地告诉她说："妈，三姨的女儿被她后娘杀了，是一刀一刀割死的……"她喃喃地说："扌、木、尸……戈、目、可……丿、心、阝……"

我看见旧二姨站在街头的烧鸡店里，正在跟一个民警说话。她的声音里沾满了绿颜色的细菌，她成了一个"细菌人"。旧二姨身上有很多细菌咬出来的空洞，那些空洞有五十八年的历史了，可她仍然站着，她活一天就卖一天细菌，她是靠卖细菌生活的。她不怕细菌。她用卖细菌赚来的钱养活了六口人，现在她又靠卖细菌让儿子骑上了摩托。她说她还要让儿子坐上汽车。可儿子跟她分家了，儿子坐上汽车之后就跟她分家了，儿子已经讨厌这种鸡屎味了。儿子搬到了花园小区的新房里，把旧日的鸡屎味留给了她。所以她总是流泪，她的泪拌在明油里在她的老脸上蠕动。她身上的细菌是明油喂出来的，带有一股热烘烘的滑腻。她脸上的笑也是明油泡出来的，看上去油浸浸地晃眼。她的声音也是明油浸出来的，带有一种破刷子的气味。她总是刷三道油，还要上色，所以她的声音里也藏着许多带钩的颜色。她说："这事我知道，我早就知道那女人不是个好东西。她是跟我三妹子家的偷偷勾上的，先勾上后才离的婚。你不知道这女人有多狠。她经常把孩子关在屋里，不让孩子吃饭，还用针扎她，扎一身血窟窿……不是不管，她见都不让见，怎么管？我还给过她一个馍，有一回看她饿急了，我给了她一个馍……"

　　我还看见了冯记者和杨记者。我看见冯记者和杨记者正在互相揭发。冯记者正在家里坐着，冯记者搬进了一个刚刚装修好的新单元楼。冯记者的声音带一股热烘烘的塑料壁纸的气味，那种气味是橘黄色的。冯记者坐在一片橘黄色里对警察说："你说的那个女人我根本就不认识。我甚至不知道她的名字。不错，好像见过一两面，是市报的杨记者给我介绍的。好像，好像，记不清是为什么事了……当然，他们很熟。他们来往比较多。这种女人我一般是不跟她们打交道的，档次比较低。再说，我也不经常在家，我的采访任务很重……"冯记者说话的时候身上的肉和骨头在慢慢地分离。他把肉卸在沙发上，我看见他的肉慢慢地堆在了沙发上，肉上散发着很浓的"延生护宝液"的气味……

　　杨记者坐在派出所的长条椅子上，很严肃地对民警说："李月婵？李月婵是谁？我从来没听说过这个名字……哦，哦，我想起来了。对，对，有这么个女人，是老冯介绍的，见过。见过是见过，没啥联系呀。我是管工商口的，见的人杂，三教九流的人都见过，人一多就记不住了。她跟老冯熟，不是一般的熟，他们经常来往，我在老冯包的房间里见过他们多次。老冯这个人仗着是省报的，啊，往下我就不便多说了……"杨记者说着，脸上出现了樱桃的气味，我看见杨记者脸上出现了一丝一丝的红色的樱桃气味，他的胃里也爬满了红樱桃的气味。

　　我看着这个城市，我看着这个用颜色包装出来的城市。我看见人们紧裹在颜色里在街上行走，人们在颜色里走出花花绿绿的思想。思想是从胃里冒出来的，人们的思想开始从胃里一股一股地冒出来，从胃里冒出来的思想带有一呃一呃的酸气，酸气穿过"剪式语"在街面上流来流去，流出一股股"人头纸"的气味，大街上到处都是"人头纸"的气味。报上说：这是个从胃里出思想的年代。我看见大街上流动着很多很多的"乙肝人"，我看见大街上也流动着很多很多的"钢笔人"，我还看见大街上流动着很多很多的"细菌人"。他们的声音在空气中流动，他们的病在空气中流动，他们一天天在相互传染。他们用他们的声音传染，他们用他们的病历传染，他们的病历就是他们的历史，他们的历史就是他们的传染源。他们在传诵着一个声音，一个城市的声音：一个女孩儿被杀了，你知道她是怎么被杀的吗？……

　　我的眼泪掉下来了。我看见我的眼泪从天空中飘飘悠悠地落下来，掉在了一个孩子的小脸上。那是一个刚从医院里抱出来的孩子，襁褓中露着一个红粉粉的小脸。那孩子刚出生不久，是一个没有历史的孩子。我看见这个孩子正在吮吸从天上掉下来的眼泪——我的眼泪，吸了眼泪的孩子从有病菌的空气里穿过，他竟没有被感染……

　　我知道我该做什么了。我知道我唯一能做的事是拯救这些孩子。我能拯救的只能是这些刚刚出生的、没有历史的孩子。我的眼泪是从树叶上掉下来的，他们需要树叶的眼泪。我要把眼泪送给他们，我只有眼泪……

　　我要给那些刚刚出生的孩子施洗……

十二月三十一日

　　魏征叔叔的话：

　　你听说了吧？你听说那件事了吧？一个女人，为了跟她的情人同居，把她的亲生女儿都杀了……这就是女人的背叛哲学，女人一旦背叛起来是非常可怕的。这次我给你讲一讲女人，你知道女人是什么吗？你没玩过女人，你当然不会知道。我告诉你一个数字，你一听这数儿你就明白了：168。我跟一百六十八个女人……

我说，你最近是怎么了？你怎么老走神儿？嫌钱少是不是？

原来一天给你五块，对不对？后来是按钟点给钱，一个钟点给你五块，这不算少了吧？你还不知足，打从夏天又给你涨到一个钟点八块。我这钱能是白给的吗？我告诉你，四条腿的蛤蟆难找，两条腿的人可有的是！

哎，你别走啊。你是不是嫌钱少，嫌钱少你说话。我给你透个底吧，我有的是钱，我有五六百万呢！你要是……咱再涨涨。

我实话对你说，在这座城市里，我没有朋友，我也不敢有朋友。

在生意上，我一个朋友也没有。我其实是拿你当朋友看了，因为你不会伤害我……

你看，你别走哇！妈的，不就是让你听我说说话吗。操！我拿钱让你听我说说话，你还咋的？鸡巴，你出外打一天工才挣多少钱？！

哎，哎，别走，别走，今后不让你给我洗脚、搓背，光让你听我说话，钱给你再加一倍，行了吧？

你说我是蛆？你敢说我是蛆？！好，好，好，我就是蛆。你别走哇。不就是让你听我说说话吗。你说多少钱，你说吧！

你别走，你别走。我都病成这样了，你听我说说话……

1994 年